荊楚文庫

應叩鳴

〔明〕陈仁近 著

陳春生 陳新亞 點校

魯岡或問

〔清〕彭大壽 著

陳春生 向玉露 點校

荊楚文庫編纂出版委員會

武漢理工大學出版社

荊楚文庫

應叩鳴　魯岡或問

YINGKOUMING　LUGANGHUOWEN

圖書在版編目 (CIP) 數據

應叩鳴 /（明）陳仁近著；陳春生，陳新亞點校．
魯岡或問 /（清）彭大壽著；陳春生，向玉露點校．
武漢：武漢理工大學出版社，2025.3.
ISBN 978-7-5629-5374-6
Ⅰ．I214.82；D092.2；B222
中國國家版本館 CIP 數據核字第 20243HL019 號

責任編輯：向玉露
整體設計：范漢成　曾顯惠　思　蒙
責任校對：樓燕芳
責任印製：史衛國
出版發行：武漢理工大學出版社
地址：湖北省武漢市洪山區珞獅路 122 號
電話：027-87515958　　郵政編碼：430070
録排：武漢鑫偉創圖文設計有限公司
印刷：湖北新華印務有限公司
開本：720mm × 1000mm　1/16
印張：21.75
字數：295 千字
版次：2025 年 3 月第 1 版　2025 年 3 月第 1 次印刷
定價：108.00 元

ISBN 978-7-5629-5374-6

出版説明

湖北乃九省通衢，北學南學交會融通之地，文明昌盛，歷代文獻豐厚。守望傳統，編纂荆楚文獻，湖北淵源有自。清同治年間設立官書局，以整理鄉邦文獻爲旨趣。光緒年間張之洞督鄂後，以崇文書局推進典籍集成，湖北鄉賢身體力行之，編纂《湖北文徵》，集元明清三代湖北先哲遺作，收兩千七百餘作者文八千餘篇，洋洋六百萬言。盧氏兄弟輯録湖北先賢之作而成《湖北先正遺書》。至當代，武漢多所大學、圖書館在鄉邦典籍整理方面亦多所用力。爲傳承和弘揚優秀傳統文化，湖北省委、省政府决定編纂大型歷史文獻叢書《荆楚文庫》。

《荆楚文庫》以“搶救、保護、整理、出版”湖北文獻爲宗旨，分三編集藏。

甲、文獻編。收録歷代鄂籍人士著述，長期寓居湖北人士著述，省外人士探究湖北著述。包括傳世文獻、出土文獻和民間文獻。

乙、方志編。收録歷代省志、府縣志等。

丙、研究編。收録今人研究評述荆楚人物、史地、風物的學術著作和工具書及圖册。

文獻編、方志編録籍以 1949 年爲下限。

研究編簡體横排，文獻編繁體横排，方志編影印或點校出版。

《荆楚文庫》編纂出版委員會

2015 年 11 月

總目録

荊楚文庫

應 叩 鳴

〔明〕陈仁近 著

陳春生 陳新亞 點校

前　　言

陳仁近（1500—1562），字元復，號孟角，湖北蘄春人。父陳石居爲蘄州儒學庠生，生有七子，仁近爲第四子。陳仁近尚未成年，父即病逝，長兄朋石將其撫養成人。

陳仁近幼嗜學，無論寒暑，苦讀不輟，嘉靖十九年（1540 年）中舉，後授四川眉州刺史。三年任期將滿，恰遇長兄朋石去世，遂棄職歸家，此後未再仕，以授徒講學爲業。生平事蹟載於清代《蘄州志》。除《應叩鳴》外，陳仁近尚著有《書鄉小步》《一粒粟》《春秋一是》，從他自撰的序跋看，多爲讀書筆札。僅其婿編纂的《應叩鳴》四卷本傳世，餘皆散佚。何謂應叩？清署理兩江總督陳鑾以彈奏樂曲喻之曰："囿於器量而不相通，局於觀聞而不能化。大者固在，然小叩而大應之則眩矣。小者未亡，然大叩而小應之則窒矣。是獨羽不可移宫，而宫不可換羽。然有知樂者兼取而精求焉，渾渾者未庶不可得也。"應叩的最高境界在於"叩宫宫應，叩角角應""脩其渾渾者，而後精麤本末、表裏先後之序，足以應天下而不窮"。

《應叩鳴》共四卷，前三卷爲古文，序、賦、書簡、記、傳、跋、銘、論、祭、箴等諸體皆備；後一卷爲詩，收録五言、七言、雜言等。卷末附其孫陳吾惆詩文集《 ·粒芥》。蘄州知州路雲龍贊其詩文曰："古文若韓柳風骨，奔騰豪放，揮灑自如；律詩如李杜氣象，壯麗深邃，可以證史。"文集中的《送桓山田公復督貴州教序》《〈新寧縣誌〉後序》《楚甸馳聲詩序》《筆賦》《端溪硯賦》《聚德橋記》《大朋橋記》《白塚論》《明承德郎歐君孔修墓誌銘》《寄馮午山侍御書》《奉東湖張太守簡》《寄楊蘄南簡》等，均是研究地方歷史的珍貴文獻資料。

《應叩鳴》初版刻於明萬曆十年（1582 年），時任蘄州知州路雲龍撰寫序言，介紹該書的發現和編纂出版過程。清道光十四年（1834 年），署理兩江總督陳鑾爲該書撰寫再版序言。但初版和再版均未能見於世。此次點校以清宣統二年（1910 年）重刊本爲底本，由陳仁近後人陳一生先生提供，版本文字清晰，保存較好，原書文字錯訛處有朱墨糾正。

需要特別説明的是，本次點校審訂，對因避康熙愛新覺羅・玄燁名字之諱用“元”替代“玄”處，恢復原字，其他除個別明顯錯字註明外，保持底本原貌。限於个人學術水平，雖竭精殫智，恐亦有錯訛之處，懇祈讀者不吝賜教，以備再版更正。

陳春生　陳新亞

2024 年 11 月

目　録

卷三

重刊《應叩鳴》序

十一世叔祖孟角公，明嘉靖庚子舉人，官四川眉州刺史，著有《書鄉小步》《一粒粟》《春秋一是》等書行世。《應叩鳴》詩文集，其文孫朗皋公所續刊也。明季燬於兵燹，乃元孫嗣先公得其藍本而手抄之，既又散軼。其八世孫樸菴公購求得之，用以留詒至今。今賢昆重付之梓而屬鑾序之。讀既卒業，謹識之曰：

道之在天地也渾渾爾，刳之以爲教，于是有精巃本末之分、表裏先後之别。學者不能徧觀而驟入也，各從其性之所近而取徑焉。聖人知其本未嘗相離，其用未嘗不貫，惟脩其渾渾者，而後精巃本末、表裏先後之序，足以應天下而不窮。今夫鐘之爲物渾渾爾，其用之也，洪纖疾徐、高下清濁皆應乎鐘師之節，而諧乎協律者之耳，是豈以聲求之哉？必其律吕之制合而矩度之用嚴，金錫之劑龢而天人之巧備，然後克全其渾渾者，而洪纖疾徐、高下清濁不待叩而可知也。是故教有先後，而道不分乎精巃，叩有大小，而聲不别乎高下。儒術之衰，有離而二之者。端木氏曰："賢者識其大者，不賢者識其小者，莫不有文武之道焉。"囿於器量而不相通，局於覩聞而不能化。大者固在，然小叩而大應之則眩矣。小者未亡，然大叩而小應之則窒矣。是猶羽不可移宫，而宫不可換羽。然有知樂者兼取而精求焉，渾渾者未庶不可得也。今之教者又異是，栩于蓋眾以爲大，其弊也，楓而無實。闡揮幼眇以爲細，其失也，窕而不咸。率天下才智，顛倒於怳惚不可知之中，而溺惑於孅屑不必爲之事，是豈其聲之過哉？必其煎湅之質楛而銑甬之度乖，求所爲渾渾者未有得也，而欲其叩宫宫應、叩角角應，必無冀矣。公本其躬行心得者以爲教，而精稟異賦，又日覃思於六藝之奥賾，旁澈乎九流百氏之所云，必求所謂渾渾者而庶幾焉。後昆守先澤而表章之，其克傳家學，不俟末學之綴已。

時道光甲午孟春之吉。

賜進士及第，誥授通奉大夫、江蘇承宣布政使司布政使、前翰林院編修、壬午科浙江大主考、嗣姪孫鑾謹譔。

原序

不佞志古，得《書鄉小步》《一粒粟》者，皆蘄陽孟角陳子輯也。要摭拾諸家言而評釋，多出創見，居然博雅，竊心具之矣。歲辛巳，承乏守蘄，甫至，謬任課士，得陳生朗皋卷而首之，初未知爲公文孫也。踰月，生迺出公所業《應叩鳴》二册示，不佞既憾得之不早，又憾得之不多。生復出餘紙，未就刻者可一册，則皆西征言。緣問其故，迺知公晚得嗣，遺言落去，此萬之一，急命之梓焉。不佞猶計公特詩文豪爾，及按州志所載，仁孝行尤著，筮仕守眉陽，有敬天勤民事實，楊氏蘄南傳之爲詳。夫其文詞在左屈間，其詩章在李杜間，其人品在程朱間，是人與言合者也。夫子曰“有德者必有言”，驗矣。

旹萬歷壬午之夏義興漢[1]畦路雲龍譔於聚星堂中。

① 漢：疑“樸”之誤。文後鈐印二枚，一爲“路雲龍印”（白文），一爲“樸畦”（朱文）。

卷一

賦

筆　賦

吼肓風於秋樹，伐狡兔於平原。屈騰山之趯趯，息舞鎬之爰爰。剸其豐革，拔其長翰。齊以魯刀，濯以渭漣。納之搦管，加之長冠。乾剛坤柔，矩方規圓。時遊乎黄紋之巨璞，頻蘸乎烏玉之輕煙。染彼麻面，識此元編。鍾王布雲星於空漢，曹劉力鋤耒於良田。我亦椎魯，獨與爾耽。吴南燕北，奉以周旋。汝能排玉闥，上金鑾，躋周舍，駕公權，幹神功於有頃，贊洪化於周天，則汝之功大矣，而又何以報焉？

琴　訪　賦

嗟！苦先生兮行道何遲，我知先生兮中心有違。生時不辰兮無澠無淄，七尺孤桐兮衛横鄭施。龍角牛耳兮聽而未知，文莖龜溺兮具而未醫。此有鷸冠之清兮，彼爲安常之奇。彼有龔壯之詐兮，此爲郭曖之癡。重月夜之心挑兮，薄風雲之相隨。喜羯鼓之解穢兮，恡朱絃之有遺。惟此故之齟齬兮，隔一膜而差池。幸若人之孚契兮，愧千里而奔馳。不事雜佩之解兮，殆伯子而鍾期。不必牛鐸之諧兮，自山高而水低。誰曰賢士之終窮兮，尚當觀枯朽之蘭芝。嗟！苦愚生之似君兮，知亨屯之有時。甘元素以自守兮，烏取𥬇貌言之蠟梔。

松水賦贈王翁

浠川王氏之緒，世居古河之傍。粤宋元之叔季，既墟井而城隍。恒走聚而弗去，亦志定而不庬。其即晉國公之槐第，文仲子之頊鋼。越世於此，愈熾愈昌。挺生高人，如圭如璋。種長松兮遐連乎水湄，結小樓兮雄據乎山岡。方其静也，聽鶴歸於華表；及其動也，觀魚闖乎濠梁。合松水以名軒，欲梅谿之來降。居一日，飲客於斯軒之上，雜韋布而列冠裳。是時也，烏掠扶桑飲長虹於水面，龍蟠榭砌肆冥蚖於泥中。忽響侵乎靈瑟，緊颷起之盲風。主人于是乎俯而憑焉，聲交於耳，色感於瞳，洞乎宰府，躍爾神宫，歌白石鑿鑿之古句，摸千丈森森之高蹤。已而問曰：“客亦知夫松與水之樂乎？”客曰：“好惡殊情，東西異路，余何能知？請證以舊。恠我龜蒙，愚我子厚。德益下而取陵，明愈炳而自誤。曾覆轍之幾時，而安車之復驟。主人蓋將謂我爲方輪，我亦訝主人之踰度。”主人嗢噱而應曰：“有是哉子之膗乎？安得其心遍該流通，與之論忘適之適乎？夫人與物並生於天地，皆不得已而相隨。苟不爲其所累，雖四海而刀圭。若一爲其所有，縱一芥而金柅。昔淵明盤桓於三逕，茂叔灑落於一溪，是皆就所遇而融液，蓋不知物爲我而我爲誰。今吾與一二賓客吟哦於偃盖之下，徙倚於回輪之滣，會物我於無間，何娛樂之有垠。方其淺痕薄漲，淡花小芬，泛黄屑於清漣，亞永渠之浮金。巢禽有韻，潭龍有腥。笑山間之無歷，而亦知青帝之司衡。嗣是以邁，溽暑逼人，則扇落羽而浴寒波，枕青瀨而庇重陰。或鬬茶而汲月，或攀枝而弄雲。造化以漸而出機，吾樂亦浸浸而相狥。及其繁霜栗烈，品彙悽愀，賀蒼髯瘦甲之無恙，共藍天碧水而悠優。推户而聽，岸陶公之幘。投竿而釣，思張老之鱸。何必眥陽臺之宋玉，尋石城之莫愁？俄元機之默運，又楠折而江枯。獨吾柯貫四時而不改，獨吾衍與兩儀而同流。大雪無愠，層冰不憂。如此見剛柔之相易，如此見剥復之爲謀。造化以漸而入機，吾樂亦與德而日休，然豈惟是哉？却張良之粒，駕范蠡之舟，謝人寰事，與吾道游。烏蘿可帶，芙蕖可衮。執柄而譚，高情何放。抱甕而灌，機心自收。我不人即，人不我求，尚何紛華富貴而誇詡王侯乎？不然，則又培我幼株，備明堂之晝棟，分我支派，潤區夏之黄疇。效偓佺獻落子於堯帝，步湘人貢薌泉于鳳樓，尚何藩籬之未剖而犬馬之未酬乎？不然，疏菊水，引薔流，煮膏脆，伐桑柔，滌百骸之濁，絶三彭之仇。黑我白髪，方我圓眸。却顧千有餘載，變桑田而化青牛。此又緒餘之所及，尚何支干之得預而日月之能周乎？”于是客俛而思，仰而嘆曰：“先生止矣。先生之言通而無迮，嗟愚生之弗靈，曾説辭之未紐。蚍蜉而欲撼乎長林，井蛙而敢議乎汪湳，信乎爲參佐之戲言，而未覺中書之自醜。”主人乃起而稱觴，浮之以酒，相與交錯乎觥觴，不知參横乎星斗。眾客一哄，扶攜而走。

玄 圃 賦

燕人有幻戚子者，嘗得赤璊一、白琯四，驗其爲寶，深藏者久之。晚激於貧，負而出，以求衒於人。人咸惑之，積年而莫售。于是執鷮踵魯，揖胡實公而諗其故。坐定，胡實公譪曰：“夫子繭足餧腰，蒙霜沐雨，不厭煩殆，逶迤而來，必將有愿於孤生也。何其氣之促，貌之愸，志之鬱，言之慝邪？其讋讋以謂我。”幻戚子曰：“我來侊侊，欲宣我心。我心糾結，如理亂棼。倒厥攸憤，聯蟬飛雲。積重烟於白晳，費浩氣於丹唇。騁駟騤而莫及，懸三峽而齊傾。撫節林振，皷缶雷鳴。夫子惰惠，幸我垂聽。”胡實公乃弛嚴假色，降氣諒辭，徐徐而應曰：“願從先生聞之。”於是幻戚子軒眉揚袂，揮麈而咣談曰：“昔我少時，世路平夷。居彝履素，守清抱雌。襲若考之裔業，蔭先人之敝廬。夜衎衎而月釣，晝俛俛而雲犁。牧纍纍之曉露，樵颯颯之秋颸。稱薪而爨，數米而炊。爲之不厭，甘之如飴。于是乎身日以豫，家日以肥，朝饔夕飧，下裳上衣。入薦錦席，出控青絲。有樂可即，有美可茹。葢將自謂可以善老，而曾孰虞乎中隮。及其既壯，命途崎嶇。東塗西抹，冥行徑趨。目眩乎紛華之遇，心馳乎稀異之歸。慕魏王之富麗，恡子罕之愚癡。虞叔何懾於懷璧，鍾離奚取而投珠。弔卞和抱璞之址，尋吕望釣璜之磯。辯宋人楮中之葉，拾周王刀左之泥。深則瀠涉，高則崘躋。或腰絙而罙入，或篝火以相隨。飽鮫魚而弗顧，實穴窟而不悲。勤十年如旦暮，眇百舍如錙銖。志以帥氣，樂以忘疲。一日漫徜乎圢圠，倏然有得乎珍奇。計赤一而白四，覺水媚而山輝。方如矩，圜中規。奪皓鷺，賽文雉。折方水，貫長霓。陋砮砨，劣懸藜。旁唐駮犖，焯爍姚熺。詘然清越，渾然天倪。信大酬乎夙志，殆藥病而療饑。槖以言返，直達房闈。賁分蓬室，光射荆扉。慌我臺阜，走我孥妻。或謂可以易五都之價，或謂可以取千金之貲。或謂可以食大夫之禄，或謂可以爲封侯之資。白疊十襲，黄革五圍，斂形跡於至密，懼姦宄之我窺。嚴防範於不意，慮豪强之我欺。固緘縢慎扃鈚，治垣墉植藩籬。荒我園圃，廢我菑畬。縈一家而聚守，委百務而俱隳。于是乎心日益懆，用日益虚。家徒壁立，物亦星除。變垂腴而若腊，銷盎背而就癯。或飲若食，分鹽斷虀，或衣若裳，結鶉製蕖。撫兹至寶，誠爲虚車。饑不可以爲飥，寒不可以爲襦。言欲吐而哽噎，情愈慅而酸嘶。俯以自噦，仰而長吁，曰：'若是乎寶之累人也哉？若是乎寶之無益于人也哉？'乃爲之貿素癖，割舊酷，啟重奥，發匱閤，辭姻婭，屬隸僕，擔簦笥，揭袿襹，赴喧囂，混塵碌。耐肩仔，勤彳亍，望高閎，謁華屋。如兔斯奔，如烏斯鶌。覓桓元之心，求張華之目。生既值乎三星，跡已通乎四隩。投之則駭，懸之莫價。珷玉而題之以石，貞士而命之以俗。怯者見其狀吴牛之喘，暴者畏其肆秦蛇之毒。捧以之周，詫周人之樸璞。攜而過楚，患楚王之刖足。葢將浹歲而彌辰，未得寸絲而握粟。捉襟而見肘，十日而九粥。嗟哉嗟哉，籠鳥嚶伊，轅駒局促。三尺桐然，千金劍没。是故發玄黄之悲，慟南北之哭。其顙有泚，其容有蹙。齎刺詰人，寫我鹿鹿。先生其何以處我耶？”胡實公曰：“子過矣。天下之懷珷者，豈獨子耶？

將必有多於子者。子是之憂，何其悖哉？且子未覿於玄圃乎？惟兹玄圃，是爲天中，在八海之間，爲五氣之宗。總統乎三道之會，經緯乎三光之�。閬苑峙其北，崑崙障其東。瑤池左帶，翠水右鍾。連三角而凜凜，迸五色而淙淙。嵚碞礨礨，聳岦叢叢。巑岏嶭岌，嶮巇巃嵷，岹嶢嵂崒，嶙峋峊崆。崚嶒突兀，巉嵯峥嶸。其遠綿地，其高倚空。崇城三千里，危樓十二重。敞瓊華之闕，啟光碧之谾。金根灼灼，玉樹蓊蓊。曹奇鬬異，群巧争雄。有瓌有璹，有璊有瑽。有璽有璐，有璊有珙。有璿有玏，有珦有璁。有瑋有琡，有玫有玒。有璙有璥，有琚有琉。瓐瑎璑玖，瑲瑣玲瓏。陸離錯落，瑰瑋琤琮。赤者如日，彩者如玒。白者如鸜，青者如驄。玄者如豹，黄者如熊。黑者如漆，緑者如葱。澤者如肪，燥者如胸。紫者如鳳，繡者如翁。瘖者如釜，鳴者如鏞。大者如鯤，細者如蟲。勁者如鐵，軟者如茸。直者如矢，曲者如蓬。鈍者如杵，銛者如鋒。寒者如涷，温者如烘。筭數何足計，擢髮不能窮。焜燿旁交乎五岳，光芒直逼乎九穹。可以琢瑚璉之器，可以禮靈陽之宫。可以供巹瓚之質，可以備觴璜之衝。可以實聘問之典，可以將交際之恭。可以比德，可以旗衷。飾采琪而燦燦，儼珈笄而憧憧。敵災星於赫赫，庇嘉穀而芃芃。誠聚美之淵藪，亦羅異之罘罿。不用於世，與吾子同，然而其主不憂也。子之殷憂，何異戴魚目而思折閲，懷燕石而懼積賄乎？是通闤帶闠，羅肆列隊者之見也，而奚以爲吾子？”於是幻戚子轉矔而駭，忐惎而喟曰：“盛乎玄圃之富乎？善乎主人之能自廣乎？主人謂誰，予實未知。先生教我，吐出肝脾，不亦可乎？”胡實公盧胡而嘯曰：“子其纖乎？子其隘乎？惟纖也是以富生，惟隘也是以廣生。主人之名而豈不聞？高明宣朗，美大聖神。我告子實，孔孟顔曾。奄有多寶，不以爲盈。縝密而智，温潤而仁。不劌而美，如墜而寅。特達而德，孚尹而貞。瑕瑜不掩以爲忠，綱條不紊以爲文。爲上爲德，爲下爲民。静而藏諸用，動而顯諸仁。即而求之不説，擯而棄之不嗔。彊而壅之不富，索而取之不貧。不以干乎魯削，不以要乎宋斤。守以自媚，困而愈亨。屯以自礪，若將終身。不遇故去，卒老於行。棲遲偃蹇，太和陽春。何吾子一不得志而遂皺乎雙顰？隨喜戚而易動，亦志道之未凝。予將覺子連宵之長夢，醒子屢歲之餘酲。酌子以恬澹之藥，飲子以冲和之羹。被子以繚凉之裘，戴子以玄默之巾。縛子以安重之舄，繫子以紆徐之裎。覆子以虚曠之屋，娱子以灑落之亭。枕子以閑静之塊，眠子以卷舒之茵。灼子以恢宏之艾，刺子以豁達之鍼。遨子以逍遥之陸，登子以浩蕩之坪。授子以因應之術，要子以權變之盟。吾子盍亦委心乎去留之跡，横目乎烏兔之輪。甘蟄龍三冬之卧，戢大鵬萬里之心。若時而處，緣道以遵。募玄購妙，終當有人。裼綈繡而借玩，居齋宫而請陳。易以厚爵，抵以連城。兹何必抱無涯之戚，而傷有限之精乎？”幻戚子乃脱然悟，釋然平，如漆而解，如瞽而明。一嘯劃然，谷應州騰，翠眉展秀，丹頰回醺。謝眾愁於一揖，曳草履而長征。

恫離賦有序

近生而顓騃，不辯菽麥，惟知討尋元訓，躭嗜上志，不以易寢食，僶俛半生，未嘗敢以鳴諸人。戊戌秋，我柜翁[①]按蘄，天發其蔀，使就一試。我柜翁不以樸樕厭棄，適適然，曰：“用材也，可與樹矣。”於是納之教下，攜之楚城，置之濂溪之院。日夕漸摩，開示閫奥。於凡性命之源，天人之際，使咸得一泳其涯。近亦自信得所依宗，擬足投跡爽高之域，計日而躋。庸詎知有命自天，甫三月而奪以與貴。嗟乎，遇之晚而失之遽也，倀倀乎其焉如。舠舟步影，送之九江，情不自已，爰賦《恫離》。其辭曰：

歲作噩之會兮，越元鳥之西歸。燦觜嶲之旦中兮，載蓐收之專司。日丁酉之亭午兮，豆雨濛霏。紛蟄蟲之壞户兮，予生於兹。曾不遘夫辰

① 柜翁：田頊，字希古，又字太素，號柜山。世居福建大田，晚歲隱居尤溪。曾由禮部郎中出督湖廣學政，又辟濂溪書院，講授性命之學。嘉靖十七年（1538 年）遷貴州按察司副使，仍督學政，識拔奇才。著有《太素集》二卷等。

之良兮，值斗宿乎牛箕。惟三星之慘苛兮，錯百度而差池。自岐嶷而惷拙兮，逮毁齒而號癡。撫陰陽之交備兮，尚黏滯而如黐。指黔烏以爲皓鷺兮，謂蟬走而蛙飛。叩瓦釜以爲洪鍾兮，允甘荼而苦飴。嘲公是以爲大非兮，渾炎裘而清絺。出紛華而入仁義兮，戰常北而就癯。朝狄獵而暮杕杜兮，羌孰爲之指迷。劬矻矻以征年兮，終莫獲夫菌芝。斵鼻乎堊墁之斤兮，縮頸乎菖蒲之葅。忉醜婦之摹顰兮，富者閉户而貧者去之。傺狂夫之學步兮，國能未得而故行已虧。扃中山以抱景兮，憯不知其故也。輪踆蓂之犇逝兮，溘不覺其忽也。思錫砥之刮鑑兮，固其物之適也。熲晶光其冲斗兮，亦其鍊之熟也。雖杜荇之不吾獲兮，又焉可自憒而寘也。悵大人之不速覯兮，抑自知精誠之未至也。昔越石之負薪兮，遇晏子乎反裘。憶甯戚之商歌兮，遻桓公乎飯牛。或敬饁婦而買貴兮，或不龜手而封侯。顧一曲之足以交通兮，而况執吾道以相求。士成綺之重趼兮，卜老聃於鼠壤之蔬。西鄰夫之謦咗兮，目宣父爲漫遊。故心融而神徹兮，雖千里而交訓。苟形拘而殼累兮，縱當户其爲讐。欲全天以爲故兮，惟定性於大湫。慨堂堂策策之兩魚兮，猶應食而浮遊。恠蒼蒼朗朗之萬靈兮，乃倍道而支吾。志忳忳而不憺兮，纗離芷以爲芬。任韋褐之不完兮，求仁義以爲文。雖顑頷之不澤兮，飡松菊以爲慿。綿日月以爲期兮，又何必投瀯水之乘。山積石而自崇兮，海積水而成深。信元思而不寘兮，將必感乎乎至人。索藑茅以占兆兮，灼荆焞以觀紋。謂美人其且近兮，歲臨乎掩茂之星。果應期而不舛兮，拜吾夫子乎風桂之辰。倒平疇之甘澍兮，回谺谷之妍春。指道源之淼淼兮，啟聖闕而開閈。接愚昧使葆光兮，更咀噍乎湝真。長話乎赤鼻之嗑崖兮，攜我乎黄鶴之故城。登我於崇正之堂兮，立我於愛蓮之亭。濯我以濂溪之餘清兮，照我以霽月之遺明。云進學本於誠敬兮，布横序以爲章程。雖椎鈍之懵懵兮，其敢負善誘之循循。策羸駘以尋轍兮，勤跛鼈以高陞。慕子貢淫思而骨立兮，怛顏淵攫飯乎煤塵。綴温讓以作繪兮，辮忠信以爲紳。衷瓊瑾以内姱兮，扈留夷以自旌。儼三千之侍孔闥兮，殆二八之列虞廷。陋造父之泰豆兮，薄鼃門之甘蠅。姹此生以爲依歸兮，倐不知幽天之罰我。移帡幪於羅施兮，擠鄙夷於坎坷。走一國而繽紛兮，混余行之謑髁。謇局地於蓆簀兮，徒呼天於蜾蓏。牽繡裳於崇蘭之圃兮，傷别情於栝弦。班野荆以酌滑竦兮，咽哽噎而難言。揚輕舲於江之上兮，理飛棹而鶗鴂。呌閶闔而詈参商兮，掩歡緒而起離端。援吾琴以寫怨兮，揉結腸之連蜷。擊吾筑而浩歌兮，懸玉筯之潺湲。俄雪泣以遥望兮，漾錦颿乎晴煙。抽愁思其如縷兮，烈肝肺其猶煎。慘嚴冰之割葉兮，驚疾飈之分鴛。哀巨虚之失蹷兮，有甘草而誰傳。念璞玉之無工兮，具美質而奚鐫。亡紡緇而責襌衣兮，棼群士而皆然。白不浴而直不扶兮，降三代而無旃。共言太虚之無情兮，又何以奪造化而移天。聽噫氣之蕭蕭兮，望霑霈之漫漫。魘恥魂之如醉兮，知悁夢其常顛。忡瘠病之孱軀兮，何蘩鬱之能堪。亂曰：嗟哉，夫子之迹兮臻彼遐方。都哉，夫子之道兮與日爲光。炯炯荆湘兮奕奕江黄，大尊時酌兮味趣滋長。善守不失兮敝裂猶幫，吾兹何憾兮而尤彼蒼。矧此荒裔兮豈足淹驤，蚤還乎楓陛兮作明孚倡。膏澤下土兮應節而霶，使余踥蹀兮承事其傍，離幾合多兮余日以望。

玉　泉　賦

坐鋭岑之鬱鬱，休瘦蹇之馮馮。尋玉泉之湛潮，步瑶草而蒙茸。上下兩天之日，顛倒八崖之松。吐金漩而舒鳳，劈璧峽而飛龍。素手弄其風灑，丹脣歃其雲從。滌俗腸之垢礙，增文思之清通。孰引注乎高鼎，調太羹之融融。

端溪硯賦有序

元子素躭筆墨，深入神髓，金璧車馬，黜廢遼渺，撫敢窺望者。自髫髫時聞有所謂端溪硯者，清潤奇絶，甚適研用。懸諸胸臆，怬如意婦，且二十年未之能遣也。乃癸卯歲寓玉泉官，忽有持塊璞來者，封裼鞏固，密發而視之，居然端硯焉。問之，曰大尹三里公之所貽也。陳久懷思，一旦償慰，愴惘馳突，鼓躍無任。焚香展几，下拜而登之，作《硯賦》。其詞曰：

伊端山之椒冢兮，涵大物之光和。潛土精以中蔚兮，結氣核以內娥。飫紫宸而小爛兮，醉丹霞而微酡。粵彼巧匠兮，神劍天磨。割此絳雲兮，鮮輝玉瑳。鸜眼貞明兮，豈能食飜。猪肝耐腐兮，諒爾依魔。脉理細潤兮，平而未陁。儀象嚴栗兮，正而靡他。追孔石之古樸兮，陋晉銀之奢婺。屈錦文於龍尾兮，邁冲德於斧柯。奴瓦甓於魏臺兮，醜絹袋於汾河。維一紐而當意兮，不三趾而偏俆。馬蹶蓮葉兮秖費刓鈋，天光地象兮未堪自多。利管城之懃渠兮，百遍相過。益松滋侯之晦默兮，萬善相摩。發文腴之妙化兮，風水微波。暢詩脾之元趣兮，雲山高峨。伊誰捧之兮，行步委蛇。我儀敞之兮，時首南訛。媢采離章兮，炳煌山阿。鬼膽破落兮，龍魂細麽。副我永望兮，起我沉疴。再拜登受兮，屢舞婆娑。詡嗥狂歌兮奈喜何，與爾始終兮無我詑。

梅　花　賦

一陽初動兮，氣轉洪鈞。烏兔東西兮，斗柄回寅。時凛凛而凝露，或慘慘而飛霙。鼓千枝而斂艶，驅萬菲而銷魂。彼白一花，裕然不驚。玉石肌骨，冰雪精神。挺高標於庾嶺，逞五出於孤根。報明年之春信，見不息之天心。喜松柏之偕茂，笑紅紫之埃塵。芳臉凝酥兮，如桃李之媚春色。南枝乍放兮，類葵藿之争朝暾。恠株疎影兮，月落參横。暗香浮動兮，昧爽黄昏。花澹白而霜飾，枝苦瘦而雪增。天愈慘兮不畏，日大明兮不忺。不逐時而殺，不倚物而榮。物皆妍麗兮我獨清清，物皆零落兮我獨蓁蓁。索巡簷之嘯，濟異味之羹。此所以爲花中之上品，實騷客之美評。媚廣平之賦，來杜公之吟。寄隴頭之驛使，留揚州之何君。歌蘇子瞻於惠州之邸，飲趙師雄於羅浮之村。想諸君之操允協，固因物而寓心，不然則仁智之各見，好惡之群分。幾何不爲故鄉之臭，海上之馨，陳侯之悦，楚侯之憎。雖然，視汝之守何辱何榮，於汝之價何重何輕。我雖不能與此數公者並，亦隱然若喻其情。于是乎濡毫以曉花之露，效廣平之顰。

義犬賦有序

蒲塘子來蘄貳教，歲星且周矣。室無裒儲，緘縢扃鐍，一無所事。垣壁赤立，晏如也。絜齋子先二年來貳蘄政，畜二牡犬，甚良。愛蒲塘子之廉而忉其寞也，因分一以貽之，曰謹爲經籍司也。遂受之。無何，絜齋子之犬出，假鼻爲目，嗅以尋途，千同百突，抵蒲塘子之宅，乃復偶焉。情甚周，至不能去。臺皁者知之，繫而徃，拘縶者蓋屢日而後釋。其後惟晨徃夜來，門焉而入，門焉而出，蓋二家未之或知也。君子曰："其出也，愛也，仁也。其入也，畏也，智也。仁且智，夫人未之能而能於犬，謂之無感焉？吾不信也。"夫其在犬者如此，而况於其士乎？可以觀教矣。夫其在犬者如此，而况於其民乎？可以觀政矣。國之人聞是犬者，咸嘅曰義，乃作《義犬賦》。賦曰：

惟狽獠之細彙兮，含太和以凝形。秉陽精於斗運兮，象艮位以爲生。或隨質而命號兮，亦因才而題稱。覽猥獰之多毳兮，徒繁重以累身。越獟猘之無尾兮，常盤曲而不伸。㹞犴喜鬥而猌猌兮，㺜獵狂吠而獙獙。聞西越之猣守兮，歷隴外而猷犷。獛善炏而弗止兮，獒有慧而解心。犴相猛以逐豹兮，蚼姿雄而食人。殷虞楚獖之疾兮，信㹸猖之所珍。韓盧宋鵲之捷兮，邁一國而孤煢。載獪玁於北園兮，走茹黄於夢潯。赤虎烏龍之譽兮，青曹白望之評。牙列戰場之戟兮，目營坎井之星。既長翰于邦子兮，復生氂於岑君。或以試簡子之囿兮，或以獻穆王之廷。管子取况於嗺嗺兮，詩人致美乎令令。凡皆叩氣以盡職兮，固亦名之以其能。若茲犬之尚義兮，殆猶人道之敦倫。羌群聚以相樂兮，胡主人之中分。割兩情而辛楚兮，時顧影而零丁。惜哀狺之莫覿兮，乃謀出以相尋。遍中國其不獲兮，忽邂逅於單閎。熱懽悰其如昨兮，真靈性之根成。有丈夫之悍壯兮，攜拘縶之徽繩。謇縶項而即去兮，嚴攣固之如囹。將浹辰而後釋兮，畏敢肆乎頻頻。惟猋猋而曉逝兮，載肅肅而宵征。持此懷而無斁兮，亘永久而如新。是物軀而人德兮，果孰別乎淄澠。昔黃耳馳書於吳下兮，鵠蒼銜卵於徐濱。犬戎蒙槃瓠之辱兮，三苗有哭市之靈。張元有置兔之報兮，楊生獲灑水之恩。雖狉狳之特異兮，尚非此之平衡。若其歌梅花而兆孽兮，下金門而動兵。攫公孫之名賢兮，吠帝堯之至仁。方山戴而昌邑去兮，進賢冠而漢祀傾。酸主酒而不售兮，投客骨以交争。疑楊布而迎咋兮，禍叔堅而人行。請謁而巨公倏隱兮，入家而華臣遂奔。致供棺而齊葬兮，溘縶瓠而吴平。則又斯犬之罪魁兮，敢云望乎品倫。嗟吾人之弗淑兮，反不躡其後程。魏祖徒誇乎丁斐兮，趙盾何快乎彌明。彌遠以三凶自恣兮，武思以五狗爲憑。秦藏偷裘之手兮，山莊伏簿之鳴。有善性而不用兮，誠自負乎元精。可以人而不如獸兮，矧一時教政之喧明。誶曰：願爾虎文兮萬石君， 願爾白足兮宜子孫。晝無窺窬兮夜無滛，護安國家兮衛四鄰。汲黯出入兮禁闥深，思摩守吠兮當北門，勉策猷資兮追光塵。

雜　組

感言書三角寺壁

近不肖甲午之春，寓居三角寺，見有署我先考石居府君之名於廡之西，以晨夜有事焉者，乃再拜而嘆曰：“嗚呼，天理之在人心，其不可淆而泯也，有如此夫。蓋自鄉社之禮不講於天下，而所謂鄉先生者，自其寢廟之外不復得而旁食其祀矣。夫德及一鄉，而其食祀乃止於一家，施者奚豐，而報者奚嗇耶？夫固其風之會然也。若我先考之德，載在鄉人，口銘而心祝者皆是，而弱嗣又足以世之。雖不以祀，亦可以無餒。而或者乃崇敬若此，無亦其德之溢而濫焉，有不可得而壅者，而顧爲是以巧處之也。不然，吾家自江州而來，義方之教未斬，世世業儒，儒固佛氏之所妬也，而亦何取於釋子也哉？嗚呼，可以觀德矣。嗚呼，可以觀德矣。”

白 塚 論

戊申之秋，陳子在忠州。一日與客遊湆井之鳳凰山，已而辭歸，山溪之旁，纍纍然荒塚在焉。砌石衣緑，漫無字文，恠而問之。有華顛者應曰：“此白居易公之墓也。”曰：“何以知之？”曰：“陳脣宿口相郵遞也。”余因俯而思，仰而嘆曰：“是豈所謂黃居難者乎？若白居易固自有墓也。”客曰：“何居？”陳子曰：“公關中人也，前後歷官二十任，食禄四十年，垂老不偶，移病東都，尋就木焉。葬今渭南縣東北樂天故里之紫蘭村，與其弟行簡、敏中三墓參差相列。班班可考也，而又謂墓諸此，是何墓之多哉？吾聞在江州，江州人墓之，在忠州，忠州人又墓之。傳稱墓者，慕也。豈公德義在，人愛慕深至，偶指土壘而命之曰‘此公墓也’，遂幸其意有所寄，不暇究其源而同然墓之，若所謂百犬之聲乎？昔文王在羑里，紂嘗以梏拘持之矣，及武王伐商，命徹其所以刑人者，民奉其梏，三拱致敬，跪而入水，不敢棄也，曰‘昔文王擁此矣’。夫文王自釋歸爲西伯，凡四十餘年，既又即世十一年，而後牧野之師始陳，通計五十餘年，其所擁之梏安保其不朽而敗哉？即不朽不敗，群具中亦未知孰爲文王之所親嘗者也，而民乃若此信乎？愛敬之情，足以惑聰明也。是故丁蘭之木非母也，徐積之石非父也，而二子真若父母然，豈故木石其親而不知乎？亦勝於愛耳。公早特立朝，言議諤諤，湔剔刮抉，無所囘忌。論王鍔、孫璹、承璀等事，尤凜凜不撓屈。

晚年失意，惟順適所遇。外有以修其身，内有以治其心，旁有以樂其志，踈達曠溢，若忘形骸者，是以所至不見稜岸，率寬惠亦潤澤爲事。民咸安利之，去咸思之，思其人不得見，得見其似斯可矣。故於其墓不及致詳而以土壘爲真也。不然公之名在當時赫赫耳著，其喜飲酒，長於詩篇，人號醉吟先生。其崇尚外説，經月不茹葷，人號香山居士。與胡杲等燕集，皆高年不仕，人號九老。元稹從之遊，號元白。稹卒，劉禹錫與之齊名，號劉白。至宋，韓魏公慕之，作‘醉白堂’，又號韓白。其無形之名，天下猶能定之，況有形之體，豈有不知葬所而在在墓之者乎？嗟乎，可以觀民心矣。人謂三代以降，民心無良，吾滋弗信也已。今之良有司能子其民者，及去，民有請袍笏脱靴立生祠者，其亦猶是心也。夫向使與民爲敵，裒割膏血以自腴益，則民且仇之，其不視爲李廣之虎、樂令之蛇，畏而疑且病焉者，亦寡矣，又焉有指土壘爲墳墓而致意於千百年之後者哉？吁可慨也。”客曰：“是白塚論也，可以解攣錮者之疑矣。請揮筆爲子匠之。”遂書諸報恩寺之壁。

七訊八首賀廉訪劉亦齋乃翁壽章

巴國丈人居天目之巃，韜智戢曜，迹扃神溶。奇趣獨入，玄契罔通。抱蔚霞之靈巖，守澄寂之神冲。枕上流而浣耳，席寂圃以怡衷。味道腴却囂埄，謐瑰意定絳宫。調貞養素，清機妙融，道與西穹競高，壽與南嶽争崇。天倪混合，乾心協同。喬年益陟，急景彌豐。背駘齒兒，鬒星顔童。期頤不倦，是曰健翁。於是七澤之隩，三湘之東，有孟角子者，實竊慕其風焉。惟彼天目，鳥道艱難，飛巘矗空，峭壁沉潭。南池浴螺頭之翠，西水湔箕踵之鱷。漾龍蛇而跳日，走牛峽而傾天。岧嶤嶆嶫，潝巃淪漣。陸人太息，淵客永嘆。花虬邐邐而靡進，彩鷁嫛嫛而欲旋。矧此敝屨，豈堪極天。更餱資之不繼，與膂力而俱慳。瞻棧雲之漠漠，望劍月之娟娟。叔夜安得識王烈於石室，令尹何由遘老子於函關。遂使道域罔登，德波罕及，良覿未孱，中軫奚釋。邈矣星樞，廣哉妙極，譬之黄槁丹焦，懸思霞霻，雖蔓蔓而抽情，益依依而莫慰也。乃歲載涉，閼逢執徐，宸睠楚國，與之翰翳。命翁伯子亦齋大夫，分銅專閫，鎮此黄蘄。於是孟角子驩然大噱曰："是將壽我蒼生矣。"由箕而弓，由裘而冶，夫奚遜之有？乃冠危冠，履空履，紉蘭佩，結鶉梟，出垂冰之幽崖，望鳴珂之綺里。目瞢瞢而星迴，足蹀蹀而蓬累。越重津而褰裳，追要途之遐軌。日煜煜而團暉，天朗朗而如洗。遵大道而迢遶，遂屆乎大夫之所止。其止也，背麟阜，面鳳岐，横鴻洲，峙龍磯，聳表塗之襄岸，洞結駟之洪扉。梁彤彤而虹飲，簷轆轆而虯飛。於是曳長裾於清藘，鞠孱躬於高閬。聽大夫之綷縩，趨朱子而踉蹡。肅再拜以陳辭，訊大夫於華堂。曰："嵬夫沿瞽以穽命，喆人襲智以綿生。推面背之一差，致修短於雙分。一愚厎瘠，既鮮靈根。望洋向若，羡此長庚。竊聞尊翁爰躋上壽，遐紀崇年，迺乃父對朏魄而數秋毫，卧上床而聞蟻鬭。心湛湛而益明，齒摇摇而復固。力任札而忘疲，髮漸黄而改素。意者其有異行乎，何晚節之未央也？"大夫曰："老父秉質醇泊，率心虚平，凡所未至，委諸上靈，殆無以異爲也。"

孟角子曰："君子難老，高冥錫庥，氣坱圠乎霄堣，神汗漫乎化爐。惟大形之凝鞏，亦利眼之眷求。故少昊虹流於華渚，黄帝電繞於壽邱。姬昌啟房心之秀，赤帝發翼下之休。騎傅説於箕尾，降蕭河於旄頭。劉白同甲子而詩最，韓蘇共牛斗而文尤。后聖兆玄雲之纏緝，李耳感大星之注流。趙普傍微垣而小見，方朔移木精而下遊。弧南出而民考，周伯見而君修。其或吸風飲露，服日餐霞。元精絳雪，雲母月華。被電衣以爲快，垂霓裳以自媠。牧雨工而忘憊，馭煙駕而方賒。木工因風猋而上下，陶正隨煙氣以參差。此皆得圓精之澒洞，長委蜕之津涯者也。若翁之厚於天也，亦將有得於斯乎？"大夫曰："老父知受命於天而已矣，未暇於鉤隱而搜微也。"

孟角子曰："媪神之德，博大無垠。是爲物祖，乃統元形。别陵谷爲牝牡，錯東西爲緯經。雖物生之無擇，惟吾人爲最靈。資稼穡之中味，啖草木之元精。酌祝融以盉其苦，調蓐收以宜其辛。况至人之精妙，尤取物之宏深。茹太行之青泥，餌太陽之黄精。汲菊潭之水，掘蓬虆之根。丹泉可飲，紫芝可吞。玉膏可挹，瓊蘂可飱。赤須餐柏葉而生齒，偓佺食松子而方睛。黄初平服脂苓而無影，朱儒子烹枸杞而輕身。園客種濟陽之香草，山圖採隴右之玄参。西海之樹甘如飴，中山之李大如瓶。董威輦寄生於石子，封君遠代養於水銀。其或尋丹窟，赴玉墟，依真境，據福基，寓廣成於崆峒之上，棲赤松於崑崙之西。羡門騎白鶴於蒙岫，吕尚釣錦鯉於下谿。安期生賣藥於海嶼，河上翁結草於水湄。三十六洞之靈異，七十二地之玄奇。此得柔祇之曠藐，鰲連石之餘暉者也。若翁之厚於地也，亦將有取於此乎？”大夫曰：“老父知受質於地而已矣，未暇於周廣而探深也。”

孟角子曰：“元命基乎導引，久視起於嗇精。顏得頤而玉潤，肌受煉而冰清。漱古而華池自湧，調息而丹田可温。蟬蜕龍變，鴟頸熊脛。交媾離坎，茹吐陳新。或存五官於太澹，或通三玄於至神。或以清净成冲舉，或以歔歙化渾淪。或以混沌參太和，或以把握延奇齡。或以沆瀣而辟穀，或以緣督而全生。漆園吏以逍遥爲名理，柱下史以玄牝爲大根。單豹以治裏而調外，文子以玄洞而入真。淮南衍鴻寶於黄白，軒轅會至道於窈冥。黄眉吞氣而洗髓，李喬息耳而長春。此皆取吾身之妙用，而全大道之委形者也。若翁之厚於人也，亦將有假於是乎？”大夫曰：“老父知盡性而已矣，未暇於抉冥而滌幽也。”

孟角子曰：“胚渾太真，品彙之根。元萌黄芽，質判氣分。睢睢盱盱，烟烟熅熅。有淑其遇，乃篤其形。爰稽古昔，傳有明徵。或方瞳而玉面，或虎鼻而蛇身。或眉有八彩，或耳有三門。或圩頂而海口，或日角而月庭。或四目之并照，或三眸之重明。或背再肘而耳三漏，或蹈五字而把小紋。或齵齒以爲表，或四乳以施恩。或微息而同雷震，或細耳而號天人。或珠廷而玉理，或天骨，或日衡，而戴于懷斗之殊象，或視豐望廣之異形。此羲堯舜禹之長鶩，湯文孔老之章程也。若翁之相，其亦居一於此乎？”大夫曰：“老父知踐形而已矣，未暇於辯恠而論奇也。”

孟角子曰："奇稌含滋，雕菰布芳。南海蘩秬，西旅肥粱。玄山凝脂，闞澤浮霜。青精細滑，胡麻清陽。雲子皓旰，玉屑馨香。碧麥紫禾，燿燿其光。燋梗靈豆，燦燦其章。后稷之所樹，顏回之所矚。黄帝之所蒸，宣父之所嘗。爾其四膳齊陳，六禽俱給。髦殘熊皤，豹胎雞跖，龍紺象白，燕翠猩赤。斟雉臛黿，方圓充溢。葵白蘇黄，雪堆金積。鯉膾鰕腐，鮮刳膄剔。海月石華，鯖差蛸炙。銀餤瓊膏，韲分桂析。紫駝之峰，玄鹿之脂。甘露之羹，鸞峰之蜜。獵無損以爲酢，羅追復以爲腊。支離飛鍔以成風，大公鼓刀而動日。擬蟬翼而猶輕，視毚毫而靡益。伊尹展技於烹調，易牙恣情於饗嗜。遠邁乎經家之巧陳，薄視乎堯廚之自息。於是注玄碧之春，酌縹青之美，泛瓊蘇之華，流玉液之髓。漬蘭英而釀流花，申程鄉而駕酃水。碎滴紅珠，輕浮緑螘。桐馬受降，葡萄即徙。元觀之風既醇，青田之味方旨。儀狄之所造謀，杜康之所躬醑。定國緣是而精明，鄭玄以之而温偉。堯舜千鍾而自如，孔子百觚而未已。此蓋飲食之至精者也。上衣下裳，取諸乾坤，佩以旗衷，服以章身。異國龍綃之薄，浙東金冠之輕。青鳳之毛，神馬之精。燠清質而暄玉肌，熯不燋而濡不澄。垂却寒之簾以爲暖，製龍皮之扇以自清。飛雲抱香之履，避塵浣火之巾。紫茭壬癸以爲席，神絲冰錦以爲衾。綃帳懸乎鮫織，犀帶横乎壽星。疊雪明霞之綺，竹根柿蒂之綾。緝鹿藿而萬縷，萃狐腋而千金。濯江波以發其色，薰杜若以增其馨。暑可以凉，寒可以温。冬如挾纊，夏如懷冰。此蓋服器之至適者也。惟此三品，可以頤形，可以娱神。眉壽之祉，胡考之寧。若翁之備禄養也久矣，亦將悉至於是乎？"大夫曰："老父稻食水飲，夏葛冬裘而已矣，未暇博取而傍收也。"

孟角子曰："放情瀾者，螗蛄其世。塞私竇者，龜鶴其年。此上真之靈秘，乃報予之微權。若乃楚娃宋豔，蛸領蛾眉，瓌姿瑋態，玉澤蘭肌。顏柔色媚，景曜光隨。動香塵於羅襪，結金縷於錦衣。横清波而電越，擁緑翳而蟬飛。階宗周之厲，致下蔡之迷。於此而不動者，命之曰'啟瞽之醫'。流鄭激楚，下里巴人，迴泉振木，遊響遺音。妖歌淫詞，羽蕩宫分。喜動雍門之儷，清浮青席之雲。曳曼聲于皓齒，暢清調于朱唇。揚東謳于齊瑟，發西氣于秦箏。詠棗下之纂纂，唱花上之盈盈。布時哇而亂雅，縱至娛以論真。齊宣王攖情於世俗，魏文侯溺志於新聲。于此而不動者，命之曰‘刺聾之鍼’。結侶比徒，殳卒竿錯。山清藪疎，草木零落。導韓盧，牽宋鵲，金剛騰，青骹躍，張修罠，布巨絡，控烏號，繫繁弱。金彈星流，玉驄電灼。鷩鳥銜絲，駭麋刃遻。下勁翮於重霄，翦剛毫於東郭。灑雨血而舞鳳毛，卒雲從而士霧合。爰息馬而計鮮，亦人間之至樂。叔段暴虎而出京城，太康荒禽而羈有洛。于此而不動者，命之曰‘斂狂之藥’。瑶堂蓬宇，文梍朱軒。玉題昭空，鳳甍翔天。繚垣磴道，鍔鍔聯聯。閣凌雲而突起，樓棲霞而欲飜。築珍臺於靈囿，累綵榭於層巒。塏潔鮮儷，顯敞靡肩。懸光内燭，流景外烻。窮高情於九野，極寸謀於八埏。此奢豪之大趣，亦遊客之至觀。王仲宣有消憂之句，曹子建有娱情之篇。于此而不動者，命之曰‘化逸之丹’。維此四端，是爲四賊。汨[①]竁性靈，批伐形格。釋此不防，俄焉大蹶。神幾思張，高隄虞決。謝紛華於外榮，抱簡素而内悦。洗塵慮而勿輕，矢剛德而欲篋。可持生而配羽人，可凝神而擬烟客。又何必尊桂父於朝雲，禮茅君於夜月。若翁之登百齡也，殆不出于此乎？”大夫曰：“賴子之力，老父亦將勉省於是也。”辭雖若有未盡，然眉目間皛皛然喜色也矣。

孟角子曰：“嘻，我知之矣。壽者福之元，德者壽之址。惟址固而不遷，斯積多而罔圮。蓼蕭以令德爲期，行葦以維祺爲韙。《魯論》啟仁静之端，《中庸》明大德之旨。伏羲之神不以八卦爲避趨，炎帝之道不以百藥而克餒。少昊以至和而延生，顓帝以大序而縻紀。唐堯豁欽明之都，虞舜開濬哲之宇。成湯建大中之旗，伯禹馳文明之軌。益徽柔乎文王，老時中乎孔子。武公以懿戒而引年，李密以孝思而遲毁。况芳澤之流遺，尤恒久之妙理。後兩儀而不磨，周三光而未已。蟠桃無所效其

① 汨：疑“汩”之誤。

滋，靈椿無所用其植。顧因心不敢持其角，張元始豈容論其齒。避李河於三千，却甄權於萬里。果老眄睇而咨嗟，籛鏗瞻望而徙倚。蓋至德之無量，乃聖賢之嘉邸。若翁麗仁義以爲宫，飯道德以爲味，披謙讓以爲衣，飲温和以爲醴，獵學問以爲遊，搢正直以爲矢，調慈順以爲劑，酌清廉以爲水。擇正色以舒睛，期雅音而置耳。欲不閉而自消，理不克而自起。天機和暢而莫竞其端，眉壽無疆而不知其幾。此固天命之機，而非凡夷之可擬。至矣哉，無所進吾辭矣，願終教我。”於是大夫軒眉席次，揚袂而起曰：“壽本無根，惟德是即。作善降祥，惠廸則吉。捷若影之隨形，切如履之遺跡。自古昔之名流，更何容於異術。老父蒙庥，信亦庶幾乎此也。惟子殿言，當我心曲，勉旃勉旃，罔俾予獨。”孟角子迺欣然發皇，克若有得，溢情出詞，縱聲撫節而爲之歌曰：“黟緑眉兮山崇，駐藍頬兮春紅。收乾坤兮入手，備物象兮在躬。嘯囊橐兮日月，任管籥兮雨風。問若翁兮伊阿，通中和兮神宫。薄山島兮玄玄，恥雙樹兮睡睡，攜杖履兮隨若翁。嗟，盛矣哉！微誰適從。”

應客 題《牧牛圖》

客有語無山子者，曰：“子階於晉矣，而困以自旌，何哉？夫君子之誌，以觀志也。子繪圖以牛，繼牛以牧，志于何有？其無乃自降也乎？”無山子曰：“方而轂矣，將焉運之。夫牧之道多焉。索地求芻，日飯夕飼，養也。繩鼻策臀，目指氣使，教也。走險臨阻，左身右目，坊也。梏角濕耳，不騫不崩，調也。露晞而出，露降而歸，時也。夫能養則仁敷，能教則義行，能坊則禮立，能調則智明，能時則聖通。提而遊諸天下，有餘地也。曷言乎有餘地也？夫仁所以惇民生也，義所以還民性也，禮所以閑民情也，智所以求民瘼也，聖所以趨民風也。夫庸可以二議乎哉？太公曰：‘下屠屠牛，上屠屠國。’余亦曰：‘下牧牧牛，上牧牧國。’寓諸下將以志諸上也，子奚降之？”客莫能答，俛首而避。余亦乘風長嘯，援琴浩歌。歌曰：“大武奮力兮粒我烝民，君子懷德兮惠我蒼生。豫養在牧兮大烹在君，食恩不報兮其如冥冥。”

紀會篇

陳子之淹落也，將食其藝於四方。濟浠而南，弛擔而息，見邑之人士稷稷乎若有所從，跡其道而往觀之，則群聚乎學之宫焉。于是毁棱磨介，匿乎其所以異，混諸曹人而卒眼之。有道範而惪儀者出，而佇乎堂之上。其冠峨如，其衣襜如，其佩鏘如，其言衎如，若專直而莊雄者。因竊嘆曰：“嘻，彼所謂端埏埴蚤正而待之者與？”承事乎其下，有俯奉幣者，有傴奉卣者，有奔走奉榛栗橘柚者，其心溢，其物靖，其禮讓而文，若躋乎廟朝以告虔者。因竊嘆曰：“嘻，彼所謂奠土實以旗其衷，偶嘉會而展其報者與？何多士之祁祁也？”交際畢，使年焉而坐，肆之饗。酒三行，將有言也，傾而聽之。奉卣者起曰：“鄉者之執，非以還自醉也，以貌夫子之教之深也。夫子之教，解其形，隳其體，而溉乎其心。人不能自爲屏，譬之瓊酥玉膏，懸之劉阮，未有不脱鸕鷀而倒接羅者。玆請概楚滙而量之以爲夫子壽。”奉榛栗橘柚者起曰：“未也。鄉者之執，非以雪酒也，言廣也。夫榛栗橘柚，其類至異也，而皆適於口。夫子之教，外與以物易而内不失其情，大小智愚各就其性。吾儕小人，咀啜其華，實周茹而齊蹠之有遺味矣。玆請悉圃實而數之以爲夫子壽。”奉幣者起曰：“未也。鄉者之執，非以侑飲食也，言賁也。夫玄黄其縑，天地色也。夫子之教，信爲之裏，温爲之表，式容者取之目，準言者取之耳。旁昭延灼，將隣是輝，其真掩不能藏者乎？君子曰：‘身者璽也，舍而不治，則知行腐蠹。使賢者教之，以爲世士。’其殆似此與？玆請分縑縷而計之以爲夫子壽。”三壽已，陳子復竊嘆曰：“嘻，祝而瑣尾焉，惟生之圖。彼所謂横私天下之身，横私天下之理者與？”堯舜周孔今不復在矣，其與穹壤相敝，固有足恃者而不在乎身之去留也。使而夫子果能藏身於道，久而不縮其和，則可以續程朱之統，而諸君子亦庶幾乎游楊黄蔡之徒矣。乾坤一日不毁，則是道一日不亡。尸祝而俎豆之，豈筭數之所能究耶？雖不有是身可也，乃颺聲浩歌，捲水裂石，徹於梁欐。歌曰：“傾爾元味兮，投爾籩實兮，擯爾霧縠之組麗兮，而以綿其道兮，道洽教衍而何有兆兮。”于是眾駭而出，相揖而進，延之上座。請問其故，是惟司教南麓李子誕也。其在下者，則陳子之南郭子德敷輩也。乃相與賡詠互歌，極驩而罷。蓋困敦之歲，二月五日也。

書陸宣公[①]祠壁

忠之南涯，有翠屏山。山之嵌，唐陸宣公之祠在焉。陳子客是郡，乃諏日渡江，拜公之像於蓊鬱中。禮且竟，客有問者曰：“公立朝忠直剴亮，以言爲業，讒邪盈廷，相顧落色，可謂不畏疆[②]禦者矣。至其罷遠時，乃獨閉門集古方書，不涉他事，疑若有所懾惕而託以全其身，如張留侯之所爲者，何哉？”陳子曰：“公慤樸貞毅，死生不與易也。禍福予奪，益視之卑焉耳，是豈足以搖其衷而使震疊哉？嗟乎，吾以是見公之大者也。盖可以用舍者，公之身也，公之心未始有用舍也。不用舍其心而惟心乎民，至仁流行，綸而不息，其道固然爾。傳曰：‘大丈夫不爲名宰相，當爲明醫。醫世與醫人，其仁一而已矣。’是故宰相者，仁吾君，又推之以仁天下者也。明醫者，仁吾人，又傳之以仁後世者也。方公之進而居輦轂下也，嘗伏思曰：‘君之未君，是天下之所由病也。’于是以奏議醫德宗，因其病苛也而藥之以厚，因其病忘也而藥之以誠，因其病好兵也而藥之以清浄，因其病吝財也而藥之以施予。以至屏小人，惜名器，馭將帥，靖疆埸，皆一一有以調劑之焉。正醫經所謂寒熱因用之大法也，是不謂之良醫師與？使德宗不以瞑眩爲懼，能甘其苦而盡飲之，則貞觀之元氣可以收補而復完矣，豈至晚年末路、四肢不掉而遂於不救也哉？嗟乎，岐伯具方，扁鵲剉餌，俞拊跪而進之德宗，

① 陸宣公：陸贄，蘇州嘉興人，唐中期政治家、文學家、政論家、思想家，有德宗“内相”之稱。謚號“宣”，世稱“陸宣公”，傳世有《陸宣公翰苑集》《陸氏集驗方》。
② 疆：疑“彊”之誤。

德宗不飲且奈之何哉？此公所以卷其智、默其道而去也。雖然，公之心猶未既也。于是閉門集古方書，曰：‘是尚可以繼吾仁于垂絶乎？’夫五運之不齊，六氣之不和，臟腑之不若，股肱節脉膚肉、耳目齒牙之不理，是一人之病也。一人者，天下之積也。一人在疚，元功以虧，宜未可秦越視之。乃爲之制其科條，分其品彙，或直而折之，或曲而從之，或補而盈之，或疏而暢之，固亦兩情、九槳、五術、八計之故智也。司命者苟能按此而推移之，因一劑以活一人，因一人以活一方，因一方以活天下，因天下以活百世，亦庶乎有以濟天子之所不及矣。躋斯民于壽域，敦參贊於不言，下相業一等事耳。此盖公之遺意也，而豈若彼策士者流託異道而逃乎？”客悵然，少遜曰：“宰相尊行其道，故能充夫人之形，而兼淑其性，然可及者斯世也。醫師卑行其術，故能理夫人于一時，而兼濟乎百世，然可及者其形也。功有大小，利有遠近，雖若不同，即其有裨於造化，則未可以尊卑論矣。某鄙人，誠不足與論往事。或曰：‘宋蘇子瞻嘗以公諫草醫神宗奏議，宜亦非一代之書也。’”

諭　諸　子

孟角子曰：“於哉，師道之荒圯於天下也久矣。”自斯人以其學易衣食也，天下始以敗繒朽粟易斯道。自二人者之交相易而無所吝也，天下且曰：“是道也，非吾繒粟對也。吾之繒粟雖敗雖朽，製而烹之，猶可温飽。彼能咀嚼文字、被曳典籍以自救其凍餒乎？”吾知其不能也。彼屈於身口者，又不能死其軀以存道，亦將曰：“是誠非其對也。”又從而敬畏之，媚悦之，左右之，若將以足其分數者，而斯道曾敗繒朽粟之不如矣。於是爲弟子者曰：“吾之受於師也，有以與之也。師之授於我也，有以取之也。”往來彼此，其值若有未平者，而暇計其他乎？是故其身雖未離乎門墻，而心已純乎路人矣。不知斯道也者，天地之所以立根者也，生人之所以立命者也，群物之所以立類者也。推而極之，堯舜之天下不足與易，而况繒粟之微者乎？誠知此義，則繒粟者，其粗者也，而其相與之精，固有非繒粟之所能盡矣。恩義纏糾，始終貫淪，至性至情，誰復能已。余不敏，無他長，惟嗜貧一節頗以自許。若不諒其心，以道相錫，而各以其所有相市焉，則是敗繒我也，朽粟我也。余雖貧，寧窮餓以終身，固不願肉食衣錦以與斯人遊也。二三子其試思之，二三子其試思之。

問吕有弁

時有能請洞賓書者，夜，諸生驗之，果至。字畫奇古，真有李唐規模，且示"次日巳刻顧我"。至期又至，因以問之。

先生唐傑士也，其不以天下百世易一身也，明矣。乃獨棄孔孟之道，甘心于赤松黄石之術，何哉？夫以先生之才之美，持而效諸唐，建事植政，灑清穢濁，由内以外，則其勳烈當必有可言者，夫豈少屈房杜下哉？當其舉進士而出也，吾固有以諒先生之大志矣，而竟爲鍾老所左，引入玄異，使摩霄高概，齎逝不返，吾誠不敢爲先生取也。且以先生之公明，提衡而立，輕重較然矣。彼之誤先生者，不過曰餐霞嚥日，熊經鳥伸，可以長生久視云爾。然此特爲眇躬計也。使先生大行于世，畢志殫學，唐之天下至今存焉可也。不以壽天下而以壽一身，吾誠不敢爲先生取也。縱使時君不足與有爲，不可依以立功也，又不敢以孔孟其身，退而爲韓爲柳，文章照人，天壤共壽，不亦遠乎？先生此舉，其爲一身得矣。自先生以來，慕者固亦有人，然稍有見趣號稱知道者，必不肯爲先生袒矣。吾誠不敢爲先生明也。先生固非不公不明者流也，而至然者，將必有説。願告我，請爲先生張之。敬問。

贈　言

海泠子行蘄，蘄多士穆焉群之遊，不曰費。無幾，念其母氏健，辭去，縶而留之，莫釋也。于是孟角子及友人庀醽腌餞之龍磯之湄，飲且醧。海泠子曰："何以贈我？"孟角子曰："余不富，無帛以贈子，然于其言則或未貧也，請以言贈。"乃興言曰："子世家淮海間，性諸海者也。其知海之所爲乎？夫海，晦也。引濁納穢，儲恠聚奇，以成其大者也。子玩其大也久也，兹泝而來，息諸江漢之涘，所入益小，所見益隘，得無鋭之乎？然江漢水之委也，海惟不讓水，不擇細，是以若是其大耳。况夫避礙而通，學海而至，亦江漢之善心也，而可以薄諸吾前。此擅秋水以自多，謂天下之善無以踰此。乃今接子之談，然後知海之爲大也。抱本而不充，守曲而不致，吾其畫乎？然在子者，亦猶夫在我者也。恃其浩，逞其漫，而不要其自，其於聖賢之學，亦非根極本始之道也。兹子不畏坎井之縶，觀遊乎江漢之上，目運心逝，與水俱流，其所探取亦玄微矣哉。吾與子惟謹識之而交通焉，則向若之歎可去諸我，而跨跱之悖不集諸子也已，不其善夫？"海泠子曰："善乎，子自進哉，予功曷以也。"孟角子曰："子奚事亦準諸江漢焉？止矣。夫江漢流動不礙，强也。孔子贈子路曰不强不達，是可無準乎？歷險致遠，勞也。孔子曰不勞無功，是可無準乎？所期必至，復也。孔子曰不復無信，是可無準乎？重而能下，恭也。孔子曰不恭無禮，是可無準乎？會而能和，親也。孔子曰不親無宗，是可無準乎？慎兹五者以往，則其大也，爲有本矣。大而有本，孟子其謂何。予不佞，不能膏脣吻以進諛，敬以規贈。"海泠子厲聲高揖曰："諾。"遂別。

題讀書圖楊蘄南有"一簾秋水讀遺編"，周雞峰有"不如拋却塵編盡"之句，故有是題。

無爲則蕩其心，有物則滯其志。然則人之于書，不讀不可也，不不讀亦不可也。魚棄其筌，馬委其轡，勿忘勿助，非難非易。嗚呼，求諸中乃爲上智。

題屈大夫譜後

靈均之行，凌躐乎上妙。罔概諸中，雖礩礩寡協哉，然其志翕，其節喬，足以昭瑕明污。俾事脂韋、務嚘咿、俛仰刺時會者，觀思而生羞焉。其于世教，關佩不毛小也。傳稱徐生務子負石赴河，此死于名高者，聞者猶或大言之，矧兹也乎？嗟乎，君之死，其精馮日月矣，其軀將天吴、馮夷是衛，走蛟避龍，可以陸想，誰謂魚腹果君棺槨哉？戊申，余在忠，得讀君譜于劉南川之舘，且聞其耳孫相山子能牽舊義，懸映往牒，蓋嘉其源流德長而題其後云。

書　笥　銘

嗟予貧落，黜力搆書。己弗能有，而以汝庋。終歲累汝，試勿怨予。雖然，予欲爲汝而不可得也。

筆　　箴

運毫思柔，執管思勁。柔勁相涵，中和則聖。嗚呼，心倚字欹，奈何弗敬。

硯　　箴

嗟哉硯兮，吾嘉爾之能静，墨與筆相尋於其上，而惟應之以不應。嗟哉，爾所謂量物而酬，而不失其衷者與？彼失己於人，混真於俗者，可以愧矣。

墨　　箴

聞爾玄光，守信不易。心畫方行，邪正與俱。邪者招嗤，正者經世。則夫塗蠅成駮，噴紙而點繒者，又何益哉？

紙　箴

平如砥，素如脂。無染不受，與時卷舒。古人云“學亦有染”，吾微汝，其誰與居。

藥籠箴

定爾形，嗇爾精，謐爾神，病安從生？藥益自外，如泉灌根。根全則茂，根壞愈傾。戒哉戒哉，永錫爾齡。

大朋橋記

蘄之勝曰“赤東湖”，湖之勝曰“大朋港”，是守國之險也。蘄之氓咸濟焉，前此之司牧者，惟舟之。舟之，危道也。方春而濫，非橋之所得施于此，而託濟於舟，不得已也，可也。及其天根見，火朝覿，尾閭泄之，水涸而川平，則橋可以自效矣，而猶從事于舟，何哉？是非夫人之樂於趨危也，欲橋之力不易爾。浮屠氏某者有志焉，以告宜齋周侯。周侯曰：“繄之我矣，非汝之尤也。陳之所以見卜於單襄，鄭之所以受議於孟子，皆是物也。雖然，政紀肇興，多務罷劇，其所宜先有百於此者，而不足以奪之，其若之何？雖然，役鵲浮鼉，術而幻也，予弗能爲也。解帶貿田，道而術也，吾弗能已也。”遂捐禄以爲倡。於是湘東郝子、四山劉子、梅江陳子從而和焉，而齊民胡氏、汪氏以及于陳李諸人，又踵成之，踰三稔始克卒事。君子曰：“是可以識矣。”于周侯可以觀政，于三君子可以觀仁，于諸富民可以觀義，而聖君之化從可推矣。不然，尾以螫下，齒以焚身，仕之故也，能脱焉鮮矣，矧敢冀其還若值以便民耶？銅以臭名，粟以取徑，士之故也，能脱焉鮮矣，矧敢冀其紓若累以祉疇耶？璞以深藏，蚌以堅閉，泯之故也，能脱焉鮮矣，矧敢冀其發若私以應上耶？夫便民，政之良也。祉疇，仁之厚也。應上，義之勇也。良以攄藴，厚以待施，勇以從令，善物備矣。《書》曰“明作有功，惇大成裕”，言備也。吾人有焉，其自可知矣。《詩》曰“有覺德行，四國順之”，言神也。我皇上有焉，自也。自神以達化天下，其濟矣乎？是故可以觀化也。橋何足以盡之？於是乎書以識化。

太素軒

太素軒者，余兩蘄兄、華巖弟、雲田弟共搆以棲余病者也。軒甚小，可一丈許。桷弗刻，楹弗丹，櫨棳無堊漆，任木之質，澹如也。因記《廣雅》有云“太素者，質之始也”，是軒也，質而不文，可以命素矣，題曰“太素”。題已，兩蘄兄戲問曰：“子好學成貪，鈎玄收賾，人咸號子‘行墨廚’也，而軒日坐子，得無以墨尚素乎？”余應曰：“余少時讀書，以余讀書也，有書在也。今余讀書，書自余讀也，無所謂書也。矧余抱病坐此，不邇典籍，不用楮筆，唯仰索前修之孤真，懸想古聖之極則，故紙陳言，不復攣縶，洞然中觀，無隻字在。然則誰復與余争此素也？是故謂余素者，真余也。謂余墨者，豈真余哉？前此之余矣，豈以吾兄而不是知耶？”兩蘄兄曰：“吾知也。吾聊以謔子。”因書以記。

玉泉山刻石記

元子居玉泉，前後凡四年。或曰：“不可以無記。是衢也，李杜過之，至今名焉。”元子笑曰：“有紀乎？”對曰：“無。”曰：“夫然，則名不名，不係乎紀不紀也，視其人焉耳。使余不才，則將辱井貪泉而愚其谷矣。招詬買侮，曷其有窮？使余可取節焉，則陂僕射、湖郎官、墩謝而村蘇者，莫既也。是故託諸金石，不若託諸人心。”或曰：“不猶愈於朽乎？”元子憮然曰：“太上遺行，其次遺言，亦一説也。”遂以舊所爲詩二章刻諸石。

聚德橋記

浠之東去二十里許，有水逆而西，里人呼爲倒流河，蓋崇朝之一埃也。春水暴注，麗艑罔由。冬寒龜膚，榷彴鮮具。路者苦之。其鄉有周氏者，名族也，乃汝茂子、希吕子、時奉子、子和子、子震子通力而橋之，以爲踋嘷嘆鳴者利焉。歲二月九日，實首其事，鳩工匠，運磚石，課畚钁，量崇卑，堅其脇，壯其趾，聯絡函斜，比次軋簇，至周悉也。長絙其河，兩端各引途，高視其岸，廣得其長五之一焉。洞其下爲五門，蓋使常則任其適，而濫則五其出，以爲謝洶龐之災也矣。綿逖月功始造訖。訖之日，衆往落之。元子與焉，謳而嘆。僉曰：“子何嘆？”元子曰：“夫東，水之性也，而顧西之橋，有司之事也，而顧士民之何哉？且今天下見左求謬，十圯九裂，其不爲兹水兹橋也寡矣，可無嘆乎？雖然，水以土爲防者也，無所梗則可以遠到。士民以有司爲防者也，無所窘則可以有爲。然則五君子之得以各展其德以自見者，亦其養之有源，優之有本焉爾。不然，財奪於斂，力出于徭，自給且不暇，其能相聚爲橋以種此德乎？是故兹橋也，五君子之德聚是矣，良有司之德聚是矣，請以‘聚德’命之。”因志之。

涣江先生外傳

涣江先生者，蜀富順人也。姓陳氏，名文，字載道。性敦願，夷易無坷坎，頡旿時俗，意態超脱，未肯確確爲石人。人與之遊，率平粹當意，觚稜自銷。里閈人士咸敬重之，且賢其有文思，因號“涣江”云。先生少時負靈慧，多讀古書，九章六緯，京易楊元，罔不究剌碎義。尤嗜康節先生，數學大索，深涉屹如也。嘗謂人曰：“理與數，相待而有者也。明興，綴學之士説理者，代有其人。析數以顯門者，何寥寥尠也。吾所以距躍潭思，窺獵幽窈者，豈固自誤於陰符揣摩之説哉？蓋將即數觀理，以洩開物成務之奥，導惑教愚，與天下前吉凶耳。”是故其平居雖不以市至，有以事後成敗論者，輒與之炳文條，衍圖緯，飛辯騁辭，劈肌分理，鑿鑿可聽聞，而亦卒無爽言也。一時鴻生競相爲禮，轉持妙譽，雖縉紳貴人素不窺白屋者，亦知有涣江焉。正德間，西零竊發，犯我芻蕘，遐萌爲之不靖，廟堂典密者憂之。惟林見素公扶義而西撫捕之。公入蜀，他務未遑，首聘先生，與之策外事。先生緩頰曼辭，釐天地之紀，推日月之機，列陰陽吉凶之符，谹議横發，一坐盡傾。公嘆曰：“偉哉，琅琅廟筭，婉婉幙畫，即張葛天口不得信舌矣，况他乎哉？”遂攜置戎旃中，事無鉅細，盡關决於先生。先生定要策，視時日盈縮，揣地形雄雌，乘利席便，時時獲奇勝。一日軍士濟江，頗麻沸不律。先生從中得一布囊，約金百許，遂假疾留行，坐道傍需之，且算曰：“暮時當至矣。”迨暮，果有人僮佪道上，微步而前，面搰蹙神，越渫落色。先生曰：“是矣。”揖之，進問之，人告之故。先生曰：“君無慍，君金無恙也。”遂取歸之。人曰：“某商也，商命於利，苟非公，吾有從魚蝦耳，請以其半拜君賜。”先生怫然曰：“瑣嵬哉，彼敝衣屨，守坐竟日，豈爲利遺金者哉？且金之全與半爲孰利，不待知者而後知之。舍全與取半，猶爲得勝數耶？”拂衣去，不顧。未幾，林公謀北歸，以捷績奏見天子，謂先生曰：“左帶蛾伏，亂象以恬，多君之力也。吾將請諸朝疏，爵而貴汝。”先生固辭，曰：“文迂士也，雅不喜袍笏，惟喜走山谷，弄泉石竇間，爲探風擔月計耳。公請毋以章吾身而以從吾情。”遂不仕，築室金川以老焉。越今三十年，以其子黄梅令平岡之賢，受國厚典，贈文林郎。宿草負暄，靈邱改色，潛德幽光，復赫赫爾著耶，猗歟盛哉。

鐵史贊曰：譚士發妙理，非獨運清機，盖亦有秀德焉。涣江先生以數名海内，海内人知之。至其澄湘以爲源，即其徒未之或知也。先生廉靖寡慾，觀其歸金事可識矣。夫無慾則静，静則明，明則與物無剌[1]

① 剌：疑“刺”之誤。

戾。雖不假推揲，猶將測微眇，況其數足濟乎？是其牙舌在的也。先零之役，先生坐畫室中，以其術爲三軍命，卒保之卷旆凱旋，邊塵帖息，當宁無復有西顧之憂。先生之德，在千萬人，在一方，在朝廷，可勝計哉。乃今始得從其子食報，恩紀下泉臺寵靈，亦泰矣。古稱有德者，必獲福，天必久而後定，盖謂是乎？

褸裂子傳

褸裂子，姓何，名凉，字太艱，其先北邙人也。祖恭仕堯，元仕舜，儉仕禹，三世皆有功，封之不毛之地，邑諸何有之鄉，以爲童山主，遂姓何氏。八世孫質，有純名，闗龍逢薦之桀。桀方恣，尚侈靡，與質不相能。使嬖人金，厚逐之，出諸境。質徂有莘，結伊尹，翼湯伐桀，進爵封不殖侯。十七世孫永清仕紂，紂安西人，錢愚不任永清。箕子怖，因南越人白箸以諫，不聽，奴箕子。永清去，渭濱與吕望居，屠之釣之，又使其婦棄之，鍊磨其德，以相武王。殪商紂，散財發粟，集大勳。武王義其施，進封大賚公。及周衰，子孫散逸，多苦節不仕。在春秋者曰：“凉尤守家法，有何氏以來稱最賢者。”其爲人喜窅寞，不邇炫麗，攻苦食澹，形色龘黶。少與至人冰子游，得不死術，周流六極，不遺遐迁。性獨與寒士耽，雖棘宇蝸廬，單門委巷，鮮不到焉。到則與并日而食，易衣而出，砧蘚甑塵，肘見踵决，不戚也。嘗適荆，荆俗多奢衒，蒙縠繡，乘牢良，充耳耀目，奪人精神。凉值之，輙嘯曰：“是附真而贅性者邪？”掉臂去，不肯一遘接。惟視坎壈之家，落魄而不自振者，歸焉。荆人見其衣被醜惡，纍纍如結鶉，號之曰“褸裂子”。凉聞而韙之，因以自號。時四海蹙蹙，蒿目靡所宗，聞魯有孔仲尼者，淵静冲穆，甚投其衷，躡屩握粟，指龜蒙而造請焉。至則孔子已出而仕魯矣，因移寄顔子淵家，解簞而教之食，取瓢而教之飲，使其見深識遠，憂淺患浮以與，堪屢空焉。越三月，與子淵齋宿，命之龜以卜孔子之行止，遇蒙之兆。其繇曰：“物之尤，娥媌而謳，其來由由。戰君之中。薰蕕之女子媚，吉。丈夫貞，終凶。”凉拂龜興曰：“夫子其來乎？君心有所奪矣。”乃撰書辭使徵之。歸，見其儀狀幽貞，聽其風論清灑，愕然長揖曰：“講聞高誼之日久矣，不圖渾樸之至於斯也。某願竊在下風，惟吾子提衡而終教之。”褸裂子曰：“教則焉能輔車而水火之，其何辭以謝。”後復往干七十一君，席未嘗煖，突未嘗黔。凉咸尾而隨之，不以勞自置也。及其道終不行，退而與凉分席於洙泗之上，教養群士，删述六經。屢世稱素王不衰者，凉所裨益尤多。孔子没，往即曾子於衛，三日不舉火，十年不製衣，然亦不肯有所受以畏人。曾子没，又從子思，緼袍無表，二旬九食。田子方餽子思衣，恐其不受，曰：“吾與人如棄之。”凉力拒之，曰：“是溝壑子也。子雖寒，其可降鑿其身，以納遺棄乎？”遂不受，終與之守嚴抱奇，不移其植。子思没，又從孟子。孟子雖爲齊卿，辭禄不食，蓋亦恐踰凉之矩則云耳，是故《大學》《中庸》七篇之書，皆激於凉以成就之也。降至有漢，董仲舒其選也。凉擇人而比，惟仲舒爲依，不惜齒牙餘論、霏雪燦花以與。上下其説，《天人三策》無所拘泥。其後世宗多，故非寧一者所能入，乃相率至江都以老焉。其於誼利道功之會，析之甚明，則夫酌取於凉也，不既多乎？厥後楊雄著《太玄》，凉以爲有孟子風，踰崇山，歷曠野，爲丐人狀，與之行休。雄厭而逐之，凉告之曰：“昔我先人，相彼唐虞，土階茅茨，抵璧投珠。爰迨桀紂，薄我宗戚，酒池肉林，終以喪失。自我居汝，多祉駢聚，然則我何負於君耶？而顧疾讐之也。”雄不聽，奮曰：“如子繚戾，其能幾時？”割袂斷環，往爲王氏史，然卒蹈投閣之災焉。唐有韓愈，薄楊雄而不爲，至其汲汲皇皇，上干青霄，期于速化，殆非雄之亞也。嘗聞有如願君者，門户甚熱，愈上三書，求侍其下。凉聞之嘆曰：“膠漆者仁乎，冰炭者仁乎，美灸者仁乎，惡石者仁乎？暱而資毁，反而取成，天下事皆如是也，以韓子而猶未之知乎？”于是彙其徒五人：曰智塞、曰學冥、曰文闇、曰命奇、曰交疑者，繼武而集，與之相徵逐，凡三十年，愈窘束[1]不能勝。設爲詭

① 束：疑“束”之誤。

言，謂涼欲去，具車舟載粻糒，餞送之，而任其水陸焉。詞甚斬峻，涼聞之而笑，爲之賦《南荒》。其詞曰："南荒崎崎，匪我之宜。含垢從子，瑣兮尾兮。"次曰："太學淹羈，朝鹽暮虀。四歲食苦，不汝仳離。"亂曰："我立子名兮，四國咸知。人之讒言，胡爲乎信之？"遂負手逍遥，行哦而逝。愈憮然有還，起曰："子留矣，德塵堁而怨坧山，吾其褊乎？"乃延之上坐，不聽其去。迨宋德隆，天生群俊，周程張朱，方軌而出。涼復遨遊五子間，倒其情而抑之，引之以其所不康，投之以其所不便，夾介淬礪，日改月化，而五子者亦心安而與之適焉。養成鉅儒，上泝孔孟不傳之緒，涼之力可少訾哉？他如販繒鬻畚之流，以及賃舂傭書之輩，凡皆一遇而成名者也。沿迄我明，政尚寬簡，八埏九垓，殷盛富庶。涼無所容，其跡屏諸海外百有餘年。正德庚辰夏，陳子丁外艱，坐茆堂，方食粥糜。有客從外來，衣弊履穿，冠皮而帶索，及階而坐，長歌《北門》之詩，聲振林木，如出金石。就而觀之，槁項黄馘，力不支其體，貌不表其心，癯然孱夫也。恠而問之曰："子爲誰？"客作而嘯曰："余不肖，著名海内有年矣，子其耳而未之目耶？所謂褸裂子者是也。側聞夫子養恬樂素，崇尚醇簡，背人之馳，摭人之棄，有入乎不肖之幽抱者矣，願得假舘而爲之侶，可乎？"陳子曰："余知之矣。子所謂迕人之順而長其識，拂人之利而熟其德者歟？吾固願與之遊也。"爲之設葦席，拭蒿牀，與之共處。衣僅蓋形，食可不死，含幽茹默，亘以歲年。居一日，戲謂陳子曰："子苟達，毋相忌。某不肖，尤利與達人居。達而遺余，其終也蹶矣。子識之。"陳子起拜曰："識哉，誼稔而情摯，始終以之。雖時地推遷，敢不深根寧極以待？"嗟乎，言之非艱，行之惟艱，矧日遠言湮，有能持之而愈固者乎？于是乎述涼之素，爲之傳以自繄。

卷二

序

《春秋一是》序

《春秋一是》者何？録愚一己之所是者也。説《春秋》者幾百家，而獨是其一者何？是其有功於聖經者也。夫聖經一而已，苟其言合焉，百而一也，是也。苟其言戾焉，一而百也，非也。夫子作《春秋》，隨事直書，明白簡易，其善善惡惡，舉包於數字之内，蓋惟恐天下後世求之者，以爲難而勸懲無所適也。自夫後世凡例之説興，不信經而信傳，始謂聖人立言命意，陰寓褒貶，回互隱伏，使夫人自推測而知之，如後世所謂陰符揣摩之學也。則是聖人以疑示天下，後有罪焉者，亦將得所託而逃矣。其可以經世也乎？凡皆治之者，亂之也。文子中[①]曰："三傳作而《春秋》散。"夫三傳猶足以散《春秋》，而况今之傳不止於三耶？卓哉，韓子之見也。束三傳，抱遺經，北斗其中天矣。愚不敏，何足以究聖心？姑以諸家之説明且易者，摭而録之，以自便焉已也，其敢曰爲我同儕告焉。

① 文子中：當作"文中子"。隋儒王通，字仲淹，號文中子，所傳有《中説》，又名《文中子》。

歲事成規序

歲壬辰二月念又二日，例展時事於先君子之墓也。我七人咸在焉，陳設將享，進退拜起如禮。事殿，仁性作而曰："是舉也，可無誌乎？遠焉而入於槩，槩焉而入於泯，泯於教者，譴之標也。子仁近盍圖諸？"仁近曰："唯唯。"乃興言曰："結於暫，攜於久，周於親，滑於疎，夫人之情也。夫情之彝也，未之有易焉者矣。玆欲聯而繫之，非誌何取吾之緒？庇先人之遺，將日益瓜。是故一人焉，分而七之，弗止也。又什之伯之，衍而千萬之，莫可豫焉。夫自一而萬，時滋久矣，分滋疏矣。久則情厭，疏則情歧，厭且歧，廢道漸焉。夫誰能祀？匪惟弗祀也，材其松柏，薪其榛棘，菽麥其邱隴，將必或至之，是塗人也。卒於塗人者，一人始之也。一人而至於塗人豈二本哉？凡無以維之耳。今而制以簿書，業以規則，列以圖像，實以品味，稽以訓詞，研以勸戒，夫固爲維情謀也爾矣。昆於吾者，賢焉飭舊法而文之，不賢焉素成事而履之，可以無越禮矣，我七人之憂其少弛。"諸僉曰然。遂書以爲首簡。

江南時雨序爲西谷王師題吳人行卷

南岑子星軺如蘄，修王物也。屬役餘，其以禮教緒諸蘄之士，咸負席焉，形之與游，神是用通，若距河索飲，無遺量者矣。於是濫之爲詩，以亢厥懿，是爲時雨之章。君子曰："是可以觀際機矣。"夫雨，輔也，所以輔夫生之道也。天之生物，孕而秀之，華而實之，靡不雨焉須。而或靳焉、霪焉，物不可知矣。弗靳弗霪，而後先以遑，亦未見其能物也。是故天之道，貴生也。生之道，貴輔也。輔之道，貴機也。生以凝其天，輔以㞧其生，機以際其輔。三者備至，庶幾於完。不然參而三之，偏喪多矣。偏喪無物，若無天乎？云古尼父律天者也，其言皆天啟之心也。嘗曰"不憤不啟，不悱不發"，是非自愛其道，以鶩學者而遲其歸也。蓋以其問之也弗苛，則聽之也弗專；思之也弗淵，則取之也弗固。弗專弗固而可入者，口也耳也而已矣。聖人之教，豈獨爲是四寸者謀哉？毋亦需其機以善其大者耳。蘄之士憤悱於禮學者舊矣，多識而蓄，廣積而居，可謂能生者也。然生而不霑其輔，輔而不適其機，能自曲直以赴於完者蓋鮮矣。此其以軀犧，以雩求，走群望而幸私者，無或一人。然今我南岑子之來，其爲是禱，對諸卑讓以灑之，恭敬以潤之，忠信以浸灌之。待於彼而此發焉，輔際其機矣。是故被之者，知榦也，知基也，知輿也。而試之者，亦將雨顔也，雨李也，雨傅也。迎機之化，何其速與。彰化之速，旌德之元，宜其有假於形以自况也。雖然，形而弗衷，是之謂妄。衷之而弗切，是之謂支。妄且支，説鈴而已爾，舌人而已爾。辭雖孔修，其如實何？玆我多士於南岑子之教，而以時雨形之實也，其殆似矣。夫《詩》曰："惟其有之，是以似之。"

雙義鳴時序

青峰君，黄選士也。喜施予，樂猷爲，如廬所入，咸以出焉。羸而羸舉之，詘而詘舉之，無留貲也。有纖嗇者，誘以自封，青峰君曰："夫利，百物之所生也，天地之所成也，胡可蕴也？蕴利生疾，誰將散之？且爾不觀之象乎？有齒焉，以焚其身，賄也。君子將賄實務去而封之，無乃不可乎？矧夫褊吝以蠹義，粃粺以累名。魯之丙氏，周之師史，其可鑑已，而復欲以吾蹈焉？吾固弗汝從也。汝歸，無落吾事。"自是任性益固。癸巳春，計其蓄足以給大事，欲有以橋諸三道河以利涉者，迺往白太守吴自山公。自山公曰："嘻，其義也。夫其允協吾蘇内翰之志也。夫昔蘇内翰之貧也，掇菊而餐，懸瓢而游，無長物也。嘗見有事於橋者，解犀帶而助之，其即爾之志也。夫今其祠之在黄者敝矣，爾盍爲同志者之像庇焉，而後及其餘？"青峰君曰："謹如命。"未幾，祠成。自山公曰："嘻，其義也。夫玉局瓊宫，無所用費矣。"又未幾，橋成。自山公曰："嘻，其義也。夫血石髡山，無所用勞矣。"以是黄人咸義之，爲之賦《雙義》。陳子曰："是可以風矣。夫義，天衷也，夫人而有之也。自夫太極陁，王塗穢，清者淆，粹者駁，日入於偷，莫與維繫。是故相尚以侮，聖賢猶臺隸也，何有於祠？是故相成以姦，肝膽猶楚越也，何有於橋？陋也甚矣。今之役也，載耳目者能無動乎是？以畏大人者觀乎祠，以愛群人者觀乎橋，則敬以勝慢，禮以御情，信以循教，其將見聖賢乎羹牆矣。則公以克私，明以撤蔽，恕以祛礙，其將聯宇宙乎股肱矣。奚翅兹祠兹橋乎哉？納民軌物，升世大猷，此其階與？君子以是知風之不可已也。”

晝簾芝采序壽馬乾菴太守

乾菴公守吾蘄，幾朞適照社之辰焉。大夫士咸走壽之，有祝詞。詞曰：“芝采以聲心也。”孟角陳生未之或知，廼揚觥於次，曰：“夫二三君子之壽我公也，而假郵於芝，其有以寓乎？”僉曰：“奚而無寓也？夫芝，壽餌也，壽精也，壽徵也。餌以藥之，精以養之，徵以象之。壽之登也，可容紀乎？是故有石芝焉，肉芝焉。餌之載也，可藥也。是故有内芝焉，隱芝焉。精之生也，可養也。是故有神芝焉，靈芝焉。徵之著也，可象也。藥益諸外，養涵諸中，象顯諸有，盡壽之道矣。傳自古昔而未之稽乎？”陳生曰：“吾稽矣，吾稽矣。然拘於有形，猶有物也，有物猶有我也，物我未化，學其淺者爾，而壽其奚至哉？諸君子求芝於芝，又孰若求芝於我公耶？我公之爲政也，嘗見其矜窮敬寡，詘舉薄征，蒸之以和，扇之以湆，其匪仁乎？夫仁，木德也，木芝之彙，宜無踰此矣。”僉曰然，於是乎相與薦仁德之觥。“又嘗見其秩叙樂賔，履謙居分，張乎其綱，理乎其紀，其匪禮乎？夫禮，火德也，赤芝之彙，宜無踰此矣。”僉曰然，於是乎相與薦禮德之觥。“又嘗見其僕姦芟宄，植篤滋材，有章則賞，有釁則罰，其匪義乎？夫義，金德也，金芝之彙，宜無踰此矣。”僉曰然，於是乎相與薦義德之觥。“又嘗見其照獘明微，資賢達類，利以時叢，害以時剪，其匪智乎？夫智，水德也，水芝之彙，宜無踰此矣。”僉曰然，於是乎相與薦智德之觥。“又嘗見其重令慎辭，審幾密事，善則求止，孚則求盈，其匪信乎？夫信，土德也，土芝之彙，宜無踰此矣。”僉曰然，於是乎相與薦信德之觥。“夫五觥舉而五德彰矣，五德彰而五材行矣，五材行而五福酬矣。是故食繁禄也，陟崇階也，康肢體也，吉子孫也，譽永終也，莫之有艾焉，而豈假物者之能媲？”乾菴公曰：“嘻！夫二三子之壽我也形，吾子之壽我也理，以形之説也外，以理之説也内。試志之，吾有所擇矣。”陳生曰：“謹如命。”遂登於卷。

《書鄉小步》序

予性顓，無他嗜，獨淫於書，又病忘，不能久識。凡所閲歷，未幾輒汩汩爾去矣，莫肯留蓄。邇時深自悔，取素所誦習者録之，以便温繹。經數稔成十餘帙，題曰“書鄉小步”，蓋不敢以是盡天下書也。吾友冠山子見之，欲登諸梨，以與掉鞅文囿者共焉。予笑曰：“啜糟爲醉，扇灰爲炙，夫奚益？不句而字，不字而意，不意而神，然後可與語三多之妙也。吾兹敢出，是以爲弄陳朽、逐畦逕者啟耶？”冠山子曰：“具鈎矢而得魚鳥者常也，使何釋鈎碁投矢，雖有巧智，又烏能漁而獵諸？是故成鈎矢以爲射，釣資者在吾子，得而忘之者在天下，吾子何可預以拘謭棄天下哉？”余曰然，遂與刻之。

柳汀之什序告秦生

具區之澤，其土沃，其性善柳。無錫有秦别駕者，退居其汀，蒔四柳，號四柳先生。伯度子者，其孫也，以文章世其家，日肄習其傍，立則面之，過則趨之，詠《甘棠》不自已，人號爲“秦柳汀”云。陳子客白下，伯度子因夢梧子問柳之説于鍾山之陽。陳子曰：“久矣，子之喻諸柳也，子奚柳之問？”伯度子曰：“吾所爲柳，枝葉扶疎之謂也。有進于此者乎？吾盖未之前聞焉。”陳子曰：“夫柳，木也。夫木，觸也。

理至而滋，氣聚而顯，觸地以出，夫誰能禦之？故河産者檉也，澤産者旄也。枝勁者蒲移也，蔕柔者獨搖也。名雖不同，其根諸理一而已矣。人有十等，性則一致，其亦猶是焉爾。造物者之全能而謂有所擇乎？君子蓋可以考中矣。彼其娵訾方交，蒼精開序，庶卉未吐，柳荑則萌，牂如依如，日漸繁密，其及時矣乎？夫人幼而學之，進德修業，以淑其身，貴及時也。時過則學困而體以踣，其可無觀法於兹柳也乎？長嬴薦炎，扶桑赩熿，彤彤蟲蟲，逃暍無地。菀彼柳斯，重蔭大庇，途之人則息矣，其盡仁矣乎？夫人壯而行之，錫類施膏，以惠斯人，貴盡仁也。仁塞則道污而用以括，其可無觀法于兹柳也乎？及其秋飈夜號，群植其腓，芸黄纏緝，戀戀不忍脱，柳則知難而攜，遇商而解，釋然遄歸，不色於怒，其知幾矣乎？夫人老而藏之，功成身退，以全其生，貴知幾也。幾後則遯尾而厲以駢，其可無觀法於兹柳也乎？夫始而學，中而行，終而藏，聖人之道盡此矣。子能無負於兹柳，其希聖而止也，又何以年。雖然，猶有術也。夫柳，直樹之生，横樹之生，倒而置之又生，何則？其生性存也。人性之良，無間可息。夷途順適，履而不疚，吾性也。奇禍横至，震而不矍，吾性也。坎坷逆意，塞而不撓，吾性也。性天貫洽，不羨不虧，則其學也明道之柳也，其行也展禽之柳也，其藏也陶潛之柳也，何往而不善哉？不然，以鍜鍊者失則放達，以婉媚者失則風流，以涕泣者失則姦黠。學且迷謬，而况其行與藏乎？祗以病兹柳耳。《傳》曰：'夫學，殖也，不學將落。'伯度子可與稽矣。無忝祖考，善繼善述，舉集此也，謂弗慎擇焉，可乎？"乃爲之賦《有柳》繫之，俾勿忘。其首章曰："有柳有柳，太湖之汀。條風柔兮，先暢其萌。君子及時，完其天精。"其次曰："蜋蜩嗚嗚，大暑歊烝。彼蔚者柳，載紓繁陰。君子盡仁，達其天倫。"其亂曰："震澤之湄，有柳猗猗。風凄露下，灑焉長歸。君子知幾，順其天倪。"伯度子嘆曰："柳哉柳哉，吾取於柳也。"於是夢梧子賦《浩氣》。浩氣言養正也，嗣而和者凡百家，意各有指。君子謂陳子之歌平以愔，群士之賡諧以則。

《七橋詩卷》序

楚之傑有陳廷辛者，因其居之坂有橋七焉，自號七橋。或曰：“橋，宋之遺觀也。鳩材揣制，課畚程鍪，無與子力矣。子雖欲橋之，橋固繫之古也，譬之晏嬰之樂褒大也，借袍於文王，假帶於仲尼，其不委諸草莽也寡矣。”陳君曰：“嘻！子固哉橋之論也，必若斯言，則少室之山，愚溪之水，亦將自築而自鑿之與？吾知裂膚銷膏、折筋毀骨猶無益於成也，惟其性入而情盉焉，是以命之爾。産于天成，于古夫何復計耶？矧橋之堅礩，其不與宋人俱朽者，有遺意矣。在吾家爲最近而性尤好之，則是橋也，非吾孰有之哉？此吾所以橋焉而無疑者也。”或人屈於辭而退，其友人某聞若説而猶有未釋，以質諸孟角子。孟角子曰：“嘻，陳君亦知所好矣，然猶未觀其深也。夫橋，象也，而所以象是橋者，吾心也。由象以識心，得心而忘象，大賢以上之事也。故曰太上忘象，其次取象。忘象者，吾不得而見之。得見取象者，斯可矣。是故橋有七德焉。徒不龜足，御不濡軌，是謂惠橋。秋淋夏潦，不易其能，是謂信橋。貧富無擇，利物爲心，是謂仁橋。遇厄而逸，濟險而夷，是謂義橋。犬牙相函，魚鱗密次，是謂智橋。安步徐乘，不厲不揭，是謂禮橋。震撼擊撞，屹然中峙，是謂勇橋。是七德也，君子或未之能焉。吾聞陳君，儒裔也，種於德者也，能于此取則焉。樂施以求盡惠，執極以求盡信，順應以求盡仁，達蹇以求盡義，全歸以求盡智，舒整以求盡禮，特立以求盡勇，則性分之中有真橋矣。彼其駕海維河，争岸而鬬空者，終亦糟粕而已，而何以加于是哉？是雖不有兹橋，橋殆無以謝矣。蹲鴟雁齒，夫孰得而奪之？”于是二子起，斂衽曰：“通矣哉。陳君之所謂橋，橋在橋也。夫子之所謂橋，橋在我也。古者亦今，而使之久。人者亦我，而使之異。無古無今，無人無我，橋果陳君之長物也。願識之，以爲陳君勉焉。吾且號諸國之知道者，爲詩歌以繫之，俾勿壞。”孟角子遂書以前群言。

《海天遥祝》序

明興百八十年，湛恩洪麗，灝氣沕潏，民萌由慔，國家愔陶。烽烟熄彤，旌羽捲翠，雖荒遠不見兵革。及比年鑾帳翔庭，謂我夏左武，稍稍事覘窺，關策大臣不欲遂其芽萌也，亦且以爲務，簡護軍，審賓佐，慎營禦屏翰之政，以保釐之。歲丙午，謂忠當岷江之隘，與瘦瓠諸戎接壤，未可易。先是雖有總轄之臣，然贏官也，鈐其要而贊其機，必得文武士，于是以東岡葉子來參戎律。葉子之任幕中也，大抵緣彼儒雅，遇事棼沓，輒又發揚峻厲，文以敷和，武以戢暴，一龍一虵，寬猛易運，以與時進退。且曰："治蜀莫善於武侯矣，乃惟曰'恩威並濟'，其道固然耳。"秉心宣猷，凡三涉冰暑。一時虎臣梟將，心德諧會，内部澄清，四郊無壘。肅肅爾，怡怡爾，人則謂葉子之志逞矣，而竟於邑爾不樂也。有問之，曰："吾于王事，庶幾其凝。吾親老，日月則遒矣，乃不遑將，若之何其？"是故每飯必舉箸嘆仰曰："孰吾父，孰吾母。"節序伏臘，有嘉會必舉杯嘆仰曰："孰吾父，孰吾母。"值二親誕辰，必張尊俎，具醴肴，爇檀篆，焚蘭膏，東向端拜，興嘅曰："吾親吾親，玄符冥契，能遠不間耶？天耶海耶，寸卉微涓而不得效耶？"郡之大夫士覩聞者，咸太息，爲之歌《海天篇章》。彙聚既已成帙，葉子過朗極陳子，求衍言以爲其親壽。陳子曰："壽親之道，有過於君之已事者乎？夫壽親不于親之身，身者，親之枝也。君能慎厥修，則可以禔身矣。禔身則可以康民矣，康民則可以愉親矣。且君未知海與天乎？夫海，水之都也，其潤物也，豈其自爲功哉？支流餘沾，蒸升延施，物資以濡，而海無功。夫天，道之祖也，其仁物也，豈其自爲功哉？二氣五行，參和結搆，物資以生，而天無功。而今之言物者，皆曰海以涵之，天以覆之，未始謂海與天不物也。君之親能子君，君又能子斯諸武人，則親之道亦因其子而不没於天下矣，謂子之功非親之功乎？吾聞忠之爲所也，攝於楚而實麗於蜀。持兩端趨避騎牆，最易爲姦，百詭毛積，陰蟠潛據不可解，伍曲奄萎不可任。剥割生之爲多，又何暇事戕矛望疆場哉？此其爲不利久矣。廼君則操廸廉貞，厚自振樹，不爲賄啗，不爲威怵，雄論標舉，敏幹風發，若無旁後。人用能攫批根尤，滌刷凶憝，害端弊孔，貪鮦射蜮，悉雉獮之。蓋一署爲空焉，訏謀坐馳，英烈振激，錐羌覬裔徼，俱落拎鍵，不敢東下而牧馬，《經》稱‘威克厥愛，允濟’，殆可與圖濟矣。君之壯氣若是，非有取於天之剛不能也。夫剛，嚴道也，父道也，能持此而弗替焉。嚴父之教，不將著白于斯世矣乎？以至灑濯惠露，分畀春曦，疎理聯比，班布屯戍，開方引義，亹亹務人和。不敢賣信，喜事以多，夷傷用能，輯穆群情，調服異志，易亂以整，懷悍以柔，上下交孚，如附肝肺，無有相啮撩而讙譁者，仁淪澤漉，皆將有折衝尊俎之勢。《傳》稱‘師克在和’，殆可與圖克矣。君之順德若此，非有取于海之滋不能也。夫滋，慈道也，母道也，能持此而弗替焉。慈母之教，不將著白于斯世矣乎？父母之教行，爲父母者固不必身之，以身而卒不害其爲身教矣。此之謂以志養。《記》曰‘大孝用志，中孝用勞，小孝用力’，其容弗擇諸兹？惟以君之心，行君之事，略疎節而行大道，道達而親顯矣。壽親之道，有過於此者乎？若其渺焉幻焉，以不枯言海，以不毁言天，而以爲壽，斯亦淺之乎？形迹之説矣，夫豈人子之所以厚待其親者哉？由是則望洋而嘆，望雲而思，冀桑田之籌，懷杞國之憂者，皆無關於壽與不也，君又何用此戚戚者爲？”葉子曰：“唯唯，謹受教。”

墓祭紀序

吾嫂姜氏，以嘉靖丁酉捐紡績，我長公謀掩蓋之，得吉於鳳翔之阪，遂營爲墓，石其壙以葬。列以廬，圍以土墉，掘其前而池之，割其田園莊宇之負墉者，咸附焉，曰：“且以老吾也。他日苟全歸，得息于是。”其以是爲吾子孫繼養之資乎？乃籍其所有，以畀後人。余奉而讀之，嘆曰：於哉我長公，其達而密者與？夫達者，漏事而無防。密者，周情而弗化。二者恒背而馳也。是故昔淵明之自作祭章也，人曰放。子木之遺命薦芰也，人曰陋。放者，達之流也。陋者，密之固也。各在一隅，能並造者誰歟？兹我長公，由由而兩釋也。指潛闥，曰可與蟄也。望豐碑，曰可與鐫也。碧草綴露，綠楊遣月，曰可與濡而蔭也。其于光景爲何如，而久視喬年，得以投其抱乎？是可與言達矣。又將曰似人之舉事也，何以籩我？吾園也。何以殽我？吾莊吾池也。何以粢盛而酒醴我？吾田疇之毛也。其于圖猷爲何如，而復有種患遺艱，以勞敝其子孫者乎？是可與言密矣。密而不固，達而不流，畢畢心思，瞿瞿爾。却顧兩人而交通焉，其所養者，不從可識歟？不然，則人情於事之不欲者，惟恐邇之不幽，而肯顯設之否也？于事之可諱者，惟恐語之或涉，而肯預謀之否也？故曰我長公達而密者也。若其乘時建義，敷宣孝思，則餼羊實存，可以無起廢於子孫之賢不肖矣。而況天至之情，又其所不能自解者乎？余何言。

楚甸馳聲詩序贈廣濟侯明府

梅川，壯邑也。魴鱮雜居，釐而紀之，其道難焉。有健令於兹，求秉業無隕，所獲多矣。其能放厥問以漸於達乎？甲午侯君來，沛其蓄，出其緒，懸銅墨而割之，豚豚乎餘刃也。是故端軌以樹則，惇裕以維風。執敬以懾勇，居正以懷强。廓量以含垢，後身以蹈良。未幾民心崧焉，無所用逞，於是乎相與賦《大車》。《大車》言畏法也。士心恬焉，無所用議，於是乎相與賦《黍苗》。《黍苗》言服德也。休聲四馳，徹於憲臺。乃大吏亦與有快焉，無所用譴。於是乎相與賦《羔羊》，《羔羊》言稱職也。是故梅川之政可知矣。蘄於梅川爲接壤，其蔭易及，其浸易入。蕃於蔭、渥於浸者，亦咸賦新聲以間之，是爲《楚甸馳聲》之章。君子曰："是章也，其可以彰矣。"夫聲，身之彰也。業，身之輿也。德，業之基也。德以廣業，業以宏聲，聲以裕身。大官大邑，身之庇也。身裕而逸樂至矣。逸樂，順性者也。憂苦，變性者也。斯聲佩之矣，是故聲亦不可已也。然局於至而弗進，滯於有而弗融。有聲之聲，神化或者其累乎？舜語堯曰："天德而出寧，日月照而四時行，若晝夜之有經，雲行而雨施矣。”是固其朝野之所以不知也，是固其康衢之所以何有也，是固其蕩蕩之所以難名也。隆古至時，夫孰得而加諸？不然，治鄭有誦，治蒲有聲，治密而鳴琴而戴星者，皆可言也。孔子奚而不躋諸唐也，其亦有所望矣。故曰：憧憧徃來，霸業也。三驅失禽，王業也。王業非盡於聲焉已也，侯君之聲至矣。吾願侯君暫息乎其所已至，而日勤乎其所未至，由一邑達之國，由一國達之天下，則吾蘄其蚤被者乎，敢不以是爲規？

《王夢澤文集》序爲柜山田宗主作

田子如黄，見夢澤王子語及文，謂王子曰：“子文壘之雄也，丁丑之會周子鳴，咸譽之矣。玆盍出群草以爲醯雞焉，一啟瓿乎？”王子固辭。田子固以請，三反始得一讀。讀甫殿，作而嘅曰：“文其可以易易言乎？離之日月也，天文也。艮之土石也，地文也。六經之微也，四書之達也，人文也。過此以往，德則不競，其何辭之能文？蓋自董韓而降，不數數也。是故以剛者其文麤，以柔者其文孱，以蕩者其文逸，以侈者其文冶，以纖者其文瑣。其本蹶，其華賈矣。葵葛之不如而欲以光身乎，殆益晦也。今觀子之文也，嚴而不麤，順而不孱，動而不逸，宣而不冶，詳而不瑣，有進乎文者矣。夫嚴，德之厲也，順，德之温也，動，德之運也，宣，德之賁也，詳，德之周也。厲以重之，温以和之，運以暢之，賁以濡之，周以括之。文之盛也，其離遏於道也，可庸幾乎？吾玆願子致味乎梓，而使齊躋者恣啗焉，何如？”王子曰：“不然。吾嚮也出諸大夫，無褏言則其㝠㝠而不咸於時，可占矣。吾惟犠之憚而敢翬其羽，以招罿而賈鏃乎？”田子曰：“非也，君子進則其事衍，退則其説紘。凡以爲道也，而誰敢瑕疵？”於是王子起，歌曰：“‘雖有絲麻，無棄菅蒯。雖有姬姜，無棄蕉萃。’言備也。備以代匱，其可乎？吾則焉能請以委諸嗜周菹者。”

《萃樂堂詩集》序

九子山，在東吴最稱秀絶。岑家嶠椒，嶒嶭嵒粤，窮狀極態，不可形擬，几天設而地列之，以爲縱觀者畀也。唐李白依陽冰過此，躭之甚，寓焉，更名九華，蓋麗之也。山南去綿數十里，蜿蜿蜒蜒，隨岊連沓，鼼如嶧如，鵬舉駿發，須臾而止。盤互縈結，是爲洪山，是九華之餘裔也。逸叟陳汝仁甫，素磊砢，嗜幽峻，多隆古思，遊而愛之，曰："壯哉山，吾其老是矣。白也，華予也，洪亦庶幾遐軌之希焉爾。"命之筮，吉，遂築室𡸣嵂間，日與其徒哦詩飲酒，投壺彈碁，適適然。于其内仰睇諸山，嶨嶨嶢嶢，千疊萬落，駐霞軼雲，撑日閣月，隨向而殊，不留故態。因自念曰："池陽之樂，舉萃此矣，雖天下孰加焉？"額其堂曰"萃樂"。登斯堂者，咸賦詩以發其趣。元洞子曰："樂哉汝仁，其殆達人天遊者乎？"夫天遊者，倏然而往，倏然而來，偕物浮沉，不與己涉。是故其觀也，其遊也，無所于眠，無所于適，取足于身，無往非樂。是故峭峰矗岡，大原壙野，深峒岈谷，黯林陰岫，皆足以爲吾樂寄焉。使其心不天游，着物而滯，則隨時隨處，皆苦海愁城矣。巉巉古色，徒亂其目。潧潧清聲，徒拂其耳。虎嘯猿啼，蟬啁鳥啾，愴然泣下，酸鼻痛心不暇，矧能樂乎？周有榮啟期，行乎郕之野，鹿裘索帶，鼓琴浩歌以自娱。晉有孫登，無恚怒，或試之，擠諸水中，輒大嘯。是非野與水足以樂也，固自有可樂者在也。今之言曰"圭璋組繡，結駟連鑣，所以樂也"，而不知樂其身者苦其心。天下賴之，萬物資之，黴羸若腊，愈不暇給，容復知有所謂樂乎？惟彼隱士，揮霍跌宕，進無所跋，退無所疐，執天倪，握道機，恬神棲真，然後能即所遇而樂之也。宜屩葛不以易文繡，甘茙菽不以易膏粱。凡諸外物，有能攖其慮者乎？汝仁而達此，其有不樂焉者寡矣。使汝仁托迹于邱山之放，而垂涎於簪組之場，則日望諸山如薦笏，如拖紳，如拜如跪，如伏如起，如僂如趨，如隊而揖，如聚而語。轇轕棼綸，燥急火烈，欲置身其間而不可得。蓋將搯腸胥，燋毛髮，戚然而憂矣，而又烏能樂？故曰惟達人爲能樂。予與其子宗兗游，得閲諸賢之作，因僭一言，以廣未備云。

豁東隱居詩序

蘄之北，逾大湖遡溪而上，方四十里，有千家之市，名曰豁。言地廣水平，涣其居而化之，豁然易也。是故欲通物者咸託而處，喧啾啁呼，朝蠅暮蚊，無晷刻恬謐。有傅翁者，慤而廉，捐而去之，屋諸其東偏，借畎澗以區别之。將以靖也，因額其宅曰“豁東隱居”。士之樂旌善者，咸聲諸詩以發潛德焉。徵言於元子。元子曰：“隱道多端矣，吾實未始遘翁，何以知翁之隱德也？”僉曰：“翁也，惡嚻之蕩其衷也，畏賄之焚其身也，厭濁之没其真也。脱然遠逝，以若其性焉耳，安知其他？”元子曰：“不然，是所謂擬諸其淺者也。曷觀其深乎？古之人詼言蠕動，避世金門，謂之朝隱。守禄諧時，彈琴蒔藥，謂之吏隱。陸沉于俗，賣漿縱博，謂之市隱。之三者，隱以心者也。甘玄嗜冥，膏肓泉石，謂之山隱。吟閒步曠，漱石枕流，謂之野隱。之二者，隱以迹者也。他如終南詭行，少室索價，不心不迹，以自媒於用者，則謂之徑隱。翁之隱也，心乎？迹乎？不心不迹，以自媒乎？皆不可知也。”僉曰：“翁之爲人也，聚而能散，不屯其膏，可以觀仁。負而能蠲，不責其報，可以觀義。下賢奉德，謙謙不怠，可以觀禮。豫慮先防，瞿瞿不已，可以觀智。翁也，宜非餙質文心者矣。”元子曰：“夫然，則翁之背市而居者，固非牙噲之未能而遠之也，其意有在耳。今之人，市利者多，市德者少。翁不市其所市，而市其所不市，可謂知所市矣。是故于市者，其利小，不于市者，其利大，是宜翁之審其處也，是宜諸君子之嘉其遯也。”乃爲之歌曰：“市之呷兮納垢之資，澗之瀔兮洗心之匜。不于彼而于此兮，體以冲而心以夷。風飂飂兮元脾，霞蔚蔚兮靈基。暢幽兮奚期，履貞兮奚危，悠悠兮我思。”

《四友圖詩卷》序

張元吉甫家食時無外慕，獨奇嗜元薄。卜築南岡別宇，日兀兀焉，博摭虞軒，縱窺遐密，不知有紛華也。宇之前有松三株、竹十箇、梅一本、蘭一叢，情誼天符，真宰妙契。更贊互益，日纍月積，蓋將以爲門内之交焉。一日張筵肆俎，舉酒以酹之曰："吾與爾觀摩有日矣，敢忘大惠？昔曾端伯以海棠爲名友，荼蘼爲韻友，荷花爲净友，巖桂爲僊友，亦各有志也。予不佞，請一一字汝，以結久要之盟焉，如何？"遂命松曰"元偃"，竹曰"元勁"。偃言形，勁言節也。命梅曰"元白"，蘭曰"元幽"。白言色，幽言情也。錯舉一端而其所不能深揲者，可以意會矣，願毋讓。因題其宇曰"四友齋"。是夜，四友者果見夢曰："多君腆饗華封，敢不受命？然我輩清流，恐不如姚黄魏紫之能富貴君也。雖然，晚路堅凝，不與時易，彼亦或不吾輩若也，惟君擇之。"元吉甫曰："吾固意適若等，吾何辭？"由是日與四友游衍，故雖繚凉凄其而内自腴裕，不色變。曰："吾松道固然也。"臨大事，决大義，秉持孤貞，不俗化。曰："吾竹道固然也。"以至寒切膚骨，尫癯退然，而素服澹容，春意滿面。曰："吾兹取之梅也。"幽居静，惟不邇諠囂，而明德馨香，郵播四達。曰："吾兹取之蘭也。"而又採剥其華實，咀嚼其膏味，相入之殷，相須之至，其得之也，不亦深邃矣乎？一時邑子之屬，薰其德而從之遊者，蓋彬彬如，礽礽如，莫之能禦也。昔孟子論友，自一鄉以達之上古，皆將有得也。元吉甫自物而達之人，其亦達之天下，達之上古之漸與？歲丙午，以其藝貢於天子，天子廷可之，曰："是足以範一國也。"以之司訓蜀忠州，忠之士又薰其德而駸駸乎，以才能自别於世，是不獨以吾道南而又西其道矣。他日苟不已遷之太學，以與天下士礲習焉，必將有裨益於世也。過此以徃，進退古今，參兩造化，然後可以從事元吉甫，其容懈諸元吉甫。寓忠于四友，時戀戀不能置。有色工者爲之寫圖像，騷客輩又從而詩賦之。陳子會亦在忠，與之飲，聞若事也，亦爲之浩歌四章。其一曰："彼蒼者松，歲寒融融。虬影蟠地，濤聲震空。垂世立則，君子固窮。”其二曰：“彼緑者竹，在彼荆澳。健節虚中，瀟灑飄忽。君子依之，寧瘦不肉。”其三曰：“梅之白其，玉骨冰姿。疎枝參横，冷蕊清癯。得陽之先，君子惟時。”其四曰：“蘭之芥矣，於谷之底。丹頴紫苑，幽肌香髓。君子佩之，德音無已。”客有善歌者，擊節而和之，其身徐徐，其韻于于，皦皦乎若繁星之麗天，縷縷乎若明珠之在貫。元吉甫起而嘆曰：“蔡浮之賦，松之幸也。衛武之詩，竹之幸也。何遜之咏，梅之幸也。孔子之操，蘭之幸也。子之歌，兼統之矣。余何幸而得四友，四友何幸而遇先生，願書以弁諸册。”

《新寧縣志》後序

《新寧志》何？志新寧也。何志爾？志其沿革、天文、方域、創置、食貨、廟祀、宦績、選舉、人物、方外之在新寧也。志昉此乎？前此矣。古者列國有史乘，《檮杌》《春秋》可數也。今不史，郡縣惟志，志立而史道寓矣。秉管者誠得良直如遷狐焉，則明得失，垂褒貶，作之一瞚，繫之千禩。善人以升，淫人以易，涵濡性靈，裨補元化，爲力不淺小也，豈真政刑之範其形、領其暫而已哉？新寧舊有志，不修則湮，湮則無以入夫人之幽衷，而懷惕之大道以隱，情竇以開，干紀踰節，舞予以乘者，駸駸乎滋長而沿蠹矣。爲理者不務此以養之，而惟峻吾法以繩之，是豈足以蒸染沕潏以見商周之至時也哉？歲丁未，吾楚元溪胡公受命宰是邑。邑岩僻，在夔一隅，俗樸野白直，少文出入，法義靡一，蓋錮于其性也。公比至，度曰：“斯民也，可與振而齊，未易以養而化。顧長人者，明其度，恒其道耳。”于是引之以禮，驅之以政，鎮擾以静，讋賄以廉，疏滯以敏，不競不絿，寬猛以斛，以與民調劑焉。一時人士無論頑喆，畏者健之，愛者慈之，勃勃爾適適爾就模也。公真可謂能以商周之民待蜀人，蜀人亦可謂能不以桓文之民待其身。越明年，政亦烝起，民益恬定。宓賤之堂，晝簾闃寂，琴意閒暇，令固無以事爲也。一日進雷生起餞，謂曰：“吾所爲圖，回于階序，真度以齊民者，庶乎彬彬可觀矣。然無以深漬潛溉，洽其膚髓。而持養之要，非恒久之道也。夫道不久不行，仁不久不醇，皆未可以言化。是故化之下者，其猶沃焦釜乎？急濾而沃之，其焦也自如。善沃者，以漸潤之而已矣。吾聞邑之志，史之遺也，能慎於斯，則型陶具，臧否歧，勤惰析，斜正辯。勸者日勸，懲者日懲，絶惡于萌芽，起善於微眇，頹乎其順，沛乎其來，放乎無窮，有不容禦者矣。斯潤之道也。”雷生曰：“然。然則鈎深詞淵，聚富文囿，典司升沉，驅馭涼燠，他人實不任，是惟我公。”公乃虛心黜力，諏宿儒，訪黎獻，博諸方情，綜諸載籍，于凡通古今、該穹壤者則書之，彰法式、慎財賦者則書之，忠臣循吏、俊士孝子賢婦則書之，術伎數藝之異則書之。毛分絲析，分限炳如，俾觀者由其所録以思其所不録，由其所取以考其所不取，皆將元符冥契，偕赴于化而不自知矣。兹固所以潤之也。志成，會予在忠，公貽書及志，謂曰某宜有言以殿。忠去新寧甚邇，聞其事甚悉，乃不辭而爲之序，且言曰：“河潤九里，海潤百里。今日之潤，河之謂也。他日之潤，不有大於海者乎？含雞舌，立螭頭，觝筆濡墨，紀天子之勤歷歷，亦率是道也乎？”其無避。若曰：質而不俚，辯而不華，有古良史風。凡具目者能擇之，又何待予一人口舌之力哉？

送趙侯齋判吉序

單閼之杪，天王以我趙侯倅吉安也。已業行，夫固有事於道焉，蘄之士偕仁近往觀之。僉曰：“人之稱斯役也，則謂之何？貳於守也，半於刺也，均也。偪於級也，侵於烹也，邇也。惡用遷之，是聯其踵者乎？且夫善人，天地之紀也，社稷之固，國家之文也。我侯之善盡矣。禮以爲幹，敬以爲輿，是謂能恭。慎其閉修，嘉其釐舉，是謂能道。觀方省物，峻蓄腴中，是謂能學。靡身而心，靡制而意，是謂能忠。視貧如客，使卒如借，是謂能裕。温以昭言，貞以昭行，是謂能德。張美樹惇，櫛回𤻀暴，是謂能義。弗家於仕，弗槳於民，是謂能仁。字稚隆髦，損上益下，是謂能惠。廐有齋馬，釜有生魚，是謂能廉。罔推攸任，罔懈攸居，是謂能勤。夫恭，政之象也。道，政之砥也。學，政之稽也。忠，政之源也。裕，政之量也。德，政之樞也。義，政之制也。仁，政之衷也。惠，政之孚也。廉，政之庇也。勤，政之經也。有象則著，有砥則利，有稽則實，有源則長，有量則受，有樞則運，有制則斷，有衷則誠，有孚則達，有庇則育，有經則恒。此十一善者，我侯咸負之。天地之數，于是乎備。以之而登一官於朝，佩天下政焉，亦無所於秕。而顧滯一職於外也，其誰能堪之？”仁近曰：“子固矣。子沐於漆者也乎哉？人之才，匪性於雋也，有與熟之。羿極乎其射者也，仲極乎其輪者也，良極乎其御者也。弗習於坎，弗䂮於漸，弗詣於極矣。是故支詘分也，斲削試也，駿服調也，習也。是故縱送利也，甘苦酌也，磬控儇也，䂮也。是故正鵠貫也，疾徐和也，馳驅範也，詣極也。極詣於䂮，䂮繹於習，則習之功，其容少諸？我趙侯之筮仕，實爲司寇郎。司寇郎，達官也，不足以礪其器，於是貳於福寧。福寧，盛州也，其政叢，叢於政，弗叢於爲不得也。無何，又貳於吾蘄。蘄之政亦猶夫是耳。今玆又貳於吉安。吉安，盛府也，十於二州焉，其政可知矣。多政以棼之，多險以嚌之，繄皆天之意也，繄皆天王之心也，繄皆以習之也。習則䂮，䂮則詣極，詣極而天下有裂事乎，吾滋弗信也。試望之他日，有曰挾多善以貳聖政，以致洪寧，若由熟然者，必我趙侯也。紗籠中人，其將驗與？”語方間，輣犬磔矣。因拜斁而叙之，且祝曰：“願我侯蚤夜以求，從天之意。天王之心，多士之望焉，可也。”趙侯頷焉，乃行。

贈周浠東泮游序爲洪子作

梅賓子客三角之明年，浠東子來聚焉。丹白以相赦，紉蘭組金以自象，情甚至也。居一日，梅賓子謂浠東子曰：“而之所以須此静焉者何？”曰：“以蟄吾之動也。吾挾吾業以干有司而連不得志焉，是動者括矣，括而强之，戾也，吾其以静終乎？”梅賓子曰：“而市南之登極者耶，何自固也？”浠東子曰：“然則而之所以恬此窮焉者何？”曰：“以化吾達也。吾挾吾業以干有司而連不得志焉，是達者礙矣，礙而委之，沮也，吾必以動終乎？”浠東子曰：“而荆南之抱璞者耶，何自衒也？”兩辯莫能下，過無山子而問焉。無山子曰：“嘻，二子其大絯矣。赭蒼負色，南北畫區，夫奚以語道之合哉？吾日也以二子相徹於一膜之中，而又烏知其相索於百骸之外耶？吾有以一子。夫士，事也，所以事學也。聖學一也，用舍行藏偕時而已。夫焉用歧，歧而二之，非通儒矣。是故三才分，太乙而有者也。天之清也，一也。地之寧也，一也。侯王之貞也，一也。抱一也，賢也。精一也，聖也。真一也，神也。是太乙之扶蘇也。執一也，拘也。剖一也，偏也。畔一也，賊也。是太乙之附懸也。故曰通於一，萬事畢。故曰舉一而廢百也，而可以無擇乎哉？是故格致也，誠正修也。成之於思也，静觀萬物之理也。自新也，成己也，天德也，始也。是故齊也，治平也，守之於爲也，動萬處物之分也。新民也，成物也，王道也，終也。一也，終藏於始，始繹於終，始以爲人，終以爲己，莫可爲端，莫可爲畛，莫可爲内，其容攜諸。兹二子者之各據一隅也，夫奚裨哉？堯牧舜鞭，恣取罷爾，如能通之，矇耳瞶目相爲用也。是故以益損損，以損益益，相入而適均焉。邱夷淵實，一以貫之，九晐一身也，千紀一息也。聖學其有餘蓄乎？吾弗知也。夫是，則二子之所以異，其可以爲同與？不然，以水濟水，其誰能食之？”二子犂然喜，涣然釋，翕然合，曳履而去。無幾，浠東子一試而遊郡庠焉，梅賓子又來曰：“某之動，未躍。浠東子之静，變矣。願終言以趨之。”無山子曰：“吾何以加吾喙？合一之説，吾已倒於昔矣，無以其無倦乎？爲我告曰：無倦也者，聖門之二字符也。持此而健行之，其終可知矣，他尚何言？”

壽團溪翁七十序爲周子作

黄之東有團溪，王翁屋焉，以老是也。舊矣數其壽，凡四百甲子，里之人咸異曰：“溪而菊潭乎？飲之者以鄉量也。溪而青泥乎？茹之者豈獨翁耶？而翁乃難老若此，豈其元化可竊據與？我曹人無容智也。”周子行團溪，聞是言也，莫可自解，以告陳子。陳子曰：“子云何？”周子曰：“人皆謂翁之得乎溪，吾獨謂翁之得乎己也。漱華池，挹玉膏，丹泉之飲，莫此過矣。紫芝之茹，莫此過矣。奚取於菊潭？奚取於青泥乎？王翁之躋爾壽也，或出於此。”陳子曰：“殆非也。里人之言也闇也，局乎殼之裏者也。子之言也蕩也，游乎方之外者也，皆莫適夫固然之理矣。夫天地間法象而已，至教隨而寓焉，顧夫人之自式何如爾。夫溪有君子之道十焉：及物必生，仁也。句倨循理，義也。以下爲歸，禮也。以空萃形，智也。風行而涣，文也。量至而平，度也。期遠必赴，勇也。受惡不讓，洪也。污入潔出，化也。安推怒淩，時也。仁以濟廣，義以遵道，禮以下人，智以照慝，文以華躬，度以知止，勇以載事，洪以納過，化以淑人，時以酌變。道之大端，其畢是矣。是而得一焉，猶可以老，而況其兼至者乎？是故伏羲氏之俯察也，宣父氏之下襲也，學於地之撰者也，而其壽可筭乎？是故其畫也，其删述也，與天壤共敝焉已矣。其次焉，觀水必問也，蹈水無私也。又其次焉，紅頫五湖也，緑樽鑑曲也，或以永身，或以垂名，至于今猶存。水之爲功，不其大與？然則王翁之年躋之也，其爲式是溪而得之也必矣。里人何必索於闇，夫子何必索於蕩耶？”周子曰：“唯唯。子真可謂以理會物者矣，願書以質於團溪翁。”陳子曰然，遂書之。

清溪進酌之什序

進酌者何？贈陳氏也。曷爲贈？曰褒。何褒爾？褒陳氏之能。公善也，夫善曷爲？公之蘄陽之東，有溪清瑩澈洌，漱滌濁穢，鑒照群物至悉也。陳氏屋其涯，觀象於溪，取準於水，亦時有得焉。嘗嘆曰：“吾其酌之誰也？”歲戊戌，有例輸粟若干者，類得爲籓府官。陳氏曰：“吾其假此以進吾善乎？”於是爲榮府引禮。孟角子曰：“是可與歌而風焉者也。”夫儀以威下，儀不淑則啟侮，侮啟而易心生焉。民之攜也，誰能維之？黄崖之伯有，穆叔卜之矣。是固相王者之所宜慎也。故其首章曰：“清清者溪，以洗汝痍。既見君子，願言酌之。暢厥文德，逸豫無期。”陳氏乃起而賦《鳲鳩》之一章。夫禮以興政，禮不植則階亂，亂階而仳心生焉。民之去也，誰能留之？商[①]任之齊衛，敬叔卜之矣。是固相王者之所宜慎也。故其次章曰：“清清者水，濯汝之疷。既見君子，且以酌醴。願言隆之，胡不自禮。”陳氏乃起而賦《相鼠》之末章。夫敬也者，儀禮之經也。不敬則儀不淑，禮不植，無之焉而可也。鍾離之高原，士莊子卜之矣。是固相王者之所宜慎也。故其卒章曰：“溪水清清，有逝斯沄。下觀其讓，涣言其文。既見君子，酌之湆湆。葛藟繁只，庇其本根。”陳氏乃起而賦《抑》之七章。君子謂斯役也，一舉而三善集焉。夫儀以爲章，善之敷也。禮以爲幹，善之固也。敬以爲基，善之聚也。敷以文之，固以守之，聚以畜之。相天下者，不是多矣，而况一國乎？於是乎以進酌贈。

《三友主人詩卷》序

初，許君濯之讀書安陽之堧，夜則夢錦雲縠霧，蟠糾纏葺，滃如裔如，有來自天。聽之，調調爾，刁匀[②]爾，鳴條也。瞠而眎之，有梅竹松三本，玉葉金柯，生色堪把。詰旦起視，且心憛憛，莫究其故。于是齋祓釁沐，謀諸八卦臺之蓍焉，遇䷲[③]小過之䷟恒。占者曰：“吉哉，子其須矣。”許君曰：“何居？”占者曰：“其象則然爾。姬公之辭曰‘九二悔亡’，孔子曰‘九二悔亡，能久中也’。夫久于中，必徵于外。中者，

① 商：疑“啇”之誤。
② 匀：疑“刁”之誤。
③ ䷲：疑“䷽”之誤。

德之根。外者，德之華。顯微貫徹，間不容氂，道之紀也，然未可以旦暮取爾。苟或欲速助長，不增其方而徒增其光，則反昧趨蒙，莫之或圉，能自救焉鮮矣。子其慎諸。”許君俯而念，喟然仰天，闟然投策於地曰：“迍邅遲暮，其誰能待之？”色於市而去。迄其日月綿邈，屢試弗偶，然後卻而悟曰：“昔者之占，得無象之然乎？乃今見矣。”遂樹三物于庭，以自表識，因號三友主人。曰主人，言對之也。壬寅夏，其仕際可，來秣陵與群士遊。時及若夢事，聞者咸震矍驩忭，慕其爲人，泝而成詩，爛然盈楮。陳子曰：“許君可謂善持情者矣。夫遇而動，動而遷，常物之大情也，乃梅與竹與松則不然。窮稔殺節，觱發栗烈，被衍乎嚴嵒玄谷之間，天地之變至此爲極，百卉彫瘁至此無遺。彼則流潤澄精，嗤風嘲雪，或吐清葩，或秉直節，或逞貞蕤，攖其遇而弗變，其操可知矣。兹許君取恒於物，取道於恒，採剥其華實，而咀嚼其膏味，則滑天者縮，鰯性者蠲，邪弗外投，宄弗内洩。渾渾淪淪，與道俱根，紛紛沸沸，與道偕極。違世而處，被褐食簞，山雌也。諧世而出，龍旂旃裘，壇土也。夫孰有充詘隕穫，嘄咋號咷于其間者哉？是故語清則梅，語直則竹，語貞則松。孤其根，澤其筠，堅其心，天下殆無不安之遇矣。傳曰‘雖有饑饉，必有豐年’，言無不遇者也。許君之晚節敷榮，大發奇騁，雖無夢占，吾將信焉。其敬須之當至矣。賦詩明志，託物寓懷，固掉鞅詞源，抽情筆海者之彝度也，而何足以既期望之意云？”

《羅東泉行實録》序

東泉羅君既息政，屏跡西湄，局景澄謐，素風清邈，囂坌世堁不入也。日與耘夫漁子相課於雲水間，此外無復焉。有問之，曰：“費夫無能爲，且弟若子足發吾志，吾又何暇多負以自累也哉？春臯襏襫，夜間笭箵，吾其老是矣。”一日，耘者曰：“君去富貴而即吾壟，亦甚勞矣。樂乎？”曰：“去吾逸死而與吾勞生，吾焉得不樂？”漁者曰：“君去富貴而即吾磯，亦近寂矣。樂乎？”曰：“去吾榮危而與吾寂安，吾焉得不樂？”僉曰：“有自乎？”曰：“有。吾身爲小胥，以至於居稗官，凡以爲今日也。苟自縱恣放逸，不顧禮義，則明貿人非，幽騁鬼責，悲蹙且不任，又安得與子輩徜徉於緑野滄洲上乎？”曰：“盍明語我？”君曰：“緒言有衍，移晷且莫罄。請歸，明日有以覆子。”於是歸謀諸籍，騁筆行墨，直述其素履。蓋自弱冠以及垂老，凡彰明較著，有裨懿倫，贊元造者，皆揭其綱，略書之，因至以表年，因年以紀事，因事以闡理。閲世既深，自不覺其篇章之多也。翼日乃跡舊遊，進耘漁二子，與之坐磐石上，指畫而啇[①]論焉。二子曰：“觀君之已事，其殆勞心而勤智者歟？其殆能者用而巧者奴歟？是宜其即吾徒之所苦而以爲樂也。若吾二人者，譬之鳥在山、魚在水，不知有山水之樂也。惟君取命於樊籠，脱身於鼎釜，則其望長林以興思，縱巨壑而肆志，又豈能不欣欣然動情哉？雖然，官不必崇，要其職之靖於義；事不必大，要其心之厚於仁；詞不必文，要其録之賓於實。若君所云，真可爲經國家利人民者法矣。請襲藏之，用訓諸後人之業官理志者。”東泉君曰：“可。”于是好事者能傳之至今不廢也。君子曰：“羅君，法家者流也。則夫鼓刀筆，恣刻削，以自利爲工，固其所耳，乃能湔刷此意，一從寬厚。所至澤及生物，爲世稱許，即吾儒猶或病焉。孰謂以文無害，獨有西京一蕭相國哉？且解組過遽，未得盡食其報。則天之報君，將在其弟若子孫，其未有涯也。嗚呼，羅君賢矣哉。”

《浠川去思詩卷》序

李君之令浠川也，渾渾爾，湛湛爾，垂銅墨而坐需之。行無越思，以與民上下。紲之以淑，飲之以和，優之以靖。愛景惠露，家照户濡，無所靳惜，由之餘四稔。民安利之，裘順冰釋，熙然皆春，咸頌之曰：“是衆人之母也。”乃壬寅歲秋，思念其母氏，嘆曰：“衆人母我，我獨無母乎？母衆人而不自母其母，子衆人而不自子其身，善恕者

① 啇：疑“商”之誤。

不爲也。矧夫養資已足，何愛一遯以隘聖明貪賢之路耶？”于是力辭致政，歸以樂餘養。衆謀留之，莫釋也，追而送之江之上，喁喁翹翹，盡西其首，歔欷不自禁。諸大夫士之有餘情者，爲之賦《去思》。孟角子聞之曰：“是可以觀民風矣。夫爲治者，非所治者不懷之患，惟治之者不德之難。民性至順也，若之以德，綏之以仁，因民爲民，因政爲政而已。無與焉，則其趨範而就型也。何日之有？居則愛之，去則思之，末之能已也，易此則生亂矣。不觀之麟鳳乎？麟之所以長族毛者，非爲其一角五蹄也，以其仁也。使其睚眥焉，則群逸而走矣。鳳之所以長族羽者，非爲其六象三文也，以其仁也。使其搏鷙焉，則群駭而飛矣。彼麟鳳者，能比足齊翼以要其從乎？今之從政者，類不知此，齗齗爾，察察爾，風稜而雪角之，與民俱驅，以自神其能，而不知心費力窮，罪罟滋長矣。其居是也，將或誹之，亦或詛之，而況其去乎？昔者文王之治西土也，民思之而敬其梏；召伯之行南國也，民思之而愛其棠。豈其有逴行異制哉？能不擾焉耳。何武謝安率由此道，其所以無赫赫之名者，乃所以有去後之思也。兹李君之政，若之而已，温而弗苛，静而弗躁，不肯矯揉，此民鑿其真，剥其良，以近其名。是故太史不以聞，銓曹不以陟，而卒以一令去。雖然近名者民怨之，忘名者民懷之，彼其敷惠以孚民，視諸戕民以祈爵，二者之得失，有能辯之者。人言李君之行，其色怡怡然，其鼻栩栩然，充然自得，固亦解是者也。展拜北堂，平反膝下，駸駸乎有餘懽矣。惟此烝黎實失父母，則其嘆息仁光，詠思和風，悁悁不能自已者，固其所哉，固其所哉。”

謝芹尋菊之什後序

葉子之教蘄也，凡五越歲。小子成人，多所裨益。居一日，集多士告之曰：“余塵鑒久矣，得與二三子遊，砥旃而元錫之，吾願也。兹班毛二種，帶減三副，其奚能爲？吾將謀歸以懸吾車乎？幸二三子之釋躧乎我也。”僉對曰：“夫子於吾群，固先一飯矣。然年登而德與俱焉，何怪夫耆之及也？”孫卿曰：“耆艾而信，可以爲師，年其足以斃道乎？願夫子之終留也。”葉子曰：“《詩》有之，‘思樂泮水，薄采其芹’，采芹言采義也。夫少而集之，贍而不既，有畜之義焉。長而蕃之，施而不靳，有行之義焉。老而戢之，恬漠以爲養，有止之義焉。夫少之與長，吾固不暇計得失矣。老且不休，而撮囊乎此，其有負於兹芹也不既多乎？是吾所以離泮而謝芹也。”僉曰：“咨咨，夫子其義也夫！”於是乎相與歌《謝芹》，音甫間，復問曰：“夫子之去此也，其焉事事乎？”葉子曰：“《騷》有之，‘餐秋菊之落英’，餐菊言餐德也。夫晚節内榮，寒不没性，有確之德焉。不齒妍媚，静以自肥，有靖之德焉。將實摘葩，充虚益筭，有恒之德焉。固大耋者之所須也，如其不歸而昌被焉以臨之，豈菊之是負且自負矣？是吾所以謝芹而尋菊也。”僉曰：“咨咨，夫子其德也夫！”於是乎相與歌《尋菊》。君子曰：“是歌也，可以觀世風矣。夫聖賢之酬物也，用若發機，縱若委衣，得之不羡其和，失之不虧其性，與時捫挺，無定形也。自僂人出焉，志縈於禄，鮒入而鯢居者比踵而繼，而望其能恬退矣乎？兹夫子之謝芹而去也，貪婪者足式矣。聖賢之持年也，其動以天，其静以地，壯而不益其度，老而不損其真，隨處貫通，無貳事也。自淺夫出焉，志疲於氣，龍首而疷尾者比踵而繼，而望其能令終矣乎？兹夫子之尋菊而徃也，倦息者足式矣。夫二歌作而兩維張，兩維張而情竇塞，其八關九叙之遺音乎，含徵吐啇[①]，不足尚矣。是宜多士侈之於簡編也已。”

贈田雨齋揮使榮獎序

雨齋何？田將軍號也。號之何？矯其性，因之命也。曷矯之？將軍厚於義，不食姦，不茹詭，不爲情回，懼其亢焉而無以濟也，故以雨自將。夫雨，雨也，雨，輔也。《春秋元命苞》曰“陰陽和而爲雨”，《河圖帝道紀》曰“雨者，天地之施也”，言施其和，以輔群生也。兵之爲

① 啇：疑“商”之誤。

道也，體圓而法方，抱陽而背陰，左柔而右剛，戴明而履幽，而一以義裁之，得非甯嬴之所謂怨聚乎？周之伐商，大雨。武王曰：“洗兵也。”《抱樸子》謂軍出雨爲潤兵。洗者欲其明，明則不偏。潤則欲其紓，紓則不躁。中和之道也，將軍之取意深矣。無幾，憲臣聞之，曰：“是宜雨我屯田也。”使之枋之。將軍率是也，以敷其政，以昭其令，不過仁以湮其制，不過義以剥其生，其殆太平之歲，三十六雨而無極。備極，無之慫者乎？行之五稔，麗乎土者，咸以自若。憲臣聞之，又曰：“萬寶以成，其無報乎？”于是出金以旌其義，出帛以旌其仁。君子曰：“仁義之不可以已也如是。田將軍右武者也，一行之猶賈其報，其庸弗慎焉以賈諸。”

《碧水懷津詩卷》前序

少湖子抱鉛槧，緣楚而吴，俛其躬於國之學，將以染也，亦以討尋其先君子南津公餘蹟也爾矣。甫入學，負牆而立，陰自念曰：“孰吾先子次也？”其心震，其精搖，其神越以馳，若有誘之者。乃東洲公領學事，班多士而布之，果以誠心堂之東一行授焉，蓋南津公之卒業處也。拭拂坌堁，仰視懸壁，姓氏名字，漫焉猶存。于是汎瀾其洟，潸然而雨淚曰：“嗟嗟，先子名存而人亡矣。”孟角子適至，見其顏形之蹙蹙也，問焉，告之故。孟角子曰：“嘻，玄矣。其父鳴於陰，子爲和聲，離裹者之相通，固若是其不可攜也。”因以其事白東洲公。公曰：“於！靈異矣哉。碧水圜其身而心衍乎南津，亦善懷也。是宜其感而通矣。”時多士聞若言者，咸咨咨焉吟，浩浩而歌，鏗如鏘如，載于路。或曰：“子之於親也，無適而非親也。視於無形，聽於無聲，没身而已。觸象而思，疏節也。思古而獲，恒情也。是何足異而詩歌之放乎？”孟角子曰：“否，不然也。夫人之注思者，其情也，而不容以必叶者，其勢也。是故堯之嶢嶢也而不能通諸子，舜之僢僢也而不能通諸父。至聖宏化兹生而比猶若此，况其下者乎？而况其死生之大訣乎？南津公之即世凡十四禩，少湖子始克來學。學有六堂，堂有六班，序隊不同，死生懸絶，而惟先跡是踐，可謂不異乎？昔孔子之殯於五父之衢也，匪曼父之母告之，幾不成乎防之合矣。故四尺之封，寧戾於古，而惟恐以其東西南北之身忘遺其親。是神符妙合，在孔子之聖，且猶不敢自必也。今之人士，其去聖人也遠，以聖人之所不敢必而偶然得之，不可謂不異也。多士之詩，篇章之濫，各鬴其情，各發其旨。一鄰人之笛，斜谷之鈴耳，而謂人已乎？彼其西土之棠，羑里之梏，見者猶或動心，矧惟吾人？三犧之牛，四子之鳥，聞者猶或動心，矧惟吾人？然則倡和之群出也，理也，弗容已也，而子奚疑？”或人亦歔欷不自禁，仰而嘆曰：“枯魚之念，百乘之悲，由曾之懷，其有道乎？”歌《孝思》蛇退而去。孟角子於少湖子爲同年，因述其概以爲紀詩者啟道。

《夢徵德政詩集》後序

荆郢，帝鄉也。蘄，荆郢之户也。其展祀也，襄事也，規制之需也，咸由是焉。入蘄，固百費之衝也。天子實知之，乃擇兩曹之健者，使爲郡貳，得馬侯。馬侯以困敦之秋來時，適堂無長焉。群務溓盪，烏集川至。侯于惠化之餘，悉有以給之，不下損也，甿用康裕。選間有漏于法者，盗若金。守帑者號于侯，侯曰：“黠矣哉，食吾甿之膏也。夫自吾天子之不以其親儉天下也。麗兹土者，穀人廛於晝，絲人廛於夜，猶懼材之黜，無以副至心焉。乃今而後，有盗之者且奈何？”於是率諸耄艾，以其事謀於神。夜見夢曰某氏云，覺旦而捕，鞫之，果得其狀。諸王公大夫士聞若事之懸合也，咸磋磋曰：“神哉，侯之夢乎，其徵如見矣。”相與賦《夢徵》。蘭舟子異之，以告孟角子。孟角子曰：“嘻，豈足異哉？固常也。夫夢，夢也。不夢，亦夢也。傳稱古之至人，其寢不夢。非不夢也，寢以前皆夢也。是故夢之夢也顯，不夢之夢也微。”蘭舟子曰：“何謂也？”孟角子曰：“夫人心，理之會也，元橐中藏，何所不備？靈樞默運，何所不通？其往其來，瑩徹無間，亦其本體然耳，孔子得之矣。觀其萍實占覇，鸜鵒驗衰，以至修書拭履，懷璧之徒皆前知而不爽，夫豈待於夢耶？是之謂以不夢夢也。他如求瓊食瑰，結草服蘭，捫天射月，吐鳳乘龍，諸夢亦皆應如響焉，則又何必於無夢耶？是之謂以夢夢也。以不夢夢者，理實而幾明。以夢夢者，理觸而機動。是故不必於夢，不必於不夢，惟其有益焉爾矣。馬侯一夢而上以紓國之用，下以續民之膏，其爲益不既多乎？使其適適於磁枕，衎衎於槐宫，恣肆於高唐，逍遥於蝴蝶，則倍明仮光，身且自陷，況天下乎？此可以觀馬侯之盛矣。雖然，猶未也，吾兹願吾侯不以其夢夢所盗，而以其夢夢周公；又願吾聖天子不以其夢夢所合，而以其夢夢傅説。則上下交孚，明良和會，惠澤所沛，放乎海隅，一郡一國豈足爲量耶？此固諸君子之所以風歌之意也。”

送田少江通守嘉禾報政序

田子之倅嘉禾也，陳子送之曰：“率夫子之道也，刺有餘刃，豈倅之蹇行也，轄脂而已耳，夫疇得而淹之。”田子曰：“子易是也乎哉？羅倅楚材也，肩是任其也幾蹶，子易是也乎哉？予將懼顛隮也。”陳子曰：“夫倅，郡貳也。上代舉，下代履，身之貳也。逸而勞之，倦而嗣之，不足而補之，不勝而共之，貳之道也。貳之不力，守是用瘝，子夫而缺力乎？力之完也，刺之半也，其何難之與有？姑行以驗諸。”田子忻然而笑，揚策而去。甫至，知樹政唯囏，務衎衎爾。知靖民唯囏，務休休爾。知宜守唯囏，務恢恢爾。由之餘三年，弗敢疚於冋也。是故姦薅而良植，害割而利裒，政滋以樹。是故仁圜而義割，禮治而樂埏，民滋以靖。是故功成而不有，事償而不推，守滋以宜。宜守固以靖民也，民靖而無所事政矣，是貳之至也。于予言乎，葢之兹當以其績見。陳子又送之曰：“權夫子之功也，陟能無竣。夫有請焉，必先有入也。夫子之入多矣：宜守則忠入，靖民則嘉入，政樹則義入。雖無請，吾知其出也。車馬以旌德也，衣服以旌安民也，樂以旌和民也，朱户以旌聚民也，納陛以旌進善也，虎賁以旌退惡也，芑蘭以旌孝也。晉之漸也，夫子之華吏也，天王之覺報也，其允宜。《詩》曰：‘我有嘉賓，中心貺之。鐘鼓既設，一朝饗之。’于斯行有焉。夫子其無我疑也，前之所云既嘗疑之，而今已蓋矣。今之所云，安知其不能盖耶？請敬以俟。”

《貞孝傳芳詩卷》前序

維乙巳，維歲遒盡，維月日，會於龍狵。維陳子將嫁其藝，維涉河，登鳶魚之皋，寄玉臺之舘，坐飛雲之洞，日與同臭味者探刺元理，究切彝懿。盖夜户恒豁而莫之禁焉。邑博蕭子尤稔於道者，靈心潛動，真宰妙融，織路緝譚，罔愛朝夕，繹如也。一日陳子熙然興懷，仰而煦，俯而長喟，謂蕭子曰：“方今湛恩龎鴻，憲度明肅，姙姒充宫，武周當宁，是宜協氣横流，灝濞衍溢，遂諸生之闓澤，釀大化於醇醲，何貞婦孝子之寥寥也？”蕭子曰：“咨咨，言易矣哉。宇内亦大矣，子能悉耳而目之乎？子過矣。”陳子瞿然起曰：“何居？仁近不敏，骞污憒眊久矣。兹願竊在下風，講聞流議，惟先生教之。”蕭子曰：“居吾有以徵子。予南平僻在西隅，去帝里綿邈，蒸薰陶染，殆難於楚，然亦未嘗無人焉。余媚家有夏母盧氏者，少而寡，抱持峻烈，啖檗嚼冰，志無貳從。皮陋三少，蹈伯姬之火，赴貞姜之水，蓋數數而未亡也，是非獵香風於天閫，而深得其聖淑者乎？可與言貞矣。其子夏岳峰者，又能躬奉天經，色養純至，增虔益慎，亹亹劬勞，澡孝水以洗心，負慈暉而燠志，未易以參軻邁也。迨母盧背違，則又哀癯柴毀，結茅靈邱，縞鶴定地，玉兔分苫，是非酌調露於皇極，而大飲其精和者乎？可與言孝矣。於時刺史黄公高於行義，大書貞孝，以表其廬。行且上封章，希天獎以勵世風。靈根至性，萃於一門。心要密付，愈傳愈遠，其未有艾也。子何言之易易耶？”陳子忻忻曰：“都哉，我明皇教，亦宏敷矣。垂温暢春，施膏灑澤，幽遐以通，萬方無扃。譬之鑽燧以自燠，挹水以自潤。惟其人焉耳，而亦何所去取哉？今此民萌，苟自振激，不爲堤障，以蔽於邪，則群物夷庚，四海同晷，上還天真，下靖人倫，孕虞育夏，蹴姬蹋劉，安洪潤而覆深盂，人人皆夏母子矣，豈不爲天下之大慶哉？惜其未易至而俾夏母子之獨盛也。于是發滯抽情，扣缶捻櫛，爲之歌《貞孝》之章。歌曰：黄鵠逝兮空石梁，白雲去兮收天章，貞孝傳兮萬古芳。”蕭子乃賡載歌曰：“聽黄鵠兮休休，望白雲兮悠悠，流清風兮千秋。”國中屬而和者以百數。蕭子謂陳子宜有言，遂書之。

賀大正堂張乾崖壽序代胡玉峰作

余顓侗口銜命來倅忠也。人曰：“忠巖阻，民麻沸弗靖。詭法竊義，盜亦跑虓弗戢，覗隙抵壁，或虔劉我儲胥，拊綏而馴，擾之其道，蓋難焉爾。”比及席未煖，廼適改領外務，越五月始返。返則時乏長吏，復兼涉厥堂事。人曰：“貳且弗堪，况專承之乎？”繽翻轇轕，蚤夜侵星，吾恐日矻矻將不暇給矣。余于是盖惴惴焉，惟難上之懼。若而者又五月，我乾翁自吴右尹陟守是郡，甫息鑣。人曰：“翁爽邁瑰奇，才峻而氣揚，宜非戇木者所能入也。”水火蒼素，其誰能一之？余于是蓋惴惴焉，惟難下之懼。藐焉一躬，躬難攸萃，蓬心蒿目，未可但也。既而我翁即政，朝修業命，晝考職事，夕省典刑；秉持清静，綜葺慎悉，百爾氄旣，皆就條緒。旁落別車者，殆無幾焉。是故于民萌也，開示以明，禁儆以威，操馭而鼓躍以智。一時田叟野种，各帖其所，儒闕商闠，各序其宜。膏露漫瀰，慈雲蒸洽，窖寥瀟凉，充以和煦。前之弗靖者，若徙而去。吾雖欲自力以生惠，其將何以措吾澤於寇盜也？招攜以禮，懷遠以德，劘切而柔習以術。一時黠者寢謀，悍者潛暴，翃翃者屏迹。貙劉在場，戢臧在户，而異志者立髮壘培，不增夷庚，不塞而肆，猾者栗膚。前之弗戢者，若徙而去。吾雖欲自力以彰武，其將何以置吾勇乎？難上之懼，涣涣乎釋矣。至若縮遐思，抑高躅，嘯語晏温，情瀾放逸，合行而同趨，無或相晴雨者，而道罔乖仳，事亦協舉。譬之並舟，能者理棹焉險偕濟；並輿，能者執轡焉遠偕歷；並陣，能者運筭焉，大瀕於勝績偕著。不然，蚊之山、商距[①]之河可鑒也已。若之何其以一掌堙洪濤哉！《語》曰“佐饔者嘗，佐鬬者傷”，言佐之係乎主也。余于翁，亦可謂嘗而不傷者。難下之懼，涣涣乎釋矣。暨迄兹歲辰，且遷饗翁者，蓋滋多焉。微涓欲輸，無階以遂。乃戊申冬杪日己未，值我翁蜕鶴之辰，于是俎胏篚幣，卣鬯以進，酌而祝曰：“夫鳌民，德之純也。兹頒[②]黠者，沾惠化矣，匪純也。夫惟純，故不已，請壽翁以純德之觥。”又酌而祝曰：“夫弭盗，德之健也。兹跳號者，已韜鈴[③]矣，匪健也。夫惟健，故不息，請壽翁以健德之觥。”又酌而祝曰：“夫諧僚，德之厚也。兹副貳者，相孚信矣，匪厚也。夫惟厚，故不毁，請壽翁以厚德之觥。”翁起拜，祝詞曰：“吾祖方杖鳩，吾父甫秋鄉，吾又何敢衷然稱壽哉？”余曰：“兹吾所以愈益壽翁也。翁祖子孫三世，一道淵源，蓋有自矣，况翁又能恢擴祖若父之隱衷，裨國而禔民，則天之陰騭冥匡，將躋之要樞，以壽天下。遠詣深造，其未有量也。”翁曰其然，願拓德以集。

贈柜山田公進秩再總貴州學政序為吴九巖廉憲作

惟嘉靖乙未歲，天王以楚習悍黠，學浸圮落，欲有以振之。懋簡王官，得柜山子。使典楚，教涉四禩。德運而心行，化馳若神，癯者以肥，蕩者以歸，南風日競，楚之人士，蓋幾於完焉。楚之南有貴，貴之習，視楚爲降化之爲尤難。維天王驗其能也，復移而南之，是故有貴之役也。軷祀竟，九巖吴子、青峰汪子、碧泉張子、此齋魏子，具殽醑踵而餞諸漢之滸。飲且半，九巖子作而嘆曰：“子今其去我曹乎，我曹何可一曙而去子也？夫政以閑之，猛之糾也。教以開之，寬之庇也。寬以濟猛，猛以濟寬，交相爲賜，兩待而成者也。夫誰能畛之？是陰陽相推，剛柔相易，仁義相禪，三極之道，其致一爾。互勝而偏戾焉，道之

① 距：疑“蚷”之誤。
② 頒：疑“頑”之誤。
③ 鈴：疑“鈐”之誤。

阤也，其何日之有？吾嚮也負命而來楚也，將政焉司，亦震疊焉慴也。盖政以夾教者也，非所恃以爲治者也。使吾日勤於政，而無教以爲之調，則雖牛羊，用人膊而磔之，愈無益於治已。及入其疆，見耡者之義於畔也；逾其江，見篙者之義於郛也；過其市，見貿者之義於貨也；入其學，見士者之祁祁爾、郁郁爾義於行也，廼悆然唏曰：‘都哉，桓山子之教足徵矣。’甫至而覽其貌，紆紆然温，聆其言，偘偘然厲，考其傳，秩秩然整也，廼悆然唏曰：‘都哉，桓山子之教，其緒諸躳矣。’其可謂攄幽發粹，而接邦人於道者矣。其可謂洗濯其民，錫砥其士，而無俟蘗政者矣。故吾自操政以來，穆忞隱閔，毋事蓯蘢，執中含和，不下堂而衍四境。門之外可以羅爵，階之下可以牧麛，陛之垂可以巢鶴。政教兼舉，幾臻洪寧。凡吾與子，杖性依神，相扶而成者也。譬之車焉，輿輪具以致遠者也。譬之繪焉，白采具以成章也。譬之羹焉，鹽梅具以作和也。子其可以一曙而去我曹乎？吾懼其中歇也。雖然，大道不官，至德不器。子去矣，與子俱去者，非其至者也。其至者，流運活躍，不可圜拘，其可持而去乎？是故殘照裔光，摇映耳目，參拌而均齊之，其比介我曹者留矣。吾茲何憂，吾茲何憂？”於是汪子起，執爵酌而祝曰：“是固矣，吾願夫子之去也，颺聲鼓山而以遺音徹我也，何如？”張子起，酌而祝曰：“吾願夫子濯纓聖泉，而以餘波潤我也，何如？”魏子起，酌而祝曰：“吾願夫子振衣鳳岡，而以賸華儀我也，何如？”吴子曰：“不然，吾願夫子益勤厥教，成化而蚤歸於彤廷，象鼎應台而賁天下以其文也，則其禆廣矣，豈徒在二三大夫？”於是田子起，謝曰：“吾何以堪此？吾願鼎鼎如而日懸心於諸君子也爾矣。”遂展拜而別。

贈勞奉祀致政東歸序

勞君之淺仕于荆國也，爲奉祀，位不程其才，禄黜於德，時眼復從而上下之不色，黯曰：“吾藉以自竟也。”憪如憺如，以祥乃事。雖古忯慌之流，未過也。歲三至，悑然有懷，長喟曰：“吾老矣，吾之事幾於完矣。童習而白數之，雖無補大化，亦衣袽之力也。大者大成，小者小成，元極之理，各足焉已矣。吾職畢，吾負償，吾其容留乎？”乃以謁諸王。王曰：“無庸天子之使，汝典朕祀也，非不穀是爲，亦因以老汝也。矧汝之清寅，其可一瞚去乎？”不聽。無幾，有詔曰：“凡王府官願致政者，進一階。”蓋樂其能恬而因以暢其鬱也。于是再啟，乃得解縶歸。行且瀕，蘄之大夫若士咸有餞言于道。迨孟角子殿而至，撫而嘅曰：“勞君可謂得夐明者矣。”蓋自丹穴薰銷，纇陽流枯，而進退之義不復在人口矣。家於仕者，比跡於天下，貪没耄昏，繫於異土，鍾鳴漏盡，夜行不休，是固有不再見鄉里之泉樹者矣。甚有濁德譌謀之士，受嘯侮，含詬詈，闟然蒙倛，即有僚而不顧，不幸而年及疾，及鼉卧牖下，輾轉不能起，猶懸思陞，調不寘一，爲有力者所沮，倒前之槖，以覬後利，無所不至。於乎，孰謂此時而有勇退如勞君者乎？勞君其賢矣哉。夫其仕也，不當其官，人曰可去矣，曰：“吾畢吾業也。”世以其官視之，人曰可去矣，曰：“吾畢吾業也。”不以眾人之可去者爲去也。及其去也，疾未及伏，人曰未可以去也，曰：“吾業畢矣。”年未及懸車，人曰未可以去也，曰：“吾業畢矣。”不以眾人之不可去而不去也。惟視其業之畢不畢，不計其身之利不利，其於沉痼於貨賄者何如哉？況仕之載身也，猶舟車之備糗糒也，不以安流輸之，至龍門則不能矣；不以夷途輸之，至羊腸則不能矣。仕而不酌時以爲進退，有不覆厥載者哉？此吾于勞君不徒賢其能盡道，而尤重其能全身也。故曰勞君可謂得夐明者矣。因書以表其行。

代周雞峰賀鍾師榮獎頌並序

夫子之教蘄也，星軸再運矣。瀏乎其深，瀓乎其清，溟沐靡愆，枯瀆以潤。收益領助者，日没没焉，未之或知也。乃癸卯歲，王春之杪，玄風散流，澒洞瀰溘，不可縶軷。越在臺省，柱史沱村史公實懋簡之，嘆曰："於！其良矣哉。夫政教之相救，非相爲賜也。使在楚爨者咸若，人則士和民齊。吾且奠枕矣，又何暇織罪罟，礪刑鋸，嗃嗃然以畏人之身哉？"于是分命乃司，出金帛旌錫之，以勸能者。是日也，觀者塞塗，賀者充户，有議者曰："是足以報乎階之進矣。"應者曰："稱乎哉，其覺報矣。"雞峰周生聞若説之易易也，乃率籲眾樂告之曰："吾夫子，人師也，匪經師也。眊矂而譚，滅裂其説，是瓦礫翳蔚之見也，又烏覩鳳鵠之量也哉？"或曰："何謂人？何謂經？"周生曰："人者仁也，畜仁以爲儀，命其誠以埏其化者也。經者徑也，假徑以媒通，張其藻以鈞其名者也。向使吾夫子學以爲人，教以爲己，道籥德苞，陳墳故索，五際六情，考符稽象，咸粉澤焉，以觀眾人之目，以覬大夫之榮，則玆報也，固已過矣，復何遺恩之有？然吾夫子有大于此者。其爲教也，端思澄精，正言履爲而弗宰；含朗戢耀，擱聖極以定摹。抽元蔀以開類，鄰幾邇神，恢恢以迎。一龍一蛇，剛柔相斛，以與醜類躋降。是故一時人士，泯泯就範，濯其天靈，肅其天官，諧其天情，以完天功，烝烝乎未止也。率是以往，將必有風舉雲升，摛光布景，神補元化，籠絡宇宙，以輸吾夫子之載者，則吾夫子固百福之宗也。《傳》曰'百年之計，莫如樹人'，或者其足報乎？不然，飭道以要名，迂躬以賈利，雖有崇階峻爵，吾夫子且不屑矣，况乎三鱣之兆，九錫之榮？有懸之者在也，可必者人，不可必者天。吾夫子，其肯規規然責報於是乎？"或者愧而退，諸生咸造廳稱賀，觴次及周生。周生因拜而述之以相期，且爲頌以侑酒。頌曰：馮馮元精，惟道之根。泥苴土梗，組繡治平。式殫諸己，式載之人。功成則一，孰割而分。夫子無已，吾儕日征。更釀元和，爲天下春。福祉川至，以莫不增，於戲何有垠。

贈王養明氏爲約長序

掩茂之歲，月旅實沉。我橋翁軫念斯民，輯諸大夫謀曰："聽遠者耳閼，視遠者目閼，慮遠者心閼。以二三大夫而欲悉萬民之情，其不槩目而麻霆也者幾希。其出令使鄉里諸民，自相鳩議，推其賢最者，約而長之，以適其便焉，可乎？”諸大夫僉曰：“然。”於是鄉有長，長有貳，貳有承，以相與圖涫政焉。浠之某鄉，得養明氏爲長，蓋輿情之所協與者也。周子時振樂鄉人之安之，而懼其末之索也，過陳子而問焉，曰：“養明氏，吾翁也，素有隱衷，不與世入。鄉人賢之，群聚而借長焉。歌舞之矣，吾惟終之畏也。夫子其有以教之？”陳子曰：“諒哉民情之神乎，利民者民弗利之矣。子之翁，背人而馳，澹然不涉於俗，固鄉人之所欲得而長之者也。然今之賢非盡于昔之賢焉已也。鄉之毀譽棲之，人之和戾關之，國之是非集之，一之不副，萬者隳矣，其誰與我？是宜吾子有終之思也。今之時可與圖厥終矣。夫列聖相傳，太和醞釀，窮天瀕海，莫不化醇，能自漏焉者無幾也。茲長是鄉者，於其漏而補焉。明五彝，勤七教，日夕而習之，比夾而摩之。有不若者，同聲而譙讓之，擇其尤無良者，置之有司之法焉。其有不改轅而惟善之向者乎？《傳》曰‘人皆可以爲堯舜’，夫亦以堯舜之性與人同耳。其良者性堯舜之性而致養之者也，其無良者自性其性而重爲之鑿者也。其性既鑿，百欲紛擠，乃獨私據一隅而曰‘我本無是也’，譬如掘地而不及泉，曰‘此本無水’，豈理也哉？是故人性之妙，可紐二儀，匹夫胸中自有全經。思而求之，雖不能邁其身於唐虞之上，而其心已遊乎堯舜之天矣。人皆堯舜，塗無行禽，然後至仁透徹，融盎流通，無復一脉之鬱也。其有助於治功也，不既多乎？嗚呼，握之要而及之詳，持之微而運之廣，我橋翁之慮亦勞矣。爲之長者，有肯體而行之，以求無負於謀治之初衷者乎？請從而後。近鄙人，不足與論政，敢託喙於吾子。”周子曰：“昭哉乎訓也，請爲先生致之。”

送柜山田公復督貴州教序爲高柏坡太守作

天子履極之乙未，憶楚其舊封，欲化之以觀四國，命我柜翁來教之。我柜翁不自惠，鋪太和，運元德，研四術，協十際，據便乘利，以與世相摩盪。是故此邦人士，志與心移，神與形化，無留鬱者。歲徂戊戌，滇貴始分科貴滇户也，由户以入室教之，序則然爾。天子重首事，達漸機，於是又以我柜翁往。蘄之士聞是命也，睽睽相視，如有所失。小子馳，成人走，庶民趨，通一國無定身者。某守是郡，見其洶洶也，乃屬而告之曰："二三子其狹乎？徒知自人其人，而不知天下之所謂人乎？夫楚人，人也。貴人，亦人也。聖賢通天下以爲身，而有擇於楚與貴乎？昔楚有亡弓而不索者，曰：'楚人亡之，楚人得之。'仲尼聞之曰：'忘其楚而可矣。'程子涉河，遺錢而嘆。從者曰：'水中囊中可以一視，人亡人得又何嘆乎？'程子曰：'使人得之則非亡也。'凡皆聖賢適於物而不累之故也。是故孔子之教春秋，孟子之教戰國，必東西而南北也，必軫方而轂員也，然後爲能以其身聯天下。使孔子愛於魯，孟子愛於鄒，而轍不遠焉，則三千七十之徒未必皆名賢，而公孫萬子之流終亦齊人而已。而是道也，誰與闡之？我柜翁，後孔孟而寄道者也。昔也閩而楚也，實未始有楚也，閩其楚爾。今也楚而貴也，實未始有貴也，楚其貴爾。知有道之明晦，而不知有身之去留，概天下而量之者也。二三子何譾譾焉以拘？"有應者曰："傳有之，乞火不若取燧，寄汲不若掘井，言遠者艱而近者便也。兹我柜翁滋遠矣，乞而寄之，能無勞乎？是吾輩之所以不能釋也。且孔孟之窮也，多子祁祁從之如雲，歷多難，嘗備險，篳路籃縷，困極而不舍。我夫子之去，乃獨束於制，限於地，不能綴後車以相累，如之何不憂？"某曰："不然。我柜翁之道，渾融貫徹，不以新朗，不以故渝。一人被之不褎，萬人蒙之不褊，二三子能率其身而矩矱之？我柜翁日在也，又何必連步比形，負劍而立，而後爲與之遊哉？聞之曰'至言去言，至爲去爲'，道之不貴身口也久矣。二三子如爲道謀，道固無恙也；如曰情而已，則忉離惙别，固諸子之幽衷，余奚能知，而亦奚能爲？"多士翳僉對曰："達哉論乎，廼今然後知道之無方、情之無畔也已。"

壽周翁七十序爲夏三峰作

夏子之東，西息也。陳子聞之夕焉，語及感應之故，作而問曰："夫子之轍遠矣，其亦有異聞乎？"夏子曰："吾無所異聞也。貞印福，枉印禍，應之如機，天之紀也，誰能滑之？"陳子曰："不然。貪惏者易貴，險狠者難老，亦紀乎哉？"曰："是紀也。短其髮而長其心，非祚之也，重其負而大跌之爾。夫焉無所恃？"曰："維若是，則子國之周君，其紀之大者乎？齒踰破瓜，壽也。帷耄好逑，壽之溢也。二壽作朋，如松如蘿，繚青縈緑，日載其茂，壽之壽者也。《書》曰'天壽平格'，其必有以格之。"夏子曰："夫壽，德之首也。德，壽之足也。足躓而首完焉，不矣。懿夫周君之足也，言絅其身，行旗其衷，司機密矣。去惡如糞除，忘利如遺跡，築善固矣。過者畏其口，佞者畏其耳，不善者畏其身，淑人多矣。波及其宗族鄉黨者，周君之餘也。是宜有以首是壽也。嬰兒之慕也，駒犢之從也，烏容間之？"陳子曰："是則然矣。還次困，盈次匡，數之常也。安乘危，怠乘勤，人之道也。人而數則數勝，數勝則豫。人而不數則數不勝，數不勝則生。豫者由乎數者也，生者造乎數者也。由乎數，不可知也。造乎數，有可恃也。能由其所以足是壽者而無止焉，是之謂勝數，是之謂造數，是之謂有可恃也。進無極矣，尚焉。庸菊塞其腸，龜息其耳也哉？子曷爲我謁周君而勗之？"夏子曰："是可以爲周君告也，願書以爲周君壽。"

賀三守文西谷榮獎序

西谷文侯之來參蘄政也，凡五遷辰。其言嘹嘹爾，其行鼎鼎爾，其政悶悶爾。是故其民涫涫爾，若不涉乎文侯者焉。有問之，侯曰："音從宫，味從甘，色從黄，是爲帝者也。余奚能爲？"或曰："侯晝乎哉，其將息是矣。"陳子曰："嘻！咈哉，其駸駸者乎？可以觀侯之大矣。"觀人者，觀諸其專與重與劇焉耳。不專不足以徵智，不重不足以徵力，不劇不足以徵才。自文侯之職是也，有隨之義而已，何足以見文侯？譬之馭車者焉，東西在前也，疾徐在前也，侯殆無以自縈也。侯而自縈，則左轂鳴車右死矣。恭之不協，豈曰能賢？姑待之有選。我皇上大狩承天，太守柏坡高公、二守絜齋李公咸以執事往，惟侯留後焉。時協濟群務，百爾�至，棼如突如，莫可紀計。侯獨任之，曰：“臣人者，治煩者也。安植脆隩，疏理蒙茸，内其禄而外其身，吾其焉辭？”于是追卒徒，峙糇糒，審駣駒，庀芻茭，裒篳茀，積薪蒸，程遠邇，度順逆，夜思而晝行之。祇服輸將，供億不匱，以亟王命。民不罷而政不跌，侯實有勞焉。巡按御史朱公考其勳，特賜金帛寵異之以勸能者。或曰：“子之知來奚晰耶？夫一州而四其官，猶懼弗力，况其獨乎？四官而分其舊，猶懼弗力，况其倍乎？政增於前，官損於素，宜弗自樹矣，而何綽綽矣乎？”陳子曰：“吾何以知其然哉？夫消息相斛，屈伸相癈，天之道也。使侯之來也，便便爾則跆，匆匆爾則隳，察察爾則缺，其奚以復進哉？侯惟不然，恭而尊，慎而慊，宜其畛而酋其根，其不進而張也，古今未諸。是故分群偶物，掘變窮情，抽天下之蔓蔓，散天下之混混者，必其自閉於前者也。”或曰：“必至是而迺見，何也？”陳子曰：“侯一也，時自異爾。前以仁處人，後以智處己，一道也，豈前一侯而後又一侯哉？且斷蟒者，孟勞之銛也。使衆提而加之，其功孰歸？舉鼎者，烏獲之健也。使衆扶而勝之，其功孰歸？理絲者，象觽之利也。使衆持而解之，其功孰歸？並應同酬，朋舉互發，文侯能自見乎？諸公能自見乎？是故乃今而後見文侯也。大吏之褒異也，其不以是哉？故曰專也，重也，劇也，器之所由别也，而子奚疑？”或曰：“吾於其藏也見用之顯，於其獨也見能之衆，於其褒也見道之公。三善朋集，可無識乎？”孟角子曰可矣。遂識之。

送辰沅兵憲抑齋李公以憂歸序

明興百八十年，聖澤浸液，太和醇醲，沕潏滂洋，雲蒸霧潤，蓋直塞横廓而六幽罔不灼矣。含生之類，草木昆蟲，闓懌而咸若者，比比而是，矧吾萌隸也哉？是故協氣旁流，霶既荒裔。海食者來庭，左言者款塞，四方面内，水慄陸讋，殆非一日之積也。乃者麻陽小醜，蠢爾肆桀，負阻憑幽，變節干紀，嘯哮撞搪，漫不震慴。蓋以我國家文德涫柔，而不知武事之精峻也。往年關策大臣以爲是不足以煩中國，遣筆墨之臣率一二褊裨，以附近之兵薄伐而淺治之，且以修文告之辭焉。彼謂華人厭難，以口代兵，技不我長，愈增鷙悍。猨緣石徑，蟻聚飛崖，背隅而梟瞷之曰："有能雲梯而電擊之者耶？"如是者幾二載，乃甲辰之秋，我皇上爰赫斯怒，始有每飯鉅鹿之意。大簡乎廷臣，慎選文武兼資者一人，徃董正之。持衡者籌曰："必有石畫之臣，琦行之士，乃可得志焉，然無如李南曹者。"遂以之對，制曰可。於是抑齋公有南征之役矣。褆衣動日，貝胄照人，赫赫稜威，即日就道。諸寮寀送之，目而嘆曰："真古方叔也。"相與賦《采芑》。公比至，乃狥師而告之曰："若輩知朝廷之意乎？彼其縻費不貲，織路不息，而弗愛焉者，豈固甘心於藁街之首哉？蓋將以小費易大康，以暫勞貿久逸。與此一隅圖靖安耳，豈容不知？"士衆皆感激，自是飭法明紀，資信履忠，文以爲種，武以爲植，軍士服從，若水流而轂轉也。爾雄茫，列勁鎩，吴鈎越棘，翼舒箕張，猋涌而煙合，時有欲戰之色。公早夜戒之，曰："毋挑寇，毋啟侮，毋輕入而損吾鋭。擣穴犁庭，草薙而禽獮之，自有期會爾。"邦之汋諜，莫知端倪，無敢外市，内要不洩。群醜日恐恐爾，竊相計之曰："是何其密而神耶？威德沆茫，實褫我魄。"於是改屢年不羈之故，返志回情，税介負蘭，收機息馬，傾巢舉落，卜日來降。是可謂士卒無横草之功，將軍有坐馳之武矣。夫何居理未期，而公遽以内艱去。部伍洶洶，居民戚如也，相與扶杖引經賦《九罭》。客有見劉子者曰："銷天下之憂者饗天下之樂，攘天下之危者受天下之安。今天不去悖亂之苗，而奪李公之母，奪李公之母，是去李公也。可去者不去，不可去者去之，謂顥蒼而猶有知耶？"劉子曰："不然，是數也。數也者，同原而異道者也。兩適而偶值，雖天有不得已焉。以低昂縱閉論者，或者未咀其膏乎？且天下之假助不善人者，非以祚之也，益其疾，增其凶，使得以酷烈其罰爾。蠢兹有苗，即李公不之殺，有殺之者。天必久而後定，子其須諸。”客曰：“是則然矣。取諸寄不若探諸懷，朝樹而夕廕焉，人情也。是故，魯公卒哭而即戎，君子概諸禮。閔子要絰而服事，雖孔子未之尤焉。有力者盍疏諸朝，俾得以苴麻從韎韐乎？”劉子曰：“不然。伯禽當國，徐害切肌，無可避焉者也。閔子弁冕而服金革，臣行之禮也。君使之非也，藉是而欲幸公之留焉。吾固知其不得也，且今聖天子以孝治天下，其不以一方易天下之大經也明矣。毁壁投烏，鑄金彈鵲，所得幾何，而肯若是哉？方今豪俊充廷，魚鱗雜集，拔一人以繼之，諒不竭也。子何慮之過耶？”客曰：“夫子之云於天下得矣，如李公何？李公威信載在，小醜攣縶纏縻，莫敢走逸。後來者遇若持孤豚爾，夫奚能爲？及其叙功論賞，首事者殆無所與，譬之蓬跣者逐鹿而斃之，卒之坐饗者乃華冠而珠履者也，能不爲李公惜乎？”劉子曰：“力惡其不出諸身也，不必爲己。自公之竭股肱也，士未坐，不敢坐，士未食，不敢食，寒不擁爐，暑不張蓋，以與眾周旋。此豈爲身謀者哉？《易·未濟》九四：鬼方之伐，乃所以成。六五：君子之光也，而奚利之計？”賦《江漢》。客賦《素冠》。劉子於抑齋爲同年交，且在官聯之季焉，於其銜恤而去也，遂述對客之説，以慰其行。

賀大郡伯乾翁老先生初度序

惟涒灘之歲，惟月乙丑，惟日己未，實惟我忠牧張大夫乾翁繄紱之辰。凡麗兹土，含靈覺者，率圖有以祝翁。若甿若士，若工賈，若武弁，填廓溢郛，驩如譁如，蓋雲遏而江湧焉。黌之師儒，會川王子顧謂南川劉子、南岡張子、匪石石子曰：“吾與若之典訓斯邦也，非無訓之患，而無生養之難。不庶不富，其焉攸教諸？矧兹歲比不入，道殣相望，人多其軀，無所施放。苟司政者務殖封，不求以生之，而復浚之以生，邦之人士其有不骩行而慆心者乎？吾雖欲勤三物六德，以靖吾職，而涣脱者已不可摭拾矣。今由由爾，祁祁爾，躋堂者摳，負牆者聽，漱藝者儢，會元者嘅，聯比而弗攜者，緊誰之力與？則今日摎蓼洋浪，髡山竭澤，以抽眇思，以揚丕績，宜不後於諸喋喋者之爲也。”於是造朗極陳子之舘，謀緒言以侑觴。陳子曰：“《詩》云‘如松柏之茂’，夫松，公也；柏，伯也。百木之長，若可祝矣。然作屏者，未之或無焉。又云‘如岡如陵，如川之方至’。夫岡陵言高也，川言深也。形勢之大，若可祝矣。然夷涸者，未之或無焉。又云‘如月之恒，如日之升’。夫日，陽之宗也。月，陰之精也。懸象之著，若可祝矣。然薄餟者，未之或無焉。今之祝，無以其有取於翁之乾乎？吾聞羲史之☰，姬籙謂之乾，孔翼謂之健也。惟乾故健，惟健，故能負天下之道而悠久無疆矣。是故，自乾之在人者言之，元爲仁，仁者，不忍也，施生愛人者也。亨爲禮，禮者，履也，履道成文者也。利爲義，義者，宜也，决斷得中者也。貞爲智，智者，知也，獨見前聞，不惑于事，見微者也。四德周旋，運而不積。顓昊舜孔，所以恒久者，其不在玆歟？”王子曰：“吾玆有徵矣。大夫恤籃鬖，矜介特，振滯幽，賑窮匱，垂温敷和，潤膏醲醇，茂華平而繁甘露，遂蠉蝡而若蒕穟。此必有得於乾之仁者，请以是祝可乎？”陳子曰：“可矣，未既也。”劉子曰：“大夫俯仰有度，登降有數，高而能下，貴而能謙，毖禋祀而志物必盡，敬喬年而牲醬必親，渴賢走士而沐食不給。此必有得於乾之禮者，請以是祝可乎？”陳子曰：“可矣，未既也。”張子曰：“大夫威法峻清，氣剛而色嚴，縮惕右黨，彫落洪支，奇衺者正，紿緋者端，滑和而侮憲者改慮，俾善良者揚衡而霽晢。此必有得於乾之義者，請以是祝可乎？”陳子曰：“可矣，未既也。”石子曰：“大夫内涵虚心，外分朗鑒，公正明達，無所蓋蔽。物來而迎，睼之兼晐，旁燭而不爲眩。雖淪槩曲計，因應而破，其視飛鉆鉤距之術，何啻瑾石？此必有得於乾之智者，請以是祝可乎？”陳子曰：“可矣，莫之有加矣。二三師之順德，二三子之輕從，以教以學，其皆足取于是乎？傳稱政教一道，其義類若此也。長人者，仁育而義正，禮節而智臨。一以弼教，一以祈年，又焉有離悖者哉？是故君子行此四德者，與乾道相爲悠久也，是之謂萬壽無疆。請歌《宵雅》之《南山》，以爲壽觴侑。”

送三川張翁解木之京序

張三川翁以關輔孟士，乘屏星倅車，聿來渝上任剌之半。義在色峻，厲在言果，確在事弗脂韋回曲。人見其充充爾就端寮也，咸疑其侵官，不入厥長吏。既而破觚銷稜，攄龢敷曦，藏戢其所以自異，以與當明者上下其議，參校利病，獻替可否，于道無倒迕者。則咸喜曰：“協恭矣哉，可謂能官矣。”其初馭民萌也，嚴式法，大威令，刷浣牢强，振植彫落，弗假貰，弗睢盱舔啖，以爲甘臨。人見其震震爾在右序也，咸疑偪其下，不憂厥庶甿。既而達順於信，繼霽於凝，融涣其所謂介特，以與麗土者洞挺其政，弗躁弗苛，而事亦罔圮，科亦罔逋，倉帑羨盈，爲諸州最。則又嘅曰：“業官矣哉，可謂能民矣。”持是者，凡六越禩，崇庸茂烈，浤浤爾，在大吏耳目。僉曰：“是上佐也。”其績藻可與考於太宰氏之廷矣，然未可以徒行也。方今聖皇營葺根本，蜀産之植，爲梓人所材也，舊矣。其以是往，以備榱桷之用，以僝爾功可焉。于是三川翁諏日行，盧生某率其徒躡而送之江之涘，相顧謂曰：“兹役也，翁之雄飛可覿矣。居者將謂何入厥長吏，長吏思之，優厥甿庶，甿庶思之，况其與二三子之在光惠中者，其可以弗思乎？昔黄知録施學正之教南康也，能使其士偃然風從，應節而變成，丕丕化理者，豈其自爲力哉？亦惟有考亭諸司政者，或平其施，或程其傜，或清其獄，而保其疲以爲之先焉耳。今兹渝也，教化鄰於宣明，風俗瀕於敦樸，人材駸駸乎博大而繁滋，則我翁佐理之功，其可少乎？宜未可以遽去也。”言未既，有執爵者起，酌而祝曰：“兼天地以爲量，一四表以爲體，翁之素也，豈其以緹油泥軾，而遂欲淹羈其驥足哉？吾願翁以淑渝者淑天下，以竟此弧矢之志。”又酌而祝曰：“柄權者簡寮，秉能者集事。翁能者也，吾願駿發征途，蚤輸厥良材，以副此分任之寄。”又酌而祝曰：“德豐者鳩功，功高者裒賞，理之定致也。吾願計吏者有以覺報翁。”于是盧生再拜，祝曰：“雖然，翁之爵自此崇矣，夫爵愈崇則望愈厚，望愈厚則責愈深，翁其取足於前之日乎？抑將有以培益增廓于其間，以迓滋至之休也。”翁曰：“敬勗哉。”遂别。

跋

《貞孝傳芳詩卷》跋

孟角子曰："天之愛人甚矣，畀之彝倫者，將以經紀之也。是故堯之仁，舜之孝，周之忠，共之烈，凡以自靖焉耳，而非有所加也。置則悖矣，後之司國計者，乃或未之勤焉。天下始相没於賄，相圂於情，靡然蕩然，滋斁滋圮[①]，自公卿大夫鮮完德，豈或士女？然兹觀大足夏母子之貞孝也，其殆超煩氣而挹玄津者乎？若而人者，固未有於天下也。借令有之，或限於地，或隔於時，未可得之百年與一國也。求之百年與一國且不可得，况同時並出於一家若此之盛者乎？君子歌之，同志者倚而和之，皆以發其性靈之秘，而非以光夏母子也。於乎，夏母子之光，又有足恃者而在乎册之存亡也耶？"

《書鄉小步》跋

或問："六經，群籍之頂也。子搜括群籍，參遡古始，而獨遺六經者，不幾於俛頂而伸項也乎？"陳子曰："殆非也。余之於群籍也，有所取，亦有所不取，有所録，亦有所不録。或於其辭焉，或於其事焉，或於其義焉，從則登，悖則寘，無或顧護者。乃若六經，何書也？元氣之運而續焉者也。使或寓損益於其間，則機緘窮穹壞判矣，惡乎可？群籍非元氣也，似也。宋之玉葉，魯之木鳶，非不宛然似之，而于中之取舍，吾見吾所懸矣。是無所以刊落群籍而不敢望六經者也，豈爲薄六經哉？"或者退曰："辯哉，可謂善類族者矣。"因識之，以爲讀經傳者别。

---

① 圮：疑"圯"之誤。

卷三

書　簡

寄趙通府書

近頓首，俟齋夫子門下：近弗靈，衷燕石以自媚者數年。徃歲不自分，抱而出，以幸無刖於左右。我侯匪惟弗刖也，且不以玄圃自侈，謂曰：是可器也。進而敦琢之，礲磨之，欲其底於用焉。奈何質頑性樸，功費力殫，莫能晨夜就之。然我侯亦未嘗若是責成之速也，功彌費，力彌殫，而其所以愛之者猶在。脱使白烏不巢，甘露不降，我侯得久於玆，不爲頑樸厭，不爲觥壺愛，不爲日月計焉，則雖不敢大器之期，而亦豈至腐没於空山邪？今乃爲有力者奪之，昔者所進，能無落乎？茹恫茹恫。行間甚欲捧袂星橋，以乞處言。忽值老母疾作，莫能久違其心，蓋曰行期定而後助歌《驪駒》焉未晚也。不知蹇步方休，而僊舟已發矣，追悔何及。鄉有草鄙之辭，已登於軸，因奉達不便，更書別楮，託諸宜齋之隷以瀆。簡忽無狀，死罪死罪。

寄真定趙二府書

近白，俟齋夫子門下：近不敏，聞古有九方皋者，善相馬。其於馬也，惟以天機應之，見其所見而不見其所不見，視其所視而遺其所不視，此真有貴於馬者也。是故沙邱三月之行，而天下之馬至矣。其後以相馬名者，則皆察察於形容筋骨之間，得其麄而忘其精，在其外而忘其內。以之求名馬，則或庶幾；以之求天下之馬，則未也。天下之馬，若滅若沒，若亡若失，而可以形容筋骨拘乎？今之時又不然矣，將驪黃牝牡、大小肥瘠是求，而所謂形容筋骨者，漫不到心。若是者，豈馬之所貴哉？故寧垂兩耳伏鹽車下，併於三羸五駑，而不敢以其風騣霧鬣自負爲異也。百數年來，良馬間出。天生美才，何物不有，而獨於馬靳乎？是誠非無馬也，錮其神，還其德，不肯以其所謂良者見焉故耳。向使有知己者一介於其前，安知其不仰首鳴號以自通其意邪？近不敏，固不敢以龍媒騕褭自期，而亦甚不肯以駑駘欵段自棄，蚤夜洗濯，以求致夫曠遠之途，將曰希驥之馬，亦驥之乘云爾。夫何力不從心而竟未也？前此太行之鳴，嘗一試於執事之左右。執事不以感非其類，而亦嘗賜一顧焉。其既也，又以馳驅範我，齊輯乎，急緩乎，蓋唯恐其心之不閑，體之不正也。近凡材下乘，雖不足以盡所教，而其所以步趨者，亦豈敢詭銜竊轡，私履於其繩之外邪？遵循蹈迪，于今五年，猶懼養之未充，未嘗敢以一聞於人。所幸執事猶在近地，神爽坐馳，往來交易，其進或可待也。邇者忽聞執事遠遷大郡，則所以鞭繩乎我者，將與地俱遠，與日俱久，尚敢冀其有尺寸之進邪？且所遇者，不窮其力則長其牽，不肯少降以就物。以不能進之才應不肯少降之主，欲無十步而一舍焉，難矣。兹之明禖司衡者，又將群荆陽之才而高低之，拔其良焉。近不揣欲以其鳴于執事者一鳴于人，然還而内顧其所爲良者，服習尚疎，誠懼無以厮是舉也。執事愛人而憂其無成，能不以疆壤爲限，而有以終其教，時加楮墨以箠策之，則雖在千里之外，其何以異於槽櫪之下？惟無愛玉音，幸甚幸甚。

與周清平書

近白，大兄狷庵先生足下：柳關解繫，五度飛螢，馳仰之懷，何日不在？吾兄高言孟行，丕範後人，如樾之陰，旁分里曲，而況親附於葭莩之末者乎？是誠未可以一日去也。客歲聞銓選有期，我七人咸相謂曰："是行也，不爲王官則南出矣。"物覩之私，或可指計。後忽有音自麻來，謂暫試清平，始知道轍又運而東矣，則又相與嘆曰："參商把柄，亦至是哉！"撤我籓維，何其久也。悒悒者屢日，既而旋自思曰："大丈夫戴大圓以爲帷，履大方以爲簀，寄大圜以爲家，懸弧而來，惟若是耳。如其嚶咿於一室，煦沫以相濡，則細亦甚矣，豈丈夫事哉？"吾兄以數十年之蓄，一旦得民而輸之，行其所學，其樂何如？於是又相慶幸。冬間簡來，乃以邑小法嚴謂我。若以是爲難者，則其自下之辭也。吾兄武庫之才，山庭之望，以之而據要津，當大鎮，亦所優餘，獨兹一邑也乎哉？又況是邑也，密邇王畿，被沾聖化，吾夫子萬世不斬之仁，載諸比巷，湻風厚俗，不待聞鼓而可知。吾兄以寬平之德，加兹質實之民，太平景象可望而待，清水平衡之句，將不謳歌豐葉而謳歌周矣，曾奚以是爲虞？若誠不鄙庸鹿，訪政要焉，則周公之訓在。周公之封魯也，太公問之，周公曰："親親上恩。"然則上恩者，其治魯之要乎？願以銘諸驪。不宣。

寄馮午山侍御書

前僕汲汲南征，志甚嵬瑣，行違者嗤弄，食潔者指詈，固其宜也。乃執事不以毛謭捐棄，降之鼎言，重以豐貺，拾遺含垢，高誼何能勝。僕酉居白下，涉月遷辰，時會之衝，與俗灑往，生平僅得，夆落殆盡，悔怨何及。伏思執事，静養幽貞，深入玄閫，珥筆升朝，再輸藴積，使準繩之司，紀綱之地，益長風神，其功固不偉哉？而顧以岑闃自甘，抱把孤峻，有伊傅之懷者，詎肯爾耶？念之念之。張夢梧回，草草附問。不宣。

寄甘旌德書

仁近白，南泉先生執事：走與執事別久矣。執事以藥省之才出長名邑，蓄日以洩，發日以光，旁越錯出，爛然照人，真非百里所能畛域也。振風翮，遊太清，可數計而待。如走傎囘繆悖，鬼塞其機，潛畧酋縻，月征歲逝，中間相去，豈翅萬倍。或者昧昧，乃於元造焉鄆，而不知真宰何心，以至無而供其求爾。走不肖，學落業蕪，求之誠無道也。敢曰尸之者，殿最之耶？曩時執事謂走：六翮麄齊，奮飛有具，其與丹穴紫庭之種，頡之頏之下上也。而今竟以背毛腹毳自纍，不能乘扶搖而速化焉，豈執事之言未之信耶？執事生平信由衷出，途之人知之矣。走不能勉飭以光昭執事之明，自擠幽闃，咎其焉辭。惟執事勿惜教言，原其故而進之新，使得竊圖南之迅氣，戛空摩雲，寄聲寥廓，以無廢相期之初意也，何如？仁近白。

奉田桓山先生書

仁近白，桓山老先生門下：走楚狂也，日跧伏草萊，究意墳典，鈎討幽奇，追惟陳古，氣味深至，躭嗜成癖，割剥劘頑，兀兀矻矻。雖焕璧靈珠，無以敓此。及其歷歲綿緬，耗疲精神，大病騰至，嘔血頻死，然後悔而嘆曰："聖賢之愛人甚矣，豈其繁言縟詞，馳辯摛藻，引取陋劣，使之日勞瘁其躬以自斃耶？是必不然也。"于是退搆小軒，納之山嵌，題曰"太素"①，以識冲澹。常静處其間，抱景獨立，不親研拂，廢閣虞軒。凡一切窒礙，勇掃苛祛，不令遮隔。澄思湛慮，日邁月征，浸覺此心犂然，百神告快。定檢常節，時一一暗念。蓋不必按圖象考物色，而紫鷰青龍，恍然在目矣。始知語言告詔者聖賢之迹，而其所以迹者固不盡于是也。遂逐于其迹而不深取其心，其與鍥舟誌瑟者何異？雖罷憊以死，無益也。走不敏，不即爲文字鬼，而猶得以窺見聖倪者夫？

---

① 太素：此處以田項之字爲軒名，有表崇敬之意。

其或者啟之耶？比年以來，漫滅懷刺，數求賢哲，以礪淬玄宫，灑清靈宅。然諧世寡才，吐辭莫賞，吠聲射影，動輒咎隨。把臂論心，孰爲知己？不謂誠積幾通，戊戌之秋，乃得見執事於麟山之趾，既又進待於鵠城之南。長日高譚，倒豁天漢，蟬蜕方格之外，龍游虚粹之天。紲引之規，循循可蹈。十年懷想，一旦慰之，真倖倖也。夫何參商左我，好晤多乖，萍聚方殷，遽焉遄往。遂使崇正堂空，無復至人之跡，煢居岑寂，動我淫思遥仰。金樓風月光潔，而走蒙蔽滋長，刊翦未能，瞻戀之心，又復如昨。走前年叨薦，去年北還，今年在南雍，酋稽未了，安能一自振其身，倏爾至左右耶？明年又當北上，交言矗璞，諒亦不偶。得還時即當買舟，沿彭蠡，望耕櫚，遡尤溪，摳衣座下，以終始厥學。厭沃雲山，洞極幽奥，結鹿豕之交，縱鴻鵠之志，使兩襟灑灑，掀揭躍動，尋孔顏樂處，以微以瑣。毗着助供，走誠不敢自後於群弟子也。令親劉竹溪回，謹此附聞。餘惟爲天下、爲吾道自玉。不宣。

答胡新寧書

僕寓忠方一涉月，而戛玉鏗金盤銀屈銕之妙，已雨落雲間矣。黄葉滿樓，玄蟬專户，皆一洗而去之。客中得此，真可快也，敢不三拱。但不量愚劣，以《新寧志序》見屬，則執事之明，無乃蔽于愛乎？僕少時嘗操觚染翰，組言織詞，務越畦徑，業爲一家之説，以自玩樂，而忘困窮，本非求以高世也。然世之明達者一二見之，則以爲狂癖可恠，掩口嘯不休，甚者駡曰豎儒，何用此樸拙爲也。執事相去伊邇，亦曾熟見此態否？自是以還，私心雖甚，自嗜不能脱。然亦豈敢苟有所作，以公傳人口，招鬧而取怒乎？數年間，宜一字未出荆柴外也。執事鴻筆麗藻，敷放英華，立不朽業，不謀諸通儒，而顧欲拾天下所棄，所謂失之子羽、失之優孟者非耶？義不敢辭，謹撰次數言，用附驥尾，要不足以發揚大制作也。眉山草木，巫峽風雲，知亦有語矣，慚羞如何。顓人奉去，伏惟不惜點竄而造化之，幸甚。

謝汪三里貽端溪硯書

僕無似，顓椎愚戇，不能黜力走俗，爲時捐棄久矣。大君子玄訓重賓，何自而降哉？嘗聞至心格天，貞精動物，靈樞默運，或者有以感鼓之乎？念僕自垂髮時無他嗜，獨有古思，尋跡羲譽之塵，希心姚姒之潤，未肯以味色易也。故于古文圖書之類，凡可以適藝圃而即文苑者，見之鮮或不喜，與之鮮或辭。然家貧不能多置。友人中有窺見此意者，輒割愛相錫。如芝賓之鋏、冠山之鑑、蕲南之圖、雞峰之典籍，咸不我靳。雖其力不足以致之，要之以誠慤爲囮也。獨於硯無甚嘉者。注神騰想，絚歲綿紀，卒莫能慰。嘗憶丁酉之夏，有老人抱一巨硯鬻之齊安之市，自號曰："此紫袍玉帶，端石之良者也。"當時雖未深識，然心竊愛之。問其值，其索頗重。即舘而謀諸隸，倒橐而視之，不足以稱。且瀕遠行，錮俗牽常者又從而毀沮之，竟未能畢此一種好也。至今苛悔淫思，忉惙鬱惱，時復把臂嘆善，亦不自知其失己于物，喪性於癖之至此也。前日胡玉峰存我於太乙山中，偶論涉此，謂執事平生鈎討靈秘，呑納清異，遠駕僕上。如此輩蓋薪櫍而藁積也，仰羨者屢之，然亦未嘗有覬心也。不謂連城拱璧有隕自天，横照岑巖，濯刷荒穢，如此其速也。豈其精誠醖釀，玄逐而潛通也耶？拜嘉之餘，神志飛皠，欣慰無量。真如沉痾附骨，一點玉華有以破除之也，感惠何能勝！風便謹此申謝，餘俟行，宜躬造以既。外《硯賦》一首，亦一時狂越之詞，聊以爲不忘志耳，録以請教。

與張名巖少參書

近，湘濱之蹇渫子也。日跧伏草萊，惟知掠拾故藻，儷白偶青以爲容澤而已，庸知其他？不謂才謭識疎，馳訛踵謬，每入益下，爲時吐捐，四走禮闈，論議不右，淹費日月，以迄於今。竊惟年華不留，老大沉廢。春杪就一選，以畢狗馬願。四月拜命，乃得領貴州。貴州，名郡也，號繁劇，雖健吏良才猶或難之，矧惟庸鄙如仁近者哉？日夜悚慄，深以不稱職，塵穢章牘爲懼。曹耦知素，惟有眾讙，其誰教我？何幸我公祖稟峨眉之秀德，發巴蜀之上靈，蹈道依仁，藪量海納，把握全楚，顏色在望，誠一瞻拜，必有以相誨也。又自過慶，昨下即欲叩首泰階，探究旨奧。南歸受暑過多，鬱熱成疾，不能便行也。度行期，當在八月初旬，過鄂渚時面領至訓。不盡。

擬申包胥責伍員書

始吾有義於子，勉與子睦。子出亡，吾猶有衷言，計子之終返也。今之返，不以其仁而重用其兵，無乃已酷乎。昔者，先王之象乾坤也，設爲君臣，卑高以陳，貴賤以位，無所逃也。子於先君平王有定義矣，一朝之義，終始貫縻，貞忠極良，未可解也。且先太傅乃棠君之死也，非我先君實殺之。先君之手，費無忌之心也。子之仇讐，輕重有所懸矣。鄉子之適吳也，謂我曰：“必覆楚。”是時，先君未委裘無忌，猶靦目食粟，天至之情，激烈涌决，無惑乎其辭之剴也。我應之曰：“必復之。”亦以見吾心在君，不昵於友，庶幾其初之樂而萌之遏耳。今先君即命，承緒在我寡君。寡君知子之身在吳，心在楚也，於是使子常殺無忌以爲説。無忌死，則楚之餘人皆可與共天者也。柏舉之役，敗我楚師，五戰入郢，百姓亦何辜哉？子之戎首，無忌是也，先君其副耳。子不以此時出無忌之尸而錯之，乃搰我先君墓，辱及遺形，子之圖報不亦左乎？吾聞君父一也，事之之道均也。使而父以人言而殺而君，子亦不顧而遂剸刃而父乎？無亦有逃焉耳？子以不仕楚報先君，以死報無忌，亦已足矣，而何至此極乎？且國之生賢，眾之利也。子于宗國，屠之而已，其誰敢冀國之復有賢乎？傳曰：禾穟顧根，木葉糞本。是植物也，猶能庇其所從，况人乎？今日之事，子亦速封先君之墓，負劍而請，掃地而祭，然後曳兵而退。毋薙我人民，毋屋我社稷，毋堙我郊保，寄謝我寡君曰：“亡臣死後矣。”是猶可以贖萬一也。不然，子有父，吾亦有君，子欲爲善而謂吾已乎？先君辱矣，我寡君越在草莽，抑何故也？吾雖不力，請拾餘燼，結外援以與子鬮一旦之命。不勝而死，則又率諸橫死之鬼，夜要于路，以與子從事，子其得歸乎？子無悔。

墨曰：員此舉，知有孝也。夫忠與孝爲貫者也，偏勝焉亦其蔽爾。向使申包胥能明大義於班荆之時，即不獲已，又復折其説於此書之詳，於依山之日而員有不動乎？非動以員也，動以其所性也，其不爲摽胸而宵遁也未矣。七日不食，黄鳥興哀。借秦以制員，不已勞乎？雖然，天亦有以報也。屬劍之項，懸門之眼，葬革之身，其於不知鞭撻之遺禍也何如？於乎，死不以楚而以越，天之道所以神也。

慰趙遂軒喪妻書

昨聞德宫之變，知吾兄素厚重稔義，宜亦愴然動神矣。然此自有宰其故而程其數者，人謀實不與也。吾兄左右分藥，撫顧勤勤，凡在外門者皆不暇理，可謂盡人謀矣，而乃亦不得免焉，且謂之何？顧兄有以自慰也。弟嘗謂做人似曾參，做官似劉晏，亦足以逃罰矣。而竟不能庇諸一室之間，是豈可以怨悔也哉。楊誠齋不究此義，撰爲“花陰金剪”“竹裏翠裙”之句，以悼其妃耦，至今受議不少，反爲大儒之累也。兄當以禮自勝，無執於情，惜此七尺軀，以爲他日誥贈靈邱之地，則爲義不既大乎？諒之。弟本宜匍匐弔，緣邇來患瘡瘍，潰痛不可忍。坐不能正席，行不能正履。居一小樓，膝硬直不能下。但遥望雲階，作酸楚狀耳。顓人謹道此意，惟千萬寶愛。不盡。

謝重慶太守李湫南先生書

仁近淺樊，日跧伏湘濱，蒿萊蒙翳，井蛣壁魚，所見聞真眇鋭也。及比年徵逐南北，竊從海内士商埒儁傑，乃知我湫翁爲百代殊絶人物。謀介借階，意甚慺慺。緣梁楚貿區，升沉異路，良遘巧合，惟天與能。

是以懷中名紙毛漫蓋多，而卒莫之副也。客歲翁來刺渝上，今年仁近又以甜犢過忠。忠于渝川爲屬邑，羈旅之餘，沾濯懋德，蒸温煽穌，淪入膚髓。西仰泬寥，俛思汪穢，而瞻芝之念，夢草之情，愈益激烈，不可撲遏矣。昨者買舟上遊，期畢此願，然又自顧蹇污渫惡，質陋而貌劖，性不諧時，于人寡可，雖釁沐至三，恐不爲門者所納。不謂我翁渴士詳賓，有踰姬老，折節降階，謙光爛爍。振瑰瑋之高談，抽蟬聯之森論，幽探玄覽，反覆上下，至謂鄙夷可以教誨。比及舘，又承錦袍下燭，嘉貺横波，里閈駭觀，出自望外。此正所謂援世俗之所同擠，拾天下之所共棄者也。昔孔子縮頞而食菖蒲，曾晳舒衡而啖羊棗，其意得無相肖似耶？風生閶闔，日在中逵，仁近亦何幸幸！且前入蜀時，歷三峽，過灩澦，白馬黄牛，天跳地踔。哦少陵之詩，誦東坡之賦，而山水之極觀，已自不偶矣。于人又復得見我湫翁，浮生百年，不圖有此，過慶過慶。東歸且欲再上台階，少伸謝幅。盧生謂韋布微瑣，未可數煩禮樂，蓋方行而骫矣，罪罪可知。沿途承鈞示屢勤舘人，愧感雙至，幾不能任。今出境有日矣，壻汀承委來辭，謹附此謝。

答程浠南寓三角寺簡

仁近不敏，無他才能，惟好善一念，頗覺牢固。嘗自謂與結髦蠟屐之流，事殊而好同也。方弱冠時，聞我泉翁倡道南服，即欲綴籍門下，以削繩外之迂；而懦志貳叁，方行而止，真所謂背天下之大樽而不之酌者也。既又聞其道盡在我浠南先生，其志復如昨，然多故差池，僅一通簡而已。優柔之病不能自克，而陸沉庸下，可愧可嘆。邇者道軀近寓，宜日捧楮墨以聽緒論，則夙志或可酹也。乃復衝突百狀，一見而退，時會相厄，豈終無見道日耶？於邑於邑。承賜詩教，愛我何多。敢賦《懷寶》一章，以報萬一。幸下目。

爲王小山作程浠南母奠辭回簡

承命作程母奠辭，值邇時負病，泓顈澌疎，兼以齪齪，俗腸未經浣洗，安能盡述有道者心曲事耶？姑撰數百言以模寫萬一，不知其可以學孫叔敖否也？麋蒙虎皮，誠不自量。惟我知己，因而教之，勿訝。

奉東湖張太守簡

奉違玉色，省候荒凉，百爾所思，末由傾倒。盖緣守抱幽峒，習成慵僻，不能束縛衣簪，以自成禮樂故也，罪宜如何耶！幸我父母敷政，優游於不擾，雖雞犬類且獲休寧，况百姓乎？况不才乎？

答周雞峰索李清溪浠川去思詩並序簡

承命題浠川去思卷。走何人，敢愛口舌，不以頌我清溪公也？且沐德霑醇，已在往歲，雖不吾以，猶當有言，况諄諄然命之乎？但兩年南北，謝絶墨卿，荒句棘詞，吐不能出，勉强組織爲小叙一首、小詩一律，録呈左右，用乞誨言。惟無惜郢斤，斵棱刮翳，不使蘇杜諸公，文神詩鬼，騰笑眉巫可也。若曰鄰之薄，己之厚，姑使相形焉，則非觀摩之道矣，豈走之所望於執事者哉？不既。

期周雞峰過山中簡

仁近不敏，春間率爾南遊，其見甚左。駕長江，凌怒濤，險阻不測，往來備嘗。其不爲天吴馮夷之伍彙者蓋幾矣。韓斗樂雲，瞻望弗及，矧敢再圖窺見左右顔色耶？賴我執事，樾蔭遠分，藏夷于險，區區薄命，得諸江湖，感慨何能已。邇來凄風革凉，空谷岑寂，傾耳足音，真如《咸》《濩》也。我執事曾許過存，日復一日，撫兹白藏，懷抱益惡。

果肯不惜四壁餘光爛照林壑，使道傍觀者嘖嘖稱賞，則深山玄洞增價多矣，豈徒償慰幽思也哉？卜念六日，掃清山徑，恭拜繒軿。惟惠顧，萬萬。

寄楊蕲南簡

弟不敏，離索以來，守坐冥闃，坎井果蠃，其天能幾大耶？怠惰因循，日入荒蕪，知我者何吝一捄援也？新正承許過存，山神溪伯，且將欣快，况不才乎？憾積雨彌春，未由一走迎也。邇來稍晴明，且未甚暑，肯復命駕入山，一慰素望耶？仰俟仰俟。夜來有懷，得鄙句一律。人便，録呈。

與周雞峰薦星者簡

短剡連投，兹不復有長説矣。近憶轗軻時，含垢受侮，聿爲藪淵，國人棄之，真如遺迹。獨星者某，捐世取争，拾其所棄，以爲不終賤也。當時亦未深然，至庚子復來訂前約，頗竊嘯之。已而果得附紙尾，豈天壤間真有所謂星命術耶？兹過我，且適麻邑，取道貴境，因使晉謁左右。倘不惜貴造，一推行年，全楚元英諒無二許。墨閣留題，豈特一陳子耶？對客草草。

寄吴冠山簡

舍姪歸，得尊翰，知吾兄復病腹，且在床褥。造化小兒，勞我夢寐，今宜何如也。吾兄素患氣虚，可用四君子加當歸、芍藥、黄蓮進數服，愈矣。秋風將近，飛舉太清，周覽寥廓，誠欲壯健也，可無慎調之乎？何日歸，當就問也。夜來有懷，得鄙句一律，録呈。

復胡親求芬香異種簡

近不敏，南北兩年，山園就蕪，疎枝澹蕊，一無所存。昨承華命，辱收所植，值近遠行，荆布輩莫知所措。謹以實對，不識從者肯一轉致否也？惟矜諒之。

再寄吴冠山簡

前日天與邁會，神思飛躍，五月積鬱，一朝發之，人生何以易此也。憾俗冗催人，不能勉留以長此光景，可嘆可嘆。當擬五月出城，又得一見，然事勢乖訛，幾難豫定，未卜來否也。

與熊水珍年兄簡

江涯把别，歲籥雙馳。遥憶追侍几筵，浮沉苦樂，真如夢中也。可嘆可嘆。邇聞洗髓鏤肝，振鱗整甲，飛試潭窟間，蓋惟恐期程之不早也。摩拂九霄，霖雨六合，亦何神速眇忽耶？若僕老卧玄巖，終年抱病，惟有長嘯江山，愁深花鳥耳。尚敢冀附靈尾，竊仁光以自照曜耶？起文當在何日，風便幸賜，使得早領教愛，何如？

再寄楊蘄南簡

前録去局方，諒已進用，然尚未審有裨玉體否也。綿邈百里，莫能晨夜遺問，此心如何，幸示。醫人汪活溪，昨偶會談及，渠心亦欣欣，但未領尊意，不敢送去爾。亦是時溽暑將屆，蟲蟲逼人，城市間終是壅閉湫底，不清快也。莫若移寄東山大全諸禪房静坐，以頤天倪，且益觀道機，心形俱利矣。何乃拘拘不能去，以自貽煩勤也。至囑。

復張東湖太守簡

近不敏，卧病椒邱，奄忽五月。挹取仁光，餐飲元德，蓋已亟亟矣。令節之逢，不能仰輸涓滴，以酬海潤，反辱嘉貺過勤，舘人愧感何如。對使偶成鄙句，録呈，聊以申謝。惟教之，幸甚。

復李二守簡

不見紫芝，五遷月籥。幽洞老坐，懸想實深。緣廢閣禮儀，慵疎成性，末由一瞻候也。於邑於邑。前月尾承召，且聞有照社之符，誠欲一造賀，以舒放陳思，而又復以病沮，其奈之何。遥戀麟岡，飲和食德，何日出一登謝之耶？曉成鄙句一章，録上爲賀，且旌謝忱。惟教之，幸甚。

與陳旉谷太守簡

四月苦旱，澤涸山燋，遍野赤雲，漸歸絶没。一時旄稚奔走詘囂，騰沸宇宙間矣。天割下民，大命近止，乃至此極耶？我父母宅生千里，噢咻一方，痌瘝在身，誠不容委，不知何以策是也。念近自髫霧以來，襲承舊業，了無温飽之念。故嘗有詩曰："終年欠飽我亦樂，過午不食僧可憐。"乃今糜粥之費且不能繼，裙布兒童更何倚恃耶？鬱鬱終朝，眠食爲廢，何日是平康時也？秋中將嫁藝四方，餬其頤頰，不知能出瘠于溝中否。昨有憂旱俚句三章録上，以悉窮愁之狀。萬惟賜覽。

與周雞峰簡

近不敏，覆露于英雲之下有日矣。其欲操彗齊門，聽珂張里，不勝汲汲也。而坎井爲拘，未能便出，把臂永嘆，不知幾時。廼者以他事行，取道進謁，誠爲未顓。得不爲門者所出，亦已過矣。而顧黜汙懸榻，濫玷清班，風論雲譚，星耀元逐，無所靳惜。遂使山林嵬瑣，跌蕩奮躍，庸洗陋蜕，無復牽掣。真如鴻鈞播氣，色色更新不自知也，何相化之深耶？所憾囊資不足，不能買地卜鄰，以朝夕與遊，换我神髓。行時聞令器玉體未寧，專人走問，且致申謝意。

答新尹胡元溪簡

昨過忠，草率奉書，乘便故也。乃隨拜翰教，重之南金，感愧何可云。僕邇來遊脚爲災，塵踪飄忽。計客歲方辭燕雪，復卧吴雲，今又辭蜀山明月矣。漫浪如斯，陳業俱廢，何有寸益可爲故人道者。昔人稱太史公之文、杜工部之詩，皆自山水間得之，生兹覺有未然也。若執事提持名郡，宏長憲猷，坐澄而卧治之，攄其宿藴，鞠爲典章，真所謂掃氛翳於天衢者矣。載讀華篇，復稽史志，又皆自經濟中流出。君子之文，信有根本，夫豈操弄楮墨以炳烺爲聲色者可等倫哉？三楚人才，内腴外暢。如我執事，宜未可以尋常求之。敬服敬服。時下本欲躬候，而山雲浥雨，秋意峭寒，歸夢勞勞，遊懷反惡，度不能叩階下也。執事棘棲有日，内拜諒亦不遠，邁會之良可以預卜。幸不多罪爲感。

答胡新寧簡

昨拜雲錦，承不鄙庸劣，欲引越階序以附不朽，真厚厚德也。第自顧嵬瑣謭毛，素號稱蓄縮，豈敢以凡筆陋墨點滓太清，爲譏評者開藪澤耶？況邇來塵埃迷人，江山愁予，即勉强涉筆作蔬筍語，宜亦未可以立就也。乃辭使人且回，三數日外得就藁，當顓人呈臺下，求補芳潤也，如何？山城夜寒，故人在夢，何時飛舄，洗此傾瞻？不盡。

與潼川守蔡少湖年兄簡

不佞不接星標聆風論者，凡三凋年矣。佳晤天靳，傾倒末由，遂使草茅在懷，荒穢靈妙，一墮塵土，竟不能脱蟠蟄也。客歲上燕臺，謂必可朝夕侍教，而羈病東偏，連日不起，芝采玉顔，又弗遘覿。遇復不遇，天耶？數耶？及後得捷報，知吾兄飛翼天衢，鄙抱不勝欣喜，亦坐不能一賀，凉薄何如。近昨以兒女之變，奔走入忠州。乃聞吾兄出守潼川，新政烜赫，文翁武侯，殆不能過。甚欲買舟上遊，觀聽紀憲，且以求速化之術。而秋雲逗雨，江山卻寒，灘瀨愁予，歸私入夢，諸所牽羇，峻確不可回。其能一騰躍到左右耶？歆憾歆憾。時下宜顓人造階，庸補賀意，緣僕丁單寡，徃復綿緬，以禮動而又復以情沮矣。昨以告忠守乾崖張公，公謂時有公文行，可附以達，遂不量奉此，以見懷忱。伏惟體亮。不宣。

與戴山村簡

其　一

近跧伏荆南，竊聞之往來人，已知忠州别駕戴山村矣。借介無階，徒蓄之胸中二三年，未慰也。昨以小故入忠，謂必可投贄一見，以遂韓瞻。不謂税駕屏山之辰，乃執事縱棹錦江之日也。時會參錯，有如此夫？迄執事還歸甫五日，又有白下之行；而近竟患瘖瘍，輾轉在褥，未得與之上下其論。命耶？數耶？夜來枕上遘得小詩一章，聊以贈行。客中乏軸，且不善大書，草率奉覽。

其　二

近不敏，遠繫忠山，歲且凋徂，疎枝泠蕊，亂我心曲。傍人門户，何時是了日耶？鬱結盤糾，誰則知此。而門下昆季，乃獨見憫，徜徉譚嘯，魚頡鳥睨，相索於形骸之外，真可與列禦寇言矣。何幸何幸。昨來杯酒過深，放逸猶甚，多越執事繩尺，執事得無厭心乎？

答夏三峰先生簡

生前月尾至忠。忠涪接壤地也，山雲江月，思慕爲勞。昨甚欲仰候清模，傾倒肝肺，而歸懷孔棘，又不能力自擠排；蓋方行而亂耳過勤，使人遠垂惠貺，愧赧何可言。翰教中備道歸期，多在歲晏，則良晤亦未遠也。生歸舟之發，已卜九月十九日。但聞壻汀有解木之差，若果然，則期日恐又遲遲也，俟更報。時秋風逗雨，凉燠交禪，伏惟爲道愛惜。不盡。

與歐桐柏簡

仁近，楚南荒穢子也。曩時嘗從一二鉅公者遊，操弄楮墨，竊窺幽遐，摹跡襲響，學爲文章。然賦質椎頑，充養復寡，人靈霾没，天能用虧。雖費日磨月不知幾時，而終在筏上格中，初無脱化意也。即海内好事者能傳去數行，亦祗爲談噱具耳，何敢言文？况邇來場屋時義，偶語煩詞，又從而分奪其體，則亦安得不迷謬於歧路間耶？前月間來蜀，上三峽，過瞿塘，灩澦堆雲，珠灑擲日，造化至文，激我神宅，覺躍躍有動盪趣。奈何客况歸情，不肯降屈，紛紜纏緝，晷刻未休。間或呼童運墨，欲有所述，竟亦不能成章而止矣。執事胸涵藻縟，口吐虹蜺，仁近亦稔知之，則夫參糾同異，懸照是非，宜不舛誤也。顧乃不鄙庸劣，過以尊府君誌事見屬，豈惑於浮浪者之論耶？服愧服愧。兹謹據狀敷叙一道録呈，極知淺瑣，不足發揚潛輝。然盛意不可虚負，姑以塞責。惟執事去取之。

與夏三峰先生簡

生昨以小變來忠，其意葢未止於忠也。將謂可以遡流而上，拜我老師於帳下，以舒發六七年間懷想也。不謂抵忠以來百節告困，精神倦憊，鼓之不揚。重以邇日間瘡瘍爲毒，潰痛不可忍。卷膝坐一小樓，旬月未能下。且又官銜拘人太甚，如在桎梏中。薄命坎坷，乃至於此。何可脱然去，以遂我求見之初志耶？茹憾茹憾。前拜佳翰，謂冬月有懸車之志，不知此意能决破否？據鄙見論之，老師四郎林立，種種入奇妙，他日天下事斷有託矣。歸掃林徑，耽月饕風，彈碁命酒，哦詩以樂，此期頤不猶愈於宦邸瀟瀟矣乎？何如何如！㟁人謹候起居，惟自裁擇。若前志果遂，請于長至前移舟過忠，生敢繫舠其旁，侍朝夕也。途中諸可力爲者，願以身任，幸無過慮。不盡。

寄羅南泉簡

昨客忠山，蕭索中謬沐膏惠，杖履頻頻誨矩中病，此真有生以來一良遘也。今雖東遷，猶自日西其首，想像於屏烟岷翠之外，其何能忘。昔人謂恩深即家，詎不信夫？行時更拜華篇，獎借過分，且把臂論星學，謂尫薄終不賤死。僕自諒何足以副兄，豈亦以愛惑聰耶？雖然，僕敢不爲兄勉？兹舟已下秭歸矣，蛟吻鱷腹，或亦可脱，願兄勿慮也。兄飲況近日何似？僕亦願兄酌損，以全天倪，以保練此社稷生靈倚賴之身。僕他日苟不湮没，得爲燕臺主人，後晤又可再卜。不盡。

與張乾崖太守簡

近不敏，自偶薦書以來，南北征逐，筆蛀硯苔，殆亦多暄涼矣。且時義俳耦，素非所甘。今宜澌落殆盡，何敢復作少年間儷青媲白事耶？昨入忠，陶埏景化，游衍靈利，不覺玄功潛瀹肝肺，緑雲紅杏之情又復鼓躍。乃于病間，時取執事所以教忠生者，一切摹擬作塗抹計，用冀圖南，然亦不知在肯綮中否也。録呈左右，迄正迂僻。倘不惜化筆，大加竄勒而成就之，則庶乎不靡散朽於忠士外矣。敢不重戴。

與胡新寧簡

其　一

弟不佞，離逖講筵，冰暑且易矣。楚蜀雲山，瞻望伊邇，何得不鼎鼎入懷抱耶？所幸大政遠騰，江漢爲沸，雖行道人猶知有張希顔也，況在化育中者乎？雖桑間之雉猶知有魯恭也，況在人類中者乎？他日陟崇階，登峻秩，其所以驅馭陰陽，裁成風雨者，端可卜于此矣。敬服敬服。弟昨以小甥之變奔走入忠，忠去新寧未遠，甚欲一候起居。而艱難辛苦之餘，興致衰萎，多不能遂。且知清肅之規，門堂斬斬，未可着一俗客生瑕隙也。人便，謹此説意，惟原亮。不盡。

其　二

四月歸來，五月匆匆了送迎事。六月中旬，偶患瘖瘧，寒熱相禪，内腑焦渴，大汗充溢，日五易被，蓋枕席未始乾也。造化苦人乃如是烈，賴藥物之功，僅爾免死。故人百里，將謂我何。邇來漸就平復，閉閤高眠，人間詩書，一切罷去，覺亦無他恙也。但憾道淵無底，聖岸正遥，瞬息百年，竟成槁土，則亦何貴於有生也哉？執事深探理窟，遠獵元宗，已知别有天地矣。長筏方舟，可無一相濟耶？至若功名之心，已成灰燼，濟南薄瘠，是我箕山。何日買舟入來，一嘗此風月味耶？俟之。賓石之疾，今作何狀？生亦坐此不能問，便中幸致此意。啰谷遠來遽歸，亦可嘆息。嘲髯佳製，遠躡西京，格氣渾雄，斂袵欽服。愧無蘇老才華，把筆賡和也。悵悵。

其　三

江涯抗揖，湄草三丹，轉盼流光，百年何速也。每跧伏山椒，静惟豪傑紛紛，凉月震我靈宫，何得不忉忉也？去歲匆匆北上，了此塵心。執事南征，末由一候。途半思之，鈞衡大舛矣，悔之何及。頃聞執事暫改墀踪，出提憲寄，陰自念曰："是可以褰帷見天容矣。"夫何澄綿作苦，起履艱窘，出户欲扶，百結牢愁，何堪浣刷？日落鴻洲，聽猿下淚，其能自已耶？玉節入武林，當在何日？天幸尪羸，苟得疾間，夜望使星，出歌《别鶴》，或亦有日也，如何？夜來枕上搆得小詩一章，傳此戀戀耳。

與張太和内翰簡

三載曠逖，夐隔僊凡。叩階末因，裁問復寡，儇子薄惡如何。昨過江陵得進謁，甚欲深索靈妙，化此鈍根，乃復以臺人不食之故，匆匆告違。幾會乖訛，今尚惘惘也。回弁時輿上偶成鄙句一章，録呈請教。倘不惜便中傳一紙，俾迂散知入繩墨，乃見年誼。

與王頤齋簡

前别歸，憂虞日深，積成疾苦，迨今未瘳。頃移寄家兄一小園，鎮日閉門，不敢與接爲搆以鬥其心，而咳逆連連，如抗塵走俗者。邇來風蟬蕭瑟，露卉凄清，投耳納眸，肺腸如擣，此其可以已疾者耶？每静憶少年自許，謂此身必求有益於天地國家；今時未過壯而疲病若此，其奈之何？靈跛不稽，重陽伊邇，兩籬黄菊，猶若有情。我執事肯爲病夫一顧，以相與共洩其幽憤也乎？謹掃砌以待。

與熊水珍年兄簡

金臺旋馬，時序遄飛，轉盼間驛柳又復催人矣。多病累人，江山愁予，平生老硯，蕪穢不治。今年自分不敢逐隊尋行翱翔藝苑也。吾兄崇蓄浩中，神思邃學，出而麗藻帝圖，金玉王度，直易易耳，敢不豫賀。平岡公前過浠川時，曾以乃翁恩寵事見屬，弟凡筆陋墨，何以發揚？而木軒蘄南又復相趣不已。玆勉强織數字，耑人遞上，以副其意。惟麾使爲弟投之。不盡。

與馮午山侍御送汪醫士簡

兩趨河里，濫費仁光，切理高談，風生四座。近庸鄙陋劣，何幸得此拱璧耶？歸來山中，芳潤未歇，祗恐矩誨遠離，茅欲復長，且奈何？前所云醫士汪某，謹專伻送上。其人于内外兩科頗得玄邃，倘賜録用，當收奇功也。何日南行，江涯把酒，一以惜玉山之移，一以賀金陵之重，辱在交遊，諒不勒囘俗駕。諸所欲言，統期面悉。不備。

與劉疊峰年兄送汪醫士簡

金臺把袂，驛柳又復催舟矣。周月韓山，朝夕在望，所憾年歲大侵，門户辛苦，不能一買戴舟也。可嘆可嘆。今春盛事，竟付他人，在不才庸劣，固所自甘。執事以清妙之年，洪富之學，抽詞筆海，奪錦桂闈，直易易耳。乃亦泥蟠窟蟄，此何等理數耶？一嘯，一笑。前所云醫士汪某，謹顓伻送上。雖至人頤和，喜自勿藥。然此一種，固非君子之所欲遠者。倘賜收綴門籍，當必有補于元功也。萬鎰道軀，密加養攝，自安以安天下，自厚以厚蒼生，所繫豈小哉？慎動加飧，不盡瞻祝。

與楊蘄南年兄送汪醫士簡

其　一

昨以鄙事出城，與市人俱走，未及從容以領玄訓。陳久懷思，自齎以返，至今惘然，若有所失。然猶以爲後晤可即繼也。不意魃鬼害深，野無青草，糜粥不供，内人對泣，佃子僕夫方將嫁其口于四方。人情洶洶，乃至此極耶？緣是未敢遠去，以候左右，罪累益深，奈何奈何。舊所稱醫士汪某，挾藝來蘄，欲近通刺求見，以親道範。兹謹顓人送上。倘賜録收，必不誤塵清鑑也。凡交遊中更煩推舉，援濟孤寒，近亦不勝至感。

其　二

山莊密邇，不肯一麾譬顧者，豈亦因人而厚薄其情耶？秋風之説，姑少供談笑耳，非真有也，幸勿畏。詩壇訊掃，敬聽車音。

祭　文

祭汪嫂文

福五也，其四天持之，其一佩之人也。必其人之一者至，而後天之四者會焉。是非有以賈之也。蓋天之有是四者，將以報吾人之一者耳。豈曰能攜攜而五之？五之非福也。是故有耄而涼、富而痾、康而悖者，凡皆天之予奪所由寄也，而豈福哉？夫人不爾也。夫人之居子也，能使其父母既嫁而終身思焉。及其居婦也，能使其姑三日不見泫涕而求焉。今之居亡者，能使其三黨號泣而臨焉，又能使其虚室而需焉。嗚呼！天亦詳於報夫人矣，夫人亦將得所報而樂逝矣。若近無似，釁沐於汪濊之德，莫可以日而其報乃獨邈焉，謂之何哉？是不惟有負於夫人，抑亦負天，且自負也。今之事，聊以加其邈焉者耳，敢言報乎？惟靈其饗之。

奠張友文

嗟嗟友道，不振如兹。惟吾與子，欲障東之。其功靡易，其力可懦。余也病弱，肩莫能伃。君矣含雄，心實能輿。嚶鳴爲鳥，比目爲魚。子不我詐，我不子虞。自昔羈丱，未嘗瑟竽。稍知問學，同迹門樞。甫其浸長，自曰弗如。長我三歲，反兄事予。子也鍾挺，我也衣袽。有所棼亂，卜商之癯。有所裨益，班固之腴。我廬伊邇，日拽其裾。我馳功名，時護其虛。我如倒綳，子嘆棄繻。豈媢之惜，乃情之娛。永期角立，豈堪星除。嗚呼曷其，嗚呼曷其。彼蒼荼毒，山鬼揶揄。奪我良友，不憖遺餘。弗似無賴，離群索居。學日以廢，論日以迂。悪懷醞釀，如何勿吁。有酒一卣，有蔬一盂，匪以子報，聊以我紓。精爽有在，尚來格于。

祭徐翁文

嗚呼！先生之假郵於斯世也，七十又八載矣。頭童齒豁，髮鶴皮雞，而獨不於嚴凝之會少摧沮焉。則其爲術也，不已巧乎？不然，何其愚不爲不鳴，智不爲中繩矣乎？愚既博觀乎斯世，翦頗而殤，陰陽備而折者爲不少矣，况敢望其塊歷干支，山躋耄耋矣乎？嗚呼，可以觀所蘊矣。君子有言：道爲土木，德爲版築，仁乎城，義乎池，壽之所以爲域也。吾先生之登年若兹，其必於此四者而有得乎？不然，則餐紫霞，服玄霜，茹芝啖柏，吾固知吾先生不屑屑於此矣。釋此就彼，同工異曲，術之巧也，尚可以容吾之喙矣乎？嗚呼，此吾先生之所以抱快而宰息矣乎？近也晚承晉接，禮遇勤渠，一觴永訣，矢心以辭。尚饗。

奠王松水文

嗟乎！先生可謂能老矣。嗟乎！先生可謂能則矣。養節於松，任適於水，其則也夫。夫松，公也，理而不私，德之貞也。夫水，準也，平而不陂，德之一也。貞故能久，一故不窮，壽之道也。先生不壽之則，而能壽之宅乎？夫固余知之矣。高姿傑然，摩空戛雲，先生標也。勁色不改，芳心自恒，先生貞也。礧砢蹙縮，遇鬭而恠，先生奇也。明以燭物，膏以壽人，先生德也。逮下近人，蔦蘿上附，先生惠也。是固先生之松也。遍與無私，所及者生，先生仁也。淺而流通，深而不測，先生智也。遵道而行，無遠不赴，先生勇也。動而之下，陵而不校，先生禮也。不清以入，潔净以出，先生化也。是固先生之水也。先生之衷，松而水矣，其奚而不壽也乎？先生之壽，古之選矣，其奚而不樂也乎？是宜其載青牛，前伏龜，避天吴，走馮夷，一笑而去也。惜也上風草靡，世道瀾狂，知不如葵，仁不如禾，儷花媲葉，側焉媚焉者紛如也，疇復能松？介不如石，華不如井，泥污土梗，貪焉盜焉者紛如也，疇復能水？天於此時，篤降先生，拂而不撓，折而不廻，鼓之振之，激之揚之，固將以牽留之也。而今則去矣，若之何居，若之何居！是雖途之人爲之蒿目，而何恠乎有識者之攢眉乎？嗟乎！先生曷亦晚即其樂，而使夫人遲醖其悲乎？雖然，形必終者也。終之不得不終，亦猶形之不得不形。伊欲久其形，晝其終，何太迷哉？雖然，終乎終者文，不終乎終者精，不迹而意，不貌而情，斯其爲善學者之忘形。又况子姓皆賢教之裔也。松水若故，風之餘也，仰而會之，如先生見矣。是猶可以已夫人之憂也。近也無良，庇其榮，食其實，濡其波，飲其支者也已非一日，而又豈夫人者之例？是故盡松之株，極水之程，精爽在天，知乎不知。尚饗。

祭姜嫂文爲兩蘄兄作

夫人，人母也。匪母以形，母以道也。道在一人，一人母之。道在十人，十人母之。道在千萬人，千萬人母之。飼以乳，吐以哺，不與也。是故仲尼曰：子產，母也。子產非母而衆母之，母其道焉耳。我於夫人，母其道久矣。自昔先君背我，既移其父以父吾兄。既而先妣厭予，又移其母以母夫人。我夫人噢之咻之，子以蓄之，不我鄙夷，母之愛也。衣之食之，宇以庇之，不我遐棄，母之惠也。啟之導之，義以正之，不我愚非，母之教也。矧夫蠶績不休，饁餉不匱，布衣短裳，魚飧蔬食，而勤而儉，諸婦是式，母之風也。則所以母我者，不其至與？蓋不直飼乳吐哺焉已也，其德亦何大耶！箴範二子，邇歲業儒，愛之以德，赴之以時，母之遺也。則其所以母我者，不其遠與？蓋不直乳哺其身焉已也，其德亦何長耶！今而母我者，胡爲而去乎！吾之家其何居乎？則亦安得而不爲之慟乎！雖然，粗者云往，精者猶存。夫人肯以其不測之靈，騖於陰，翼於冥，而終身母之。則母雖去，猶有母之者在焉。母在茲，母在茲。予亦朝暮是望。

又祭姜嫂文

靈女，則也，我六人則也。匪則我六人，則六人之婦以則之也。則在六人之婦，則之益在我六人。我六人實未始則之，而陰已淑其則矣。是故含美閟嘉，後從時發，順則也。蓄旨遂饋，摭蘗拾菓，勤則也。白疊縞繒，青粗紫滑，儉則也。恫寡惠孤，周婣振黨，睦則也。循度釋辭，婉姿毅色，德則也。則順則和，則勤則益，則儉則經，則睦則愛，則德則善。和則家以康，益則家以裕，經則家以立，愛則家以助，善則家以成。我六人實與饗焉，則其可以已乎？今之辰，靈運而徃矣，我六人之則于是乎隳。匪隳我六人之則也，隳六婦之則以隳之也。隳在六婦，隳之損在我六人。益之者莫與居，損之者將日至，我六人之家能無落諸？是雖終天之憾，風木之悲，其焉以踰此。谿之毛，潦之水，薦我明馨，昭我忠信。蓋不徒以暴吾情，而亦因以哭吾則。

祭王生文豫文

嗟乎王生！吾于汝之死而見天道之真矣。天者，其適而已乎？壽夭貴賤，貧富惔戚，異緒而抽，分途而騁，亦于其適焉會爾，而豈善惡之必致者乎？是故貪婪忿纇者或以緩死，而仁義敏哲者或以速禍，豈其天之故乎？嗟乎王生，乃今見爲善者益懼，爲惡者益逞矣。古人謂天生是人，篤之形與性者，非以充其身焉止也。自其身之外，國將使之幹，民將使之康，天下將使之協，遠期而長待之，以畢其事，且還以自補也。而今若此是尚，可以憑信矣乎？自汝之生，其性醇如，其形頎如。求所謂夭且賤焉者，不可得也。經史蘊藉，文章過人，孝友盎其庭，行義孚其里，求所以致夭且賤焉者，不可得也。謂天所篤將在於是。託汝以女，授汝以學，期以善其終也。而官不膺一命，壽竟止二十，天人背馳，應不如感，非其適然者而誰乎？方汝之疾也，小人忌謂之不起，君子惠以爲必瘳。今卒奪君子之齒，畀小人之喙，違善而趨淫，天豈若是之僻乎？如近不敏，雖乏問學，而志意所循，頗在端直。藐爾之嗣，或可饗也。今既艱厥嗣矣，而又並其壻而奪之，天豈若是之毒乎？以汝父剛健之資，正中之德，駁邪柔曲，無所還忌，宜足以庇其後也；重以汝之賢能，堪世其業者。乃驅之使出諸帲幪之外，天豈若是之私乎？吾之女甫十八而寡，汝之女甫十日而孤，兩幼煢煢，所天崩隕，有心者皆爲之痛也。而必使至是，天豈若是之忍乎？使天而刻意若是，則天固小人之魁。而其爲勞也亦甚矣，而其分給也亦窮矣，亦將與萬物而共斃矣！又烏足以覆燾於上，而終古如新乎？此吾所以謂天茫茫，任萬物而適之者也。在汝亦宜以適然者自處，瞑焉含焉，無徒戚戚於地下也。矧夫懿行四踰，朋儕聚誦，而文言有斐，爛在譜籍，是死而彌存者也。其視繆悖張狂，老爲罪藪者，孰得孰失，孰全孰虧，天下有定論也，而豈有修短之間耶？此可以自慰矣。惟余丁零孱獨，無所仗恃，多憂叢積，疲病益深，是不能不向汝而一慟也。汝父與余情義深至，隨生死而厚薄其情，必不爾也，汝何慮哉？如其不然，汝有靈其共視之。有酒玄淡，有牲瘯蠃，臨風一奠，矢心以辭。尚饗。

奠程母袁氏文代

於乎！母夫人之德，其備矣乎，其純矣乎。夫德，至一也，至精也。曷言備？曷言純？蓋一者其體，而萬者其用也。精者其真，而駁者其習也。異道而出，同本而殊。由始而卒，還人而天。固有貫成像而俱在，泯形跡而俱化者矣。是故推吾仁，達諸孝也；推吾敬，達諸順也；推吾慈，達諸教也。上以事姑，中以比夫，下以淑子，婦道備矣。備而進於無所用，勉焉，匪純也。夫母夫人之德，其迪茲焉久矣。自若人之凌誶而立，反脣而稽也，則恪慎以養志，勤敏以娱形，而使其姑樂焉。自若人之裂坤於乾，滑和於欲也，則含章以承健，勉正以肥家，而使其夫適焉。自若人之愛而勿勞，憐而勿親也，則引以義方而弗納於邪，期以聖神而弗晝於近，而使其子賢焉。夫樂姑，孝也，自仁出也。適夫，順也，自敬出也。賢子，教也，自慈出也。出三德於一鄉，盎太和於滿第，其備貞於一，而純進於精者乎？雖然，此猶及乎牆之裏者也。母夫人之德未止也。周程以來，大道湮没，尋茫茫之緒，傳亹亹之心者，能幾何人？而母夫人則孕和發粹，開跡後人，蚤命子轍，負笈南遊，寄覊國學，問道甘泉。遂使天命人心之奥，頻頻漸明。則澤吾人，裨造化，其又可量耶？誠有不與物盡者矣。某也無良，幼失交遊，役心故昏，聖賢心事無所能知。既而大悔，乃從令子以究業。聞緒言於浠南，大祛障蔽，一洗囂煩。由甘泉之合一，達江門之自然。以至程之敬，周之誠，咸得一窺其涯涘者，母夫人之賜也。今兹即真而歸也，乃獨不得侍藥餌於左右，奉棺槨以周旋，則施者何厚而報者何薄耶？雖然，此不足以爲報也。尚期服膺聖訓，不至中隮，求無玷於師門，以及於母夫人，或者其可以言報乎？或者其母夫人之意乎？某也敢不終以自朂。有殽一簋，有酒一樽，匪以爲報，以告衷情。嗚呼！尚饗。

祭表兄梅莊文

嗟哉吾兄，三代之遺。乘化間出，齎道成歸。毀人懿則，解國良維。自昔璞刓，貞醇浸澌。士乏完璧，孰櫝精璣。父曹鳩注，王肩矢棲。衷袒下石，鬬虎連雞。人宏士紀，掃地赤頳。嗟哉吾兄，孤純勁持。捧土潰塞，一木傾支。撫世酬物，仁酣德滋。上稽玄極，下若明彝。龍遊蛇蟄，秋矩春規。展可觀世，允宜風詩。士人之益，造化之禆。胡然電謝，夜半壑移。舂夫罷歌，工女寢機。衡雲落色，夢月摧姿。風魂慘淡，雨泣淋漓。一人云逝，百里誠虛。豈無伊人，椸服蒙倛。擢髮以數，徒爾棼如。知者灑涕，不知者吁。余屬内弟，皮共景比。清交素誼，得髓忘皮。河滸葛藟，花底塤篪。手濡君澤，足履君綦。心涵君實，口勒君碑。偶此長别，天實爲之。有懷蘊結，有淚溢洏。蔬茹掩豆，菊釀盈巵。陳辭一薦，以寄哀私。尚饗。

奠周母真氏文

於乎夫人，可謂能賢矣。於乎婦德，可謂能德矣。自太璞既彫，玄風日究，裂坤於乾，囿道於器，而孕和含粹，秉淑完貞者，殆將掃迹於天下矣。迺今而有夫人之賢之懿也哉。夫婦德職諸閫以内者也，吾何以知其賢、知其懿乎？蓋嘗識其夫，又從其子若孫遊矣。松竹翁，靖穆温醇，崇尚冲簡，銷聲頤素，漠然無簪組思者，盖七十餘年矣。賢士大夫求一覿接且未之許，而夫人實夫之，可知夫人之恭矣。烟山君，清謹塞淵，春融霄霽，心事章章，中無扃鐍。故雖學媲張朱，貲埒陶白，澹然無充盈色。自鄉閭以及江黄，號稱長者，而夫人實子之，可以知夫人之慈矣。下迨雞峰、霽野，術業端方，博聞多蓄，敷藻摛華，昭餙群物，行將焕國色、賁皇猷，駸駸乎未艾也。高人孟士，方且却徙爲退避計矣，而夫人實孫之，可以知夫人之遺教矣。嗟乎夫人，衆美駢集，求之丈夫間或亦鮮儷。蘭歇玉澄，夫疇能繼？則吾安得不以爲賢，亦安得不以爲懿哉？近也眇綿，心神沮廢。不鄙匪人，辱在婣籍，此又其賢其懿之所漸而被者。於其逝也，則又安得而不以爲戚乎？有牲瘯蠡，有酒涓滴，匪言奠斯，以告衷極。靈乎有知，猶來無斁。

祭涂芝賔文

嗚呼痛哉！君佐而竟止兹乎。嗚呼痛哉！尚忍言之。學不以賈，能不以售，崇蓄洪停，萬不洩一，而可以然乎？夫以子之狀貌，居然北人。觸風雨，犯寒暑，諸所震撼皆不能動。此豈一疾五日所能死乎？夫以子之志概，敻卓悠遐，懸注海内，疲殘瘠瘼，舉在梱閫。雖吾輩推讓，亦以爲掃翳天衢，立根地軸，咸在是也。此豈可以一旦欻然投擲而弗顧以死乎？軫毒痛於陳根，傳潛抱於幽壤，揚飈酹酒，敬以問子：子之然也，抑有故乎？豈久積不殊，多才爲累，憤淹塞，冀通利，不偶於世，而遂爾遄歸乎？將民生無禄，世路艱頻，不足受子，而夭靳淑人，疾奪以去乎？豈無意塵寰而欲振舉九霄，揮斥八極，馮瑞星，附喬雲，蕩然茫然以遊其精乎？將挾持不平，托物奮擊，從盲風，隨疾雷，奔騰霹靂，以大洩其怨怒乎？豈朋儕薄惡，比介柔囘，日損月澌，不足以磨礪鍜淬，開發志意，而遽背以逝乎？將穢濁粃糠，聖賢不出，道義荒落，無與講求，而徃從孔孟以營其道乎？豈欲縱志攄節，馳騁元都，修文地下，紀功鬼録，而以畢其志乎？將謂生者勞，死者息，嘅然就盡，無所還慮，趨逍遥而避衝突乎？豈盛德深仁足以庇廕妻子，宏聲令譽足以傳示將來，而自亮其可以死乎？將文華暴著，不可掩晦，而爲造化所忌乎？豈彼蒼好惡與人情懸乎？將感遇聚散，邕鬱隱顯皆不得已而然乎？如不其然，則吾與子相期於百年者何如也？而今遽忍棄乎！蓋自夫辛卯之歲，遘會於鳳山之陽。子與冠山，不鄙迂野，把背論心，攝儀紀德。周旋左右以迄于今，若鼎有足，不可捐損。而今遽忍棄乎！三人之義，出矢天日，骨肉相維，肝脾吐出。儔類信之，鄉里高之，貫縻纏互，未可解也。而今遽忍棄乎！孤燈夜雨，對席聯床，不知其幾何日也。而今遽忍棄乎！攜手同行，引衾共卧，不知其幾何日也。而今遽忍棄乎！筆硯同清，文章共訂，儷青媲白，水濕火燥，不相能而相濟也亦已久矣。而今遽忍棄乎！同舟並濟，波險備嘗，死生在前，睎不相失。而今遽忍棄乎！疾病相持，藥資共費，踰山涉水，不厭煩勞，問視勤渠，期在痊可。而今遽忍棄乎！旬日不逢，簡書絡繹，一朝偶集，如獲重寶，傾倒連宵，口不盡意。而今遽忍棄乎！往年不肖岑寂無聊，惟子赫赫照人耳目，不以自喜而深爲余憂。前歲過幸得附薦書，子反不利，垂翼而還，不以自憂而更爲余喜，可謂欣戚聯情者矣。而今遽忍棄乎！子患腹痛，輾轉伏床，呻吟不絶。我來視之，一藥而起。今之然也，豈舊疾弗舉以速其躬乎？抑亦别有疾乎？胡爲乎不能忍死以待吾之歸乎？子有靈，盍示之意也？今春不肖遊藝南雍，子來送之，遠及江滸，彼此共對，誠不能離。然熟觀子貌，雄壯百倍，以爲雖暫睽别，而相依以老有日也。嗚呼痛哉！容詎知别之日即死之辰乎！誠知其如此，雖萬鍾之禄，必不能一息去子而苟就也。前月末旬，心忽驚怖，疑有大憂，遂謀西歸。念四日登舟，蓋子之疾日也；三十日發棹，蓋子之死日也。風濤作沮，越二十日始克底家，而子之骸骨已纍然一邱矣。嗚呼痛哉！吾亦是知修己之未亮而感召之無能也。向使吾之精誠能貫天地，或蚤歸，或速至，死也得憑其棺，葬也得視其窆，亦庶幾慰愚衷之萬一也，而乃不然焉。吾之憾，其容已乎？其不容已乎？嗚呼痛哉！如子壯健，如子勇迅，足任道者乃寘之死，尪孱綿薄如不肖者，雖百輩何益於世耶？每一追維，心蝕腸裂。嗚呼痛哉！郢人既死，風斤何施？鍾子不興，錦瑟宜希。吾與冠山，行道日非，兩趾之鼎，豈堪支持？惟子有靈，尚陰騭之，使載公餗，勿顛勿欹。則子雖死，猶有所裨。神爽飛揚，悠悠我思。有牲掩豆，有酒盈卮。一以傷善類之彫悴，一以慟吾道之陵夷。惟子有靈，庶或鑒斯。

哭伯兄朋石文

長公朋石先生既正寢之旬又四日，弟仁近以牲殽酒飯，撫棺慟哭，仰天大號而言曰：嗚呼！天之禍我陳氏何其烈耶！去年仲兄主簿君病瘖，今尚未能語，今年七月五弟上舍卒，今又奪我長公耶！秋風正衰，華落心悲，繁霜刓人，衡湘冥迷。此何時也，我長公可以忽忽耳爲別耶？昔陽門之介夫死，子罕哭之哀。舊舘人之喪，孔子哭之慟。夫亦自夫情焉爾矣，而親則不至也。矧我與長公，情與親之天至者耶？念自弱冠時，嚴父見背，家門多難，盤錯紛糾，宜未可以弱尠者堪崩解也。我長公不惜爲理，日夜營緝，應公恤私，禦外靖内，率以身任之。蓋不惟使膏髓之具足以供慈幃，而凡圖婚媾，廣田宅，庇我輩以爲生，罔不爲之所焉。近二十時，知耽學嗜古，頗不事家人業，生事日以彫瘁。尤多我長公慮，衣以其衣，食以其食，獎借以其言，俾不以饑寒奪志。三十始得遊郡庠，錢幣之費，供億之需，咸樂與共，衎衎然忘倦。四十領鄉薦，南北奔走，席未及温，舉家之務，皆爲綜持，不以入荆布者之慮，且曰："是何足與論閫外之事也？"此近之所以得悠優於遠遊也。丁未春三月之三日，我長公躋六十。古稱六十始壽，可以揚觥實篚，悉報私矣。是時近尚以會試客燕北，心欲舉而未能。戊申以主簿兄之疾，走吴右又不能。今年以小女馥之苦，走西蜀又不能。然尚冀其遐壽無期，可以效諸方來也，而乃今遽然耶？嗚呼痛哉！三年之誕，皆不得奉幣酌酒拜階下爲壽，于其病且死也，又何幸得湯藥憑棺嗚嗚灑血濺衾褥耶？明歲又當春官進士之期，即不第，謂可就一選，竊斗禄以爲我長公養，而今不可得矣。共艱危而獨平康，吾亦何意于是耶？嗚呼，撤厦屋而露諸天，去席簣而措諸地，切膚之災，知不可免矣。是惟終天之憾，風木之悲，無以加此生之爲多，而又何暇計其慟之爲過耶！《詩》曰"鶺鴒在原，兄弟急難"，固應爾也，又况此之兄弟非彼人之兄弟耶？是宜其情瀾之放而愈不可禁也。他如剛健之資，慷慨之性，樂易之懷，豪逸之興；果於行義，無所撓避。赴人之急，若恫在身。給人之乏，若貨在路。雖其所私藏，如或見之，有所費如將擲之。千金鴻毛，途人骨肉，蓋未始多見也。是故在一家則一家哀之，在一鄉則一鄉哀之。國中以及他郡有相聞者，有相接者，皆爲之隕涕嘆息，而況乎天親沃德如近無似者耶？嗚呼，生死恒數也。我長公閱甲子三百七十有奇矣，盛德高誼，載在人心，又可以不朽。有子克家，有孫林立，皆可以無憂。我長公夫復何憾？但吾生者之情，茹此毒痛，悠悠夢思，日月其俱，曷惟其已？而我長公，顧弗之省也。嗚呼哀哉！肉不滿豆，酒不盈卮，臨風一奠，寄此哀私。然亦不知一臠一滴，能到九泉否也？嗚呼，悔何及矣，言何既矣。可言者言之，其不可言者，種種在心爾。惟我長公諒之。嗚呼，尚饗。

奠錢少江文

嗚呼先生，有國之良師模也！天下方將聚方糾義，仰教於先生，先生乃不之給，遽爾乘化去耶？蓋自大道潛踪，微言輟響，俗學時文，中骨入髓。絃弛綱曲，古風寂寥，是豈可以一日無先生耶？嗚呼，出處兩端，生人之大致也。明轍並存，可踵而蹈。廼今固雲滃風下，波騁沙奔，還自相兵耶？今之人士，率多峻躐，師之教、弟子之學，自棘句鈎章、儷青媲白之外，不落一事。是故屈錢盤銀，裁霞組霧，閉閣雕鏤，掐擢腸胃，皆將爲貴梯也。而不知外炳雖華，内腴已剥，聖精賢粹不復有存者矣。惟我先生，少膺庭訓，早發秋科，深覺瑣辭嵬説背理離經，凡一切諧世文字盡掃而去之。静坐江齋，蒐獵墳典，略其所言，深究其所不言。靈根玄契，洞入幽微，時發奥義，悉中繩墨。蹋柳蹴韓，奔走屈宋，當世蓋尠其配矣。故雖數入禮闈，竟以不偶見斥。然先生終不肯貶狥時好，廢其故行也。夫然，則以藩翰斯文，楨榦斯道，如先生者，可但已哉？今之仕宦，悖古尤甚。方其披草求君，甫登仕版也，則曰：某要樞，某沃壤，包詭蒙慚，經營覬取，不得不已也。及其既得也，或怙勢以相傾，或苛刑以相懾。趦趄在門，苞苴載道，侵人以利己，漁民以肥家。蓋不至篋笥盈餘，舟車濫溢，其心未肯以自足也。惟我先生，清慎持身，公勤濟國，内竭嘉猷，外分庶政。灑惠露以沾秦，扇和風以温越。雖古循吏，未易過也。至其以疾陳退，抽簪解衣，祇見其歸舠索爾，囊被見嗤，代耕餘貲，僅足自老耳。約心苦節，吾固知先生之自甘也。晚歲屏居，越世高蹈，志懷蕃魏，足不入城。居寡履謙，守之彌固。其視貪勢戀榮饕功饞禄之輩，潔穢之辯，真若蟬蜕之與蜣蜋丸也，有識者知之矣。夫然，則維持頹俗，挽回狂瀾，如先生者，可但已哉？嗚呼，斯人之所以繫於先生者如此；嗚呼，斯世之所以繫於先生者如此。先生顧欲歸神太素，絶意後生，是可不重爲斯人斯世發一慟耶？嗚呼，哀哉！近頑劣，少乏師訓。正德己卯，先生在煢疚中，嘗以先君子命，摳衣趨吊蕙帷，始克覩先生之面也。歲涉庚辰，先生在廬，又以先君子命，摳衣講席。三月春風，化我疲魯，至今殆未之忘也。况乎比歲以來，常從三令嗣遊。庚子秋闈，又竊附令伯子之榜。恩義餘波，再世未竭，是豈尋常婣婭所可例而觀哉？五月聞疾，六月聞訃，皆以毒疾著牀，未能問且哭焉。天罰不肖，何其酷哉。今乘疾間，匍匐靈筵，薄展奠私，跼地籲天。公靈如在，其尚格旃。

祭封君劉健翁文

嗚呼！翁高致硠硠也，玩志靈妙，棲神澹虚，有日矣。乃亦厭此世脱屣去耶？近往歲從令子亦齋公遊，飽翁仁義，未可以擢髮計。謂弧志苟伸，終當趨謁也。容詎知燕邸一羈，炎凉載運，遂爾成今古耶？去年端六之後，嘗掐斡肺腸，鉤棘章句，作壽詞爲翁稱賀矣。乃今復點觚漆，踐登豆，爲翁設奠耶，嗚呼，嘆哉！方今之士稱豪雄者，率自制宫牆，彼此相左，有能彷彿於翁之達節者乎？是故以仕爲通者，操弄楮聿，與時蹁躚，紆青拖紫，炫駭儕輩。投世網而縛塵纓，紛華爲肥焉已也，而不知有所謂隱矣。以隱爲高者，飛遯離俗，雄峙越世，洗渭巢箕，守抱孤峻。滯匏繫而迷陸沉，烟霞爲疾焉已也，而不知有所謂仕矣。之二人者皆過也，而翁獨不然焉。觀變於陰陽，委運於大化，因時命理，無所拘稽。于其身也，可以遽也，則宅遐心於窈玄，佐清機於泉石。意遺富貴，迹協幽貞，與顥氣爲徒，而其心則未始膠固于是也。于其子也，可以出也，則付之以鴻猷，投之以密要。俾我翁亦爲賢大夫，潤液流膏，罔間巨細。其在兵曹，則京邑赫業；其在藩省，則江漢澄清。凡以發翁之藴而究其所謂心，天下之仁也。由是則可以隱者翁之身，而翁之心有隱不隱乎哉？壽封不終，紫泥天隕，翁蓋有以致之也。回視彼之各在一隅自以爲是者，其得其失，豈不彰明較著也哉？嗚呼，翁真盛德士也。今天下即有如翁者，不幸而短折而貧賤，猶有餘榮。而况壽及期頤，貴爲大夫，禄養已備，而不足以自慰乎？吾以是知幽隴雲屯，夜臺月下，翁亦有餘懽也。近渫惡騫污，素霑遺教，一官左繫，竟不能引去，以將懷私，猶爲履厚道者耶？緘辭千里，聊以寓情。翁靈在天，鑒此精禋。

奠周烟山大葬文

嗟乎，考亭有言："學匪私説，惟道是求。"今之道學晦錮於天下者，凡以經生之説害之也。國朝明經取士，亦甚不以恒人待天下；而天下之借徑取途者，乃咸不肯聖賢待其身。敷爲文章，徒事其表，藻麗則具，而真實已亡矣。所謂以虎蒙麇，以錦餙阱，始以誤人而卒自陷者，多見其不免也。于此時而欲經之明也，不其難與？是秦火雖烈，然其烈也止於其所可焚，而不可焚者，固無恙也。今人自爲説家自爲名，剖割經義，鬱遏聖意，將並其不可焚者失之。楮字徒存，竟亦何益？人之逸口，其信烈於秦火矣乎？至於《春秋》一經，其不可以意求者，尤非他經比。蓋自三家而來，以及胡母瑕圻[①]諸公，漶漫森漭，莫之勝説矣。

① 胡母瑕圻：胡母，胡母生，字子都，齊郡（今山東淄博）人，西漢經學家，受業於公羊壽，研習《公羊傳》，曾與董仲舒同業。瑕圻，江姓，名不俱載，瑕圻（今山東兖州）人，西漢經學家，治《穀梁春秋傳》，通稱“瑕圻江公”，不詳生卒年。

有宋胡文定[1]公起而畫一之，隨經立傳，因言會心，不可謂不涉其涯者。但聖人書法簡易，隨字可以生義。據其所言，似亦有求之太深者，字劍戟而句風霜，俾一時之天子諸侯服[2]大夫無以自立於天下者，不終無也。應科之士，予嘗一二與之論矣，皆掩口而噓曰："是何關於青紫事哉？"此牽合並比之説日益盛，而予言卒未如之何也。然亦嘗聞浠之東有煙山先生者，大不爲時人語。其訓誨後進，雖多不出胡傳，至於大義未協而見訂於諸儒者，亦莫不並存其説，蓋不使其徒爲一曲之士而已。故比年屢試於主司，卒以此受屈。嗟乎，先生之志而竟不得以自伸耶？辛丑之冬，因錢子叔美得締絪於令伯子。壬寅之秋，又因令伯子得進謁於先生，與語道合，夜以繼日。予問曰："春王正月，文定謂何？"先生曰："月與時事常差兩月，晦菴有言矣。"予曰："改月亦改時，何居？"先生曰："得孟子旨。"予問曰："求賻，求車，求金，議天王乎？"先生曰："未也。責魯不修貢也，責魯而他國可知矣。"予問曰："庶其來，牟夷來，黑肱來，議魯乎？"先生曰："未也。罪大夫之專納也，罪大夫而三家可知矣。"他如齊晉之名實，秦楚之向背，仇牧、孔父、荀息之異同，趙盾、許止之已未與《春秋》之所以終始，皆侃侃詳晰焉。且曰："子如有志，吾爲子成之。"不謂頻年多故，三客燕臺，一淹白下，去年在吴右，今年在蜀西，訖無寧日。比其反也，而先生則賫志逝矣。嗟乎！使先生少須臾無死，予小子得秉筆運墨負案立，口誦心惟，業爲一家之言，以翼聖經，以詔來學，其於斯道裨益不小小也，其于人心裨益不小小也，而顧不之待耶！念予四月之望，大别之麓，從行道人得先生訃，不覺反袂拂面，縱聲大號，徬徨江干，若有求而不得。又聞令尊翁之捐舘甫及百日，而先生過悲，尋亦就木。豈感慨於劬勞，遂攖情於松竹，相從地下，共彼玄臺？則先生之孝德殆與日月而同煜。予之興哀，蓋非直一人之私，而實爲吾道哭也。雖然，有子賢俊，不惟可以世

[1] 胡文定：胡安國（1074—1138），又名胡迪，字康侯，謚文定，建寧崇安人，南宋經學家，湖湘學派奠基人，著《春秋傳》，亦稱《胡氏傳》《康侯傳》。

[2] 服：疑"卿"之誤。

其家，而且可以傳其道。鸞翔太清，龍遊空浩，出其輝足以明幽，灑其液足以潤燥。然則先生之蘊，雖不得大行於時，而天道至公，將必有人以食其報，先生亦何懊耶？至若勤儉之資，好禮之性，輕施喜予，無所係吝。鄉國同辭，高言孟行，則緒餘之所及也，而奚可以言罄？酒肉不多，聊以紓敬。先生有靈，其來無靳。

誌

周母汪氏墓誌銘

孺人姓汪氏，諱清。蘄州處士文曉女也。嫁爲蘄水義民周君相調元配。生明成化某年某月某日，卒嘉靖某年某月某日，享年幾十有幾。以嘉靖十六年丁酉十月初二日葬於梅山西之烏臺山。孺人生子三：長鳴起。次鳴鶴，爲郡庠生。次鳴巘。女二：長適庠生郭澤，次適貢士程漸。

葬之先，三子踵來告曰：“吾母氏今且得吉卜矣。襄事實僕僕爾，於先生有葭莩焉。其所履歷，宜悉知之，願乞一言以銘。”孟角子曰：“是宜吾銘也，是宜吾銘也。”

孺人之姑，吾先考之姊也。視吾猶子焉。嘗謂曰：“吾二十而孀，矢死自守。汝兄甫六歲，未能以有立也。事無繁簡，梱以内吾勞之，梱以外汝父勞之。汝兄長，汝父爲求匹，得汪婦焉。入門婉静有禮，温雅以孚，視志而養，先意而承，依依然前後隨從，如母如子，我心順焉。然則我之得所藉而緩於死者，匪是婦力耶？匪汝父力耶？”孺人之夫，吾外兄也，視吾猶弟焉。嘗謂曰：“吾六歲而孤，零丁孱弱，無所觀摩。得汝嫂氏相諸内焉，事而諭諸道，失而箴諸理，偲偲然左右夾輔，如友如朋，我心安焉。然則我之得所比而遠於過者，匪汝嫂力耶？匪舅氏力耶？”孺人之子，吾外姪也，視吾猶父焉。嘗謂曰：“吾生而顓，蒙吾父以煢煢之身運旋於外。吾母實教之，納以義方，程以規則，諄諄然日夕告戒，如保如師，我心啟焉。然則我之得所承而道於戾者，匪母氏力耶？匪令嚴力耶？”嗟乎，是三者皆大節也，而情愛深至若此，其賢可知矣。又況其潔粢盛以祀先，蠲酒食以供職，執絲枲以務紅，猶鑿鑿可觀者，是尚不可以銘乎？夫順姑，孝也，安夫，和也，啟子，教也，祀先，敬也，供職，恭也，務紅，勤也。能孝則盡仁，能和則盡義，能教則盡慈，能敬則盡禮，能恭則盡謙，能勤則盡恒。仁以愛人，義以裁事，慈以覆物，禮以立身，謙以集善，恒以一德。大學之道，不過是矣。丈夫而佩之，猶曰“成德”，獨女子乎哉？是可以銘矣，是可以銘矣。銘曰：

裂德而善捐，孰云其全？完德而限年，奚病其賢？珥爾蕙，紉爾蘭，以遊其天。嗚呼！茫乎其元。

姜嫂墓誌銘

孟角子曰：婦德貴莫莫爾，行行爾則已亢；婦言貴呐呐爾，便便爾則已辯；婦容貴肅肅爾，濟濟爾則已麗；婦功貴謐謐爾，匆匆爾則已疎。亢則侵權，辯則越職，麗則階亂，疎則漸弛。侵權者，以陰乘陽者也。越職者，以柔變剛者也。階亂者，以翕逞舒者也。漸弛者，以順濟順者也。而豈中和之道哉？是故非婦人之所貴矣。若吾嫂氏姜夫人者，其庶幾道於此而進於彼乎？

夫人年十八來歸吾長兄，時吾先考妣在堂，夫人侍奉惟謹。先妣性最嚴正，非專一者莫能近，惟夫人是。若諸婦有所請啟，則必以夫人先焉，遇怒則必以夫人嘗焉，先妣亦爲之解容。至其布置安詳，則又指以爲諸婦式。先考喜交遊，賓客來集者無虛日。夫人具酒食茶飯惟給，不以勤勞自委。吾兄素峭直豁達，多滲漏。夫人綜理微密，補其罅隙，以及有成。愛諸娣如出同胞，育三子慈而知教。澄静淵涵，動而如法，其莫莫矣乎，可與言婦德矣。今之人多以長舌之賢，夫人則默默寡言笑，梱巷之外未之嘗聞。自吾兒時以及於今如一日也。其呐呐矣乎，可與言婦言矣。今之富家大族，皆以綺紈文貝、金寶珠翠、冶容餙艷相齒角。夫人則縞衣玄裳，率純履素，不肯御鉛華施芳澤，以爲側媚之態。清瑩峻潔，恬澹如也。其肅肅矣乎，可與言婦容矣。今之執女紅者，自弱族後門猶知所從事，其稍足者則怠，其钜富者則有不辯麻桑與木棉者矣。夫人則以織紝爲己務，先諸婢子爲之。晝不足，繼之以夜。雖大饒裕，亦未嘗休也。他如預旨蓄、具粢盛、實籩豆，則又以時備之，循循然無缺事。其謐謐矣乎，可與言婦功矣。合四德而無遺，夫人其賢矣哉！

夫人諱玉潔，蘄水處士大杞女也，適我長兄諱仁性。子長一説，次一誥，皆成立。次一誠，先夫人没。女適蘄水王時中。夫人之生，實惟成化乙巳二月二十二日甲戌，其卒以嘉靖丁酉二月初八。其葬則卒之十一月初三日戊寅，其地則去朋石庄一里之鳳翔坪是也。葬已，吾長兄謂近實知之，乃以銘屬，因銘之。銘曰：

婦人之賢，惟兹四德。四德兼全，其光烈烈。死不能消，葬不能滅。於哉夫人，其永有愜。

王生文豫墓誌銘

王生諱世家，字文豫，余友人頤齋王子子貞之冢嗣也。余初與頤齋遊，文豫方毁齒侍嚴下，眉目清峻，髪如染，膚膩潤，風格出人。授句讀，琅琅可聽。或從諸生後聽講，亦了大義。一日天晦冥，有電無雷，余曰："是何耳短而目長耶？"文豫曰："抑在彼者聲短而色長耳。"余大異之，謂頤齋曰："有子如此，君業有託矣。近無子，止一女，願得爲令似[1]奉匜櫛，何如？"頤齋曰："敬如命。"時熊子以中在坐，遂與講成。其後年益長，聞見日益博，經傳子史皆熟記無遺餘。有問之，輒

① 似：通"嗣"。

放口如懸河。爲文章多驚人語，作草楷書遠追晉唐。歲時過存，每見必求益，執弟子禮。丙申春，余寓玉泉，頤齋攜文豫來，與同筆硯，兩相夾介，學浸以成。是歲冬，遣女歸事之。丁酉歲當比士，文豫往就試，我柜翁愛之，置諸首選，爲邑庠生。冬間，念余文草散逸，來搜閱，取其可者壽之梓。余曰："無以災木也。"應曰："豈木是災？固賁之也。"遂梓之，名"應叩鳴"。戊戌夏，患痰疾，來就余調。余爲之悚怖，捐筆墨資，迎醫爲調之。凡四越月，形軀漸復，余亦以爲無恙。八月，我柜翁復按黃，爲歲校。頤齋以手書召往應考，奔馳衝突，疲憊不能勝，疾復作，迤邐至己亥四月，益劇。頤齋供藥餌，給事左右，爲廢眠食，甚至蔬素自禱，竟莫效。至八月十四夜，遂不起。嗚呼，痛哉！其生以正德己卯，其卒乃在嘉靖己亥，僅二十年，而所就乃若此。使天假之年，則其所至可量也耶？無子，止一女，名遺秀，蓋卒之前十日生者也。女與父竟未一見，嗚呼，痛哉！卒之九月二十七日，葬於居之前山上。銘曰：

嗟文豫，胡然生，抑胡然死耶？篤爾貌，寵爾靈，天曷故耶？棄爾翁，背爾君，而以從顏氏子游耶？

明承德郎歐君孔修墓誌銘

歐君諱府，字孔修，别號屏山。其先楚攸人也。始祖友寶，以武幹從江陰侯，後調忠州守禦所，遂爲忠人。父諱信良，生子五。長廉，有戎功，陞昭信校尉，管軍百户，勅贈父如其官。君行三，出少母，勅封安人羅氏。君少潁儁，多異迹，嚴確莊整，不近凡兒，見者奇之。比長，安師訓，耽嗜往志。父命治胡氏《春秋》，每讀至"書王著失，不天示貶"，輒廢卷嘆曰："《春秋》志植王也，王亦罰。文定疑過求矣。"聞者謂君見大義。某年爲忠生，自是學益博，文日以腴。試于提學，縷縷注右紙，提學皆降節遇之，不限以生員禮。至試於御史，則皆不第也。君拊臂嘅曰："精麤，藝也，我也。好惡，情也，人也。窮達，分也，天也。吾知事吾事，又何暇與天若人争曲直哉？况伊傅輩科目乎？顧人耳。”乃就辛巳歲貢，卒業太學。太學生接言貌者咸驚服，至相謂曰：“眉蘇閩陳，今再見矣。”

越庚寅，赴天曹取選，典銓鏡者復淺知君，授以江西布政司理問。君不薄，入任謹恪廉靖以業官，自砥靡明晦。隸役舊有常錢，君曰弊也久矣，悉革之。長吏時時委勘刑獄，多迎解不宿，共稱明允。嘗委支禄米，不粒漁，宗室胥悦。諸所區綜，必承委然後行，否則不侵也。然持法過峻，不輕肯可，言議踔厲，率嘗屈其僚仕。長吏初亦不能君，久乃敬信，曰：“璞樸，幾誤矣。”所有聶胥死無歸，君具棺斂之。吴右有巨黠，號竈雞子者若干人，素竊化御史李公某，有命緝捕。君策此輩極微密，不逸一人。李傳檄旌異。癸巳冬，陞南京南城兵馬指揮，除書至，瀕行，德君者皆請勒石，志遺愛焉，且曰：“非鄒太史不足以文君也。”走幣安城索其文。鄒曰：“吾固知君，記君者，守益也，敢辭？”遂作記。其略曰：歐君某，自太學生來，任上之人始疑其倔强，久而以剛直許云。今立石所門，所舊無志，志自君也。及抵兵馬，時有稱王子者，過白下府廠，令五城兵馬防衛。君心知其詐，不爲禮。已而果然，衆咸智君。居無何，得家報，韓氏五姊訃，即哀慟。念幼孤，不克襄事，貽書以所治生塋葬之。繼聞長公廉訃，又朝夕哭過禮。

迨乙未春興嘆曰：“歸來乎？霄半隕日，河中钃月，吾于人世如何？”遂解組歸。一時送者填都門，往往泣下，觀者永歎，如去吴右時。既歸，若負釋，興味蕭閑，日與鄉耋鎮江守謝公表、潛山令李公莊、邑博謝公寵、張公澤觴詠。徜徉溪谷間，傲睨風煙，問訊白鶴，竟日卧松下忘歸。不爾，即程課後進，邑子以及他邑子，與其子生共學，或學於生者，皆爲繩督獎進焉。壬寅會鄉飲，君猶褒博在賔席。癸卯正月忽病風，子晉及生徬徨求醫。君曰：“丈夫生死自常事，何用戀戀？”故不甚飲藥。甲辰冬，增痰喘，猶剪燈閲書。或呼晉、生談，歔燭不厭。乙巳閏三夜五鼓，忽呼晉、生舁至中堂，瞑目端坐，入夜午長逝。

君生成化戊子三月二十四日，距是春秋七十有八矣。君平居寡言嘯，鯁直不回。然或犯以非禮，多不校。至其説事理，又犂然當人意。爲諸生時，有寇鄢藍竊渡花林，郡守李公文明甚禍之。君以數言動林見素，公得不究。事二親夙夜寅謹，大適志。親没毖祀，事哀愴者，蓋終身焉。遇兄弟，友愛天至，禮亦不老損。教子生力學甚切，初擇師長壽進士楊公佶，繼師安城鄒太史。故生學超脱，不落畦徑，窺涉幽渺，淵源蓋有自云。常時教他子弟，必曰孝弟，曰安分，曰務耕讀，曰毋好訟，毋貪奢，毋酗酒，彬彬如。里閈士亦相率摹擬。又肯急人之難，有擠墊陷不測者，不惜引手救，以至請優給於嫡姪某，以保大宗。虚上席於任友僑，以成禮讓。若而類不可殫述。所作詩文，不欲存草，生見而存之者無幾也。

君娶劉氏、龍氏，皆早世。繼娶王氏，亦先君卒。劉、龍咸弗子，惟王生子二：長晉，次生。生補忠廩生。女一，適同郡劉坤。晉娶張氏，生孫卞。納熊氏，生文及彦。生娶姜氏，生女一，受聘李令之長孫材。卜丙午七月廿二日，葬金華山中。

洞極子曰：歐屏山儻爽清峻，有勁力，不從撓揉，蓋古魁孟人也。由今較之，視彼污穢剌戾不道履者，其分何啻蟬蜕之於蜣蜋丸也。苟得志肆其昌才奇氣，驂雲取螭，雷雨天下，即丙魏房杜[①]可蹴蹋矣。勳業矻矻，安可等評哉？顧太音大吕，不薦清廟，遐琚浄珮，琅琅爾幽鳴也。所謂厚其德而薄其位，縱其能而沮其勢者，非耶？銘曰：

性靈曦曦，浩氣瀰瀰。與物爲染，元素以疵。與接爲搆，至剛乃虧。先生卓立，不弛不緇。苟邇機會，麟脂龍飴。何優於天，復嗇於時。位不程德，竟屯其施。達者稱悖，彼愚反嗤。華山陸離，華水碧滋。於而於而，萬有千歲。

---

① 丙魏房杜：丙吉、魏相、房玄齡、杜如晦的簡稱，四人皆良相典範。

明處士江君國器墓誌銘

西泉江君卒，治濳闥於某山，灝掩。桐柏子狀其質行，造仁近請銘。仁近客忠甚久，嘗從諸大夫士論述已事得其詳，于狀蓋有徵焉，乃不辭而爲之銘。

按狀，君諱仲瑄，字國器，系出元大司馬江公某，世居吴右永新縣。及祖貴祥公，仕長沙醴陵爲縣丞，卒於邸。貧乏不得歸，因家醴陵，于是爲醴陵人。縣丞公生崇正，崇正素傑特。洪武初，聞江陰侯收集驍勇，乃横槊往，掀髯立帳下，爲小旗。後調忠州守禦所，今遂爲忠州人。崇正生濟，濟生梵。梵子四人，次仲玘，次仲某，任清平訓導。次君。君生天順七年四月十五日，涉世幾十幾歲，卒嘉靖十三年六月二十八日。越某年乃克襄事。先娶廖氏，弗育，卒。繼娶林氏、陳氏。陳生子鵠，補郡庠廪生。林生子鷸，女某適本郡廪生歐陽生，是爲桐柏子。鵠娶伯氏，生孫女一，名换。鷸娶王氏，側室盧氏，生孫男一，名伏應。君三歲失怙恃，伯兄仲玉撫育之，君依依然孺慕。長，怡怡順從，情意洽摯罔或戾。既成立，事之滋益恭，晨夕省候，奉饌帛不厭，有如嚴父然。當時顧謂鵠、鷸曰："吾伯兄，吾之所從移天也。若輩容弗知、容弗善事以報乎？"有妹適謝瑩，後弗儷，弱孤不自樹，君胥顧匡持特厚，不嫌與諸姊異。嘗嘆曰："屯蹇不值，是豈異吾哉？吾不腆其有此躬，尚賴之吾兄，而使吾妹弗兄賴乎？"待之久愈至罔替。其篤倫親親，大抵類是也。

君爲人，天資樸確謹信，無隅幅，多慈愛，煦然如春，可親鄉里，號稱長者。少時無力本業，勉而就末作。然心獨廉，不爲欺詐籠利。他賈五之，己則三之，而人卒傾心向門户繹繹熱，遂致積貯繁盛雄里中。里中豪右有力者，每耽耽視，時爲計剥取。君不爲避，亦時時應之，飽其慾。已而悔曰："吾之蓄日縮，是糞土也，何足惜？然而人之貪没不德，實自我增之。譬之懸餌以致魚，魚死則謂魚自任咎乎？"于是閉闤闠，絶意貿遷事，稍稍捐貲拓産業。日從田叟輩講相牛經，種樹治田，學耘以爲生事，其餘悉以貸人。人亦窺知其意，率相負不償。君曰："渠輩豈不欲償？不償，力不任耳。"即焚券，已責不問，見則如未嘗負也。或有竊其藏去，人告君，君曰否，重毁其迹，不洩。戊子歲大旱，穀價騰踴，最可牟重利。君出穀百餘石，以周貧急者。州守鶴皋孫公義之，旌其閭。晚年貲亦落，亦欣欣然以爲安，曰："吾乃今可以忘人，而人亦吾忘也。古稱以貨買禍，其殆可免矣。"自是雖或不給，亦澹然居，不更務營緝。常杜門教子，或遣從良師友，脱簪珥略盡，不爲多費己。且曰："吾所爲雖不足以啟汝，然亦未嘗作愆慝以剜割汝，汝勉之。"故今其子循循爲鉅儒。部使者行是郡，考德行輒居第一，文藝蓋不足云矣。嗚呼，君種德若此，其子孫當必有興者乎？余聞德茂者流澤長，德薄者流澤卑，况天道非苟茫昧無宰持者。集義廣仁而不食其報，古今未諸。是故君可謂善待後世者矣，宜有以銘。銘曰：

道也吾求，利也吾仇。参背弗類，瓦礫琳球。彼人不惠，覆易其謀。始謹絲忽，終成蹠邱。惟君靈瑩，冥行静修。推贏市義，即貧不尤。俾今談者，猶相嘆啾。誰謂天高，而不爾酬？有山斯繆，有水斯滮。高碑卓卓，羨門悠悠。長楸宿草，一蟄萬秋。

卷四

詩

寓三角寺

其一

解裝三角寺，便覺絶囂紛。月小山頭大，雲香柏子薰。泉從石裏迸，日向嶺邊分。讀罷誰爲伴，横肱卧竹根。

其二

解裝三角寺，便覺絶囂紛。愁垢拚風送，疎鐘夾鶴聞。僧徒忘月日，花草自乾坤。如有東坡帶，何慳易衲裙。

其三

解裝三角寺，便覺絶囂紛。破竹鳴燕笛，懸羅舞趙裙。溜晴珠閃日，塔雨筆生雲。無限江南景，斯山占幾分。

其　四

解裝三角寺，便覺絶囂紛。梅谷傳香遠，苔碑繡緑匀。茶煙先弄日，書枕久留雲。不識此雲月，能爲天下文。

赤　壁

三馬同槽遲入夢，兩篇繼作便成妍。碧濤坼月一分萬，赤石騰雲地接天。蜀國魚交隨水進，許州火德逐舟燃。當時誰阻長驅計，留却偷狐又十年。

季春登三角山有懷

其　一

緣石登山極，憑虚興欲狂。雲黏雙履濕，松觸兩眉黄。異藥憑苗認，寒泉趁酒嘗。美人何處是，宛在水中央。

其　二

緣石登山極，憑虚興欲狂。手探三楚月，目送九江航。撮土興時雨，尺松吹古香。舉頭瞻象魏，無奈重氛妨。

其　三

緣石登山極，憑虚興欲狂。崖泉晴亦雨，崎路短如長。雲密龍腥重，風高日熖凉。憑誰酬好景，禿筆草玄香[①]。

① 玄香：墨的别名，見《本草綱目・土部・墨》。

其　四

緣石登山極，憑虚興欲狂。雁歸風在竇，雞罷日明窻。真可語韓尉，當無畏子長。文章如有熖，直犯斗牛光。

寓福興寺謝梅夏二公過訪

此身憾不雁隨陽，客子旋車欲斷腸。雨向緑苔留馬跡，月從丹樹鬬文光。裙邊醉墨飛龍翼，口角餘香拆芰房。莫恠頻年不千里，如今始識纏牽長。

寓百神菴久雨寄龍崖兄

其　一

一春愁裏過，兩月雨中移。麥脚黄如熟，花神澹自癡。琴囊聊補被，文草盡燎衣。索句挨長日，胡僧落赤髭。

其　二

人説春來富，如何也是貧。岩梅三點白，寺柳半邊青。墨妙櫂辭客，綿衣且供僧。素知陽有脚，何事苦書生。

孟春侍田桓山宗師飲富池

一蓬横縛枕雙璧，銅花餶[1]我腰劒鐔。晨風蹙江水皮老，春雪作漲崖根深。無錢莫羨武昌味，有酒且吐農山心。夾堤嫩緑不耐冷，短髯蒼柏孤森森。

① 餶：《康熙字典·食部·十三》載“《集韻》徒谷切，音牘。《玉篇》粥也”。

竹塘題周子號

不將長策射楓宸，閒向池邊種緑筠。風捲銀花營百蝨，日篩金屑走群鱗。蒲攢紫筍雲横塔，籜閣青萍錦壓茵。共約明朝參玉板，何須煮簀恠吴人。

戊戌季春有感

九霄灑露洗桐華，都市夔皮動地撾。雲闕玉郎抛白苧，雨廬病子嚼黄芽。甘貧肯作牛衣泣，對客聊將蝨穴爬。識破關頭些小處，窮通兩事本同家。

歸自九江

託棲無定謀，時逐至人遊。日動泉明石，風催岸闕舟。匡廬騰地起，江漢壓天浮。米共同儕飯，來朝任有不。

久雨絶句

孤窻聽雨成悲酸，桐葩落盡春闌珊。隘巷不容子貢馬，惟有黄眼憐相看。黄眼，硯名。

新構小亭傍竹石絶句

巉巉老石蟠雲卧，上有篔簹可十個。一朝威鳳飛來棲，彩羽繡皮相拌和。繡皮，一作翠莖。

寄王頤齋

生逢平盛時，何處不熙熙。筐摘黄雲落，犂翻白月披。鳳儀明宇宙，龍德照華夷。共汝股肱者，須知自解頤。

過定惠院

緑渚相逢老浪婆，慇懃指我過東坡。紅粧玉版雙文鬬，平水空天兩鏡磨。蜂室細開藏慧種，螺亭高據着詩魔。苾蒭便是忘憂草，何用馳情聽踏莎。

石竹亭苦雨

浹辰酸雨暗荒籬，煮字何曾療得饑。雲母趁濡生鳳實，土精蒸濕長蜂脾。守書蒼狗常憐乞，賣賦黄金盡羽馳。山婦也知貧味好，嘯從稚子數秋期。

長兄過小園

伯也乘驄過小園，忙持禿篲掃風軒。稻欺五鬼先鄰熟，竹爲三庚比舊繁。細韭剪雲刀濕滑，乳雌煮日鼎光翻。多情共惜今朝短，月底還更篪與塤。

詠蓮

茅堂寄在荒山曲，種得芙蕖意亦寥。直蒂貫將澄水月，清香傳與認窻飈。銀鷀白點青綃破，金鯉黄扶紅粉摇。早悟荒波能晚色，先春桃李任渠夭。

重九寄涂芝賓

我病今小康，梳頭過重陽。推檽聽噫氣，出井觀秋光。丹楓形松緑，白露添菊黄。故人充海内，誰寄字一行。

讀白沙詩有感

幾向遺編覓自然，信知吾道本非玄。江門老去江門在，水月山風不用錢。

送顧日巖赴浙江僉憲

曾騎烏府青驄馬，忽着朱軒白豸裘。銀斧月摇湖鏡曉，畫函雲照海門秋。風猷霜憲關廊廟，人瘼方情費講求。更有太平遺滓在，踏潮兒子市燈樓。

時有教以芥根作葅者頗有殊味遂作細絲一瓶薄片一瓶寄張東湖[①]太守

製有山園白芥根，殷勤爲具晚庖飧。野人意傍銀絲細，詞客情隨玉版温。寧使相公腸胃苦，莫教黎庶面皮皺。文王最解清葅味，留得芳徽世弗諼。

夜話周雞峰别舘

久别思良苦，相逢話更多。楚雲浮緑蟻，吴月過青螺。白璧傾千斛，黄荆斬萬科。來朝歸洞去，羞殺老藤蘿。

---

① 張東湖：名鎮，湖廣江陵人。明中期遼王府護衛，贈特進光禄大夫，張居正祖父。

玉泉寺寄周雞峰

禪房誰是主，白蠟老經生。月浸松魂冷，風梳竹意清。坐聊皋鶴影，歌間石猿聲。何日鬆鬟出，江涯覓墨卿。

端陽近暮得胡葵亭二府餽貽

巖棲五日廚無葷，剪蒲汲月熬歸雲。朱絲不縶玉骨細，黄堂却來銀鹿勤。離離古字錯北極，瀟瀟破屋充南薰。山人一嘯欲絶倒，桃花驚跳還狺狺。

北歸渡河聞趙俟齋少參出巡

瘦驢千里病，敝褐一身單。燕樹滄茫裏，秦山出没間。奔沙湮禹跡，劇浪瀉殷盤。予美今亡此，何能長羽翰。

山中夜坐用黄山谷寄黄幾復韻

坐侵石髮了炎蒸，儷俗同塵愧未能。樹頂玲瓏澆藥梘，竹腰疎淡績麻燈。萬幾紛糾勞聰睿，百歲昇平有股肱。贏得閒中覓佳句，不妨誅盡剡溪藤。

五月聞報同年中有授翰林者

背却雲莊與月村，長裾十二玉華門。翠寒堂上肌生粟，應受君王半臂温。

諸兄弟過涵元洞

長冠高蓋正朝暉，照映青崖白板扉。棠影參横當石路，荆香纖細上羅衣。村醪漫酌瓊漿冷，山豆初陳裙帶肥。自嘯洞中無所有，與君都贈月明歸。

示　諸　子

功名天下鹿，經史眼中牛。不向吾心取，翻從身外求。

春暮上斗方山

春暮偕童冠，梯雲上翠微。一阿吞寺大，兩水夾山飛。細緑縈松甲，輕紅點石衣。狂夫遊未足，且勿放春歸。

同魏二府飲大智寺

贊府能延客，蘅皋見羽旄。寺偏微路曲，僧古澹蔬高。楚水平天遠，巴山上月勞。舟人暮發棹，吾意尚蕭騷。

黄　鶴　樓

碧天丹使遠，粉堞畫樓長。懸月烏疑樹，澄江魚過窻。竹揮山霧破，花渡水雲香。楣上留崔句，千年誰對揚。

上 岳 陽 樓

漫有洞庭興，來登城上樓。江湖今日慮，宇宙此生浮。秋水黄州客，夕陽紅蓼舟。康時無善策，日月况如流。

入蜀過城陵磯遇羅兩橋年兄飲

旅情漫浪嘯飍官，迎客推篷倒着冠。隔岸好山隨意到，中霄明月向人團。江涵秋色三千里，峽渡雲根百八盤。酌酒勸君君且醉，長歌莫嘆蜀行難。

過巴陵與李太初太默二年丈舟中飲

去國一千里，逢此雙時髦。寒月滴清露，秋風生夜濤。洗盞泛瓊液，呼舟買銀刀。翻笑洞庭狹，無由縱詩豪。

重九前鄂渚舟中對雨用潘邠老首句因簡陳大尹

滿城風雨近重陽，西上孤航入渺茫。衰興正思黄菊酒，病軀欲付紫萸囊。僊人空閣成雲僻，帝子高臺廢月荒。聞道莎廳太清净，故令窮客轉凄凉。

至渝州上李湫南太守

藩臺庸業照塗山，伊吕真参伯仲間。左馬行春帷影遍，右魚明晝夜光環。霖甘露細荼蘪醉，月冷霜清虎豹閑。楚客偶來陶化裹，江涯三月未應還。

别張平州

半載忠山寄草堂，多君盡日勝桑郎。風霜挾字從彤管，月露連篇貯錦囊。送客曉江蒼浪闊，織愁春柳緑條長。秋回鶚志離塵堁，蚤什鴻書過楚湘。

蜀　異

殘秋到冬至，每每肆頑陰。日月行雲背，江山住霧心。風細花多試，霜柔草半禁。尫羸三楚客，綿纊不教尋。

至後涪江舟中

辛苦緣牽義，遨遊豈釣名。山高長日短，水曲正風横。數病思壺世，浮生愧管城。何當轉歸楫，到屋眼應晴。

蜀　川

蜀川三月客，孤舸正愁予。霜樹忌棲鳥，雨灘遲上魚。事業饒君實，文章讓子虚。百年空廢擲，何以慰居諸。

舟上夷陵朱二江攜酒相送賦此識别

西征千里轉迢迢，何處清豪解樂瓢。江細風舲成太剥，日斜酒頰上微潮。笛吹雲裹紅綃亂，歌引霜前白雁驕。此會最良須愛惜，相思後夜各寥寥。

舟上夷陵徐孝崖年兄攜茶過訪且與論詩至黄陵晚泊有餘思焉詩以紀懷再用别朱二江韻

南客彤航去路迢，逢君江上倒詩瓢。細思蟬論心猶渴，遥意龍團舌尚潮。木末怨霜寒独急，船頭春月夜灘驕。故人遽别情俱惡，況復鄉書久寂寥。

上巴子臺

其一

落日頻看劒，層巒一振衣。楚吴天外闊，伊洛望中微。寺古雲鐘鐲，臺荒雨勒衣。客情仍澹漠，人事敢脂韋。

其二用韓郎中韻

衰顔短鬢早相尋，巴子高臺晚亦臨。石竹翳雲秋殿冷，崖花浣月夜江深。本期見道開蒿目，苦爲傳經破蕙心。幸喜遐方溢皇極，時從空谷醉綸音。

風月

好風送鳥上高垣，明月隨魚下淺潭。風月不知有魚鳥，此中玄趣倩誰看。

聞楊侍御放歸

孤忠峻節凌恒岱，徽典宏綱入準繩。信是石腸餐苦蘗，更將鐵齒嚼寒冰。做官豈爲誇三組，處死須知擇二陵。我欲寄君無璧玉，人心隨處有淄澠。

寓玉泉寺寄顧日巖

玄晏一生病，幽棲百丈陵。無錢金井客，有髪玉泉僧。鳥篆教皇宇，螢分照佛燈。湖山千里外，寥落幾良朋。

送劉兵憲亦齋先生歸廬

細露傷秋思正酸，可堪衰絰度巑岏。國中共着黄綿襖，道上誰將白玉盤。餘潤已知江漢在，末光敢作去留看。山人把筆無言説，好爲朝家護鐵肝。

老兵用桑南皋侍御韻因以簡之

其　一

盛世崇文武事輕，城中虎幄曲盈盈。鋏彈尚餓金蟬腹，矢躍空盲白鷺睛。投石崇朝精未越，寢關長夜睡難成。君王有愾傳雞檄，膂力猶堪效一行。

其　二

急景無由試剽輕，禿髩卷髮雪盈盈。柴筋枉揖螳螂臂，蒿目徒研鸜鵒睛。四壁有情留鉅黍，百年無夢賜椎成。丈夫不建乘時策，日月雙蜉磨上行。

其　三

南風日競北風輕，塞上青袍正爛盈。劍氣凌虹驕毒手，刃光激月弄圜睛。龍韜元老真遲遇，馬革將軍自晚成。樊噲欲搔荒服遠，願充十萬共横行。

寺　　居

雁塔初無分，雞園太有情。青錢留宿潤，白練走秋聲。客枕雲同卧，僧鞋月共行。摩霄希有鳥，取意自南征。

簡 龍 崖 兄

雲卧思玄晏，風流憶謝安。病軀辭暑易，斑鬢對秋難。薄計深牛跡，微名大鼠肝。顥穹無憎愛，到處月團團。

脚　　婆

肌侵越女三分白，腹有吴姬一段温。却恠青奴趨熱户，衝風犯雪入寒門。

汝寧同楊蘄南小飲

汝南月底試春醪，寶劍光芒鸊鵜膏。三度鬭娟成一嘯，十年遊脚染雙毛。磨穿溪上金鸜眼，殺盡山中玉兔毫。對把觥觴聊與醉，新詩猶帶謫仙豪。

春 日 入 山

細路千層砌玉，懸泉十丈翻銀。崖半盤松得意，樹頭鳴鳥驕春。

黄我山太守遣相者顧我三角山中且貽以羅豫章詩因用豫章韻賦詩二章以謝

其一用《和延年岩桂》韻

岩居荒寂正澄沉，春脚誰將過故林。風捲水花抛白玉，日摇石乳散黄金。會觀銅虎明山曲，肯共銀騶老石陰。自笑洞中無少報，且須擊壤作長吟。

其二用《和陳默堂寄傲軒》韻

無緣諧世自凉凉，守抱圖書只上方。池面月浮知性湛，山根日起見天長。恠松洗雪能深緑，細菊含雲亦老黄。酣飽太平新氣象，渾疑身世上羲皇。

送胡別駕入蜀

江上晴雲自卷衣，銀沙碧草細團暉。雙鋈洗雨元鼉遯，半旓乘風錦水肥。化似文翁爲驥展，謀如諸葛是雄飛。分泉酌汝無他囑，舉動還須念太微。

僕無衣

窮途遊子不知歸，倩與何人爲解圍。餽酒好鄰貧亦釀，傳詩老僕短無衣。能堪赤白顔淵樂，識破紛華子貢肥。莫恠青蚨飛不到，夜深猶得敞雙扉。

鄂渚舟中别胡寧卿别駕

蒼江夕照錦帆收，明日東風又上遊。但施惠膏沾赤子，未論勳業炫皇州。劉隨籠底屏星動，趙軌尊前水月浮。努力莫教時序擲，幾回玄鬢便銀頭。

槎　僊

阿翁乘艇勝騎騧，到處渾疑泛斗槎。常共龍師譚夜月，更從魚吏弄朝霞。過篷蒼狗吴天遠，闢岸黄牛楚水賒。況復至遊無外假，可於梁麗便成家。

謝吴冠山貽古鏡

故知謂我真耽古，貽得銀華太有年。不向咸陽宫裹出，定從仁壽殿前懸。洗除面地渾無垢，藏執心根尚有筌。安得鑑人常共比，坐殘山月影團團。

夜　晴

雲破天青海氣浮，小簾斜月帶西鈎。二句夢成。會須奮翼憑寥廓，莫似鷹鸇老臂鞲。二句續成。

舟至金陵

舟依樓雉思沉沉，誰市清酤月底斟。春水蕩摇知地肺，夜江空闊見天心。胸中自乏中郎寶，肘後何須季子金。愧我移家千里外，洞簫聲裹尚南音。

秋 居

我家住在紫雲崥，萬壁千峰入小池。負郭薄田堪薦菽，半天老洞可餐芝。晝槐鴉戀霜甘實，夜竹鵜驚雨重枝。男子未酬弧矢志，每從夢裏拜元夷。

金陵夜坐

篷窻晚對緑楊披，海月依人度女陴。世路浮沉真水母，聖賢窮達自山雌。誰憑場雉鳴驕志，王安石雞鳴埭[①]詩有"空場老雉挾春驕"之句，公之執拗蓋亦有所挾也。更有臺凰鬭釀辭。我亦無才負虛譽，且從玄泊覓師資。

六月夜讀寄周雞峰

盛夏誰能服六壬，燒膏猶自惜分陰。龜山兩肘黏臺久，無垢雙趺印石深。日照月臨天地眼，三綱五常古今心。讀書未到忘言處，却憶高人了素琴。

簡鼎山諸年兄京畿道刷卷

諸君習吏須烏府，紅勒高懸閟紫扉。蠟屐雨來愁石髮，鐵冠風起困垣衣。應知豺虎無横走，不信鷹鸇敢逸飛。莫道仲尼麟筆絶，只今案牘見章微。

悼汪三里縣尹

去年長蓋下西愚，今日將君把束[②]芻。餘憾白牛吞黑水，任始興治有

① 雞鳴埭：詩題或誤，疑爲"自金陵如丹陽道中有感"。
② 束：疑"束"之誤。

白牛山黑江水。遺貞粉蛤照蒼梧。任蒼梧治有蛤蚧。空中令尹雙鳧遠，關裏仙人一卷孤。惟有菊籬依柳樹，夕陽秋月當吾廬。

話周望峰見山樓

打破愁城解萬兵，從君清話且推枰。生時既與三星值，死後何須五鼎烹。映水短牆浮竹色，憑虛小閣過松聲。此中真趣誰能了，却向蝸牛角上争。

白下辭金

倒豁天河洗净根，誰將煙火過昆侖。道人不是貪饕者，只背西牆嗤嘵噉。

夜歸自北

辛勤嘗險阻，黄帽共青鞋。齊瑟調猶古，隋珠價未諧。平苔惑春徑，高日洞霄岩。聖世貪賢甚，何須嘆便霾。

秋過水竹園遇新安吴少嶽與之飲

僻左久離群，乘閒看此君。偶逢燈火舊，不見楚吴分。浩嘯廻棲鷺，清歌遏度雲。空潭下舟綺，强奪玉顔醺。

會吴少嶽小飲頃復去再許夜遊

黄日埋雲下玉臺，江干魚鳥自徘徊。故人此會不常得，更擬攜壺帶月來。

與吴少嶽别十餘年復會于浠川客舘

昔歲同棲老梵宫，會將堊鼻受斤風。少年鬒髮幾雙白，小洞桃花過十紅。但向典墳忘牝牡，莫從甲子論雌雄。由來補化須豪傑，蚤爲朝家醒瞶聾。

八月十六夜聞冠山病疽予亦病脾未能往柬以小詩

粱肉怕詩書，疽瘍避菜蔬。損多言必信，利少事偏虚。憶汝床雲滿，憐余海月除。何當力雙脚，細草過長裙[①]。

餞友人

鴻鵠志千里，授君雙玉環。今宵背月去，何日買春還。

哭涂芝賔

形骸遺脱經雙紀，五月歸來不見君。壁上落霞空夜月，床頭飛景只秋雲。西風灑雪真千斛，南國掄才可幾云。自謂蔡郎能撰德，千年宿草照碑文。

聚樂軒贈韓瞻龍

短軒銜向女牆隈，雲浄天空雙鶴回。譚道王通汾水宅，占星范蠡恠山臺。詩邀野客春堆案，茶會橋僧月滿杯。我亦於君備珠履，相逢莫羨漢翹才。

---

① 裙：疑“裾”之誤。

送馮午山侍御起病北上

三歲餐芝脱豸袍，一朝珥筆出𥚃䘿。皂鵰擊楫風霜峻，烏鳥隨旛造化勞。辣口桂枝退虎路，苦腸檗木再螭坳。朝回試問南臺柏，雪角冰稜今幾遭。

寄吴冠山

江郭高人抱魯璵，念予曾爾作青礎。玄霄孤月真靈運，碧水微風自太虚。莫向石邊資贔屭，直從天上捉蟾蜍。蒼生霖雨千年債，可待垂枯索鮒魚。

讀周雞峰時義[①]

石門斜日嘯雲屯，五色文章漾緑痕。孤井蛙眠枯殼索，千山鬼拜老頭顛。好將白鳳天邊吐，莫負丹書月底吞。最喜三秋風力健，佇看十萬掃中原。

謝人貽雞

三尺高鶤何處來，金骹銕距亦奇哉。翰音五夜長相唤，可作蒼蠅只浪猜。

夏旱寄周雞峰

莫將丹壁叫玄猿，更有兒啼秋樹村。天意若慳三日雨，故人端擬哭陳根。

① 時義：原目録作“時藝”。

索周雞峰時義

許我珠璣殺碧泉，洞中有客老貪玄。吴門白馬真如練，楚國黄牛豈乏船。帳裏異書何用秘，人間好李自宜傳。空山五月無奇敵，瑞日高烘榴正燃。

題望峰兄過訪

朱明盡處炎鬱多，先生愛予頻涉波。羽扇可薄銀頂蓋，布履便是金盤陀。莫向杯底别賢聖，且從局上分山河。他日歡集難逆料，升沉淹速知如何。

玉泉山中慰唐生祇

赭雲赤日正吞屠，念爾頻年共給孤。但向荆南穿虎石，未論洛下取羊珠。青燈夜雨憐書種，老硯春冰嘯筆奴。最是炎凉有貞運，窮通何用拜元夫。

贈周甥用《慰唐生》韻

舉世英豪共剪屠，道人野寺只羈孤。當塗未售成王玉，對案猶尋象罔珠。白屋豈終淹蜀相，黄金祇自負齊奴。阿甥能解真元處，六月頻過是海夫。

謝廣濟謝二尹過訪

荒巖小徑破全蕪，皂蓋銀袍下素儒。可是精誠越邱壑，豈關詩賦動江湖。相公自許襟懷闊，迂散寧知禮數粗。賴有鄰翁供酒至，不妨囊底一錢無。

貞孝傳芳

其　一

引刀不數梁高行，絶裾寧如温太真。千古清風吹海月，可堪松柏照孤岑。

其　二

百年周道盡行禽，敢愛巴西母子吟。霜落碧渠鴛翼冷，竹鋪青塚兔號深。吴王金璧空摇目，孟子珠璣是養心。大孝顯揚慚未及，一回把筆一沾襟。

代荆國東溪贈貞孝傳芳

其　一

天皇至孝通荒服，聖母孤貞照海隅。是處春風蒸染透，太和端不數唐虞。

其　二

柏舟讀罷蓼莪篇，母子綱常總一肩。緑竹耐含孤淚濕，黄金難换老臞禪。曾聞刺史題雙字，更有騷人繼二玄。日暖藍田生白玉，高碑端許蔡邕鐫。

玉泉山中寄周雞峰

阿衡此出繫元元，愧我零丁卧石門。董帳餘清降伏暑，虞絃遺妙帶春温。彩雲度竹依題字，白鹿眠苔遜屐痕。小隊齊安推海岱，月宫今奪紫陽魂。

贈黄山朱生入郡庠

濟南樸學已多年，喜再相依共槧鉛。玩物不須同上蔡，傳衣未見有東玄。日摇鱣甲黄金躍，雨過芹絲緑玉烟。奮翼天池還典籍，莫從桑裏掛金鞭。

迎山聳翠題羅邑汪上舍書院中八景之一

小搆僊樓對翠微，誰揮螺黛染山衣。雨收春潤鬟千輩，月散秋精玉四圍。石髪細團含古色，龍髯成禿老天機。閒來命酒呼詩伴，可記當年王粲依。

寓夔城呈許茗山太守

西川蕭瑟日，南楚落孤生。山雲淡秋色，江雨健霄聲。㪇骨多笻瘦，饑腸挾劍鳴。天涯幾知己，漫道筆堪耕。

宿巫山江干呈蘇桂亭大尹

巫崖弛旅擔，僕病馬罷癃。竹屋眠江雨，荆扉擁峽風。虞囊空白璧，阮杖憶青銅。市義今誰者，無言倚寸桐。

過 梅 子 坡

遊人琴劍度荆汀，歷破征衣長短亭。萬點飛崖亂星斗，一行懸露繫青冥。杜陵愁思鳴金殼，陶澤歸情綻玉鈴。險阻苦予真日費，直將淹速問圓靈。

中秋夜飲楊蓮峰宅

瞿峽停驧日，山城結幔秋。乾坤雙短鬢，湖海一浮漚。度雨開楸局，擠風命玉舟。偶兹清燕會，直欲廣寒遊。

夔府借宿得同郡主人

夔城臨禹穴，鄧橘對襄橙。玉露滋增泣，金風助峽鳴。三湘長病客，四海未歸情。息馬偶同郡，烹魚莫異鐺。

過雲陽訪伍野同縣尹不值悵然登舟枕上作

山城江樹氣蕭騷，小憩行踪繫一舠。清磬乘風傳夜谷，寒砧對月擣秋濤。夏王幽夢來金簡，杜子遊情寄綵毫。愧我天涯空漫浪，干人名紙卻生毛。

巴東夜坐

巴郭江頭江可憐，旅人度日如度年。高砧急向霜前落，遠狖悲從月下傳。受侮彫梧依老石，欲殘衰草綴疎烟。幾時買得東歸棹，拚與垂囊未論錢。

過赤甲山

赤甲從逋播，玄唐正糾紛。國憂沸江日，鄉思亂山雲。造化蚿夔足，乾坤稷契筋。誰云巴曲妙，能作少陵醺。

書雲岩寺壁

孤寺窺蒼碧，雙户空樰欒。天澤撒晴雨，地骨生夏寒。岩雲裊蘭篆，沱月旋銀盤。偶此憩塵跡，真能除野干。

宿　夔　府

楚客西征日，投鞭秋欲徂。濤嗔諠夜鼓，灘嘯走晴珠。城郭同今古，乾坤有杜蘇。千年瞿峽上，明月照雙孤。蘇子有艷滪之句，故以偶老杜云。

同張乾崖太守遊昝井山宫

丹臺碧洞自如如，能到雙旌五馬車。風樹拂雲迎縞鶴，露茅綴月暈銅魚。寒英細蘂情何限，玉筋金環慶有餘。時諸公爲胡玉峰祈嗣乃云。我亦從來多汗漫，行踪隨處是吾廬。

暮雨借宿樂縣公舘舘人不可因徙旁舍舍人能舘之走筆賦此

遊人途正苦，細雨濕夫頭。司馬能題柱，終軍敢棄繻。公舘雪生角，鄰翁雲有腴。盈虧本如是，何用擾真吾。

謁陸宣公祠

晴渡寒江捲玉鱗，相公祠宇出重闉。此身自可論中外，斯道何嘗論屈伸。奏議深參三代旨，方書長作萬年春。愧予斑鬓黄塵客，一讀高碑一過秦。

九日承張乾崖召晏

百歲紛紜兩曜驅，屏山嘉會着疎愚。旅貞何用悲黃菊，廸惠寧須佩紫萸。病骨方離司馬蓆，高懷已到步兵廚。相逢且共今朝醉，拚與明年異健癯。

從羅趙陶周諸公登眢井山帝君祠爲胡玉峰祈嗣再用前韻

瓊宫昭祀衆紛如，我亦何堪第七車。爛石驚心驍將虎，寒泉沃肺貴妃魚。但將奔走傳禋潔，不向輿臺借餕餘。興溢更闌始歸得，長庚真見下層廬。

秋興自遣用前韻

秋山客况正淒如，食力甘心坎坎車。囊剩一錢寧累鶴，劍長三尺敢嗟魚。東南西北猶傾闕，蚌蟹夔蚿有欠餘。莫把人能争造化，九霄明月自蝸廬。

贈伯草堂千兵有跋

炎漢嫖姚久謝殘，將軍可是大周翰。銀鏃射日紅光動，寶劍凌霜峽影寒。李廣招憐緣白戰，班超買嘯只生還。旌頭尚有微芒在，好向函關着一丸。

昨入蜀，會草堂大將于忠山之陽，時時稱説行義。雖其形癯眇哉，然清峻踔厲不可近，豈古子房之徒與？方今南北多事，若而輩殆未可少，因書以致後望云。

蜀行夜宿團陂因念次兒徵昴

遊人逸興過瞿塘，把酒頻看寶劍光。在襁小兒最天性，牽衣數數贈回香。

與陶静山飲

逢君渝上正秋徂，盡日迎風傍玉壺。豪興一呼連五采，妙思十載賦三都。莫蟠錦水嘲蝦母，好度瑶堦醉鼠姑。我亦繚涼孟東野，可堪騎馬過金鋪。

懷驗兒用杜少陵《憶幼子》韻

驗子蘭秋隔，愁人葉露繁。鵲珠憑婢筭，占卜向孃論。獨木爲橋處，三家結屋村。知渠懷抱苦，况復事虞軒。時驗兒甫七歲，始授句讀。

西讓途中

雨駐萊公廟，晴過杜子亭。水來三峽白，山上九霄青。賢聖開元脉，綱常寄委形。可因旬月客，便與鬓星星。

瞿門

微步侵千疊，清眸洞四隅。長天度湘沔，落日下巴渝。古廟猶存漢，坡上有関夫子廟。荒碑已自虞。謂大禹。丈夫三不朽，斷爾薄金朱。

與邱召菴論文

江上相逢共解紳，細論文字當清醇。掐腸擢腎憐吾苦，對白抽黄羡爾匀。非水非風成至涣，不徐不疾見真輪。長安隋卞知多少，莫嘆尋常混玉珉。

期李兩河不至詩以激之

南國琴書久在忠，居人寧解旅人窮。屐痕過惜苔皮緑，筆蹟仍慳葉面紅。山月碎侵雙壁漏，江雲强據半樓空。經旬自合歸緣動，滑水輕風信一篷。

旅　　夜

愁應分喜半，止自與行雙。戍析[1]急充廓，佛燈明過江。形泥蜎在井，心躍虿投窻。懸想棠陰闊，長吁對玉缸。

夜　　榻

半載陪孤影，蒼髯照粉牆。寸心灰竹簡，枕淚滴荆鄉。雲破晨鐘壯，霜圍夜榻長。應知荒寂處，愁殺舊糟糠。

巴 山 自 遣

家居東楚水雲鄉，一卧巴山四月强。老柏鏖霜秋澹薄，寒花泣雨夜凄凉。星師墨閣求題咏，日者瓊茅獻吉祥。我亦茫茫可參測，滿掙揮掃送窮章。

---

① 析：疑“柝”之誤。

晚見園梅

玉髓風傳香麝，瓊枝日暈朝霞。介士天邊落寞，標枝牆外横斜。

上渝州訪盧東井至日始抵酆都舟中有懷用杜少陵《冬至》韻

南逵日馭低經斗，東井星光遠照人。三蜀江山今太阻，十年燈火舊相親。公貪虎革談芹閣，誰趁鴛行競柏宸。堯舜君民同一業，莫將時眼越區秦。

至日酆都舟中

江光曉曙尚冥蒙，端拜渝濱答聖功。萬疊峰巒天影外，千家雞犬水聲中。火城熠燿通金殿，寶鼎氤氳繞紺瞳。遠愧霞杯無路進，苦從孤艇漫西東。

小至用杜少陵《小至》韻

夬姤相禪剥復催，六陰消盡一陽來。夔龍事業乾坤藥，班馬文章刼代灰。風送絳綃辭岸樹，夜回玄酒到江梅。踐長迎至徒多頌，無分能稱萬壽杯。

客忠州奉懷李湫南太守再用杜少陵《至後》韻

巴蜀山廻楚水長，一陽爲客自重陽。文翁堂北能覃化，遊子忠南是故鄉。潭底龍閑雲自細，堂陰犬寂月相望。漁舟隔岸歡娛甚，歌罷伊州又過凉。

至後上涪州候夏三峰師舟中夜坐用杜少陵《至後》韻

霜苛月苦夜囘長，劍潤琴和斗轉陽。憐我三時爲蜀客，知公七載離荆鄉。葭灰飛白懸相應，豆粥翻紅遠亦望。莫遣河汾久希闊，遂令時雨大潦涼。

讀屈原譜

平生狥義屈三閭，憲令誰云是化書。不向五關笞虎豹，便應四海戮蛟魚。淪精浴日扶皇極，吐氣流虹磨紫虚。薄子千年觀譜牒，多君葉葉滿堪輿。

張乾崖太守以臘月十八日誕詩以賀之

千家檀炬共緋緋，會見傍星下紫微。簾度雲滋芝露茁，堂蒸日乳麥光肥。梅陰玉展元龜組，竹底金摇白鹿鞿。却嘯坡仙輪一宿，與君先奏雁南飛。

十三夜羅南泉諸公邀赴燈會不果

掛搭乖崖舊，遺風尚一陬。金蓮開午夜，火樹照層樓。辛苦嗔黄卷，懽娱讓素侯。小鬟須慎事，莫作鶴林遊。

哭張賓石年兄

君去修文蘭竟焚，素書不到負殷勤。空抛墨沼荒青字，静棄紗窻掩白雲。似子淚多錢共雨，謂其立兄之子爲子也。病妻力竭鳥同耘。百年知己彫零甚，卻與何人運郢斤。

戊申元旦寓忠州試筆

蜀客從吴右，年年只異鄉。杜陵多妙句，蘇子足雄章。氊坐辭寒雪，茅簷轉熙陽。匡時有長策，擬作大庭揚。

海天遥祝

南極星芒動皞秋，郎君心共水雲悠。月分越國巴臺曙，江下岷峨爛石收。天上老蟾分八字，海中仙菓見三偷。丈夫自有康親業，何用斑衣照白頭。

贈周鎮川千兵有跋

山雲江樹擁旌旄，照地團花錦戰袍。蒙豹龍文騰宛馬，脱鯊虬浪躍昆刀。三年專閫邊塵静，五夜幡雲塞月高。願得虎臣移玉帳，翔方無使聖躬勞。

余少時嘗聞人説岷江險隘，在金陵上遊，爲中土屏翰。昨入蜀，乃深知之，信天設也。然平康日久，士羞談武事，猶慮無與守之。比至忠，見鎮川諸公，峻截驍虓閉[1]將略，皆可倚以爲重。爲國家喜，賦此贈之。

醉書羅南泉扇

江上逢君桃正春，談天自許妙通神。憐余十載居螭蟄，爲有三星柄屈伸。此日共留題閣字，前生合是弄丸身。明年果沐恩袍寵，便使忠山到羽銀。

① 閉：疑“閑”之誤。閑，通“嫻”。

別歐桐柏

舟發忠陽楚浪人，真情多是擾參辰。夜濤駕雨添江腹，曉岫衣雲減石鱗。愧我流離空白髮，喜君麗藻向青春。秋高翮健看翀舉，莫負燕臺結後因。

舟至曹溪懷江志齋用《別張平洲》韻

曾寄城西夢草堂，礲章磨句有潛郎。望樓共憶玻瓈盞，歸舫空懸金錯囊。隔我顏形千里遠，牽人道義一絲長。好隨計吏過燕北，細剪青菘對月湘。

東歸與萬雨江飲席上贈之

纜解忠陽花正開，與君縷縷酌金醅。洞庭碧向春帆破，衡岳青迎暮舫來。細竹掃雲窗剩月，孤松滴雨徑留苔。主人今是歸棲日，有分烟霞莫過猜。

寓郢江奉答成七州先生二首皆用來韻

其　一

藍袍白笏不教來，野燕田鳩共草萊。金簡久孤蒼水使，玉笙頻憶紫雲囘。短蓬憐我空書笥，小洞逢春見筆才。棘綠團光須奮躍，莫從曹植鼓餘哀。

其　二

郢江江上柳絲絲，名姓曾將託與誰。千里五言通遠夢，三都十載見玄思。英華亂著春應忌，珠貝長傾海亦饑。愧我紅塵空白鬢，敢從騕褭論騰馳。

秋過江陵訪張太和内翰

天净江空秋色來，丹楓紅柿畫簾開。僊人閣迥雲争出，嬴女簫長海欲回。疎柳見鈴停玉管，細花盤錦動金醅。蚤歸鰲禁裁群草，莫遣芝泥下九陔。

舟過夷陵奉薛曲泉太守

去年羸馬萬重山，今日舠舟九折灣。總爲牛箕仇白屋，故令水陸損朱顔。君曾説與傳心印，我亦能參觸背關。衹恐宅生無妙筭，遥看單詔起雙鵰。

答胡肥溪大尹過訪舟中有詩見貺用來韻

銀河雲斂玉繩清，蠟炬燒殘僕屢更。漫道文章真舛午，但求民物且由庚。銅魚漾日嶄開府，絳樹蒸霞諒滿城。此去西征元有數，王生曾驗馬蹄聲。

過涪陵會蔣少崖

相見離冰署，心兵百萬降。飲和輕蟻瀝，咀句澹羊腔。巖竹清依寺，洞雲寒照江。莫教涉沙月，引思入疎窻。

過北巖書院

世人聞欲習伊川，博帶寬袍帽頂天。小徑入林高躅滅，岩花洞月老僧緣。

上玉泉寺

聊試登高蹇，松根酌至清。天空雙鳥下，寺近一牛鳴。楚照沉山早，吴雲入野平。坐看來往者，盡是世人情。

丁未四月歸視小園因簡楊蘄南年兄

四月歸來山徑蕪，小園深意未全無。輕風細下櫻桃血，薄露微垂芍藥鬚。須信笑鰲真有蟻，莫嗟執象不如珠。炎凉最是人間世，惟有南薰只柳株。

遣興

天净雙毬躍，川平一綺明。筆勤堪滓井，詩拙敢專城。愛鳥留窻竹，憎蛟斬野荆。幽居無個事，膚骨許同清。

謝醫士危懶齋

解劍投鞭自北臺，苦余病瘧正恢諧。寒侵已着冰絲服，熱逼真懷火玉杯。舉世賣方蛇有足，何人洞識鯉無鰓。不緣懶叟三觚藥，一月蒸蒸布被堆。

病起示唐生

一病起夷延，居然髮瘦權。心神猶異日，頂骨或徵年。門破青絲網，堦分綠玉錢。常猻雖有舌，不用講雙玄。

十六兄鳳岡隱居

鳳凰翔處有高岡，翠竹蒼梧夾日光。正直果同君子國，純麗已在大皇鄉。覓毛未許將軍見，學尾何勞帝王償。自信百年長是樂，群雛晨夕飼青琅。

宿宣塔寺聽雨

童子卸孤桐，衹園左个通。半生禪榻上，一夜雨聲中。小技騰松犺，殘書濟芥蟲。何當謝伎倆，都作楚人弓。

遣　意

嘗憶蒼姬詢八虞，禮闈三度鬢毛枯。炙人是炭寧澆水，諧世惟圓肯破觚。歐九文章難許可，陳三詩句易江湖。不如趨易廻難者，城上如今有織烏。

觀　蓮

菡萏知先發，來看帶後慚。葉留霄露宿，花與夕陽酣。坐樹因成懶，旋池亦是貪。主人渾不解，色嘯過山南。

長兄誕辰諸兄弟小飲

椒臺蕙畆足春工，六弟榮旋拜長公。翠籠輕隨朱彈鶴，銀盤細傍緑絲芃。縝紛鬓髪饒光韭，會合形骸笑夏蟲。願得年年長此日，百觚花底聖人中。

二兄將赴新喻新釀成詩以侣之

深秋谷底稻方甘，釀得茅柴遞夕酣。却憶終山老盧肇，大瓢分得讀書譚。

題松莊隱居

至人習静見天遊，個個長松小屋浮。緑徑逗雲甘胥令，蒼崖駐月老留侯。千年結髓龍髯秃，萬丈懸絲鹿尾勾。飯子釀花常醉飽，短蓑横笛跨青牛。

奉方尹公見山先生

慈君健令兼寬猛，清水平衡啄競呀。荼井星廻珠有暈，柳橋絮滿玉生花。疎籬静卧千家犬，廣漢潛消兩部蛙。祇恐華名留夾袋，便令烏鵲擁行車。

送仲兄龍崖赴新喻

其　一

贊治勾稽舊漢官，莫將蟲臂鼠肝看。高軒自可大書字，矮屋何妨峻着冠。文郃虎狼夷伏穽，惠流禽鳥攝黏竿。荆花正紫烏程白，好護金軀閣寸丹。

其　二

江日晴雲擁晝檣，君才寧畏幅幀長。葉卿海上傳流譽，明道山頭取石光。筝裏秋風殊曠適，棘邊朝鳳且翱翔。民心自爾稱神異，會覩盤龍早廸康。

甘霖應禱二首題邱英山卷用陸司訓韻

其　一

赤日黄埃萬井憂，誰回屏翳領天休。雲流玉髓行龜背，風滚珠光走雁頭。老吏肯容荆有鮒，相公敢使魯無鳩。會看紫粒紅冰滿，三脚蘭盆送府收。

其　二

岩廊茆屋總關憂，一夜元精動帝休。逗雨緑禾繁虎掌，閣雲翠黍長牛頭。椒邱晝覽封侯蟻，高樹昏啼逐婦鳩。願得長官長記憶，農家辛苦糴家收。

别朱周祥再用《贈子和》韻

拜牀韓孟結忘年，忍事須饒置筑鉛。南郭東鄰心上業，青衣赤犢耳中玄。秋窗詩思凌纖月，春案書輝鬥紫煙。梔蠟如今滿天下，莫將五萬買黄鞭。

書李星士扇

已甘蚊睫老焦螟，門對西風畫亦扃。日者偶驚聯四相[1]，坡仙自許共三星。且從瑞閣留玄墨，不用長安拜玉靈。薄暮松陰飛楚瀝，紫霞紅頰照青萍。

送鄒西渠司訓陞勝縣尹

晝堂蟬甲擁雲英，忽下東曹字十莖。爲惜廣文氈月冷，遂令然友里星明。已聞性教留黄國，又見王猷過戚城。遥對義珠酬抗揖，棠風槐日正争衡。

寄楊蘄南

羡爾高才百倍余，直從孔孟借蘧廬。風花雪月俱勾管，帝霸皇王任卷舒。好去赤肩擡宇宙，莫將玄鬢老圖書。不才雖乏懸鰲具，肯向昆明捉石魚。

忙僧

重笠凝霜出，殘鞋踏月來。争如戴髪者，三月白雲堆。

山中人

攲石傾欲墮，懸泉急如駛。惟有山中人，雲深呼不起。

① 四相：佛教以離合違順爲四相。

邯鄲道中

風鼓征袍拂拂，日摇古劍霏霏。誰謁金鞍上客，寧非磁枕中人。

秋日山中

雁繡雲間錦字，楓粧霜底紅綃。山客平生詩癖，洞門鎮日雲交。

漫　　興

豹隱光華草木，龍騰雨澤乾坤。識破行藏進退，真如寒暑涼温。

夢　　成

愛竹亦成清士累，種瓜原屬下僧才。須知心性空如鑑，纔着纖埃便是災。

索　　硯

許吾鴝眼照春晴，鵠白松鳥已訂盟。莫恠伊川忘不得，却慚孟角亦硜硜。

夜　　雨

秋風捲雨飛來捷，一夜不敢交雙睫。侵晨蓬跣出看之，只與秋山洗紅葉。

憂旱

旱氣苦驕滛，田疇穀大侵。婦啼秋月老，兒哭夕陽深。且勿讐羲日，還須行傅霖。豈其萬民命，相共服三壬。

大兄許入山經夜不至

許我銀鞍照碧泉，夜深猶抱石頭眠。願無孤負山中夏，吹盡南薫又一年。

秋居玉泉寺懷楊吴二兄

小寺入崔嵬，真吾避債臺。雲岑迷鶴去，葉落聽僧回。苦病形長瘦，貪玄鬓欲皚。山中何所憶，江國兩髽鬣。

周雞峰入山訪予席上偶成

有邱躭病子，何處惠清模。碧草披玄佩，青崖照白駒。隔雲移遠客，對月煮飛奴。且勿便歸去，揮襟了此壚。

與諸兄弟遊洞左小峰

伯仲同高眺，乾坤一大家。霞邊飛竹葉，天外落梅花。斗粟還堪煮，長衾莫浪誇。牽裳留不得，走馬夕陽斜。

浠川去思詩贈四川李大尹

太平天子正當陽，令尹鳴琴不下堂。萬丈大裘能共蓋，滿田苦蕒許誰嘗。犬蟠氂足眠崖月，雉抱馴心啄路霜。何事敝車懸未老，令人飛思過瞿塘。

梁羅田以其子歸省大父

南還遊子跡平沙，路入清微海道賒。雲轉碧螭浮水色，日移金餅躍霜華。補衣麟子真光國，舞彩龍孫自克家。大父有言羅邑治，具陳禮樂共桑麻。

夜坐有感

坐石席青膚，山阿亦静孤。松風天上瑟，草露月邊珠。逐兔須脛疾，承蜩合脊痀。化工原有分，不用羡屠酤。

甲辰旱梁羅田效東坡釣龍法果雨有喜雨吟因用韻賦詩以賀

黄捲丹焦秋可憐，阿誰喚醒雨工眠。祇憑齋馬勤弓路，遂使醯雞足甕天。粒散金珠枝豆國，禾披玉蘂閬風巔。盈盈白室收藏計，書盡涫于伏鼠田。

文西谷三守過訪

木下千山正寂岑，俄驚紫轂透疎林。春多頓覺雀門熱，意好何妨蛙井深。沽斷釀雲鄰市酒，話窮搗月隔溪砧。君兹不獨知僑面，我亦於今見蔑心。

斗牛山祈雨

從來江郢可年豐，那有剛腸解忍窮。炎帝肆威千里赤，黎人灑血萬山紅。桐魚月冷三更露，寶鴨雲殘盡日風。祇恐健强呼不起，況將衰朽累神功。

無　　題

曾奏清歌出彩樓，緑雲輕倚玉搔頭。盧兒味好金蓮夏，梁女情堅石竹秋。齊畹蘭霜悲蝒馬，漢堤柳雨怨王鳩。青琴絳樹情多少，不盡長江萬古流。

題扇上鯉魚

曾向河津兩暴鰓，于今頗自見仙才。六鱗五彩輕三坎，赤帶黄文薄九陔。萬樹桃花紅雨亂，千層海浪白雲堆。曲隈凡介休相詫，只待東風起迅雷。

六月山中簡楊蘄南年兄

六月山中破蓆莞，短松三尺只孤箽。豆花上屋分全暑，雲氣浮床作小寒。錦帳不須懸玉樹，冰禽枉自照銀盤。幾囘坐石遥相憶，葉露明明月正團。

僧　可　憐

山頭小寺幾碧天，老樹劈石岩鳴泉。終年欠飽我亦樂，過午不食僧可憐。隨時顧諟見勤惰，隔雲咫尺分坐眠。自信胸次有真宰，豈知象山太近禪。

讀均奕集上郭太府

詞客造思等奕棋，直從天外駐蛛絲。文章煥發春應忌，珠貝長傾海亦饑。衡岳染雲空幻渺，湘江鏤水正披離。道人最愛清玄味，細篆疎簾醉紫芝。

上 禮 賢 堂

重理華堂江上頭，江雲江樹共清秋。蒼顔再覩單龜組，赤手三慚五鳳樓。對月知多坡老賦，憑虛應是子微遊。化覃到處由夷甚，漁唱遥傳杜芥洲。

北歸途中聞安南[①]捷報

海風不動懸青天，猴馬胡不向北眠。一朝鼉鼓正酣入，半夜羽書便疾旋。壯猷將軍固嚴整，濯靈天子猶明鮮。願茲大凱速歸去，莫負阿農三月田。

憂旱上李僉憲

全夏炎焚又小秋，窮閻無處不悲啾。地操白刃刳禾髓，天散丹沙染樹頭。扇暍每思勤柳路，暴巫何用擾椒邱。幾時絶粒傳仙術，石枕高眠擁破裯。

---

① 安南：越南古稱。

聞安南入貢[1]

征旗纔動服頑冥，自悔從前久不庭。野雉歸周行白日，海珠入漢動明星。伏波銅柱千年遠，翁仲金身二丈零。争似聖朝元德運，南關從此不須扃。

辛丑山中簡馮午山侍御

荷露菰雲弄晚颸，千岩紫翠使星孤。未聞折柳稱臺諫，見説搔瓜有大夫。廣漢長江留月色，青囊白筆照驄鬣。叫昏補衮須公手，可對鶊鵊作小娱。

入　山

半年不曳相門裾，再入深山舊草廬。野水斷雲拖玉露，石潭殘照擲銀魚。静中真覺秦聯越，瘦處殊疑鶴是余。相共騃僧與頑僕，儘堪遊意到元初。

山中聞楊蕲南入廬山

茅屋三弓借鹿場，横懸小徑渡蒼筤。矮桐無力還巢鶴，芳草多情莫點羊。坐榻心同天地闊，出門眼共海山長。夜深抱月臨溪卧，夢到匡廬第一行。

① 安南入貢：事在明世宗嘉靖十九年，公元1540年。

遊洞右大觀石上見周望峰宅因以詩寄

丹霞碧水照蒼坪，上有高人志尹耕。不向聖朝輸國是，却從江郭動詩名。筆精風起龍神滅，墨妙星離鴿眼明。愧我蓬心天下事，幾時能訂白鷗盟。

入　　山

清晨拂露入深谺，雲密須防雙路丫。世路儘多樊圃柳，中原誰復灌鄰瓜。出山六老闢天地，巢石孤狂閱歲華。造物不慳癯病澤，也將芹曝獻皇家。

送文西谷三守之白下

綵鷁横江思正酸，況經白下水漫漫。國中共着黄綿襖，座上誰將白玉盤。風景已知平半破，楚吴莫作去來看。山人把臂無言説，一曲清歌海曙殘。

中秋雨後對月坐留清池上

輕雲逗疎雨，空山迎峭寒。遊人有豪興，正恐秋闌殘。登天取明月，直欲生羽翰。須臾復朗霽，冥闃滋奇觀。蒼螺含玉餅，玄轂灑金丸。微風動牆角，水底清琅玕。半夜鏡中坐，忘卻爲鼉黿。鳴蛩落高樹，滴露侵蒲團。今夕是何夕，莫將容易看。

别馬乾菴太守

風日黄雲漾，送君秋江上。蒼鳧避錦颿，畫棹披銀浪。歌摇鮫館驚，興添蓼水漲。楚累至今稱，商[1]奴天下望。莫惜一時淹，終作千年暢。君去何惤惤，我愁真悢悢。淚下難復吞，腸結誰與蕩。自信無嬋媛，今覺君懷壯。

答程浠南寓三角寺

有客懷至寶，寂寂山之巇。户外夜不閉，朝颶任長吹。月明雙槐護，雲深孤鶴窺。隔笥分草色，啟囊減花姿。野樵穿石下，弛檐且覬而。駭然頸發赤，一笑塵臺卑。染指餂甘液，九竅皆香漦。願得周赤刀，與君分片脂。客曰天下堅，豈堪解而支。我固不子吝，子計何能施。子家有藍田，夫豈不自知。歸向静中覓，瓊英光離離。樵言客無誑，我心惄如饑。疾還驗客語，洗心辯澠淄。犂然真有得，敢不日孜孜。

溪上待王頤齋

溪頭分雲坐碧沙，美人不來獨嘆嗟。曲砢淺浪回銀鯊，軟風細柳摇金芽。茶熬百沸緑脚斜，春衫典酒落絳霞。呼童谷口望飛騧，美人只隔東鄰花。樹裏篘兒鳴聲蛙，笑余不見横山遮。

題賓溪卷

有客僊踪寄南郢，結屋臨溪真畫猛。白晝輕漣漾落花，清宵細露澄修荇。風恬嘯鶴回灘聲，潭静遊龍度窻影。懸崖爛石生秋烟，倒漢朱霞發朝冏。浴晴鷺羽萬銀珠，對月鴻頭雙玉餅。鄰翁破竹烹湘鱗，却妬長安春夢永。

---

① 商：疑“商”之誤。

春日行洞前有送酒至者

日嫩風柔楊柳新，淵明嘯舞白衣人，一壺分得洞庭春。洗觥便向重陰發，繭絲鴨緑相冠襪，曲直還須待明月。明月遲遲不肯來，願君且駐吞山懷，亂雲堆裏卧蒼苔。丈夫生而補化工，吐氣當作垂天虹，可只依依老洞中。

周維新雪中攜酒過訪

凄風凍雲軋素鱗，空堦平砌白玉塵。主人高眠晝不起，擁衾蹙膝傲比鄰。忽聞狂呼雙門開，有客攜春天上來。對酌疎簾鐃霰入，瓊英亦嗜黄金醅。念予强飲未堪多，尋常敢渡商蚷河。願兹勿惜微酖去，倚馬從君還浩歌。

黄宅遇周霽野

老夏盡日陽氣歕，千山萬山火雲奔。繁蒸毒熱不可忍，揮汗盈把誰能捫。昨宵夢寐見良友，今日逢君緑樹村。清陰微坐探玄窟，不覺西赭翻金盆。放歌能令漢水立，手持衡岳齊昆侖。長劍依天鬼膽碎，渴來雲夢焉足吞。君不見齊東諸人稱短晏，吴下俊逸數髯孫。又不見昌黎文采照闕雪，少陵詩氣明夔暾。丈夫事業莫偃蹇，當與霄壤相生存。不作紫庭鳴世鳳，須遊八極同溟鯤。若教老大儷塵俗，蜂房蟻穴徒昏昏。

贈周雞峰小試齊安

南州有雞仙，半生卓顔苦。孟角晚投交，對床幾風雨。十載作書魚，萬人稱筆虎。藻思穿天心，綺詞爛壁府。縱論古與今，笑君行肉譜。屈宋真衙官，王楊何足數。脚踏五雲車，手持七寶斧。直入光明宫，兔蟾齊顋頻。姮娥莫相嗔，砍君雙桂股。人道秋穹高，我云可尺五。天香動地來，觀者如環堵。只今淺試之，細發千鈞弩。楊葉百步餘，錦袍爲君睹。

七夕獨坐聞渚老歸有感

秋入纔一日，空净清亞姑。天孫只忍媚，河鼓真良娱。掉臂漢流冷，回頭機砑孤。念郎正犀浦，懷妾汚瓊奴。針折難引線，橋斷誰填烏。好景易征逝，良夜徒齟齬。無語少明月，褰裳蓋長颸。嗟嗟渭濱婦，乃爾自逐夫。

涪州發舟懷念兒用杜少陵《遣興》韻

客路念吾兒，晨宵十二時。一年從外傅，七歲授毛詩。館下懷曾遠，堂前戀孟慈。時違成曠闊，命薄苦崇期。日落饑烏亂，風高老狖悲。每馳三百里，爲爾易委遲。

送忠州戴別駕奉使金陵

江水下蒼璧，江樹剪絳綃。晶晶曉月行清寥，城頭鼓角五更騷。碧紗團影雙雞翹，忠州司馬義問昭。手持臺扎重青瑶，銀章玉佩鳴咸韶，風翔彩鷁輕蘭橈。逢君方五日，一去千里遥，仲尼程本蓋蕭條。何以酌君，無荆州魚枕之蕉。何以羞君，無浙東海鏡之珧。何以贈君，無褚淵座上之貂。何以樂君，無蔡邕爨下之焦。送君錦江涘，一曲楚人謡。洞庭彭蠡鼻浪驕，秣陵指日觀銀潮。菱肥粳滑名長腰，鱠陳雪堆肉紅消。曠懷豪興摩青霄，可酣朋侣翻金瓢。此邦人士正酸痟，願君舌垂不可剑。明年二月春風饒，歸來應見鶯遷喬。

春日飲羅南泉宅上周七涯翠岷繼至

孟士開賔燕，危樓聚客星。但云宜鶴到，不道有鸞停。未可專全樹，休嗟對兩萍。梅花過江白，山色上筵青。洗句擎冰盌，澆書倒玉瓶。高懷真入妙，玄論已通靈。城最天光爛，窻前虹氣腥。歸鞋破明月，便覺酒微醒。

送胡少松東歸

少年意匠胡少松，餐雲來卧岷江峰。戴牛韓馬不去眼，高鷹薛鶴常横胸。牡丹日午花披燦，芭蕉雲裹涵春容。銀河赤岸遠欲接，白波青嶂恒相舂。一朝解衣肆槃礴，渝中名筆皆藏鋒。謂予不愧先百花，紅梅四幅貽天葩。玉人澹抹臙脂頰，一嘯吴姬灑暈霞。方脂清骨嬌欲語，夜半却走東施家。江南别有春風樣，飽向瑶臺染絳紗。客中雖乏羅亭曲，晴簷漾日生光華。子今歸舫凌馮夷，我正蕭蕭在客時。牀頭黄金久飛去，何以贈之程報施。藍田丹樹照顔色，擊節浩歌河梁詩。此行山水極吞嚥，莫作尋常淺畫師。

胡肥溪大尹訪余于萬縣舟中有詩見貺步韻答之

雙舄天上來，媿乏蓮花酒。童子沽茅柴，庖人具牢九。傾蓋吐心肝，契誼超暫久。顧余非大鵬，如君信希有。安得翻銀河，微沃譚天口。人生復幾何，及時謀不朽。萬化本於身，宇宙在乎手。伊訓與臯謨，百世當堅守。所志在生民，敢謂州如斗。

元宵偕張乾崖太守飲蓮幕宅

水晶樓，琉璃毬，高城一夜鳴萬騶。簫鼓江山動，輝煌竹樹浮。金蓮橋半長，銀花閣外流。我本湘濱子，誤到崑崙邱。隨人投兩屨，權當秉燭遊。將軍有嚴禁，未許問行由。玉皇殿上掌書儔，盡落人間埃堁區。千燈萬燈照顏色，低徊只恐花月羞。誰家排華燕，瓊漿滿玉舟。山人固行脚，太守亦遨頭。太守世間百不憂，我亦七盞澆牢愁。莫推三爵不相識，笑譚高幕懸清油。朱王大禹俱休詑，此生幾日來青州。明年二月桃李發，又向長安道上留。快哉乎，往事悠悠，何須閉閣常歎啾，一日腸車九轉周。

謝周雞峰惠茶

分香來顧渚，醫渴下文園。未與金沙拜，先懷玉壘恩。注瓶雲脚落，炊鼎月團翻。天上蒼龍降，人間白馬反。減將湖笋韻，奪卻石花魂。仙掌隨風靡，胡韡向夜奔。酪奴從客嘯，水厄任渠諠。自分忘齊魯，憑茲滌暑煩。

端陽前李二守有湯餅會見邀未赴因以詩簡

楚江刷白來乾坤，石鱗洗脚勢欲吞，中涵元精萬化根。誰將明珠飯入腹，長庚晶晶射華屋，九鶴翔集蘄陽竹。白也眼角安八極，胸橫太行誰能逼，願君投此靈丹粒。遥聞高筵届令節，瘦軀未去情神掀，滿身瞥瞥行饕蝨。

寒　水　曲

廣文先生住寒谷，出無馬騎食無肉。床頭不剩一隻錢，腹有珠璣三百斛。時揮綵筆掃雲烟，千山萬山鬼神哭。問渠何不移此治生涯，誰能牽牛上高木。

貧女行

妾生如飛塵，誤落湘江濱。爺娘無産業，赤絲釣青蘋。補破編老荻，充饑煮鮮鱗。木梳稀無齒，荆釵粗可薪。所幸造化均，不厭茅屋貧。幾回照盆水，頗覺肌骨神。不畫螺子黛，細眉長如蛛。不搽白獺髓，嫩頰淺紅勻。銀海入鴉背，瓠犀襯桃脣。自謂鏡中美，那虞幕下賓。不知年老大，忽忽經三旬。家嚴防範密，十年未見人。冰泮復幾時，又值桃夭春。月老苦不仁，不肯催朱緡。蹇修不我顧，徒聞車轔轔。東家燒蠟炬，三夜射比鄰。西家刀尺急，裁剪嫁衣新。爺娘敞我笥，相對蹙黄顰。草絇曳狗去，回顧哀狺狺。所得能幾何，乃爾勤紛綸。不如且静守，默默俟良辰。莫簪荳蔻花，低頭簇麒麟。莫塗鉛粉滓，點污金玉真。離合良不偶，往往有期因。君不見洛中酒家女，皤腹大如囷，朱凝忘寢食，愛之勝奇珍。又不見延壽筆底像，美艷誰比論，官家留不得，灑血濺君身。西施盡嬌媚，飄泊五湖濱。嫫母自勃屑，高坐重錦茵。時命本如此，何勞過相嗔。數極當復反，草昧豈長屯。

留侯行三首

其　一

咨留侯，爾胡出。含韓讐，氣吞日。博浪一椎誠慄慄，圯上華顛翁，爲爾粗豪恤。教之以意不以言，視彼兵書，其旨尤密。

其　二

咨留侯，爾胡來。韓公死，國蒿萊。黄石術初受，素書不肯開。抱向赤帝子，烏騅促于垓。功成名遂洪光埋，一點丹心在，休教俗伍猜。

其　三

咨留侯，爾胡歸。功太高，跡太奇。往從赤松，如僬如岐。赤松何必慕，赤族尚可疑。縱未登仙籍，鬼樸真爾離。欲遏君慘端，寧愛辟穀饑。君不知，同儕癡，白馬丹書豈足縻，蒼巖翠碧真堪嬉。

子　陵　行

嚴子陵，真狂奴。劉文叔，惟直柔。兩不相入胡相求。天機若使值，相濟成訏謀。醇謹愛剛武，海内風颼颼。神器既歸已，功最鄧元侯。養志與從事，果孰爲劣優。宜爾桐江叟，一線山月秋。

憶昔行秋江懷夏少素也

憶昔棲雞園，雪堂共呵硯。夜午不得眠，猶畏日如箭。君真賽一廚，我亦小萬卷。勉作時人言，千鍛與百鍊。孟士頻借觀，同稱五色線。簪筆入禮闈，未許千人先。豈知數太奇，三日徒酣戰。墮向塵埃中，憂心急熏煽。顧我黴筆頭，虚君戴尺面。君歸趨鯉庭，我求藍縷選。一别復三時，忽忽歲云晏。苟非木石心，能不依依戀。兹行上眉陽，輕舠駕銀練。疎柳通吟蛩，寒烟滅征雁。山高已盡天，水疾過奔電。虚枕落秋濤，黄葉撒晴霰。商飈獵獵鳴，一夜髮應變。君在涪一涯，盼之不可見。何日剪青燈，更讀相如傳。野市有清酤，客舟無異饌。誰言刺史囊，而不具藜莧。一醉揜連宵，雙頰從塗茜。月底叫欲狂，飛上崑崙弁。朝吸紫瓊漿，暮餐丹霞片。有時挽天河，净洗乾坤溷。有時持斗樞，斟酌參和徧。有時運南箕，和風恣虚扇。有時張畢罝，膏澤暨侯甸。要使鳳凰來，不獨麒麟現。如此庶幾大丈夫，人間齪齪富貴焉足羡。

垂髮行

搆以别雞峰周子也。余自庚子登薦書，四上禮闈皆不偶。乃赴銓曹乞一郡，得蜀之眉。雖不得大行其志，然亦可以效狗馬也。因念雞峰子相與共筆硯者十年，尚爾家食，情不能捐，怳然有作。

垂髮結姊妹，兩意勤交相。綢繆氣味同，不自有肺腸。十年閉朱户，對坐青藜床。惟事澹梳掠，不作時世粧[①]。朝繡竝菡萏，暮刺雙鴛鴦。未聞鄰娃語，况窺東施牆。今春摽梅落，三星忽在旁。蹇修爲余理，青鳥書數行。不見玉杵白，但有剪刀雙。家薄兩親背，何以遠相將。繩縛敝竹笥，布被青練裳。含羞出門去，顧步還周張。自兹從夫君，此身有隄防。雖無金屋貯，琴瑟庶幾償。言攜妹氏手，相視亦徬徨。一别幾千里，日月更綿長。昔爲膠與漆，今爲參與商。血淚滴蒼波，江勢轉汪洋。我行鼓檜楫，憐爾返孤房。夜有皎月行，晨有清風翔。針線恐慵懶，衾枕滋繚凉。全貞固奇事，乃字亦良方。不如試粉黛，及時諧潘楊。我有至誠心，旦夕爲焚香。種石生白玉，搗藥見玄霜。高設紅絲幔，嫁與快心郎。關關應雎鳩，雝雝鳴鳳凰。道里復伊邇，娱樂政未央。相思各消歇，毋使永睇望。

僊槎行

新都有客欺六丁，抱把玄一飛爽靈。銀髯未肯向人白，直干斗極銷晶熒。不服五文鸝，不跨千歲鷚，不騎蕭傅昂箕星。杈枒一株橋，迥然渡滄溟。

---

① 粧：疑“妝”之誤。

烈女行悼程婦自溺

清清池中水，鬱鬱池畔松。晶晶水中月，照破妾幽衷。妾本貧家女，性不與身窮。結髮行事君，常聞窕窈風。歲歲在中饋，時時職女紅。守抱一室小，未敢窺簾櫳。君志擬雲鵠，妾意希霞鴻。鴻鳴下秋渚，肯作匪儔從。君在百里外，妾如壤中蟲。有狐苦宵行，又有夜鳴鼨。或以穿我帳，或以嚙我椌。朗璞苟受玷，其能自吐虹。黃金辨真僞，百鍊須炎烔。我身不可近，百計徒緵緵。低聲細喚君，君遠不我恫。履霜發激烈，步步迎嚴颪。百年總一死，何用兒女忡。近迫天吴室，俯矙馮夷宫。此中最清潔，可以埋孤忠。青綃縛我臂，周身還縞絧。死爲冰玉鬼，莫遣魚鰕攻。抱月赴湛碧，愧爾長懵懵。

掃壁歌過萬縣求見蔡玉崖縣尹不得賦此舒懷

長鯨縱江湖，蕩而在泥塗。洪潮未遽接，實多陸槁虞。誰與告河伯，吐沫以自濡。鱗照漁人几，眼覷四壁枯。池鰍與井鮒，相顧皆盧胡。萍蚖與藻蛭，從而嚼其膚。鯨兮可若何，痛此千金軀。大鵬奮天衢，微飈方于于。扶摇未遽接，心殫力亦瘏。誰與告風伯，傾側强支吾。羽幸佳人髻，肉食庖子廚。鷦鷯與焦螟，往往恣輕奴。田鳩與瓦雀，褰翼笑相軀。鵬兮可若何，何以遂南圖。忽焉巨浪自海隅，奔騰雪屋堆銀桴。宏鬐細甲從頭整，志意峻快行盤紆。吹波萬里江漢立，凡鱗庸介走欲死。且前且却咸瞿瞿，忽焉天際起長颷，豐林大谷皆號呼。勁毫健翮齊激發，神遊八極凌虛無。直衝星斗皆撒落，横被日月雙糢糊。么禽瑣鳥墮伏地，斂毛戢羽震蘇蘇。丈夫窮達本自如，炎凉乃覺人情殊。窮時不敢外門立，共催酒負更錢逋。達時不暇中堂坐，綵捲黃金筐盛珠。我今賦命信坎坷，憲之友兮顏之徒。東西南北行未已，杖頭着鐵鞋添蒲。主人簡禮不相識，見客搔首還踟躕。間有念苦哀勞者，乾蔬二俎酒一壺。悲哉乎，悲哉乎，橐中尚有金僕姑，鞞中尚有玉鹿盧。晶光浮動避江鱷，雕弧處處號林烏。况復八斗才華在，不信三星真個孤。曾聞季主長安市，君平賣卜名城都。前程休咎自有定，何須稽顙向玄夫。低眉且度眼前日，莫作徉狂哭路途。他時事業難預測，總付方圓天地爐。

七　夕　歌

柳子乞巧不乞拙，郝生曬書不曬節。過巧蕩人心，至拙藏大哲。書燋不可翻，節鍊愈精潔。子淵終日愚，武子一生劬。卓矣孔庭選，偉哉衛國儒。渭濱淹窮徒，西山卧餓夫。揚鷹集大烈，叩馬遺雙孤。多能稱魯莊，周道資翱翔。智伯五賢俱，身弑而國亡。子雲黄不黄，終以覆秋常。中郎無數業，黜作戰嗤場。百子池邊羅綺香，許多奇計縈君腸。一朝山陵萬歲長，人人揮涕徒悲傷。豪奴犢鼻掛中堂，豈無文字百千行。竹林結社叫欲狂，衹與聖賢揚粃糠。天下皆拙忘否臧，好燒爐冶銷干將。四海秉節明秋霜，何用驅車辯鱎魴。九重宵旰舒君王，高岡梧竹棲鳳凰。問津尋五帝，由路到三皇。迂爾書生論，令人噓撮囊。

諭　徐　生

人能驥康衢，子亦蹇嶇路。不惜百舍勤，終當與之騖。我生三十年，始學時人步。兀兀復十載，乃得忘蹄兔。文章最小技，下筆今[①]人娱。王竽子鼓瑟，終身徒牴牾。魏武椎鑿聲，衹種千年怒。奇恠與粗浮，老樹多蟲蠹。榮華方破顔，摇落誰復顧。瑣碎與冗雜，蒙茸如亂莩。狂風忽旋轉，糾結真堪惡。當知理爲主，更以氣爲附。潤澤格須明，冲淡辭欲素。了無斧鑿痕，可常如粟布。子不見精金躍冶時，渾然無所屬。良工一瀉之，百物隨形賦。又不見堂下老斲輪，疾時還自悟。得手應之心，豈能向兒訢[②]。只今試勉旃，毋爲資材懼。積學自開明，恍然如披霧。學豈漫浪求，養心爲急務。

---

① 今：疑“令”之誤。
② 訢：疑“訴”之誤。

烈 烈 歌

荆州九月風烈烈，晴空晶静欲飛雪。夜深濤捲霹靂聲，日暮亂摇琥珀屑。揚波吹堁日盡糠，摧枝獵葉鳴金鐵。蜃樓蛟室不得寧，魚屋龍堂亦搜抉。女媧蘆灰豈足堙，伯鯀帝壤誰復竊。鶂鶘濔鷉起未能，紅蓼白蘋相糾結。小舟繫向水一涯，千夫萬夫不敢掣。老奴抱頭怕窺篷，長年赤脚凍欲裂。大兒小兒面發黄，病妻弱妾篤吐舌。相顧縷縷無他言，總悔從前爲計拙。眉陽太守胡不憂，自信平生無惡孽。靈胥河伯知相憐，驅逐饑蛟與饕鼈。君不見，程正叔，江漢中流波浪簇。舟中耄稚皆號哭，但將誠敬壓顛覆。又不見，唐子方，論議諤諤驚岩廊。發舒直氣回瀾狂，渡淮沽酒歌斜陽。愧我誠非二公比，心不敢欺言如矢。百年未登得意場，頭顱老大猶蓬累。死生富貴吾何憑，惟有鬼神足相倚。叮嚀玄鶴莫高翔，爰命瑶琴奏清徵。少焉天末氣肅清，長江萬里一鏡平。發棹歌兮更西征，誰云天意寥闊杳杳無章程。

苦苦謡二章

其 一

苦苦，苦苦，去年汝來，可憐焦土。今年汝復來，畏爾如虎。汝曷不飛去山之南？變作鳳凰，象六文三，雲儀風翼光毿毿，和鳴一聲天地酣。雷雨晝作，四海共分甘。

其 二

苦苦，苦苦，去年汝來，六月不雨。今年汝復來，畏爾如貐。汝曷不飛去山之北？變作鳳凰，九苞五色，綵羽金毛翔翽翽，和鳴一聲星月黑。雷雨夜作，萬井共分德。

附録　一粒芥

明蘄州陳吾惛　朗皋譔
義興路雲龍　漢[1]畦校
孫保舜　嗣先輯

會 龍 池 記

選三角之勝，曰伏虎巖、會龍池。巖，桓祖修證處，至今存；池則空名耳。予家世兹土，王父孟角，寬於品評，亦未之及，奚而問池耶？每作遊訪之欠事。偶以閒懶之意，附於形家，步自老龍，折而南指，得一區，其中有池，可畝計。水之清冽，與洞泉無以别。池上龍宫遺址，歲旱就禱輒應。環而列之，左東龍，右西龍，開合俯仰，奥衍深宏。奇哉，果雄視伏虎者也。稽諸景概，詰諸傳聞，驗諸靈異，古會龍池意在斯乎？歷朝以來，夷爲民居。即在明朝，爲李姓所聚，幾二百六十年餘。今始得售於予，予敢不以還之古初、公之天下乎？地之顯晦，固自有時。當斯時而急爲標識，非永之珉不可。若夫長潤澤而大豐美，其所願於會龍者侈矣。

真奇説爲周不奇作

陳子嗜奇，不偶於時，逃之會龍池矣。得閒於品藻，收吾《一粒芥》中。非常所見之人而奇之，非常所有之奇而核之，可乎？有如：亦

① 漢：疑“樸”之誤。

雅亦俗，溷在廛堁，而絶無脂韋習也。從豐從鼎，非不事家人生業，而循循克由禮也。爰愛爰敬，夫非盡人之子與，而職責莫推諉也。輕去其鄉，竊近市城，而長吾之長也。左右不袒，寘之途人，而事往釋然也。嚴克厥慈，道固相戾，而有方式穀也。耳目可娱，聲色亦邇，而鴻群不亂，無渝盟也。交遊徃來，其淡若水，而遐逖罔遺也。大小隨應，今古咸通，亦人所時有之博强；而平時即事，青[1]時寄言，一息千里也。資格之下，豈有文品？而一段玩弄長嘯處，直逼晉人風流，又大可人意者耳。凡此神識器度，百谷之王也，千頃之波也，萬斛之珠也。冠冕人倫，領袖朋儕，奇乎？不奇乎？語曰："不奇之奇，乃真奇也。"名字之間，有定論焉。即以爲周子杖年之祝。

荷槎山燈引 祀月山祖經過此山

張騫浮槎到日邊，遡河源也。陳氏荷槎到月邊，遡身源也。忠孝一道，日月一明，道誕登明必照，故取之燈。踏歌云：長景明輝在煙際。故取之長明，屬蓮輝上人。

壽周子懷賓七十序

崇禎己巳，懷賓涉歲七十矣。季春之廿有三日，乃其嶽降之辰。姑洗應律，仁風暢和，叢蘭馥馥，錦芍盈盈，爽焉佳節也。凡戚屬朋儕，珂鳴蓋動，綺麗爛鮮，咸踵武登堂爲壽。但見子壻庭趨，内外孫斑列，張筵羅薦，侈焉盛事也。朗皋陳子，則親暱而友愛者，既荷錫祉，波衍五甥，吾子猶子，若翁吾翁，可區區供常禮乎。于是命其子志尚攟摭古詩，率五子叙而歌之，以侑觴焉。尚倡之曰："肅肅雁行，稱彼兕觥。天保定爾，俾熾而昌。"其長曰："威儀抑抑，如金如錫。報以景福，

① 青：同"眚"，疾苦、災異。

時萬時億。”次曰：“如岡如陵，不騫不崩。令問不已，子孫繩繩。”又次曰：“受禄於天，無有後艱。厥德不回，君子萬年。”又次曰：“我有旨酒，以祈黄耉。既樂只且，貽我珮玖。”其末向日方在孩提，喁喁不知所云，乃祖代爲之歌曰：“惟兹葵生，向日傾誠。外公壽徵，明哲保身。”歌甫間，朗皋子抗言長揖曰：“奇哉，姬公之苗裔乎，所謂碩而膚者，非耶？奇哉，金谷之玉杖乎，所謂粹而温者，非耶？”爰綴新聲，倣效楚語，曰：“舞鶴翩躚兮朱頂揚，流鶯宛轉兮緑衣翔。松柏茂密兮枝條長，芝蘭芳潤兮穗萼香。高坐華巔兮聚星堂，滿斟玉液兮九霞觴。俎有玄霜，盤有白肪。雙鳳在崗，雝雝將將。”至此疏節曼聲，不能自已。復偕眾載賡曰：“湛爾性兮太清浮，恬爾氣兮至和游。却群邪兮靖人謀，蜕六情兮縱天遊。義爲楫兮仁爲舟，道爲介兮德爲鍪。練精礩兮日休休，棲志澹兮何由由。偕宇宙兮光六幽，任晝夜兮跳雙毬，樂羲皇之世兮真千秋。”歌已，懷賓子謝曰：“青雲白日會龍池，是余寄徑也。黄髮丹邱陳居士，是余同契也。敢不固遜其所頌而勉從其所規？斯會也，不可以不紀也，請書之。”

南窻賦有序

余生於蘄之極北，志恐着縶，惟南之圖。晚年卜南湖而搆窻焉。窻方尺，有尺置几席。向之讀書其間，自盟曰：筆藂窻外春山采，心養天南日午紅。其如資性暗昧何？因感而賦南窻。

惟伊人之太始，會二五以凝精。既含氣而成質，亦柄理以爲生。乾吾父號，坤吾母名。月以爲姊，日以爲兄。苟一絲之弗類，謂悖德而冥行。矧有皇之上路，緊蕩蕩而平平。自玄風之云逝，閉姚姒之雙閈。洋虚浮以没實，恣邪枉以移貞。雖顔形之完具，徒博大而膨脝。往轍已覆，驟車方軿。狂沙切切，肓風颼颼。聞貴者之暗於勢，抗雲霄以峥嶸。摇金貂以晝炫，照車輪之宵鳴。聞富者之暗於貨，冬瑞炭而夏錦棚。披霞綃而曳朱履，飽珍饌而饜香秔。聞淫者之暗於色，委白骨於朱媄。但溺意於清矑與瑋態，豈暇惜乎迷蔡而傾城。聞酗者之暗於酒，知抱甕而飛觥。矜長夜以爲樂，奮百日而方醒。聞貧者之暗於窘，哀有生之煢煢。惋衣褐之至骭，羡穡稼之如京。聞賤者之暗於卑，恠禮分之拘儜。既攖情于好爵，復役志於大烹。閔諸生之敝敝，竟戕剥乎至誠。或虎耽[①]而鴟顧，或鼠竊而蠅營。惟天微而物勝，故見小而憂深。淪荒沈其未醒，居黯昧而如缾。夫何瓌逸之喆士，獨刓剪乎榛荆。恒舒理而縮欲，將袪蔽以通明。對南窻以静惟，息塵慮之轟奔。祈五蓋之俱發，日三省以爲程。道德凈而罔污，紛華勝而靡争。儷皛白於天日，媲光潔於瓊瑛。内有以充其腴潤，外有以肆其閎聲。處足以善七尺之軀，出足以寧億兆之氓。如此而後爲萬物之秀，千人之英。若乃逐逐於臭腐，而攪淖以撓清，即堯言而舜趨，又何異乎狐狸與鼯鼪。

庚申長至日登三角山

大夫維松石與盤，登臨不覺有層巒。盱衡適際蛟龍暖，極目懸知虎豹寒。往蹟尚存芳自潤，新裁競出墨誰乾。尊居楚甸當吴會，未許東南半壁看。

蘭　　江

斷岸走銀碧，古樹蟠青蒼。中有自然翁，隨意取孤航。

葺　荷　亭

杖到休何處，蓮花碧玉塘。無貪茅作屋，不澗石爲梁。主弟常分

---

① 耽：疑"眈"之誤。眈，古同"耽"。

韻，家咸業有章。清斯還自濯，所在亦滄浪。

干生北上

俠少屬君將，馳煙詣帝鄉。青黄從賦咏，粉墨自文章。卓筆含鋒潁，高情露肺腸。無端紀離别，浩發在河梁。

和周不奇偃松圖

石若爲山覆，松若爲石偃。緣石據松間，遲暮未云晚。所攜鐃有酒，時復傾一盌。相共更有釋，愜適隨人轉。阿弟善爲圖，因而成素紈。松耶儼其拙，石乎逼其險。比比望登龍，藉藉稱冠冕。還須策修途，無然任淹蹇。

荆楚文庫

魯岡或問

〔清〕彭大壽 著

陳春生 向玉露 點校

前　言

彭大壽（1612—1690），字松友，號魯岡，又號蓮陂居士，孝感人。先世官江西撫州府，居臨川，後遷至孝感。

彭大壽童年端謹，長則有志於學，二十補弟子員，二十五補邑庠生，後應詔考拔貢。順治初年避兵湖南，歸里後絶意仕途，與同邑程鈍庵遊，博采先儒學説，參考經傳注釋，沉潛真修，長年不輟。時值明末清初，儒者紛紛以道自名，各依宗旨，著書售説，互相攻訐。唯彭大壽砥節礪行，無所依附，主張率性之學，于朱陸姚江之議無所偏袒，折衷以求至是。授徒雲夢南鄉之金蓮陂，執弟子禮者踵至。巡撫、郡守、邑令聞其名冀一見，俱以老辭。

彭大壽畢生力學精進，著述頗豐，據載有《語録存是》《大易合解》《詩經合解》《春秋合解》《魯岡通禮》《兩官録》《賢相集》《高尚集》《孝義録》《杜詩益》《古文益》《何李詩集》《魯岡藏稿》《自娱草》《實學八要》《三十箴》《魯岡或問》共計一百三十餘卷，但大多散佚，至今僅存《魯岡或問》四卷。

《魯岡或問》用問答的方式言身心治道，辨真僞、義利、理欲，明去取之意，以期學者在求學时悉知歧路、按轡康莊。清代古文學家高澍然稱其“信切實有當于人心”“於率性一語屢及焉，可謂知要矣”，江西按察使程懷璟稱其 “言平實近人，不爲高論以驚世聽、邀名譽、樹旗幟，退然無意於講學”“真修有如此者”。清代文學家、思想家方東樹謂其精深醇正，當在許魯齋、薛文清之間。今以湖北省圖書館藏雲夢程氏道光乙酉年刊本爲底本整理，卷後附《彭魯岡先生墓誌》《孝感縣文學傳》及《節録〈雲夢縣志・流寓〉》。

因水平有限，錯訛之處尚祈讀者指正。

陳春生　向玉露
2024 年 11 月

目　録

序一[1]

《魯岡或問》，孝感彭魯岡先生著。先生名大壽，字松友，魯岡其號，國初時人。其生平縣《文學志》祇載其大略，墓碑亦多缺漶，所著凡十數種，厪有存者，是書則雲夢馮氏世藏之。歲壬午，馮秀才鶴渠以其副本貽中表鳳陽太守程君玉農。太守喜其言切實而人不疑於行也，屬余校定，授之梓以傳焉。余讀是書，大抵如宋五子《近思録》，其言身心治道，信切實有當於人心，而又慮人之有爲而爲善也，於率性一語屢及焉，可謂知要矣。又余初得是書，見其不立標目，隨得隨記，而託於或問，亦無弟子一人相問難者，書又無名而篇首“或問”，配以號名曰“魯岡或問”云，以爲先生不惟不欲居講道之名，亦無著書立説之見，而因以想其人，蓋闇然真修者也。及見《孝感縣志》載當時有欲邀先生講道者，先生指爲標榜謝去，竊喜鄙言之不謬，而益歎先生之闇然真修，即是書可考而知也。嗚呼，自宋儒尊道統之説，後之儒者喜以講道自名，創一宗旨，號召天下，其徒亦各著書，互相攻訐，售其師説，不必其言皆無當於人心者，然去闇然真修之風遠矣。余是以讀先生是書而慨然有意其人也。今先生歿百餘年，里之人至，不究其生平，推先生率性之學，其心固無憾也。然是書卒行於世，又以見闇然者必章，雖久經剥蝕滅没，其輝光終不可掩，人亦何嫌而不爲先生之真修哉？而太守之表章、馮氏之世藏是皆可思者也。

道光五年仲秋光澤高澍然撰。

---

① 序號爲整理者所加，餘同。

序二

魯岡彭先生生於明季，闡明性學，於朱陸姚江之議無所偏袒，皆折衷以求至是。是時東林、復社互相標榜，先生寂然自守，無所附儷，倘所謂戛然特立者非耶？先生授徒於吾邑南鄉者四十餘年，結廬馬草陂上，其浣芳亭遺址老樹數株皆先生手植，父老猶能記憶，指爲先生讀書處。墓去亭僅里許，余嘗親拜其下，有短碑一，刻其行略書目，其字雖漶漫，猶可以意會而得，爲録其碑誌以歸。所著書凡百餘卷，余家所藏僅《古文益》十卷、《杜詩益》六卷、《或問》四卷而已。古文、杜詩評註精確，皆可傳，而《或問》一書尤爲裨益於身心性命，屢欲付梓，而力有未逮。壬午冬，以《或問》抄本寄餉鳳陽太守程玉農先生，公餘檢閱，極爲歎賞，以爲有功聖學，將付剞劂，遺書囑余訪其後裔及其生平大概。余喜魯岡之書得以傳世，因取所録墓誌及《孝感縣志》抄本以寄，請爲併載卷首，使後之學者讀其書因以知其人也。嗟乎，士君子砥節礪行，窮年著述，欲藉以不朽，而傳不傳皆賴後賢。揚子雲不得桓譚，則《太玄[①]》覆瓿矣。今魯岡之書凡十有七種，歿纔百餘年，而鄉里後學傳者已無多，使不得玉農太守不幾湮没净盡也哉？玉農以經術爲治術，守繁劇之鳳陽，而拳拳以表章先哲遺書爲急，益有以驗其所蘊矣。卜子曰“仕而優則學”，玉農有焉。

雲夢後學馮瑄謹識。

---

① 玄：原作“元”，據古本迴改。

序三

周衰，百子名家異説蠭起，教不歸一。自孔子出而道大定，後世折衷是非者，悉準悉繩，幸不亂於異説矣。然唐以前士但專治經，不名理學，亦少競心。至宋迄明，士之有志講道者代積愈眾，其間各守師傳，一堂異户，不能悉同，亦其勢也。於是紛争聚訐，軒兹輕彼，互相牴距，若攻仇讐翦敵國，惟恐己力不勝之爲憾，求之愚衷，未見其可。而魯岡先生生當明季好争之俗，獨不偏不黨，取於眾説，騐之己心，期以合孔子之道，其言平實近人，不爲高論以驚世聽、邀名譽、樹旗幟，退然無意於講學，蓋至今日而人幾不知有先生，其真修有如此者，則先生所自得可知矣。夫兄弟競於家，其事必不協，以其有忿心也。人臣競於國，其政必不靖，以其有私見也。講學而必伸己屈人焉，豈孔子之教乎？然而是必有説也，其説必日昌吾之是，斥彼之非。彼之非不斥，吾之是不明，吾非争吾勝也，吾説所以衛孔子之道，故不可不勝耳。顧士之有志斯道者，孰非學孔子哉？必謂學孔子者吾獨是，而人則非，庸豈知是者必在吾，而非者必在人乎？亦示己以不廣矣。誠使皆如先生不偏不黨，無講學立名之心，第取其人之是而不必攻其非，合夫人情所可行而不務爲高論，豈不暢然大同也哉？先生著書甚多，今不盡傳，惟此《或問》四卷予得之於中表馮君鶴渠者也，愛其書有益於人，遂刻之以傳世。先生姓彭氏，諱大壽，字松友，魯岡其號也。

旹道光五年歲次乙酉冬十月雲夢程懷璟謹識。

小引

辨道而爲或問。“辨道”二字，一篇之綱，即全部之綱。或問者，設問也。問不盡設，統或之，一其例也。

宋以來有不得不辨者，不辨，無以正學。不學則已，學則烏可以不辨？行者不悉歧路，求按譬康莊，豈可得乎？孔子言博學、審問、慎思，而終之以明辨，蓋恐毫釐之差，謬以千里。故於明善則詳言之，而於誠身則但言篤行而已。

大抵易辨者，邪抗正也，孟子之所謂楊墨是也，猶黑白也。不易辨者，僞亂真也，孔子之所謂鄉愿是也，猶贗鼎也。尤不易辨者，小人之無忌憚也，指妄爲真，指欲爲理，指詐術爲作用。人之便之者，猶以圜爲觚，而竟不知觚之所以爲觚，以木棉爲棉，而竟不知棉之所以爲棉，是則烏可以不辨？

然辨之，藉往事持衡，而及於纖細委曲，無非天則，一節未善，即虧全體。十二字是學聖賢真實本領，先生一生功力具見。苟舉本末精麤而二之，辨本而於本之所發者置弗辨，辨精而於精之所寓者置弗辨，毋怪乎昔人直任本心而動，不拘形迹，亦不屑繩墨其行事，致公私有言，而猶云縱有破綻，原非心病，爲學術之害不小也，是又烏可以不辨？辨字結穴。

雖然，非敢曰能，猶記程者，足跡未嘗徧天下，而天下之關津城驛遠近險易，按之皆歷歷可覩。與前“按譬康莊”遥應。故有跨名驥、執長鞭，期一日行千里，而慮及迷途錯履、跋涉徒勞者，與前“不悉歧路”遥應。恒樂採之。不行，無須此耳。結句與前“不學則已”遥應，勉人學道，深情若揭。

寥寥四百餘字，渾灝流轉，義正辭嚴，筆之所到自成章法，僭加評點，未知當否，高明正之。程懷璟讀識。此書開雕時止得四卷，後贈桐城方植之東樹，極爲佩服，謂其精深醇正，當在許魯齋、薛文清之間，内有疵纇數處，簽附於後，足徵好學深思者之能自得也。植之著有《書林》《揚觶》載及此事。歸田後，續修縣志，採訪所及，始知《魯岡或問》共二十四卷，聞其及門後裔尚有鈔本藏於家，惜未之見。他日能得藏本，願我同志者擇而梓行，庶成全璧，非厚幸歟？

道光二十有六年春三月重印校訂懷璟再識。

附方植之記商七簽：一謂明道爲狂，晦翁爲狷，皆不得爲中行。一謂濂溪無極入老釋。一謂詩必宗古序。一謂朱子格物爲非，又主格物本有傳。一以將帥喻董子、揚子、文中子、韓子，似揣摩之談。一論黄叔度亦似未確。至論詩，謂獻吉、于鱗勝太白，又其小失者也，除此則醇乎醇者矣。

卷一

或問孔顔所樂何事，如云樂道，道非一物，如何可樂？曰："樂者，順乎性達乎情而不累於習，心之謂也。聖賢之心，無時無事，無事非道，無道不樂。如孔子學《韶》，《韶》亦道也。未樂而思，既樂忘味，學成而見帝德，始終樂此，更藏何樂？"

真妄似不易辯。曰："平旦之氣，大段分明，加以學問思辯，未有不毫髮晰者。"

學者專主一説，可作泰山大路耶？曰："千途萬徑皆可至山，但歧路不可不審。"

周程張朱而外，學《易》者何人？曰："凡不以注《易》名而能趨吉避凶，出處進退有合於《易》者，如留侯、武侯、幼安、元亮諸人，皆謂之學《易》，不然妙解精思與《易》何涉？"

聽政講學可乎？曰："李文達以未從薛文清游爲憾，學何可不講乎？必須講得正當，如講用人之學，惟在公心考實，隨才器使。若各執一格，喜同而惡異，量不宏，見不廣，此不正之學，講有何益？"

心何由而公？曰："公生於明，明生於虚。觀武侯《與群下教》，極愛徐元直、董幼宰不時啓誨，其虚心可知。"

講道執己見可乎？曰："不虚心聽言，不反躬責己，即不是道。"

無生死心，可了生死與？曰："居易俟命，然後可了。若只不貪生不畏死，則亦無知草木而已。"

學六經者何人？曰："記誦者有之，注解者有之，學者不數數見。此元亮所以歎'六籍無一親'也。"

率性非聖人不能，舍修道而主率性，何也？曰："率性是主意，擇執是工夫。學問，思辯以擇之，篤行以執之，非修道之教而何？”

不足何由自知？曰：“不求友不知，不尚論古人不知。”

昔人每言科目宜改，當乎？曰：“何必改？使學者皆即其所習而躬修實踐，即是盛世賓興。”

簞瓢疏水有何樂處？曰：“樂固不在此，然只此不低氣相干，亦不受人德色，何等貴重。好尚不同流俗，何等高明。正以俟命，澹以養心，何等寧静。志在百姓畊桑，不在一己温飽，又何等仁厚。一安貧而數善備焉，云胡不樂？”

先儒謂兢業即性，何也？曰：“執玉捧盈，無人不慎，非性而何？然亦有兢業不可爲性者，人欲中之小心也。”

瀟灑，性乎？曰：“須累心處都盡不然。晉人任誕，亦是風氣使然，究竟聲色入夢寵辱驚魂，豈能無憂無懼？”

瀟灑與歡樂有辯乎？曰：“瀟灑者，自慊之謂也。鼓瑟歌風固是瀟灑，舜之號泣，禹之過門不入，孔子之在陳在匡，何嘗不瀟灑？歡樂多因境遇好，困窮則失之矣。”

君子何以不往教？曰：“愛人必先自愛，往教不自愛矣，且身先不見重者言必見褻。”

士生秦始皇時豈非一厄？曰：“勿論國家之禍皆士所釀，以空言而享厚福有年矣。盛衰相循，皆知不免，第飛龍在天，傾否有漸，不至如崔浩之怒沙門耳。”

范文正當畫粥斷虀時何爲棄窖金不取？曰：“志在力學濟世，自不屑此區區作富家翁也。”

古人作事雖高覺不近情。曰：“我非古人之心，何知是情？”

聖人愛人而至於勞己，不幾愚乎？曰：“正是他爲己處，淺者不知。”

學者坐談，自大聖大賢而外皆斥爲一善小儒，及考所行，何反不及？曰：“口頭聖賢，不足言學。”

何謂立命？曰：“事天者，氣數不得而主之。《中庸》曰致中和，天地位，萬物育，且有以立天下萬世之命。”

何謂人才？曰：“能有濟於天下者，如舜之五人、周之十人是也。凡事擅一長而有補於世亦謂之才。”

有才者何必學道？曰：“不學必不善用，即才美如周公，亦足以亂天下，故有才者不可不學道。”

何謂名士？曰：“器識不猶人，如諸葛公綸巾羽扇，謝太傅作洛生詠，韓魏公對刺客不亂，方可稱名士。”

圓融狥俗，亦可謂權與？曰：“能立者尚未可與，不能立而言權，猶莽丕之言禪讓耳。”

不求於人者可以傲人乎？曰：“不屈己求人，自安義命耳，人何可傲？君子以仁存心，無不愛之人，以禮存心，無不敬之人。”

理欲似易辯。曰：“只有箇愛閒静的意思，即是欲，而非理，談何容易？”

四端有時不可爲性，何也？曰：“如宋襄之不禽不鼓，豈可爲惻隱？蘇秦以無官恥見妻孥，豈可爲羞惡？仲子之不食兄粟，陳壽之志三國，豈可爲辭讓、是非？此善之所以不可不明也。”

晉人縱聲伎，可謂達乎？曰：“王敬美名世懋，太倉州人，元美弟，仕至太常寺少卿云達人先須去慾，周顗、謝鯤乃反以慾爲達，此言辯之明矣。”

君子何必懷刑？曰：“刑亦易犯，違一理即犯一法。”

受爵公朝，拜恩私室，古人矯而不爲，毋乃薄乎？曰：“此正古人厚道，不可不思。”

君子禄仕，所識窮乏者，何以待之？曰：“量力贈之可也。若枉法狥情，厚一人而薄上下，仁者不爲。”

性原各足，何待見聞？曰：“金錢雖主人故物，而流落多年，埋藏者已不盡記，又懶去看載籍，不亦甘心喪寶者乎？”

事無大小皆道古人獨留心詩書執禮而略於謀生，何耶？曰：“事有大小，即有重輕。知者能權，故求心重於謀生。愚者不能權，故謀生重於求心。子曰‘民無信不立’，小人亦當以求心爲重。”

如何是性？曰：“備載經史，擇其善者，反而自思，豁然故物矣。”

何爲率性？曰：“如赤子笑啼，如日用飲食。”

人有已悉家鄉仍不思歸者，何故？曰：“還是自幼流離，忘却故園安樂。若見得旅次不如家，豈有不翻然就道、雖勞不厭者乎？”

儒學之外有道學，豈別派歟？曰：“經同習，史同讀，行同修，以爲儒則皆儒，以爲道則皆道。三代而下，口誦心維，總期利達，學流而僞矣。有不僞者，以實名之可也。”

如何是理？曰：“性中條理也。德行是理，兵農禮樂非理歟？節義是理，文章詩賦非理歟？末而至於射御、書數、圖畫，無非是理。千條萬緒井井可觀，本末大小不可不察。”

儒者貴博乎？曰：“爲命、應務、窮理、備顧問，不可不博。若誇多鬬靡，則徒勞矣。”

三代而下，人才何少？曰：“人才何代無之？教化非古耳，子弟秀異者皆可爲善，無如父兄之督責、師友之勸勉盡逼向利達一途，雖有嘉苗，翦傷盡矣。”

志何繇立？曰：“人苦不思耳。一思人禽生死之何以別，自然通身汗下，雖欲不立，可得乎？”

孔子疾没世而名不稱，程子言善勿近名，不相反歟？曰：“爲名爲善，可爲善乎？聖賢之學，闇然而已。子曰‘知我其天’，又曰‘君子求諸己’，何嘗沽名？又何嘗名不稱？”

聲色貨利，似覺難克。曰：“其樂未有甚於此者。”

善未必福，淫未必禍，何也？曰：“天之喜怒原遲。恐爲善者未必真，真亦未必能久，故不遽喜。念爲惡者未必不悔，悔未必不至於善，故不遽怒。不可以其遲而遂謂無報也，且人知處亨是福，不知處困亦是福，人知辱身是禍，不知辱名亦是禍。”

先儒謂此心與天地古今一齊糾合時可想孔顔樂處，此説如何？曰：

“此言其大段猶《孟子》仰不愧天俯不怍人也，聖賢何必時時問心，心在天理中自無時不樂。”

物之美惡有定質，貴賤無定價，何也？曰：“存乎用者之義不義耳。谷子雲永之金紫，豈貴於王仲孺之裋褐？張昌宗之集翠，豈貴於狄梁公之紫絁？”

德之自然者曰善，善可有意爲乎？曰：“學善那便自然，勉强學自然而已。生知安行，孔子不居，誘君唯曰，困而知，勉强而行。若躐等遽任，自然定是習心習氣。”

於流俗中奮發而學仁義，非即智勇之性歟？曰：“若五霸則不可爲智勇矣。然性以學而復，使五霸知學，假而歸未可知。”

仕以行志制科，豈可不應歟？曰：“有兼善天下之志則可，不然富貴利達而已。”

沈宋之詩，其傳久矣，或者置之，何也？曰：“謂是邪媚群小耳。之問媚附張易之，貶瀧州參軍，逃歸。景龍中諂事太平公主，後又諂結安樂公主。睿宗怒，貶欽州，賜死。佺期與之問同附易之，除給事中、考功郎缺，及易之敗，長流驩州。後稍遷，得侍宴帷，爲弄辭悦帝。其品如此，勿論有妨於國政士風，即其詩好，何補於世？”

夫子言不仕無義，又言無道則隱，何也？曰：“仕原吾儒之道，隱其時也。然有仕而義未必存者，如揚雄、馮道是也。有不仕而義未嘗不存者，如薛方、甄濟是也。”

隱有辯乎？曰：“宜隱而隱謂之義，慷慨林園，志存名教。不宜隱而隱謂之僻，溺志煙霞，忘情民物。”

人人皆可爲善，何必擇人而語？曰：“善固無人不可語，亦必待他有志，不然徒取失言之辱而已。”

技藝涉獵可也，何必着在一處求精好？曰：“飯未熟，炊不可斷。衣未成，縫不可止。豈可以必炊必縫爲着在一處耶？”

子弟門人不知向道，奈何？曰：“亦必以此教之。君子存心，無時不以良貴愛人，况子弟門人乎？”

閩門人利達而喜，可謂中節之喜乎？曰：“必如夫子之入武城而笑，孟子之喜而不寐，方爲中節。”

處常亦有權乎？曰：“權不可須臾離者也，如飲食事也，待士事也。周公一飯一吐非權乎？大之出處取舍，細之語默動静，何時不當有權？人於鈞石上私搭一物，失其權矣。”

輪回之説有乎？曰：“即在目前，東周五霸，真人而假人矣。善戰任土，功臣而罪魁矣。不明不聰，耳目而聾瞽矣。異端邪説人而怪，墦閒醉飽儒而丐，均是人也。一養口體而爲小人，一色厲内荏而爲穿窬之盜，一似忠信似廉潔而爲德之賊，知覺運動者變爲木偶，老大無恙者變爲狂童，撫有萬方者變爲獨夫，又或變而爲鬼蜮爲籧篨，變而爲蛇蝎豺狼，爲鼠爲狗，爲青蠅爲沐猴，爲井底蛙。繇是言之，人之自爲輪回者何限？欲還本相，仍須自覺。覺則大愕大痛，必向孔孟乞人身大爐，錘若聖賢，真千古造人物手。”

黄維章之煥叙陶詩，謂當俎豆聖廡，此議如何？曰：“余昔正學一論，亦爲靖節而作。晉代之學，知尊孔子者唯靖節一人，且比之楊子雲無劇秦美新論，比之韓退之無上宰相書，比之許魯齋衡無虚名一悔。俎豆聖廡，誰曰不宜？”

吾見人所重者仁義，所輕者利達，何復以所輕望子弟？曰：“重非真重，輕非真輕。”

先儒各標宗旨，流弊如何？曰：“主敬之弊迂，主静之弊厭事，致良知之弊無忌憚。”

君子佐平世經濟何先？曰：“雞犬桑麻、孝弟忠信二者而已，舉賢任才，其綱領也。”

顔子犯而不校，豈人情乎？曰：“情之至也。顔子自命不小，存心極厚，有犯者，方哀憐之不暇，何至下堂作兩造對質也。”

匹夫而以天下爲己任，不幾妄乎？曰：“君子自十五入大學，一體之心便不容間，治平之責便不容寬。求田問舍，自庶民事耳。”

賢者之言似煩，聖人之言似簡。曰：“不同不在煩簡。或煩或簡，時使然耳。”

顏子不辯非禮，何也？曰：“聞之熟，學之精。苟非顏子不辯不可，即禮中之視聽言動而不以其時，亦謂之非禮。”

四勿之學，逐念省察與？曰：“爲仁之勇如顏子，自有拔本塞源之功，不遠復省察，亦所不廢。”

非不志學，無如俗尚何？曰：“一童子尚不知有互鄉，以天下爲己任，乃爲習俗累乎？”

心不能虛，奈何？曰：“志大者心必虛，要其難遂，自然好學下問。”

一長輒有驕氣，何耶？曰：“臨深爲高耳。對勝己者，神氣自索。”

初學何者當戒？曰：“心不可驕，氣不可浮，情不可俗，見不可小。有一於此，不可與入堯舜之道。”

留侯不仕秦，毋乃獨潔其身而亂大倫乎？曰：“潔身有之，倫則未亂也。滅秦殄項，到底爲韓，不亂大倫，孰有過於留侯者？”

天生人才，必非無故，何又使之困頓鬱抑而不得有爲？曰：“達則兼善以立功，窮則獨善以立教，何代不是有爲之時？”

夫子言何有、言未能，皆故謙與？曰：“不自以爲得。化機流行，無一刻止，足止則息矣。”

德曜孟少君桓裝送甚盛，伯鸞梁子都鮑皆蹙然不悦，何也？曰：“不適人之適，而自適其適者也。君子不屈志於王公大人，况婦人乎？唾富貴不取，况區區之物乎？”

夫子不實指道體，而止渾言曰一，何也？曰：“正是實指道體。”

巢令閻徽常師何廷秀父。廷秀奉使淮西，閻以白金文綺贈廷秀，曰：“壽吾師。”廷秀卻之曰：“他人致之則可，吾致之則不可。”子何以不可致？曰：“明家世清德也。以此致父，謂父爲貪矣。廉而受此，巧於濟私矣。”

生知安行者，猶事學問與？曰：“敬者，心之體。堯舜兢業，文王小心，孔子敏求，皆是天理流行。”

或言昔之亂天下者由吾儒，何也？曰：“非言真儒也。唐時官吏，非不是儒。少陵曰當天子分憂之地，若得結輩十數公，參錯天下爲邦伯，則萬物吐氣，然則唯次山元結字方不愧儒，方不爲天下害。《書》曰：‘惟治亂在庶官。’”

學古不當一一踐迹耶？曰：“貴得其心耳。心苟不合，徒效笑顰，亦趙括之讀父書耳。”

何謂耳順？曰：“聲一入耳即順應而無違，如舜聞鬱陶之言即誠信而喜，孔子聞廏焚即問人不問馬，俱未着想。”

靖難時士紳多遯荒，非逃儒歸楊墨歟？曰：“又當別論。泰伯以中土之人逃入荒吴，孔子以至德稱之。古人各有時勢，各有苦心，迹不足病也。”

士自有業，樊遲請學稼圃，故夫子斥之。靖難時多爲賈爲農、賣卜負薪者，荒業不已甚乎？曰：“此處變之道也。夫子遭宋桓司馬，便微服過宋，使遭靖難，終身畊稼未可知。”

子夏子張之論交，如何？曰：“交道非人益我，即我益人。求人益我，爲進德者言也。求我益人，爲成德者言也。”

《周易》果卜筮之書乎？曰：“如僅卜筮，一太卜掌之有餘，何必韋編三絶？蓋轉亂爲治，轉禍爲福，主張造化之書也。”

伊川之《易傳》何如？曰：“雖不盡與經合，其一段至誠惻怛，唯恐人之不學，唯恐言之未盡，非若他人必求精練簡要成一傳注體裁而實意不足也。”

韓昌黎闢釋甚力，乃與高閑文暢游，何也？曰：“招之使來耳。釋中敦孝弟者有之，讀六經者有之，善詩文通律吕書算者有之，即不歸儒，亦强俗士。”

殲逆璫後何以不能撥亂返治？曰：“非不欲格外求賢，破私黨，清賄賂，惜舉行不善，奉行非人，沮之者又甚衆，方破格用一建言者，而舉朝閧然以爲異類，必攻去之而後快。普天一黨，天子孤立，亦足悲矣。”

人心必有所注，古人何注？曰：“不違道宜注，而不注者，必非所注。用心勤苦，背道而馳。”

吾儒力量何以大於釋氏？曰：“釋氏有所畏而不入，故逃却一切。吾儒有所入而不動，故身任一切。”

顔子復禮，凡冠、昏、喪、祭、鄉、相見，亦在其中與？曰：“三百三千，一復自無，不復經曲。不足者，未嘗復禮也。”

無欲遂純乎天理邪？曰：“無欲不足以盡堯舜，則無欲不足以盡理可知。”

道本人情，情可不狥與？曰：“宜狥者，德性之情，四端是也。若世俗之情，矯之唯恐不力，何可言狥？”

君子欲濟世利民，忍令妻孥凍餒耶？曰：“君子豈有忍心妻孥之理？時勢所困，不得不安。不爲蒼生辱行，亦不爲妻孥喪節。”

不知爲不知，如何是知？曰：“不知便知是我不知，的非不慮之知，而何竟付之不知，而不知求知，是昧其知矣。”

少陵詩何以多近三百篇？曰：“弔古懷賢及咏物諸詩皆非無意，即詠苦苣、馬齒，亦曰傷小人妨害君子，比而作詩菜，不足道也。”

夫子許顔子近道，又許其安貧，豈安貧又一道邪？曰：“安貧乃實據耳。有安貧未必近道者，未有近道不安貧者。自謂近道而不能安貧，所近何道？顔子負命世之才，不以貧窶動心，方非虚見。”

奇節固非中行，自謂不屑爲者可是中行與？曰：“不屑爲而能爲所當爲，方是中行。徒云不屑，庸人妄談也。”

有不欲勿施而人反不悦者，如喪家盛饌待賓，非一日矣。我雖不欲，人却欲之，奈何？曰：“欲不欲，言本心，非言習心也。我果哀痛，葷酒實非所欲，彼獨非人子與？恐己未必真不欲耳。”

聞人善則疑，聞人惡則信，此是何故？曰：“有與人爲善之心者，恐人有惡，唯恐人無善。”

君子待人唯汎愛與？曰：“薦賢不可不嚴，教人不可不寬。辯道不可不嚴，論品不可不寬。結納不可不嚴，應酬不可不寬。”

伊尹、仲淹皆以天下爲己任，何范不及伊？曰：“伊尹唯知以堯舜之道愛天下，希文尚有個立功名的意思。”

學者謹言慎行，即爲人何害？曰：“爲人而爲者，沽名也。君子依乎中庸遯世，不見知而不悔，豈可沽名？”

君子慎獨，慎於私居燕處乎？曰：“私居燕處時此獨，大廷廣衆中亦此獨，故隱顯無過而獨知之。地未純，性即息，道即離矣。”

人禽生死之介何以分？曰：“天理人欲而已，形骸不足言也。”

此心果如星日，形跡嫌疑何必避？曰：“與其不避而使人疑，何如使人不疑？去其疑而後辯，何如無辯？智者事事不葛藤。”

見人制藝，重其能者，輕其不能者，非公好公惡乎？曰：“重富貴輕貧賤耳，非公好公惡。”

文章聲氣亦有何害？或者病之，何也？曰：“君子以文會友，以友輔仁，友之益大矣哉。但不知講聲氣者，爲身心乎？爲民社乎？”

古人於詩文必求精好，得毋從人起見邪？曰：“不精好者有何用處？如鄭草辭命必經討論，修飾潤色，然後可以交隣。《詩》三千，書《三墳》《五典》，必經夫子刪正，然後可以垂教。古者從人起見處，皆是本心。”

愚人何以亦能作歌？曰：“五音人人俱足，特不學不能孔碩肆好耳。”

己所不能而遂謂可無，果恕心與？曰：“不能不妨，而謂其可無，其病有三：護短、自是、忌才。”

人能改過，遂得爲完人與？曰：“武公耄年悔過，亦不失爲睿聖，但須翻然一大創，另造一我，方是前後兩截。”

孔子大舜之智，謂合衆智爲智與？曰：“不大於既知之後，而大於未知之先。苟非明白到極處，烏能好問好察、揚善用中若此也？”

智慧過人而驕吝不去，何也？曰：“還是他不智。”

克欲何方？曰：“盡性。”

學古豈必事事同而後謂之實學歟？曰："同而不同，不同而同。"

胡紘以黨禁報晦庵，固是險惡，脱粟亦豈人情？曰："適無雞酒，可以情恕，不然小有言足矣，何遂至此？"

語録如林，何得道者少？曰："或膚或謬，其有當處又多是揣摹。"

君子無事可見時，似與世人無異。曰："畢竟胸次不同。"

憂喜同情，君子豈能獨異？曰："君子純是中和，自與小人天壤。"

小人何以長憂，君子何以長樂？曰："憂小人者皆不足以憂君子。"

小人亦以道自任，何以遂無忌憚？曰："小人以無忌憚爲圓通、爲廣大、爲任自然，謂忌憚者反是。"

孔孟生於唐宋亦應制科邪？曰："烏得不應？特志在救世，榮辱不足以動心。"

除褉思妄想何法？曰："志千金造樓臺者，必不作蓬門竹柱想。"

如謂二氏足以壞天下，何有宋讀儒書者愈盛而天下愈壞？曰："二氏自非中道，却有時不壞於二氏。儒學失實，即九經亦不得已而讀，苟變帖括，孰置案頭？"

《禮》存《樂記》，《書》存《今文》，何如？曰："籍無論真僞，善讀則塗歌里諺皆有可思，不善讀即帝訓王言皆足爲病。"

窮年一經，竟無省發，何也？曰："志不在道，讀破萬卷有何省發？"

三百篇後遂少可讀之詩與？曰："取益者，淫辭俗調而外何詩不可讀？花鳥湖山皆可長養性情。"

清任和竟無遺教，何也？曰："雖皆可爲百世師，原未嘗立教，有孔子集大成，而三聖之道統於宗傳矣。"

論聞見者不一，究竟輕重如何？曰："性未辯，聞見以辯之，既辯則聞見皆性。"

何謂至善？曰："統仁義禮智而純乎其純者也。"

讀語録何法？曰："不可專愛一家。苟非聖人言，豈無錯？擇其善者而從之可也。"

忿不能平，奈何？曰：“身任風教而有人如此，誰之過歟？反身自責何忿不平？”

君子何以無黨？曰：“君子易事而難説，人才吐氣，小人心服。”

執中尚矣，何獨不取子莫？曰：“中無定在，堅執一中，偏也甚矣。”

孟子言美大聖神，言性體歟？言造詣歟？曰：“性統萬善有何等級？蓋舉其所造而名之也，躐等者未至美大，所謂化而神者何物。”

執中之道如何？曰：“兩事相同而理不一，以是應此爲中，以是應彼又爲不中，善執者隨時權度耳。”

習俗移人，賢者何以不免？曰：“必非賢者。賢者移風易俗，豈反爲風俗所移？事之無害於義者，從俗可也。苟有所害，從俗可乎？”

觀人有道乎？曰：“觀其誇張而憑勢可知，觀其豪華而貪汙可知，觀其色笑而阿比可知。”

舉足與到家有兩路乎？曰：“路無兩，不可一蹴而至，且家自不同於路。指路爲家，妄言耳。”

任本心者，何必察言觀色？曰：“証本心也。對鏡者非求悦於鏡，恐冠冕不正耳。”

何謂篤行？曰：“行其所知耳。知至善即能止至善，是之謂篤行。”

生知者知義理耳，象數豈不待學？曰：“中人必待教而知學，聖人不待教而自知學，是學亦生知也。”

何謂順應？曰：“如孔子於陽貨則往拜，於彌子則不主。舜於傲弟則封之，周公於管蔡則誅之。微箕受土，陳範夷齊，采薇行歌，皆是順其理而應之也。”

科第自命者，可謂狂士乎？曰：“俗也，非狂也。狂者薄氣節，事功不言，豈屑言此？”

小廉曲謹者可謂狷士乎？曰：“鄉黨自好狷者，棄萬鍾如敝屣，廉亦非小，謹亦非曲。”

有學之數十年未見大進者，何也？曰：“未能脱俗超凡勃然更新耳。

志道者須過三日，令人刮目相待。”

知有淺深乎？曰：“聞見之知，紙上山水。閱歷之知，眼前山水。”

何謂當下？曰：“人知已然爲當下，而不知未然之圖亦爲當下。《詩》曰‘職思其外’，善言當下矣。”

何謂厭事？曰：“有務小而厭大者，皆繇於不敬。居敬行簡，何事可厭？”

孟子之貴下於王侯，其樂過之，何也？曰：“貴過之耳。王侯之安富尊榮，孟子得而操之。孟子之安富尊榮，王侯不得而操之。”

異端邪說何皆記博而口慧？曰：“世無空疎小人，空疎何以動眾？無鈍口小人，鈍口何以立說？”

君子小人當動静同時，何辯？曰：“所以動静者不同。人之有邪正，猶水之有清濁。清者，静固清，動亦清。濁者，動固濁，静亦濁。”

穿衣喫飯，邪正得毋同乎？曰：“君子於服食美惡隨時而已，小人便多妄心。”

顏子從事四勿，僅修一己，而己與天下何與？曰：“治身治世，原無二理。漢武之所以幾續亡秦者，以其視非禮之視，聽非禮之聽，言非禮之言，動非禮之動耳。漢文其庶乎而未盡勿也。”

《易》何主乎？曰：“主人事，人事莫過於用中。圖之數十，五居十之中。書之數九，五居九之中。象皆有位，五居位之中。數唯中故不過，象唯中故不偏，聖人則之。三百八十四爻，盡乎時位之變而唯中是用，是非判焉，吉凶分焉。”

唐虞之世，何以不言《易》？曰：“其世中和，象數雖具而可以不言。唐虞以後事變多矣，聖人憂之，乃即象數之變以言時事之變，即時事之變以言道之變。變通有則，而無難處之時事矣。”

何謂矩？曰：“《書》曰中，《易》曰天則，《詩》曰帝則，至當恰好而不可易，故曰矩。思所當思，學所當學，言行動静皆不過則，故曰不踰矩。賢者勉之，聖人自然。”

陽明謂與愚夫愚婦同的方是同德，當乎？曰：“須必同夫與知與能，不然愚夫婦之習心習氣待教化處尚多，何可與同？”

孔子言時習而悦，悦在習後乎？曰：“習時亦悦，如伯牙習琴，右軍習書，當臨搨按徽時便飄然自喜，得心應手。”

學字作何注脚？曰：“無定義。《大學》合知行以言學也；博學之，專聞見以言學也；學而知之，合學問思辯以言學也。”

古之學者爲己，豈恝然斯世耶？曰：“得志不能兼善天下而徒還合浦之珠，辱居仁之己矣，古人爲居仁之己而學仁。不得志不能獨善其身而徒捷終南之徑，辱由義之己矣，古人爲由義之己而學義。”

有言希聖者但希孩提，孩提何不可旦夕爲？曰：“聖人之於天道，其自然處如孩提，此可旦夕能之邪？”

唐宋之季，官都邑者盡詩書中人，天下何以遂亂？曰：“詩書何罪？亂天下者士心也。雖手不停披、口不絶吟，裝載求售而已，己何與焉？受禄者未嘗念及朝廷、心憂民社，即厚之一字，亦不肯留用。”

士每得第後方肯講學，何也？曰：“謂學道有妨舉子業，故待科第願遂而始以餘興及之。謹言飭行，爲終南捷徑，此豈三代所有？”

習以復性，好習之心，何自而生？曰：“生於性。好習仁義者，動於惻隱羞惡之性也。好習禮智者，動於恭敬是非之性也。好習非率性乎？動而不習者，濁氣乘之也。”

入門之路何由？曰：“立志。無爲己之志，仁義皆是霸術，然不明己之全體大用，不樂於爲己，不明人禽生死之關，不勇於爲己。”

體用有二道乎？曰：“有體必有用，如人有耳必能聽，有目必能視。言體復言用者，爲指無用之體，爲體者言也。”

顔山農謂專致力於仁而不暇及其他，非捷徑與？曰：“返混沌而黜文明，尚和光而破正直，任自然而不勉强，豈孔顔之所謂仁哉？無錫嚴佩之謂山農以其術惑天下，無羞惡，無辟讓，無是非，究且麻木，以成其大不仁，是其於文成王陽明先生謚號文成猶鬼谷門下之蘇張，荀卿門下之李斯也。”

顧涇陽憲成謂今人講學，在縉紳只是明哲保身一句，在布衣只是傳食諸侯一句，何也？曰："借口明哲者不知有忠愛，借口傳食者不知有廉恥。"

變通於常法之外者，非權與？曰："視乎人。如一空頭敕，請自韓魏公，定是作用，請自韓侂胄，定是攬權。"

夫子堅白之説不可以破拘守歟？曰："無孔子之堅白而徒試孔子之磨涅，其有不磷不淄者乎？鮮矣。"

君子如何有過？曰："時勢使然，且自謂是過，不若小人，竟説是道。"

兢兢細節，似非大儒氣象。曰："可輕不可無。大德踰閑，小德不足。觀大德不踰，小德豈可出入乎？《書》曰：'不矜細行，終累大德。'"

如謂聖人非立地可成，則夫子言"我欲仁斯仁至矣"，又曰"一日克己復禮爲仁"，何也？曰："能屏絶一切而唯仁是欲，焉得不至？能一日克己復禮，天下焉得不歸？然亦未便是聖人。聖人者，造乎其極之稱也。且一日云者，極言其非遠，非謂前不須辯後不須守，工夫只一日畢也。顔子請事斯語，於克己猶勉之。"

習慣果如自然與？曰："習者，習其自然之初體也。習到熟處，豈不如初？所謂及其成功一也。"

聖道何以不可不學？曰："德不學必小，才不學必驕，詩文不學必俗。"

先民每置義田濟族親，親之道歟？曰："性則然耳。見人饑寒亦覺不忍，况九族一本，氣相屬、情相親者乎？風俗之薄已甚，使爲民上而亦薄，世道誰挽？"

不待時習當下便可自然歟？曰："除是任情順欲。若求如舜之由仁義行，孔子之從心不踰，恐未必當下如此。"

真僞之辯在自然勉强歟？曰："視乎志。志苟爲己，如病人服藥，非不勉强，却不是僞。志苟爲人，如伶人裝飾，非不自然，却不是真。"

人何以不知學？曰："不讀《論》《孟》之過也。試讀一遍，看此心何如。"

少正卯亦聞人，豈所記盡醜歟？曰："好醜何常？以二帝三王之書而述自小人，則別下注脚矣。"

説者謂月無光，藉日之光以爲光，信乎？曰："黄守拙云哉，生明，月自能生明也，星尚不藉日，况月乎？此説極是。陽體實，故有盈無虧。陰體虚，故有盈有虧。陽之性發越，故氣熱而光顯。陰之性閉藏，故氣静而光微。"

達天何以待學？曰："天在人之中，厭常好異者與天相左。唯放下一切，即下以學之，而後可與天通。"

有言用非而體未嘗不是，信然歟？曰："猶云浪濁而水清也。"

静中易存，應事易失，奈何？曰："固執者不問動静。"

許平仲衡末路一悔，何爲？曰："元主之待平仲，果如湯之於伊尹、桓公之於管仲乎？平仲居官，果能如伊尹、管仲志無不行學無不達，不須一毫遷就忍耐乎？恐平仲之悔，不僅在應召，而並在居官時未必澈底乾净，可以置對孔子耳。"

堯夫數學何以獨深？曰："徒知未來，何益？君子立命，吉凶繇我轉移，无妄之災，聽之而已。伊川與堯夫周旋三十餘年，無所不論，未嘗一字及數。"

佞口引古證，今覺未嘗不是。曰："小人有一段奇情快理，足以動人，其稱引必一味言權，不言經，言情，不言矩，但口極便，言極巧，聽者不覺。"

禮者敬也，既有敬心何必煩文盡習而後謂之知禮？曰："有敬心者自求儀節，有和氣者自習聲歌。"

狂者行不掩言，豈好言古人而行同流俗邪？曰："古人大而不疎，狂者簡而不密，其行已脱略嚴肅，是他好處，便是他不及古人處。不掩言以其簡也，狥俗云乎哉？"

德如聖人，何必過防？禹於旨酒必惡，湯於聲色必遠，文王於服必卑，孔子於主人必擇，何哉？曰："聖人之心，萬物一體，事即無累於心而不可爲天下後世法者，亦忌憚而不爲。"

學雖僞妄，其憐人教人非一種生機歟？曰："僞妄，生機絶矣。況憐人不妄而教之妄，憐人不僞而教之僞，自誤誤人，可爲生生不息之機乎？"

三代而後，富民豈遂無法？曰："昔日在井田，後世在良吏，苟得其人，豈獨省刑薄斂、弭盜備荒而已哉？孝弟廉恥有教也，冠昏喪祭有典也，侵奪有律，淫祀有禁也。其懲猾惰、戒驕奢，凡足以貧民者無不深慮而預防之，而家有不給、人有不足者哉？"

恥惡衣惡食者，未足與議，然則必惡衣惡食，而後可與議哉？曰："非謂其必當如此，俗情不可有也。招市井中人語以二帝三王之道，可乎？不可乎？"

孔子删定後何遂不可繼起？曰："人各有時，時各有事，子雲揚雄仲淹王通强起而繼之，吴楚僭王耳。後世詩文亦有傷教敗俗者，選者得聖人之遺意可耳。"

大舜隱惡而揚善，孔子或摘發人過，何也？曰："求言與辯道不同。惡言不隱，善言不揚，人不樂於進言矣。真僞不别，邪正不分，人不明於向善道矣。故人皆以微生高爲直，不得不以乞醯辯之。人皆以臧文仲爲智，不得不以居蔡辯之，猶堯之以嚚訟辯啟明，以静言庸違、象恭滔天辯方鳩僝功也。"

詩書禮樂，周王主之，周官掌之，孔子以布衣而操删定之權，如夏時《韶舞》，毋乃僭乎？曰："此匹夫之志，儒者之業，豈嘗南面而稱尊，號令天下哉？三家讀《雍》何僭？以徹則僭耳。"

春王正月果夏時乎？曰："謂夫子背周從夏固非，謂周改春正亦非。春正歷朝不改，改者歲首之時耳。夏首春正月，商首冬十二月，周首冬十一月，漢初因秦首冬十月。考之周詩周禮，皆未嘗改。孔子所謂行夏之時，行夏歲首春正之時也。"

十二月寒將盡矣，輿梁始成，其爲周之十二月，何疑？曰："限以是月成造，不始於是月也。猶男之婚自二十，不許過三十，女之嫁自十五，不許過二十，非謂三十始婚二十始嫁也。”

相臣視乎才，清操何足重？曰：“無欲者，立德立功之本也。雖相職不僅在廉，斷未有貪污不肖而可以進退人才、表正百官者，勿論伊傅周召，即蕭酇侯佐漢業，亦不留心財貨。”

陳同父豪邁無忌諱，何以得免？曰：“處寬大之朝耳。醉中狂言犯上，中傷者以其言告廷尉下獄。孝宗曰：‘秀才醉後狂談，何罪之有？’以訕謗罪蘇子瞻者，摭其謝表語並託諷詩，逮赴臺獄。神宗獨憐之，太皇太后亦曰：‘捃至於詩，其過微矣。’王珪復舉詠檜詩爲言，神宗曰：‘彼自詠檜耳，何預朕事？’邱思道賦感事百首，語涉譏諷，執政欲誅之，仁宗曰：‘狂夫之言，聖人擇焉，姑無論。’此三公者，苟不遇主，鮮不及矣。”

作吏私厚身家非人情與？曰：“勿論君不忍負，民不忍剥，只贓私一犯，則身家莫保。僥倖之福，智者豈居？”

昔被苛罰者謂怨可忘與？曰：“汝之期望子弟，唯居高位、多金錢、廣田宅、美服食，數者而已，如此又何可怨人？”

賦詩但取逢時，亦古人意歟？曰：“古人救時不逢時，如以美好媚世而已，詩人何必賦？太史何必采？聖人又何必删？”

學者好講作用，恐是槁木寒灰。《中庸》曰“其默足以容”，此又何説？曰：“以救世濟物之才，一旦收斂使身名不辱，作用孰大於此？以露才揚己、釣名射利爲作用者，聖人之罪人也。”

昔之辟世者名曰高尚，得毋慮中傷之禍歟？曰：“封刀遺酖，公孫禄山而外無聞焉。恥無隱者，尚欲充隱，何至加罪？特患不能耳。”

男女婚嫁苦不易畢，奈何？曰：“女許聘，男納徵，便結一局，婚嫁隨時可也。苟同流俗鋪張，勢必時過力窮，居鬻産，仕貪贓，是足爲累耳。”

用九用六是何法？曰：“爻辭《十翼》，皆是《易》主人事，故言用。”

孝友之道，似處順易處逆難。曰：“孝友何分順逆？傳者多是處逆。”

朱陸之學何如？曰：“朱之行長，陸之知長，合之可以無弊。”

用情於人，可不必使人知邪？曰：“用情於望救於我之人而不使人知，恐其讐我也。用情於不望救於我之人而必使人知，欲其德我也。皆私而非公也。”

物之美惡有定而或謂無定，何也？曰：“一金帛耳，義則爲芳爲福，否則爲穢爲殃。”

施與過厚可乎？曰：“比義而止。義則車馬當輕，否則釜庾當重。”

古人何多學道根器？曰：“其風樸，如車馬輕裘，與朋友共，在講壇所不屑道者。古人以此爲志，究竟不屑者，何物可共？”

夫子常言何有、言未能，朱子皆作謙辞解，當乎？曰：“注云日用之間必有獨覺其進而人不及知者，非心實自聖而姑爲是退託也。淺者見不及此。”

出處如何是義？曰：“無欲者自辯。貪出者覺出是，貪處者覺處是，都援引許多道理，却非虛衷比義之學。”

新民是何氣象？曰：“士習民風，就如新建都邑，燦然改觀。”

民何以新之？曰：“垢積塵封，非濯以長江大河不見本色。”

貪污者何亦談心説性？曰：“有宋後每以講學爲勢利中清興，科第中餘功。”

以富貴利達望戚友門生，非相愛之情歟？曰：“冀其長物及我耳。真相愛者，自不忍以贓吏期之。”

報知己者何以不在貨財？曰：“報知己者，不負知己也。使管夷吾不能定霸，負鮑叔牙矣。孺子徐穉志節不終，負陳仲舉蕃矣。張孟將柬之無功唐室，負狄懷英仁傑矣。蘇子瞻文章日削，負歐陽永叔矣。千金何足言報？”

冢宰以一官厚知己，可乎？曰：“天子寵任冢宰，意在百官賢否，不在一臣恩怨。竊公朝之爵秩以厚知己，薄天子矣。苟入彈章，人己交辱，何厚之有？”

行道與明道孰重？曰：“人知行可以兼明，而不知明亦可以兼行。使道明於天下，則英才之遇主者，皆不草草塞責，猶我行矣。況道不明，則行必錯。行有待，明無待乎？”

夫子以學之不講爲己憂，或謂不如不講而學反不晦，何也？曰：“夫子所憂者四事，後人單憂不講，且講學之志不同，如夫子所講之學亦不同，使聽者喜其奇而樂其便，皆認人心爲道心，故不如不講，尚有待也。”

詩書同一，講究有深淺之分歟？曰：“先論虛實，而後論淺深。如一山水，聞而未到者謂之虛，聞而即到者謂之實，到然後有入深入淺之別，未到有何深淺？”

權奸與鄙夫之禍孰甚？曰：“權奸之惡，傷在肌膚，禍速而易圖。鄙夫之惡在元氣，禍遲而難救。考諸歷代，權奸羽翼有限。世衰道微，鄙夫幾遍域中，所結者私黨，所貪者貨財，四海困窮，人心盡失，天遂一怒而不可回。”

性似易辯而難於盡。曰：“懦者難在盡，勇者難在辯。然性有未明，所盡非性。”

學無進境，奈何？曰：“須去盡私意俗情，然後日習日進，不然一路牽裾掛帶，何能到家？”

何謂時習？曰：“無事習諸心，有事習諸事。”

主忠信足以畢盡心之學歟？曰：“主無盡，要以一真爲主。話須樸實説，事須樸實行，即濟世匡王，亦須樸實做去。古者顧命，多取篤實舊臣，未爲無見。”

子曰“於我如浮雲”，不幾夢幻泡影之説歟？曰：“彼舉綱常名教概等浮雲，孔子唯視不義之富貴如此，苟義豈概作浮雲觀哉？”

聖賢超脱處似與二氏同。曰：“不認真者身外之境，最認真者身内之事，心不擾而事不廢，此所以爲儒學。”

造次顛沛是何操存法？曰：“此心常静。”

義利之間有善道歟？曰：“非義則利，兩採者不可自問。”

人才之生有氣數歟？曰：“何代無才？顧用之教之者何如耳。興朝人才每資於勝國，勝國之子弟每賢於興朝。”

外路憲職令近臣保舉，其法何如？曰：“必是公明忠直，方舉得其人。若林甫佹胄，豈有當乎？”

唐制凡都督刺史皆天子臨軒策授。受命之日，對便殿，賜衣物，此可爲法歟？曰：“先寵任而後責成，良法也。然不得其人，寵任何益？”

讀書可謂學乎？曰：“□[①]也，非實也。如貧人入市看百貨，皆非我有。”

入世講學似亦非謬。曰：“既已身隱，復坐通都，招眾講學，於心不愜。就而問業者，應之可也。”

不貪足以庇人，更有何害？曰：“不爲害，而不能除害。如宰相不貪，九卿以下皆貪，爲害豈小？”

東林何以有小人？曰：“好善之心過熱耳。愛其行事，喜其意氣，服其議論，而不知其心術邪也。雖然附東林者或有小人，攻東林者斷無君子。”

行誼足以取人乎？曰：“教化既衰，有行誼者亦不可問。教化行而人心正，人心正而人文實，科目亦可得人。”

必講學而後爲實學歟？曰：“事功可嘉，節義可表，皆謂之實學。”

聖人從容中道，豈尚有事足以勞心與？曰：“道之宜勞者，不待思勉而自然勞之，是即從容中道也。不思不勉，非不勞心之謂。”

事煩如守令，豈仁民者可坐理邪？曰：“事亦無煩，多一媚上漁下之心，故事復生事。仁者就事了事，有何葛藤？”

位公輔而道不行，奈何？曰：“君子進以禮，退以義，此外何法？”

享年最久者何人？曰：“吾儒世所謂長生者，以其長於視聽也。吾

① “□”，此字原漫漶不清。

儒心唐虞之心，即是唐虞時之人，誦其詩，讀其書，則又常聽唐虞以來之言，看唐虞以來之行事。孔子曰雖百世可知，則其視聽並在後千百年。喬王松赤之徒，烏足言久？”

吾儒當以何道居心？曰：“厚上下親疎。處以厚道而無錯，則進可奠邦，退可訓俗。”

聖人以誠待人，何孔子於陽貨必瞷亡而往拜之？曰：“率性應物者誠也，明知其爲小人而曲意以君子待之，甘墮術中，謂率仁智之性乎？不誠甚矣。”

伊吕不遇知己，遂遯世以終乎？曰：“不遇復何求？或存其説以待後之知己者。”

詩文如馬班陶杜，可以驕人乎？曰：“濟世華國，皆人道之當然。”

三百篇何以没詩人姓字？曰：“迹熄詩亡，文武之治所以終。雅言三百，孔子之教所以始。非若後人，但争姓字之顯晦而已。”

君子不以人廢言，詩文非言乎？曰：“人非大不肖，言亦是大有關係之事。人情易染，每愛是言，並其人而愛之，選言者不可不慎。”

古之有智略者可以戡大亂、定四海，養晦時謀温飽不足，何也？曰：“才以時用，功以勢成。未遇，唯有義命自安而已。”

處則謀生，仕則謀政，非隨遇而安之道歟？曰：“安亦難言，如安貧賤，而貧賤之業不止於謀生。業有未盡，苟安之道也。”

權非道歟？曰：“進進疑當作迫於事勢則可，本意如此，不可謂道。”

天人何分乎？曰：“勉强率性者，人之道。自然率性者，天之道。”

擇善與固執孰難？曰：“莫難於立志。志立則擇無難，執亦無難。”

善無方所無聲臭，何可固執？曰：“固執者，依而弗違之謂也。若有方所有聲臭，昧而違之矣。”

碑叙傳志似欲不諛不可。曰：“羞惡是非，何可無也？韓叔言爲嚴續父撰神道碑，但叙其譜裔品秩，續求改，叔言直還其珍寶歌鬟。陸敬輿奉旨撰田承嗣遺愛碑文，必不寬假一字，復還其子緒所贈馬絹。狀云：‘爵可僥倖而致，名德非詐力可求。’又云：‘飾其愧辞，以贊凶德，納彼厚賂，以襲貪風，情所未安，事固難强。’陳明卿嘗曰：‘性不工詩，尤不屑代，賀秩獻壽德政碑，其文諂，濫緣疏薦牘，其文乞。乞與諂，文之下者也，弗爲之矣。’古人之立言不苟如此。陸宣公字敬輿。”

巧言人孰不知孔子憂其亂德，何也？曰：“人皆得而知之，又豈是巧？巧者，習俗説得似至情，人欲説得似天理，放縱説得似廣大，故使有德者亦樂宗其説而變所守。”

程子所謂活潑潑地，非言性體與？曰：“如高忠憲攀龍所云，笑宋儒之拙而規矩準繩脱落無存，巧變圓融不可方物，此可爲活潑邪？”

主敬未免執滯。曰：“朱子謂敬只是常惺惺法。今胸次湛然清明，只塊然獨守箇敬，却又昏了。如此説敬，又安有執滯之病？”

致良知之弊，何以無忌憚？曰：“知自我致而不屑屑於規矩，不拘拘於形迹。王文成守仁在螺川亦云：‘良知之妙，真是周流六虚，變動不居。若假以文過飾非，爲害大矣。’”

報怨何謂以直？曰：“宜怒者怒，宜恕者恕，皆是順本心，以德非順本心矣。”

揭宗旨而不言節目，豈非提綱法邪？曰：“無紀之綱，不如飭紀。籠統之言，包藏許多詐術，遮蓋許多私心。此陸王之弊，甚於朱薛也。”

世分盛衰，而後有盛衰世之音，音或不足以致盛衰歟？曰：“未嘗不致。爲憂勤之歌者感俊傑，漢高唐宗之所以益盛。爲荒淫之詞者感佞人，后主煬帝之所以益衰。”

欲仁仁至，有何漸修？曰：“勿論前此必有立志擇善底工夫，方見得仁，方有此欲，即至矣亦必繼此不閒。如君子之終食不違，然後一至不復去，不然日月至頻復而已。此夫子專就仁遠上説，故説不到前後。”

有功於人者易驕人，何也？曰：“未知人己一體也。衣之食之，猶自衣自食，可以我驕乎？聖賢之勤勞職業，皆是了一身的事。”

其中有孝思，每向人説可乎？曰：“孺子皆知慕，父母却不曾求售。”

君子有教無類，何又語上有分别？曰：“教固無類，未嘗無方。倘進無能者而語之以不多，則必一藝不習。進寡識者而語之以是知，則必一理不窮。不擇人而教者，苟無因人而教之方，猶之未教也。”

有欲者何以不能辯道？曰：“遷就回護，以嗜慾爲天性，以習俗爲人情，以放縱爲曠達，以詐術爲作用，道復何從而明哉？”

君相之賢何遂感動天下士？曰：“君相公且明，則必好惡不偏，賞罰不失，大才大用，小才小用，故皆信其志必得行，禍必不及。”

聖人之德，何人不可化，而亦有不及化者，何也？曰：“有難化之人，無不教之人。原壤納之交游矣，不改過復以杖叩之。孺悲納之門牆矣，不率教復取瑟而歌。”

昔譏仕路講學者，謂學不足以起名，名不足以起官，誰肯會講，信然歟？曰：“修天爵以邀人爵，古亦有之。後人沈迷勢利，亦何足怪？”

下學何以上達？曰：“無聲無臭，只在日用常行中。苟能淡漠一切，只從日用常行處學，自能繇其當然以達其所以然。此時唯我達天，唯天知我，人烏得而知之？”

儒釋何以相亂？曰：“亂於相竊。釋之竊儒，不過詩文。儒之竊釋，及於學術。如所云無善無惡，不用安排，不見有物，不看一物，聞見障礙，當下圓通，作用是性，皆是吾儒奉爲寶訓者。”

三代相人才之法如何？曰：“大都先看他本領，然後度他短長。忠君愛民，人才之本領也。無此本領，親民者以其才濟貪酷，輔弼者以其才濟奸邪。使貪使詐，非三代所忍言。”

古人志在救世，何以難進而易退？曰：“世雖當救，身亦當保。危己救世，從井救人之仁也。辱己救世，手援天下之權也。”

巧與智何辯？曰：“智誠而巧妄也。心巧亂性，言巧亂德，事巧亂權。”

學道何以必先本心？曰："不論本心，皆可假借。故心不吝而後可言儉，不貪而後可言取，至公而後可言情，至仁而後可言法，無欲而後可言仕，無偏無黨而後可言好惡，無所動於心而後可言憂樂。"

貧富有命，豈關人事？曰："固有人事無救於貧者，然亦君相之人事未盡也。使君盡君道，臣盡臣道，而天下豈有不煖不飽之民乎？"

聖域可立地至歟？曰："往京師動足，固已上路，豈能瞬息便到？立地成聖者，恐是自欺欺人，指故里作都城耳。"

和羹豈必易牙歟？曰："此亦難言。清任和不過各成一味，而唯孔子能和之。苟一無所具，動謂吾鼎之味已和，則所謂和者何味？"

講學何必過刻？曰："毒草似葠，恐不知者誤服耳。"

夫子言狂，何以必言簡言直？曰："辯真僞也。不簡不直者，自以爲狂，人亦以爲狂。"

論三楊者，謂西楊文學、東楊政事、南楊風雅，果定評歟？曰："相業與文人能吏不同在乎？輔帝德、理陰陽、進君子、退小人，三楊相業可觀，惜未防微杜漸，釀成土木之禍，此爲遺憾耳。"

《易》曰"休否"，休之之道何如？曰："知所以否之故，即知所以休之道。"

聖人於人如大爐範，千銅萬鐵皆可收而鼓鑄之，簡擇者何隘也？曰："須此爐範方可無所不收，然亦待其來投，如在齊接淅，去魯不脱冕，何嘗不捲爐而去？至待佛肸、公山弗擾、陽貨、彌子瑕，則又投亦不收，只此因物付物，不枉道求人，亦即是千古模範。小人屈己攀援，何可藉口爐錘也？"

人主知人，何以有難易？曰："開代者易起自外也，繼世者難長於内也。苟非祖父遺賢，或輔自青宫，或生而上智，即號精明者，亦受欺於左右，狥私交賄打成一片，賢否何自而知之？"

守令重簿書而略詩酒，非俗吏乎？曰："雅則錢穀簿書皆雅，俗則湖山詩酒皆俗，故漢之循良不失雅人深致，而晉之任誕塵談未免俗情。夷甫諸人，自私自利，可謂大雅君子乎？"

學者經濟，可不着緊邪？曰：“若動念在人，何須着緊邪？”

孔子何爲入楚？曰：“楚子爵列九州，使子西之説不行，昭王不蚤喪，孔子必能用楚扶周。沮溺輩未足語此。”

有才而未貴顯者，傳志每惜之。孔孟論人，何以不惜？曰：“爲用人者惜。至論出處，毫無偏重。”

仁者不過好所共好，惡所共惡，何以稱能？曰：“有時好人之所不好，惡人之所不惡，却無人不服。”

學與習何辯？曰：“學者爲是事之統名也，習則加親切矣。”

習何以是性？曰：“習者，鳥數飛也。鳥當欲飛時自會離巢，習飛而墮，墮而又飛，不熟不已，性使然也。則知孔子之發憤、顔子之好學，皆是率性。”

時習何以便悦？曰：“如游子歸故鄉，只得上路走便覺可喜，况到家骨肉團聚乎？”

喜怒哀樂在小人未發，何以不謂之中？曰：“夜氣不存，則本性之喜怒哀樂汩没殆盡。所未發者，習心習氣，可謂無所偏倚乎？”

君子所樂何事？曰：“順適吾性則無苦不甘、無危不安，安有定事？”

事有極勞苦者，亦可甘之邪？曰：“父老爲子孫造宅，雖勞力勞心，不以爲苦，豈有他哉？率愛子之性耳。”

德行而外，言語、政事、文學亦可謂道學邪？曰：“凡讀聖賢書從事儒學者，皆是道學。不同者，虚實耳。塾師黨訓無日不講，使即其講而身體之，則道學可不名，書院可不設。”

聖人裁狂狷何法？曰：“偏則辭，亦非廉。中則取，亦非貪。原憲辭九百偏矣，夫子止之，裁狷者法也。與時偕止者，亦當與時偕行。曾晳疑三子不足與偏矣，夫子兼與之，裁狂者法也。”

二氏之道，何以不善？曰：“釋氏言混沌而不言文明，老氏言清静而不言勤苦，皆不可以治天下。”

儒釋所見之性何以不同？曰：“於其迹而知之。圖山者，一則百物森秀，一則土石童然，則知兩人所見之山不同。”

權似易能，何以不許能立者？曰：“立者執而不變，權則隨時取出。”

何謂篤行？曰：“以所明者實踐於身心家國之間，使無一不善也。”

自待待人之道何如？曰：“律己不可不嚴，待人不可不寬。”

學莫大於作用，遁跡寡交，自甘空乏，何其小也？曰：“若借講學結納，邀餽送，希薦舉，誇張囑託而無所恥，蓋小人之尤，見唾吳許，可謂學之大者乎？”

恥亦有辯邪？曰：“在習俗上用恥，正是無恥。”

佞當無人不惡，何或人以不佞爲仲弓惜？曰：“佞是春秋時美名，下以此得聲望，上以此取人才，猶之争尚浮文也。然雖才智過人、高談博辯，人不能難去聲，而實則亂德亂義，爲害不小。”

歷朝諸史皆可爲訓乎？曰：“《春秋》而外多俗史。孔孟之輕重抑揚，萬世之準繩也，以觀諸史合乎不合乎。”

史漸多，覺購益難。曰：“蕪文必治，支蔓必翦，當必有起而删正者。”

兄弟不情於我者，何以報之？曰：“不藏怒，不宿怨，不獨聖人。杜正獻衍年十四五時父卒，母他適。有二兄，前母出，操刃殺之，賴姑得免。貴時一兄尚在，事之極其友愛，諸子皆推蔭及之。人苟篤念父母，何怨不可忘也？”

自命狂狷者何以非真？曰：“狂狷皆是本質。若巧於取利而曰我有所不爲，遮飾不及曰我行不掩言，此可爲狂狷乎？”

人才何繇而盛？曰：“係士習。三代以降，覺科第而外無人品，富貴而外無功名，夢覺之際，觴詠之間，無非此物，見有談仁義者不曰命舛，則曰入魔。士習如此而求人才之盛，非所謂采薜荔兮水中，搴芙蓉兮木末乎？”

君子何以不植私黨乎？曰：“厚故無私耳。君子事君極其厚，唯恐德教未盛，百職非忠，故雖薦盡天下士，但使其知有朝廷而已不與。小人事君極其薄，唯恐欺上之術踈，利己之謀淺，故雖奉公薦舉，亦唯私恩自市，而不以德歸君。”

古有舉子不師座主者乎？曰：“如陸文安九淵得解後僅修進見三書，乃云公舉而私謝非其所安。霍文敏韜不門人於座主，典試亦不門人其舉子。此二公之公也，皆是厚道。”

陸霍二公不私座主，亦以報朝廷者報座主乎？曰：“文安不負朝廷，座主彰彰矣。文敏爲南宗伯，申禮制，正風俗，毀淫祠，興社學，清尼娼，南都爲之改觀，報亦不薄。”

孔子何以數稱舜禹？曰：“道如舜禹，方是率性，不獨有天下不與，即平成事業亦只如日用應酬。昔人有問王文成平宸濠之事，答曰久已忘之，亦見其好學。”

聖賢心體如何？曰：“渾是一團生意。發生固生，肅殺亦生也。”

漢末如叔度黄孺子徐幼安管以君子而終貧賤，豈不可憐？曰：“君子無欲自得，蓬門裋褐，終身甘之，舉亦不出，豈難於富貴哉？良醫不集，沈痾不起，當爲有天下者憐也。”

人性本善，擇有何難？曰：“善雖固有，而全體大用却未嘗見皇皇力行，與寘然錯履者無異。”

夫子以好惡許仁者，何也？曰：“仁者好生，雨露冰霜，無非生意。論公論明，第二義也。”

恃才傲物者，豈必得禍？曰：“相臣傲則辱國，庶官傲則辱身。《詩》云‘神之聽之，終和且平’，蓋以和平致和平耳。”

不宗朱陸而宗孔子，取法乎上之意歟？曰：“不然。爲萬世師者，孔子也。萬世之君，莫不令天下師孔子，非其書不許讀，非其言不取士。先儒各標宗旨，皆是教人學孔子之法。且祀不宗孔子爲淫祀，禮不宗孔子曰惡俗，道不宗孔子曰異端，言不宗孔子曰邪説，人不宗孔子曰鄙夫、曰佞人、曰妾婦、曰德之賊，然則學者不宗孔子可得乎？一宗孔子而唐虞三代在其中，濂洛關閩在其中。”

君子之樂固不以貧富改，承祭臨喪時樂在何處？曰：“必敬必哀，而後性始順、情始適。”

怒與哀雖中節，亦不可言和。曰：“和者，順也，悦也。中節之哀怒，人皆順以悦。不中節之哀怒，人皆拂以憎。”

許魯齋謂生理不足爲學有妨，格言與？曰：“語不甚了。讀書、修品、治生三者，道當如此而實相需。苟略治生之道，其有妨於讀書之害小，有妨於廉恥之害大。”

人於公卿不患不事，而患其太過，孔子以爲難，何哉？曰：“凡負才樂義、無求於世者，每傲睨公卿，不唯廢貴貴之意，且開自禍之端。融孔之見殺於操曹，康嵇之見殺於昭司馬，皆坐此病。”

不爲酒困亦易事，何孔子難之？曰：“困豈必喪德喪儀？但酒中忽傷時事，忽面責友人，非是無端，却爲酒所使。”

論人物論出處取舍，何以不易？曰：“非卓識虛衷不易。”

孟子既曰可以取，又曰取傷廉，何也？曰：“兩可之際必有重輕，喻義者重其所重，喻利者重其所輕。”

晦庵謂聖賢千言萬語只是要人不失其本心，此説如何？曰：“非爲本心，須詩書何爲？”

君子於人何其厚？曰：“統是敬人愛人之心。”

君子何獨闇然？小人何獨的然？曰：“君子爲己，故無事非闇。小人爲人，故無事非的。”

如何是因物付物？曰：“因其理耳，如貴貴是因物付物，忘人之勢亦是因物付物。”

心何以能虛？曰：“爲己者心必虛，如病人求愈，必不自恃方書。”

隱處著書或立命邪？曰：“行乎其不得不行。沽名之言，不足信矣。”

陳白沙之學何如？曰：“白沙倡習静之説，學者喜其新奇。周梁石謂是塊然静坐，未畢體用，乃釋氏之空虛也。”

宋儒八股得第，亦是天報苦心，何謂空言倖福？曰：“言雖工，可作鹽梅、舟楫與？可厚民生、安社稷與？雖暑不扇冬不爐，日夜揣摩，不過謀取富貴，天豈不知？無如制科何耳。及連聲植黨，欺上漁下，而天怒益堅，靖康之禍遂成。”

大司樂言圜鍾爲宫，則天神可得而理，朱子謂此乃降神之樂，如舞《雲門》乃是獻神之樂，然則聲音必可格天邪？曰：“商人尚聲，周人尚臭，昊天亦尚聲，以陽求陽，以陰求陰，感必相應。第聲音之道關人理，使桀紂祭天神，可得而感與？”

君子亦嘗得禍，何邪？曰：“韓退之云：‘君子得禍爲不幸，小人得禍爲恒。君子得福爲恒，小人得福爲倖。’”

一日克己復禮，天下何以遂歸仁？曰：“仁者性也，無内外，無物我，天地古今一而已。與天地間者己也，一克去便自連絡貫通，舉身世事物同歸於仁之中矣。

無欲非即道心與？曰：“一塵不染，方可學道。”

晉人任誕成風，知其非者或無之？曰：“名教極嚴。阮嗣宗居母喪，飲酒食肉。何曾責之曰：‘卿任性放蕩，敗禮傷教，宜投之四裔。’”

學期用世，三年學，不至於穀，何又取之？曰：“欲立立人，欲達達人，離人即是喪己。不至於穀，志不在温飽耳。”

何者是緊要功夫？曰：“莫大於聞善，莫切於聞過。”

嚴治官吏亦可致太平與？曰：“以實學養人才，治本法也。以苛法防官吏，治標法也。不治本而治標，斷無平治之理。”

過不勝改，善不勝遷。曰：“改當拔根，遷宜永固。”

天下弗顧，千駟弗視，不以外物動心矣。一介必嚴，何哉？曰：“天理流行，有妄便息。羅念庵亦云：‘取舍關心術，本無大小。’”

小人亦云物來順應，何以不是？曰：“未能廓然大公，所順者何理？”

堯則天，舜無爲而治，此亦可學歟？曰：“吾儒之道如此。”

孔子十五而志於學，所學何道？曰：“學矩，到七十時始從心不踰。此孔子學譜，示益於漸，非示難也。”

學者不講經濟可乎？曰：“果萬物一體，則養育教誨之心自切，不然侈談皆妄也。”

曾子以忠恕解一貫，有剩義歟？曰：“若有剩義，妄解何窮？”

恥亦易有，夫子論士，首重之何也？曰：“卑汙苟賤者不有，露才揚己者亦不有。”

業何以不一日荒？曰：“荒業即荒心。劉元城歲晚閒居，或問先生如何遣日，公正色曰：‘君子進德修業，唯日不足，可云遣乎？’”

仕王莽、禄山者，罪可概加乎？曰：“唐分六等，是或一法。”

許平仲雖生於河内，未官於金，應元聘而作，似無害。曰：“君子之道先愛己，平仲不用於世而徒爲世所用。”

使子陵、叔度立朝，作用當何如？曰：“子陵不知有天子物色，叔度不知有名士推尊。如此器識，作用可知。”

高忠憲攀龍初爲左院，與冢宰趙忠毅南星相約，以懲貪救民爲主，何以貪不可懲、民不可救？曰：“士習之壞至此已極，從何處箴砭？此非拔去病根不可。”

漢唐何以再興？曰：“莽雖移漢，曌雖改唐，而吏肅官清，人心未失。”

曾子唯後，豈無工夫？曰：“工夫皆是一貫，存養省察，莫非本心。”

學道者不見大異，何也？曰：“多是氣質好。若好學，必改變一番。”

佛氏可謂大慈悲。曰：“佛氏哀天下人不能離父母，不能舍兄弟妻子。吾儒哀天下人父母凍餓，兄弟妻子離散。”

嚴子陵遇賢主何以不仕？曰：“以官榮故人，不知故人矣，友之而不官可也。子陵風厲東漢，功亦不小。”

學不能慎獨，奈何？曰：“胡敬齋云，學知爲己，不愁不戰戰兢兢。”

私欲之根似不易拔。曰：“勇於爲善。”

成己何以成物？曰：“勿論善惡、動念、行事，非及人即及物，故君子一盡兼盡。”

俗事可親歟？曰：“有人過李九我，謂曰：‘公翰林官，顧肯親俗事乎？’曰：‘有俗人，無俗事。天下國家事，何言俗也？’每謂士大夫恥言治生，然亦不可不治生。夫治生非委瑣齷齪、各自封殖之謂，不過節用耳。居常喜誦《羔羊》，謂正直必出於節儉。”

古者命官之意何如？曰：“若但取其欺上而漁下，則無人不可官。”

喪禮何者爲要？曰：“不入内，不飲酒茹葷，不與宴會，不作佛事，不設鼓樂，不盛饌待賓，不苟簡祭奠，總以哀痛爲本。”

堪輿家言可信乎？曰：“卜地可，謀富貴不可。”

天人何以相感？曰：“晦庵謂人之氣與天地之氣常相接，人自不見。人心才動，必達於氣，便與這屈伸者相感動。”

梨園可續古樂乎？曰：“古樂雖不可復，雜曲導淫者删正之，差異桑間濮上。”

湛甘泉之學何如？曰：“自有實處。爲編修，奉母喪歸葬，廬墓三年。”

頓悟之説何如？曰：“學不可無悟，悟不可無修。象山門人今日自任見道，明日越使酒罵人。錢緒山云：‘自吾師揭良知宗旨，吾黨領悟太易，認虚見爲真得，無復向裏着己之功，甚可憂也。’”

有頓悟豈無頓修？曰：“非顔子不能。張橫渠嘗言：‘吾十五年學箇恭而安不成。’劉器之七年功力，‘毋欺’二字始覺有着落。”

“主一”二字不爲此心障礙邪？曰：“不懼許多物欲作障礙，懼此二字何也？眼中因看不得一物，磨翳去昏，豈不着藥？”

王安石固是適莫，司馬公果比義與？曰：“不酌可否，必盡舉而變之，亦未免有意。”

君子何以不驕？曰：“君子恐人不如我，小人私而好勝，無利於己，有害於世。”

作養人才之道何先？曰：“在師儒。濂溪云：‘師道立則善人多，善人多則朝廷正而天下治矣。’”

溺子之俗宜禁乎？曰：“欲俗之善在足民而以禮婚姻。宋設慈幼局，亦是溱洧之輿。”

就事扶持，似亦有濟。曰：“《革》之上六：‘君子豹變，小人革面。’《否》之上九：‘傾否，先否後喜。’因陋就簡，濟得甚事？”

遂科名而後學，似不爲晚。曰：“然則聖賢之道，唯富貴人可學？且學以克欲，待欲遂而後學，須學何爲？”

重制舉業者可與言乎？曰：“必學日進而後眼漸明，志漸堅。”

今年春夏之氣猶是去年春夏之氣與？曰：“伊川云，天地之化，自然生生不窮，何資於既返之氣以爲造化？”

惡念作何消法？曰：“恕則百物自消。”

清濁皆已定之氣，何繇而變？曰：“好學則濁可使清。明道云：‘人賢不肖，國家治亂，不可以言命。’”

貧時受人斗米千錢終身不忘，受朝廷重任反以怨報，何也？曰：“相習不覺耳。”

伊川謂康節之學不可以治國家，晦庵亦謂其學近老子，信然與？曰：“必如諸葛公成敗非所逆覩，李長源泌不言命，方可任事。康節信數，愛閒静。”

行其所無事，獨禹之治水歟？曰：“稷教稼穡，契敷五教，周公制作，孔子删定，皆是行所無事。”

留心忠孝節義未免沾滯。曰：“德到真處直如日用飲食。”

待感而後應可乎？曰：“君子主感，小人主應。待感而後應，是以君子待人，以小人自待也。”

如何比義？曰：“平心以度是非。”

一目數行下可學與？曰：“不可學。邪正亦不係此。王安石博聞强記卒壞宋事，福州陳正之每謂書只讀五十字，二三百遍而後熟，亦赴賢良。有志者學正學可也。”

厚薄何以難辯？曰：“以厚爲薄，以薄爲厚，非一事一時矣。”

擇善之功何詳於固執？曰：“習心習氣，一毫尚在，仍是見善未明。”

正人亦有勝氣，何也？曰：“事功節義分内爾，穿衣喫飯把做奇事，只是學問不及。”

至善無方，豈可固執？曰："固執其無方也。固執亦是省察涵養。"

聖人何爲不言本體？曰："節目無非本體。言本體不言節目必至任情放蕩，而皆以爲自然之本體。"

欲效狄公毁淫祠而心每怯，何也？曰："必爲鬼神畏服之。人如狄公，方可執法。"

志在行道，出處何必過慎？曰："枉道矣，所行何道？勿論吴康齋，即建白如楊龜山亦不免物議。"

主宰性非即主自然歟？曰："自然處，豈盡天體？"

後世豈無良法，何以不治？曰："苟得其人，青苗法亦可無害。不得其人，鄉飲酒使人攢眉。"

何謂非禮？曰："燕閒中妄動，儼恪中色莊，謙讓中側媚。"

卷二

不欲勿施，何遂可終身行？曰：“人倫中皆以不欲勿施推之，有何欠缺？第習心之欲不欲，不可爲準。”

孟子守先待後不外孝弟，孔子以此爲士之次，何也？曰：“以其僅稱於宗族鄉黨耳。孝弟若堯舜以爲次也，得乎？”

孔子言知行，何以必引生安？曰：“非姑引而列言之，蓋舉此爲的耳。困勉不到，知行合一處仍是知行未及。”

遯世與沮溺何異？曰：“君子之心在用世。《易》曰：‘括囊，无咎无譽。’又曰：‘君子以儉德辟難，不可榮以禄。’時使然耳。”

不貪濟得甚事？曰：“人心風俗之壞，何一不由於貪？”

閒静似可以養心。曰：“必求閒静，則應事接物不得養心矣。”

吴與儉以太常少卿兼侍讀學士與慶成宴時，都御史張來鳳以嘗師吴，遂坐諸學士下。先輩何謙退若此？曰：“先輩以謙退爲榮，後輩以謙退爲辱。先輩以陵慢爲辱，後輩以陵慢爲榮。”

目自會視，耳自會聽，何須學視學聽？曰：“妲己悦目，武王謂是惡色，是何視法？鄭聲悦耳，孔子謂是惡聲，是何聽法？”

中材學道無長進，何邪？曰：“無大惡，故覺可安耳。”

君子於物輕重無常，何邪？曰：“念物力之艱難，一絲一粒皆其所重。苟非道義，雖千駟萬鍾無異土苴。”

不講學者亦有得於性之德歟？曰：“義如子陵，無故人天子。達如幼安、希文，置金不顧。孤忠如武侯，草野定劉漢。膽識如安石，視桓温如小兒。正氣如文山，百折不回。詩如靖節、少陵，文如退之、永叔，何一非性之德？特不純全耳。”

寵辱不驚，非聖者與？曰：“器識優者能之。遯世无悶，不見世而无悶，斯謂聖人。”

大舜之孝或於處逆見之。曰：“德如大舜，雖不遇頑父傲弟，自有孝友可師。”

非不願學，如不能何？曰：“不爲也，非不能也。智慧男子，浮沈可惜。”

豪華奢侈，豈同重視金帛者與？曰：“若看得輕，安得以此炫燿？仍是擺脱俗情不下。”

志節何以易變？曰：“甘不得淡薄，堪不得寂寞。”

志利達者揣摹聖賢語氣，恐亦無益。曰：“即應賢良科，亦復何益？”

艾東鄉學先輩，豈不有功於世？曰：“先輩之不可不學者，不在八股。八股酷肖，何救士風？”

取士之法當何如？曰：“任設甚麼科，皆會改業，只改他心術不成。”

鄙吝亦非大惡，何惡之者衆？曰：“不獨隣里，並不獨戚友，即諸父昆弟亦恝然不顧。此不必有撲滿之敗，而人理已窮矣。”

此心何以通晝夜？曰：“平旦之心通得晝，晝之心自通得夜。”

不假安排非率性與？曰：“純乎天理者，安排與不安排皆是率性。不然，不安排亦未必是。”

君子矯情可乎？曰：“中和之情宜順，流倚之情宜矯。不變之情宜順，易變之情宜矯。”

文成謂體面事勢，莫非良知之用，何也？曰：“時措咸宜，即是天德，有何體面事勢？此説一出，爲小人護符矣。”

仁義與無聲無臭當必有間。曰：“仁義安有聲臭？舍仁義而求無聲無臭，去道遠矣。”

君子反求諸心，書可不讀乎？曰：“讀書所以求心也，不讀書便已不智。王龍溪亦云尚友古人，有啟迪之益，有考証之益，有培養之益。”

聖人更有何學？曰：“無塊然静坐的聖人。孔子到七十時不廢學思，但思即是宜思的，學即是宜學的，自不過則。”

聖人與常人善有異乎？曰：“善無異。異者，久暫耳。聖人之善，終身於是。常人之善，一時如是。”

一語録選者何以不同？曰：“好異者喜奇險語，多欲者喜寬縱語。”

神廟時高景逸攀龍馮少墟從吾鄒南臯元標諸公講學京師，首輔葉臺山向高馮之座主。諸公專言節義，不用異己者，至朝政乃相戒不言，當與？曰：“立朝舍用人行政，更講何學？道外無事，事外無道，象山言之矣。”

君子豈能無過？曰：“認是過，何損於道？若指以爲道，則文過之罪小，壞道之罪大。”

昔者術士之門如市，何也？曰：“非行險則患得患失，安得不皇皇問數？若履坦途，不患得失，何數可問？”

人果難知乎？曰：“小人雖有長可取，言動之間豈無端倪？故寇公準不識丁謂，李文靖沆識之。歐陽公不識王安石，吕諫議誨識之。趙公鼎不識秦檜，黄侍御龜年識之。”

爲善由己，何以無成者多？曰：“道力不勝俗情。”

孟子待王驩，得毋有意邪？曰：“妄交小人，可謂見幾之哲乎？人趨亦趨，人言亦言，可謂大公順應乎？分别者性也。多一無分别心，是爲有意耳。”

舜似不易學。曰：“舜之大，大於善，善可不學乎？”

人之才生初已定，無者豈能使有？曰：“人莫不有才，長養之則大以成大，小以成小。《衡門》誘僖公，最有意味。”

素位二句何解？曰：“素位而行，無不盡之心。不願乎外，無不安之心。”

長生之説有乎？曰：“《列仙傳》無不死之仙。勿論死與不死，活百千歲而無所用，何異深山木石？”

不逢異人，不讀異書，亦是歉事。曰：“異書莫如論孟學庸，異人莫如孝子悌弟。”

學者尚小説可乎？曰：“小説中言行多邪曲，苟不善看，則引用之失小，習染之害大。”

負才者似不易降。曰：“歷代有如許人壓頭，何敢不降？”

人心何等而後可？曰：“置身於唐虞三代之堂，無些愧色，方是男子。”

率性可實指與？曰：“即大舜觀之可也。率性孝友則畊田號泣，象憂亦憂，象喜亦喜。率仁民之性則以不得禹、臯陶爲己憂。率義之性則受天下不見利，以天下與人不伐德。率禮之性則格帝享祖，恭己臨民。率智之性則好問察邇言。”

仁何以隨欲隨至？曰：“仁者，本心也誠，百念俱灰，確見本心而欲之。語默動静俱依着本心，此即是仁。”

三案六議，論者兩是之。主挺擊者力護東宫，争挺擊者計安神廟。主紅丸者仗義之言，争紅丸者原心之論。主移宫者弭變於幾先，争移宫者持平於事後。其論如何？曰：“心則皆忠而理無兩是。挺擊紅丸争者，是恐株連多事也。移宫主者，是恐蔓難圖也。至逆璫殄善類，亦借三案爲辭，始則罪以移宫，繼則罪以封彊，旋又罪以道學，羅織成獄，豈可與三案中人同日語哉？前後不同局，邪正不同途。”

歐陽公論朋黨何如？曰：“君子有朋，小人無朋，説得極分曉。然君子之朋亦有辯，元祐不同於白馬，東林不同於南衙。”

吾心自有六經底本，何須外求？曰：“固自有之，然斷爛不可讀。苟不借証全本，則所藏非聖之書，認是六經未可知。”

人每不知足，何也？曰：“智者當下便足。大舜飯糗茹草，若將終身。孔子疏食飲水，樂在其中。愚者富益求富，貴益求貴。”

夢不如晝，何也？曰：“習氣脱化未盡，故於醉夢中見之。”

孔子何以亦見陽貨？曰：“《睽》之初九：‘見惡人，无咎。’惡人求見而拒之已，甚傷其心矣。泛然一見，不與之交，内不失己，外不絶物，故曰无咎。苟無陽剛之德，徒以辟咎爲辭，鮮不失身姦黨矣。”

《木瓜》衛詩也，序言美齊桓公，何也？曰：“桓公率諸侯城衛，遺之車馬器服，可謂厚矣。衛人背德，乘五子之亂而伐其喪。詩人賦《木瓜》美齊桓，刺衛人之薄也。”

大臣之道，豈在廉直？曰：“亦非細節。直如汲長孺黯足以寢淮南王之逆謀，廉如杜遵素黃裳足以折李師古之叛志。楊公權綰除中書侍郎，即日減聲樂者郭子儀，省騶從者京兆尹黎幹，毁第舍者中丞崔寬，不可謂廉直無補也。”

荀爽、蔡邕、荀彧皆名士，何以不知曹董？曰：“重功名，故昏耳。若管寧、申屠蟠自不昏，且如何晏、夏侯太初、鄧颺欲交傅嘏，嘏不受。裴頠薦韋忠於張華，華辟之，忠以疾辭。皆由此心淡泊，故不昏。”

謝安石與客對奕，捷音至，從容終局，客去折屐齒，非飾體面與？曰：“淝水一戰，關宗社存亡，聞捷而喜，宜也。然對客罷奕叫笑亦覺不雅。安石作用受用在器識，故能安都邑之人心，使桓温對之而氣沮。”

孔明以刑法治蜀，或者亂國用重典歟？曰：“亦自不同。廖立、李平爲孔明所廢削，孔明卒，兩人皆垂泣思之，此豈申韓可及？”

申屠嘉爲相不受私謁，張安世絶其謝薦者，如此豈不過峻？曰：“周公握髮吐哺，見有何害？特不可掠美市恩，令人忘公朝而感私室耳。二公之峻，惡其私也。”

先儒謂患知人不明，不患大臣竊柄，何也？曰：“任得其人不必防，不得其人不勝防。”

讀經史者何以不見高明？曰：“人苟有志，讀《論語》便可高明。不然淹貫經史，卑暗如故。”

仁義忠信固是天爵，樂善不倦何以亦是？曰：“天命以善，即命人以樂善之情。樂者生機也，無此生機，善即息矣。”

爲人之本何在？曰：“孝友。此處欠缺，餘不足觀。”

陳白沙應辟，不肯就吏部考試，乃潛作十絕頌太監梁方於帝，授以檢討。致仕將以是爲榮乎？曰："白沙重知不重行，觀其衣錦繡娱親，未免狥俗。"

欲作養人才，可不遍立書院乎？曰："邑有庠，閭有塾。廣文賢可即庠以教諸生，諸生賢可即塾以教子弟，子弟皆賢而國家之人才不可勝用矣。"

治邑不求治理而求良知，何如？曰："有良知者自知治理之當求。養民有道，造士有方，此不知求，可爲良知乎？"

《春秋》之筆削褒貶，何以在一兩字？曰："書者謂之筆，删者謂之削。直書其事而功罪昭然，原非以一字爲褒貶。説《春秋》者，歐公、朱子爲當。後如湛甘泉《正傳》、郝京山《直解》、唐荆川讀《春秋》二千言，皆有功於《春秋》者也。"

俗事糾纏，不暇爲學，奈何？曰："何處非學？若厭事物而專以讀書窮理爲學，則此理用在何處？"

物來順應，行簡不幾，有不應之事乎？曰："順其宜簡之理以應之也。"

前人之訓注，每不及於後人，何也？曰："書以遞釋而明，後人之得未必不由前人之失。"

仲長統云："使君子居位爲士民之長，固宜重肉累帛，朱輪駟馬。今反謂薄物者爲高，藿食者爲清，既失天地之性，又開虚僞之名。"此論當乎？曰："謂朝廷待士，宜厚之以禄，使無吏不廉而巧宦不得倖寵也。苟用之矣，令其空乏如故，勢不得不貪，貪則贓劾者衆而巧宦見褒矣。"

周子言無極而太極，豈太極上有無極邪？曰："解太極也，要之多此一解。聖人説個太極已統有無，言之不須幫補。"

擇善不的，何也？曰："有一分牽掛，便有十分遷就，善何由見？"

薛文清云："千能百巧都不濟事，只無欲是高處。"何也？曰："無欲方可盡性。不然，處則鄉愿之道德，出則雜霸之功名。"

鄒南皋元標與高攀龍顧憲成二公倡和，梁溪吴素衣叙真儒一派退南皋，何也？曰：“以所言不墮分别想，不落簡擇障，居然無善無惡宗旨耳。然而立朝風節，亦人所難。”

境何以與我無與？曰：“心術之邪正，人品之高下，不係乎境。玉食瓊臺，無益於殷紂。簞瓢陋巷，無損於顔淵。”

存養有何工夫？曰：“讀書，求友，静思。”

孟子謂不嗜殺人者能一之，有驗乎？曰：“戰國之民，困水火矣，秦始皇時益甚。漢高一旦起田間，號寬大長者，遂數年王天下，况由孟子之説，庶幾湯武矣。”

富貴非榮，貧賤非辱邪？曰：“榮辱存乎人。負且乘，不及舍車而徒。”

保良貴者，豈必居官如寒素而後可保邪？曰：“自得者不在是。”

人子居喪唯有哀痛，孟子答充虞言及悦不悦，何也？曰：“悦者慊心之謂，非世俗之所謂悦也。”

《中庸》言自得，所得何物？曰：“吾適吾性，非由外也。”

君子小人之樂何辯？曰：“君子以順性爲樂，小人以順欲爲樂。”

辯欲何以不易？曰：“好得其正，而太過即謂之欲。”

炎凉一俗，何以變之？曰：“且先自變。世情炎凉，不過現在。我輩炎凉，並及將來。唯重人品心術，方可脱俗。”

驕人以氣節文章可乎？曰：“驕有何益？君子莫大乎與人爲善，一善自高小人而已。”

造士與安民可並重乎？曰：“士習善則人才得，人才得則天下安。故國家之治亂、民生之休戚、風俗之美惡皆係士習。”

陸象山講學白鹿洞亦常談，何以聽者泣下？曰：“士之以利爲義也久矣，説到應制科，皆是喻利，震悚者安得不泣下？晦庵亦云，切中學者隱微深痼之病。”

象山判君子小人似太嚴。曰：“所云終日從事者，雖曰聖賢之書，而其志之所向，有與聖賢背而馳者矣。仕則唯官資崇卑、禄廪厚薄是計，孰能悉心力於國事民隱，以無負於任使之者？所喻如此，謂爲君子不得也。”

王龍溪主客氣之説，如何？曰：“極明快。爲主者必謙，百凡自爲貶損，故氣常和平。爲客者易肆，多計較苛責，故氣常乖戾。”

羅豫章教李延平於静中觀喜怒哀樂未發時氣象，何如？曰：“苟不認的喜怒哀樂，徒觀未發時氣象，恐亦不足觀也已。”

無善無惡之説何如？曰：“告子之言性也。聖賢言性，必極狀無聲無臭之妙而名之曰善，豈徒然哉？苟不分別善惡，何以布令？何以立教？猶稱名稱字，與人無與，而苟無所稱，怎麼招呼？”

形何以必踐而後有？曰：“有目不能明猶無目也，有耳不聰猶無耳也，有口不正猶無口也。故舉聲色之美惡、飲食之甘苦而問之不明不聰不正之人，好惡必無一當。”

何謂飲食之正味？曰：“不義之鼎烹，味非不厚却不正。樂義之簞瓢，味非不薄却正。正則甘，否則苦。”

心病種種，何法以治之？曰：“以天下爲己任，則百病自瘳。”

趙清獻難於絶慾，乃掛父母遺像於床中。申世儀爲襄州刺史時畫楊震像於寢室。非善自警者與？曰：“此亦强制之方。苟志定理明，聲色貨利烏足以奪之？”

宋亡，杭高士褚雪巘名師秀者，讀書天慶觀。尤平章慕而訪之，單騎從一童，見即拜於地。雪巘不延坐，乃即鎖户。偕行廊廡間，長揖而出。此古道與？曰：“未免已甚。其人折節如此，延坐婉辭，未爲不可。”

廬山之麓有子翁者，或勸之從陽明講道，曰：“吾聞聖人之道在《論語》，吾於‘言忠信行篤敬’六字求之四十餘年，未之有得，又烏乎講哉？”然則學果無待於講與？曰：“雖不從陽明遊，亦不可不講。不講則所謂忠信篤敬者，未必皆是。”

公孫宏爲相，築館招士。一曰欽賢館，其有德任毗贊者居之。次曰翹才館，其才堪九列、將軍二千石者居之。次曰接士館，其有一介之善、一方之藝者居之。躬自菲薄，以俸禄給館，爲相之道宜然與？曰："相爲天子用人才，自有公取公待之道，唯在知人善任，何必築館？"

陸子静云："某之取人，喜其忠信誠慤，似不能出口者。議論風采，他人所取者，某深惡之。"然一以木訥取士，恐是庸才。曰："學問中木訥，才必非庸。"

李愿中少年豪勇，一飲必數十盃，醉則好馳馬，一驟二三十里，後從羅仲素，盡變此習。然則人之變化在學邪？曰："何獨愿中？明道少師茂叔，旋出入於釋老者幾十年，返求諸經而一變。仲素少從吴國華學，後見龜山，乃知舊學之差，三日驚汗浹背。晦庵二十四五歲尚泛泛老釋，及從愿中游，遂飜然改悟。人患不學耳，學則未有不變者。"

蔡季通元定教人以性與天道爲先，自本而末，自源而流，嘗言學者未知本源，未必不惑於異端之説。陳北溪淳主格物。是時有以格物爲支離者，但教人求心，一蹴可以至道，北溪作似道似學二辯。二者孰是？曰："格物正是窮源溯本底工夫。北溪之説非淺，季通之説非深。"

經書解説與朱子異者，可概置之歟？曰："理會身心，有何忌諱？昔蔡京用事，禁士勿得挾元祐書，制師生牧司連坐法，罪流徙。劉白水勉之以鄉學詣太學，獨陰訪伊洛之書，潛抄而默誦之。"

有言"規箴之言宜少，奬勸之言宜多"，當乎？曰："求友之益莫大於聞過，如二程之與横渠、晦庵之與南軒，可謂篤矣。觀其往來諸書，無非切磋箴規語。互相誇美，小人之交也。"

范堯夫純仁娶婦，文正公聞其以羅爲帷幔不悦，謂有則必焚之。寇平仲準寢處一簀幃二十餘年。文正在杭州子弟請乘閒治第洛陽，文正公拒之。李文靖沆爲相，家人勸治居第不答。或者矯異以沽名與？曰："古人志大識遠，且不忍以衰世豪華之習陷子孫。"

戴叔鸞良有五女，皆疏裳布被竹笥遣嫁，何五女皆賢也？曰："古人家訓不同。其人最服黄叔度，每自降薄。進德如此，教家可知。"

郭林宗何獨不爲危言激論？曰："識大於才耳。好爲危言激論，皆由是識不足。"

文舉孔正平禰不附曹，非正氣與？曰：“正而寡識，撩虎而無益於漢。”

李初平不以屬吏待周茂叔，席元山以提學副使師事驛丞王陽明，方獻夫與陽明同僚乃執贄受學，如此則在下者何必過拘儀制？曰：“上非其人，不可不以禮自處。”

山巨源濤見王衍曰：“誤天下蒼生者必此人。”郭汾陽見盧杞曰：“此人得志，吾子孫無遺類。”二公何以知人所不知？曰：“杯酒談笑間亦可見人肺腸，況言行彰彰者乎？唯偏好者不知。”

辭受稍自愛，人即以好名譏之，奈何？曰：“世俗知利而不知義，烏足以論辭受？昔張無垢在越作幕官，不請供給錢，在館中進書，不肯轉官，人皆以爲好名。無垢曰：‘既請月俸，又受供給，偶然進書，又便受官，於我心實有不安。此亦本分事，何名之好！’”

鄭所南思肖矢不與北人交接，於友人坐間見語音異者輒引起，人皆亮其孤僻矣。至自題所畫蘭即憤懣，豈不見亮？而險異詭特，唯恐人知，何也？曰：“行不合俗，無可加罪。言無忌諱，罪可加矣。危行言孫，所南有之。”

高士皆可以爲法邪？曰：“有過高者唯過高始傳，然不如不過更好。”

隱士中何陶元亮名獨盛？曰：“元亮負經濟才，雖藩輔交辟而志未得行，故決策歸田。及遭禪代，益懷匡復，非獨以一隱高晉宋人物也。”

往行即是樣式，何必更求天則？曰：“天則者，應事之規矩也。舍規矩而倣成器，所製幾何？”

古樂不可復乎？曰：“以桀紂而奏《雲門》《咸池》，固不能享帝，以堯舜而奏《落葉》《焦泉》，亦未必不享帝。故樂律雖自唐以後無制度可考，亦不可不正。”

先儒謂人一呼一吸爲一息，天行七十餘里，一晝夜有萬三千六百餘息，天行九十餘萬里，信然與？曰：“可無論。法天之行健，以自强不息可也。”

聖可學而至歟？曰：“學聖者，學本心也。吾盡吾心，何不可至？”

既制科取士，能文者豈不當重？曰：“宜重人品。心術正則言雖拙皆濟世之才，不正則言雖工皆病民之士。”

言人品何必言心術？曰：“人品正而心術不正者有之。”

洪武癸酉，崇仁縣金羅師聖恢，永豐人，上言孔子廟廷從祀，如《論語》稱有若者四，責宰我者二，宜以有若居十哲，而宰予居兩廡。公伯寮沮壞孔子，不宜從祀。蘧伯玉，孔子之故人，居兩廡未當。此論何如？曰：“四科十哲，皆一時與陳蔡之阨者。若以七十子論定，則曾子何以不與？”

救荒之道何如？曰：“晦庵云，救荒只有兩説，第一感召和氣以致豐年，其次只有儲蓄之計。”

薛文清謂處事不可使人知恩，何周伯仁不令王茂宏知而因以致殺？曰：“用恩者，須如救井上孺子，然爲親故謀，知亦無妨。茂宏望救於伯仁，伯仁心實欲救之，乃反作掉臂不顧之狀，爲痛癢不關之語，豈有不傷其心者哉？示公而實愚矣。”

孔子到七十純乎天道時，有不盡之學，何也？曰：“此正天道，時行物生，有何止極？使孔子壽百千年，豈一無事？特天體常定，萬古如一時耳。”

先儒不報座主簾官，不已薄歟？曰：“試官奉行公典，非私恩也。唐宋之季，試官掠美市恩，圖報者亦如，不感致餽之主人，而唯感傳餽之使者，且忍於欺主人害主人以報之，可謂厚道乎？”

古之遯世者，絶口不言世事，當歟？曰：“世事何可言若往事與？聖賢之學，何必不言？”

晉文公不好南威，豈不知其美歟？曰：“南威殊惡。旨酒毒藥也，儀狄不知而大禹知之。鹿臺火宅也，殷紂不知而武王知之。西子妖物也，夫差不知而伍員知之。女樂惡聲也，哀公不知而孔子知之。古人方是真聰明真性情。”

司寇王質由教官薦授御史，司徒年富德平訓導擢吏科給事中，宗伯劉仲質宜春訓導薦授編修，中丞宋鑑教諭秩滿擢御史，當年何其重教職若此？曰："造士之職與牧民之官，其選擢禄秩宜相等。隆師重道則教易從。"

曹静修端爲霍庠廣文，方岳重職皆不敢待以屬禮，至其郡必謁之，豈别有聲勢歟？曰："律己造士，由不同流俗，上自敬重之。觀其父信佛，聞端亦輒改，其至誠感人可知。"

李文達賢謂楊文貞於本朝爲巨擘，於宋之公卿終有憾焉。如王文正以張師德兩造其門，惡其奔競，終身不用。文貞必以造門者舉之。文潞公以唐介攻己被謫，再三申救，卒舉用。文貞以攻己者爲輕薄生事，必黜之。不知文貞何以不公？曰："文達亦不能容羅一峰倫。有宋人物皆知學，故立朝有器識、明大體。"

何謂權？曰："權有定體無定位，故稱物之輕重，必游移其權而始當。"

明道謂《中庸》言誠便是神，何也？曰："千變萬化而自然有則，非其至神者與？"

人與物何以相感？曰："同在氣中而感乎誠，不獨熒惑退舍，虎渡河，鱷魚徙溪，即所謂伯牙鼓琴而六馬仰林，瓠巴鼓瑟而游魚出聽，皆實有此理。"

朱子謂漢以後只做屬對文字，後來漸弱，蘇頲亦不能變，至韓文公方盡掃除，然當時信者少，到尹師魯、歐陽公方盡變了，古文自古文，四六自四六，信然與？曰："此言文體也，未及言心。識正心亦正者，真文也。識正心不正者，浮文也。若並無識，僞文而已。"

張横渠謂不資其力而利其有，則能忘人之勢，似亦不易。曰："不如樂其道而忘人之勢，道大於是矣。"

欲富貴，人情也，君子何以不欲？曰："濂溪云，見其大而忘其小耳。"

爲人作碑傳誌銘多是按行狀，何由得實？曰："必須有據。昔平江伯陳豫以白金綵幣求楊文貞爲其父作墓誌，文貞力辭之，語人曰：‘吾爲彼祖作墓碑，以其委督漕運，有行實功績。苟無可述而稱之，非所以取信後世也。吾何以金帛爲哉？’先輩之自重重人如此。”

後世何以無信史？曰：“國史總於翰林，而不立日歷所，不設起居注，記何從實？王守溪云：‘古史官皆世守，人主所至，執筆以隨。後世史官無定職，人主靜動不及知，政事行罷不預聞，唯易世後則總前後奏疏，分曹書之，而以宰臣兼領。疏中語未必皆實，縱得其實，或奪於衆不得書，或迫於勢不敢書，或拘於才不能書，其兼領者又往往以私好雜於其間，故不復有信史矣。’”

楊文敏榮楊文定溥德量何如？曰：“宣德中，魯穆僉事福建，文敏家人有犯，不少貸，文敏薦之爲僉都御史。正德初，文定之子上京師，江陵知縣范理獨不爲禮，文定薦之知德安府。此非以國家爲念而不計其私者不能。”

解義似非新奇不傳。曰：“在當，不在新奇。横渠謂知《詩》者唯孟子，爲其以意逆志也。伊川謂知《易》者莫如孟子，爲其以時聖孔子也；知《春秋》者莫如孟子，爲其知《詩》亡然後《春秋》作，春秋無義戰也。孟子何嘗新奇？却當。”

讀書何謂買櫝還珠？曰：“詩書所以載道也，得古人之詞而詞中之道仍歸古人，與買櫝還珠何異？”

伊川謂科舉奪志，豈有志者不當習舉子業與？曰：“言志不可不堅也。堅則應舉皆義，不然鮮不爲其所奪矣。”

劉器之謂子弟寧可終歲不讀書，不可一日近小人。小人若是，其可懼耶？曰：“小人最易熏染。不讀書本質尚存，一交小人則人品心術盡爲所壞。明道云，古人胎教、保傅之教，尤勝今日庠序、鄉黨之教，亦是此意。”

李文正東陽以神童被召，居官則文名山斗，世以庸材目之，何也？曰：“文正不識人材，故譏之者謂文正爲相，專以詩文延引後進，收名士，往往破格擢用，而不知迪知忱恂，舉用真才實學，亦無大臣丰采。

故劾之者謂當逆瑾擅權亂政之時，文正禮貌過於卑屈，詞旨極其稱贊，如此則名高山斗，何救於伴食哉？”

子弟惡習不過美服食樂燕游，作驕慢輕薄之狀而已，豈皆下愚，必不可變哉？曰：“父兄師友皆是如此。《詩》曰：‘倬彼雲漢，爲章於天。’教自上也，必在上者先有以教父兄師長，然後可以教子弟。”

晦庵謂聖人教人爲學，非使人但爲科名爵禄之計，須是格物、致知、誠意、正心、修身，以至於齊家、治國、平天下，方是正當學問，然必如此，恐三代之世亦無許多大人。曰：“才有大小，位有崇卑，而學無不一。自天子以至於庶人，壹是皆以修身爲本，國有異教、家有異學乎？”

竟主率性易至任情率意。曰：“戒慎，恐懼者性也。試觀諸物，莫不驚顧防彈射。飛者擇林，走者擇穴，非性然乎？”

物欲豈遂殞命與？曰：“命未及殞，而先已殞心。故君子防欲如防寇，不獨來則禦、去則守，必犁庭搗穴，廓清而後止。”

古之人才何以易造？曰：“世道好物有常制，用有常度，俗樸風醇無粉華。可悦教者，不過長養之而已。”

教女子者，可使讀書邪？曰：“生而賢淑者無幾，又不教以家規閫範，則德性何由而成？如謂婦女不可令他識字則是，江漢游女皆識字之過，而文王之下令只不許他識字，便都化了。然不必讀他書，朱子云，教女子者，如曹大家《女誡》、《温公家範》可矣。”

第五倫視兄子之疾不如己子，果私心與？曰：“此實倫自歉語，不仁者反以爲天理人情。伊川曰：‘不待安寢與不安寢，只起與不起，便是私矣。’”

古人視兄弟之子猶己子，恐未必然。曰：“仁者於人莫不關切，况兄弟之子乎？但彼有父母恩愛，不得不殺。”

孔子曰“親親之殺”，似從殺方是天理。曰：“殺者，由親親而殺。大封同姓始有五等之分，苟不親親，何殺可言？”

世遠雖一本而疏矣，何能關切？曰：“後人覺疏，自祖宗視之，則皆子孫也。一人失所，豈不心痛？仁孝者自體貼得到。”

韓退之僅一文人歟？曰：“與陶元亮皆可謂豪傑之士，無文王猶興者也。”

夏侯玹何晏鄧颺亦一時名士，三人欲交傅嘏。嘏何以不受？曰：“知三人皆清談非正，故語荀粲曰遠之，唯恐及禍，况昵之乎？然使世味未淡，不暇擇矣。”

張茂先博物洽聞，何以不能善身輔國？曰：“猶方書無所不讀，而不用以療病，與不記一方者何異？”

人君之學，果在詩文與？曰：“暇則習之，差勝游畋聲色。求其培養德性，莫如親賢好古。昔鄧世隆請集唐太宗文章，太宗曰：‘梁武帝父子、陳後主、隋煬帝皆有文集行世，何救於亡？人主患無德政，文章何爲？’遂不許。”

古之不講學者何亦知學？曰：“欲爲君子，不可不學。人知霍子孟不學，不知漢如孔光、揚雄、蔡邕，晉如張華、王衍，宋如王安石、章惇，皆是不學之過。如董江都正誼明道，韓昌黎《原道》闢佛，李文靖謂沆爲相，‘節用愛人’一句尚未盡底。范忠宣嘗曰：‘忠恕二字，一生用之不盡。’文信國日讀聖賢書，所學何事？壯繆武穆，本領春秋，皆是不講而未嘗不學者。”

《睽》之六三：“見輿曳，其牛掣，其人天且劓。”上九：“見豕負塗，載鬼一車。”果由心疑目眩而有此見耶？曰：“宋張子顔見光中有白衣人如佛者，信之益謹，斷葷酒，體益癯而病。良醫汪壽卿投以大小丸千餘粒，服之漸無所見。壽卿曰：‘心氣不固則多疑，遂有所見。吾以小丸定心，以大丸實脾，使不耗心氣，故病自愈。’然則虚見必生於疑可知。”

孝弟忠信，豈非老生常談？曰：“人人親其親，長其長，而天下平，此外何奇？”

《易》可一言蔽之乎？曰：“與時偕行。如《損》之《彖傳》：‘二簋可用享。二簋應有時。’同一誠也，有時禮之薄者可用以享賓，有時雖誠亦不可用。如《未濟》之上九：‘有孚於飲酒，无咎。濡其首，有孚失是。’同一信於飲酒也，時而宜飲，則飲爲无咎，時而不宜飲，則飲爲失是。《易》之道，其唯時乎？”

或謂大許衡不及小許謙，大吴登不及小吴萊，定論與？曰：“白雲淵潁之學實有高過兩人處，尚口者不知也。”

陸敬輿在貶所閉户撰驗方五十篇，何又不肯著書？曰：“避謗也。宣公學識肝腸盡見奏議，又何必著書？”

宋南渡時如褚承亮、杜時昇，航海時如劉静修、金仁山，人品如何？曰：“四公皆實學，不以世味熏心者，然安貧樂道如鄧禾、彭炳諸人，亦非吴許所及。”

東漢黨禍果始於周房兩家賓客與？曰：“黨禍固始於甘陵，而實由於陳李諸公標榜太盛，臧否太嚴，其謀誅宦監又不能密而折首，迄至招虎除狼，狼除而漢無世矣。有陽剛之德，不聞道，禍遂至此。”

制小人之道何如？曰：“《大畜》之六四‘童牛之牿，元吉’，言制之於未發，則易爲力。如韓魏公處内侍任守忠，忽出空頭敕，即日押行，安置蘄州，是以一牿制童牛也。六五‘豶豕之牙，吉’，言制之於已發而得其機，用力猶少。如武宗收逆瑾一夜，允張永奏，以牌子頭數人即執瑾，是以一牙橛制豶豕也。”

三楊在朝，何不蚤除王振？曰：“恃其朝綱整飭，海内宴安。暨子無能也，不知《姤》以一陰遇五陽，陰雖微而勢漸長，故其辭曰：‘女壯，勿用取女。’正統初，少師士奇以振參末議，三日不出。太后因少傅榮知其故，震怒，詔鞭振，押至閣中謝罪。斯時去振如拉朽耳，何馴與振遇而振寖用事，三楊不得有權矣。保泰者可不防，女壯取之，必有專成之禍哉。”

有言“人爲即我爲”，非有見於萬物一體與？曰：“似我可不爲也。何不曰‘我爲願人爲，人爲即我爲’？”

子弟可令講學邪？曰：“可問不可講。少年記得些些語録，採得些些經史，便出來高談傲世，旁若無人。善教者教以謙虚厚重，勉爲受教之地可也。”

周續之隱居廬山，每見招於州將，與祖企、謝景夷講禮校書，果通隱與？曰：“遯世之人，宜絶覲謁。靖節諷之曰：‘馬隊非講肆，校書亦已勤。’‘願言誨諸子，從我潁水濱。’此朋友相愛之言，即千古不易之論。”

管幼安視金無異瓦石，華歆捉而擲去，可定兩人優劣歟？曰：“不在此。苟非一龍，其醜狀豈獨捉而後擲哉？幼安每笑華歆、邴原有仕宦意，只此一意便無所不至。”

吴康齋以石亨力聘至京，不過始謙而終倨，何遂大不理於人口？曰：“學者不能淡然無欲，醜狀或有之，譏者未免太過。”

康齋以弟賣塋田事，束裙蓬首跪訟府庭，可謂孝乎？曰：“孝莫大於守身。爲先人之孝，不敢辱先人之不孝。”

任本心者，何以不能時措咸宜？曰：“不博學詳説，只静坐默想，囫圇悟出個自然，其是非介毫，芒處如何，一悟便得。所以任情使氣，皆道是任本心。”

正統初，王振出部堂皆斂輿，魏少宰驥獨不爲避。成化中，汪直公幹河南，藩司以下皆郊迎，陳按察選獨綵服至公署，由中道入。二公獨不畏禍邪？曰：“此時尚有士氣，嬖豎猶有忌憚。”

黄守拙“理是則心安，心安則理是”之説，何如？曰：“先須窮理辯心。理非天理，是不可爲是。心非本心，安不可爲安。”

羅念庵謂祝年莫如惜時，非格言歟？曰：“壽而不聞道，猶無年也。勤而不謀道，猶未惜也。”

夷尹惠何以聖而非中？曰：“猶物之有酸甜苦辣，偏而各足，孔子則合而和之矣。高忠憲曰孟子願學孔子，雖是一生願力，實是萬世法程，看來夷尹惠真學不得。夫子之時是人心同然天則，所以生民未有之聖，反是人人可學。”

人能無我，非仁者歟？曰：“此心之全體未復，仍與天地萬物有貫通不去處。”

紙錢始於何代？曰：“始於唐元宗時王璵。古用玉帛，後易錢幣，然亦無許多錢來，璵作紙錢易之。璵與肅宗相尚鬼，分遣女巫遍禱山川。有少巫乘傳，與惡少十數輩横行州縣。至黄州，刺史左震令曳巫斬之，惡少皆處死。狀云：‘臣已斬巫，請以所籍錢代臣貧民輸税，臣請死。’朝廷慰奬之。觀此則知王璵之紙錢，兒戲褻神，必不用於正人矣。”

宋藝祖受命密鐫誓碑，立於太廟夾室。凡時祭及新天子即位謁廟禮畢，有司奏請讀誓碑。一云柴氏子孫有罪不得加刑，縱犯逆謀，止於獄中賜盡，不得市曹刑戮，亦不得坐連支屬。一云不得殺士大夫及上書言事人。一云子孫有渝此誓者，天必殛之。其天子詣室，僅一小黄門不識字者從，啟鑰，供香燭，揭幔即走。天子至碑前，再拜跪瞻，默誦訖，再拜而去。雖腹心大臣亦不及知，何其密之若此？曰：“使臣下知之，恃此爲惡矣。此宋家忠厚遠過漢唐者。”

樊遲未臨民，夫子何教之以禮義信而遽及其效？曰：“吾儒在天地間負荷，不可使一人不在道中。然必以身先人，隨感隨應，無間出處也。”

世道人心雖愈趨愈下，而挺立挽回者又覺太矯。曰：“三季之俗，宜順者少，宜矯者多。”

中庸似好異不合。曰：“習俗非古，是非亦謬，恐反以同者爲異也。”

董子謂事在勉强而已，勉强學問則聞見博而知益明，勉强行道則德日起而大有功。陸子以後多主自然，何也？曰：“自然者，性也。勉强復性者，學也。如少慕父母，豈非自然？及慕少艾、慕妻子、慕君，則自然之性牿亡之矣。使不勉强，求其服勞奉養，亦不可得。”

何謂自然？曰：“堯舜性之是自然，湯武反之是學自然，以意之便安爲自然者，是牿自然。”

古人之言行善矣，或以爲迂僻而嗤之，何也？曰：“世衰而道微。”

何爲人主之才？曰：“在知人，在安民。五代宋孝武學問博洽，文章華贍，省諸書奏，七行俱下，又機警善騎射，却奢欲無度，黎民失所。故人主之才，在彼而不在此。”

士雖隱，亦當謀生，莊宗時長沙處士戴偃何遂餓死？曰：“自致其禍，非謀生之拙也。馬希範繼父殷爲楚王，淫奢而昏。偃乃作《漁父詩》百篇諷之。希範怒，遂禁，士庶無與之交，至餓死。是時進士梁震在江陵爲南平王高季興掌書記，子從誨嗣立。震乃處郊外灌園鬻蔬，稱處士，及以事召，則倒跨黄牛，直至聽事前，稱從誨郎君而已。從誨以父舊人不忍殺，此可責從誨乎？”

郝京山敬答友書萬餘言，闢其虚誕，尤闢天堂地獄之説，是耶？非耶？曰：“無論有無，只忍心説父母有大罪惡，坐地獄覓僧道救拔，便已不孝，况僧道何如人？可乞冥神、拔罪鬼、升天堂耶？至於祈福，則梁武、宋徽大可鑒矣。”

有宋取士之法何如？曰：“與唐制大同小異，但自唐以後進士俱爲知舉門生，恩出私門，不復知有人主。藝祖御試，進士不許稱門生於私門，一洗故習，然此亦不過法善耳。士習之公私厚薄，在教不在法。”

四代之初，天下何以稱富？曰：“一人尚儉素，上大夫皆惡侈靡，其時風醇俗樸，又無官吏貪求，海内安得不富？得周召輔之，庶幾三代。”

劉忠宣大夏非生質之美與？曰：“質美固易於爲善，然亦恐一家之風氣習染壞了忠宣。時父廣居官御史，適楊文定便造其家，問知母夫人已往隣家磨麪，乃起徧視宅中，遂引大夏詣寢室，見牀上唯蒲席布被而已。風氣若此，熏陶可知。”

人之雅俗，果隨風氣耶？曰：“獨立者少。時尚儉素則恥驕奢，時尚驕奢又恥儉素。”

教子弟以儒業恐難治生。曰：“儒業有四善：虚可明理，實可進德，窮可治生，達可治世。故古人或稼或圃或負薪賣牛皆不廢業。野人而止，非所以愛子弟也。”

王節信符《浮侈篇》謂“山林不能給野火，江海不能實漏巵”，非格言歟？曰："但言其弊必窮，不知浮侈時便有害，厚取而敗俗。"

吴幼清於經傳無不通貫，可謂得其傳者歟？曰："解書只須眼明，得道必須足到。幼清眼雖明，足未必到。"

古之隱者不喜居城市，何也？曰："其相聚而談、相觀而效者每不堪見聞，不如草野較樸。"

晏元獻殊誠賢相，仁宗何相信之篤也？曰："誠樸而已。公七歲中童子科，以張文節薦召至闕下，適御試進士，令就試。公見試題曰：'臣十日前已作此賦，草尚在，乞别命題。'居館職時上諭執政曰：'近聞館閣臣僚無不游戲燕賞，唯殊與兄弟杜門讀書，如此謹厚，正可爲東宫官。'公受命，入對曰：'臣非不樂游燕者，若有錢亦須往耳。'誠樸若此，天子安得不信任之？"

古人亦幸讐家之災歟？曰："如王武恭德用爲中丞孔道輔所言罷樞密，出鎮，又貶知隨州。及道輔卒，客曰：'此害公者也。'公愀然曰：'孔公以職言事，豈害我者乎？可惜朝廷亡一直臣。'古人忠君而責己，故不得怨人而幸災。"

王孝先曾平生志願果不在温飽耶？曰："觀其得第還鄉，郡守令父老將娼樂郊迎，公易服乘小騎由他門入，遽謁守令，且曰：'不才幸忝科第，豈敢煩太守父老致迓？是重其過也。'守歎曰：'君真所謂狀元矣。'苟非志願不同，何能處此漠然？故相兩朝，始終一節。"

作相榮矣，向文簡敏中麻下日無一賀客飲宴，豈非塵視軒冕與？曰："向公思在稱職，官非所榮，與世之徒然輕物者有辯。"

劉元城之學得力何在？曰："元城從温公學。熙寧間舉進士，不就選，徑歸洛，復從學，數年一日，問盡心行己之要。温公曰其誠乎，元城之得力可知矣。"

一長亦有可濟，何必求兼？曰："略所短必矜所長，如歐公不言文章而喜談政事，君謨不言政事而喜論文章，皆各求所短不矜所長也。"

君子之學以不止爲止，可舉似乎？曰："農工之業，皆逐歲不止。此不止之業是即終身所止而不遷者也。"

小人重治生，君子豈可不重？曰："君子爲一家詩書地，小人温飽而止。君子之謀比義而易足，小人之謀背義而難饜。"

崔子玉座右銘"施人戒勿念，受施戒勿忘"，此非當戒歟？曰："率性施人自不念，率性報人自不忘，然學者不可不戒。"

處患難之道何如？曰："居易俟命。伊川自涪還洛，門人見其容色勝平昔，問之，答曰：'處貧賤如富貴，處患難如平安。'"

或問張無垢倉卒中患難中處事不亂，才耶？識耶？曰："未必才識了得，必其器局不凡，素有定力。不然胸中先亂，何以臨事？"

徐師川才氣自負，言至於了翁，必誠服之。或問范忠宣所儲人才可爲今日用者，答曰"陳瓘"，又問其次，曰"陳瓘自好"。宣和間，或問游定夫以當今可以濟世之人，定夫曰："陳了翁其人也。"劉器之因了翁病，使人勉其以醫自輔，曰："天下將有賴於公。"不識忠肅，何爲見重如此？曰："守正而好善，居言路，排奸扶正，所指摘者，往往嘗相薦舉。性謙和，與人議論率多取人之長，雖見其短未嘗面折，尤好獎進後輩，一言一行可美者即揄揚不置，謂己不能。其德如此，使不遷謫委任二十年，宋室豈不再造？"

胡秘監旦謫商州未召，嘗與李文靖沆爲制誥，聞沆拜相，以啓賀之，詆前罷去者吕郭辛陳四人，而譽文靖甚力。文靖不悦曰："承人之後而説其非，吾所不爲。"終爲相不用，旦果公道歟？曰："大臣以人事君，能惡諂佞，可得正人矣。"

古人謙讓皆出於本心與？曰："如伊川除崇政殿説書，謂温公曰：'經筵若得范淳夫來尤好。'温公曰：'彼已修史，朝廷自擢用。'伊川曰：'不謂此。頤自度乏温潤之氣，淳夫色温而氣和，尤可以開陳是非，善導人主。'此非本心之言歟？古人謙讓類此。"

優於吏治者，或未必優相業。曰："唐如狄懷英、姚元之、宋廣平，宋如范希文、杜士昌、晏同叔、吕坦夫、歐陽永叔、寇平仲諸公，或爲刺史，或爲守令。有吏治者何常不有相業？特不能爲周召耳。"

如必聞道而後可爲人，安必人人聞道？曰："有一長可用而心術正大，行誼不虧，亦可以無恨。求盡其性，非學不可。”

王文正旦發家報，見寄子衣帶以紅爲之，怒曰：“爾好華如此，欲壞儒風耶？”夫一紅帶，豈壞儒風？曰：“是即驕奢淫佚之端。古人防微杜漸，教家亦是如此。如陸祖言見從子俶初仕盛饌供客，客罷，怒而杖之，謂其不能光益父叔，反穢我素業。杜正獻家居饗客多用髹器，客以宰相清貧贊之，公即取白金燕器陳於前曰：‘衍非乏此，雅自不好耳。’卒亦散施。古人身範家規，皆本儉素，皆身端，而子弟亦多賢肖。”

會典之制及於服飾器用，何也？曰：“王制不嚴則民志不定，民志不定則奢僭無等，而天下亂矣。故盛世之風，必先定制。”

古者蔭及弟姪，豈定制與？曰：“無定制，以其例推及之耳。如歐陽文忠修少孤，賴叔父教成，乞以一官回贈，詔贈郎中。王沂公曾自言幼孤，叔父母育之，詔贈宗元工部員外郎、嚴氏懷仁縣太君。范文正仲淹三歲而孤，隨母適朱氏，後乞贈推蔭及之。杜祁公衍蔭及其姑之子，少時父卒，母適錢氏，未適，亦推蔭及之。此又不獨弟姪，並不拘例也。王文正旦病篤，惟念兄子淳已長，爲乞官，上諭政府，以宰相例除之，己子尚有白衣者。彭尚書汝礪兄無子，爲立後，官之，又官其弟汝芳，而後其子。陳忠肅瓘伯兄早世，公撫其孤，初奏補蔭，舍己子而先兄子。此皆古人孝友，所爲雖有過於厚者，亦異於小人之過於薄多矣。”

言官必如何而後稱職？曰：“識大體，略細故，議論持平，而以至誠將之。韓忠獻琦謂言官唯通明端樸、高識博學之士，則言必中理，日益宸聽，使愚不肖者冒而處之，固不勝其任矣。”

處士如王良、樊英、殷浩皆有盛名，拜官輒減，何也？曰：“責望太過，寵任太驟耳。使良不爲大司徒，英不當師傅之禮，浩不行師北伐，豈無一可觀哉？大都用人之道，即欲間行辟召，取學行習聞者，必須量能授官，不當概以師傅待之。學者亦不宜妄膺顯爵，取誚虛聲。”

進退百官者，恩怨皆可不避耶？曰：“任怨不任恩。恩不歸君，樹恩之私智也。怨不歸己，避怨之私智也。王沂公立朝，每進人才，必不以恩歸己而使之聞，嘗曰：‘恩欲歸己，怨使歸誰？’”

黄魯直答外甥洪駒父書云：“《罵犬文》雖雄奇，然不作可也。東坡文章妙天下，其短處在好罵，慎勿襲其軌也。”此説如何？曰：“格言也。學者未必無感憤時，如元亮遭禪代作《桃花源記》、賦《飲酒》《述酒》諸詩，晦庵遭黨禁注《離騷》，皆可吐氣，何必罵人？”

使孔孟取士，何法？曰：“在教，不在法。古者造士先於取士，故品無不端，才皆可用。孔孟其亦行古之道與？不然貴科名不貴品行，變法何爲？”

後世取天下者可同三王與？曰：“名得其正者有之，其心皆是利天下。取後行事，間有合處。”

歐陽公篤於朋友，如尹師魯、梅聖俞、孫明復既卒家貧，公力經營之，又表其孤於朝，悉録以官，非厚道歟？曰：“其所厚者，皆舉世所欲厚之人。不然，比黨之厚也。”

傳道統者幾人？曰：“道統非中行不屬。顔曾思孟而外，明道以狂近中行，伊川、晦庵以狷近中行，餘則非狂非一作則狷矣。”

王衍被執，自言少無宦情。石勒曰：“君少壯登朝，身居重任，何得言無宦情？”此説當歟？曰：“衍之情，孰不知之？好浮名者惑耳。大都吾儒或出或處，總不可有仕宦意。苟立朝無所匡救，徒干譽固寵，而詭爲之説曰‘吾視富貴不榮於貧賤，不樂於貧賤’，其誰信之？”

取人何必歸重忠信？曰：“無忠信者才不可任，曹植輩豈利社稷？如周勃布衣時鄙樸庸人，卒安劉氏。質有其文者，則又難得。”

伊川曰：“太伯三以天下讓者，立文王則德被天下，故太伯以天下之故而讓之也，不必革命使紂賢文王爲三公矣。”此説如何？曰：“極當。如云讓國，當時以稱之作王天下解，是以奸雄待太王矣。蓋荆蠻一逃，意在使昌得佐商，澤被天下，不僅爲一家之父子兄弟計。其事創，其志孤，故雖智者不及知也。”

反身而誠，樂莫大焉，有實狀與？曰：“如孝友之家，情通意洽，無一人乖戾，何等順暢。誠者於天下亦然。”

王龍溪之言曰：“若是大豪傑，須自信本心，以直而動，變化云爲，自有天則，無形迹可拘，無格套可泥，無毁譽可顧，不屑屑於繩墨，而自無所踰。縱有破綻，乃其操履未純，原非心病。”此説如何？曰：“未見本心之言也。直任本心者，必有天則，舉凡君臣上下男女親疎，與夫進退取舍，形迹嫌疑處自然見幾脱卸。苟不拘形迹而至於辱己敗教，可謂天則歟？如等殺有儀，葬祭有式，應酬有節，概以爲格套勿泥，不可謂之天則也。有本心之明者，必喜人告過，必樂於聞謗，不顧人言而可以爲天則與？既無所踰矣，又履錯行虧，有破綻則是有變化云爲而未必有天則，不屑屑於繩墨而未必自無所踰，且操履未純而曰原非心病，則又舉事與心而二之矣。孔子到七十時始從心所欲不踰矩，今欲一悟即到，安得不是無忌憚？”

先儒以心非有非無、相非實非幻立説，可是禪學歟？曰：“勿論禪與不禪，只有益於身心、有益於天下國家者，便是正學。只有害於身心、有害於天下國家者，便是邪説。”

先儒彼此相議何也？曰：“議其學，非議其品。品則皆是君子，但資質太高，學不無弊，不相救，流將益甚也。如朱與陸辯論不合，或諫陸，陸曰：‘建安亦無朱元晦，青田亦無陸子静。’有學者遺書朱子詆陸，朱曰：‘南渡以來着實理會者，唯某與子静二人而已。某實敬其爲人，未可詆也。’古人居心皆大公無我。”

去病何方？曰：“唯有中道。醫熱者過投凉劑，一病痊，一病又生。”

德以何者爲要？曰：“好生。春夏秋冬相爲循環，而總全乎其爲春。其所以進退消長、無過不及者，天則也。任天而動，其唯聖人乎？”

夫子以忠許子文，以清許陳文子，皆不以爲仁，何也？曰：“一節之善，即出自本心，亦非全體，况未必由本心乎？”

博學審問慎思，善可明矣，何又加以明辯？曰：“似是而實非者難知，似非而實是者亦難知。”

學者當以何道居心？曰：“以仁厚居心則百惡之根拔，以謙退居心則百辱之源塞。”

王宗順謂樂者心體也，有不樂即非其體。此説如何？曰：“其人家居，每隨村落大小扁舟往來，歌聲澈林樾，觀此恐倚在歡笑一邊。”

王文成舉實相幻相之説詔龍溪、緒山，龍溪獨曰：“譬如弄丸，不着一處，不離一處。”文成喜之。此作何解？曰：“不着一處即離一處矣。纔欲孝友便恐着在孝友，纔欲忠義便恐着在忠義，終身安有實行？且禹稷臯夔之用，皆是着在一處耶？”

程純公謂所務於窮理者，非道須盡窮了天地萬物之理，又不道是窮得一理便到，只是積累多後自然見去。此較朱陸之説如何？曰：“朱陸如此，兩化其偏矣。”

何謂本心？曰：“難言也。其大無外，其小無内，第言其情則喜怒哀樂，言其端則惻隱、羞惡、辭讓、是非，言其事則事親、從兄、仁民、愛物。”

朱子謂文學雖以格物致知爲用力之始，非謂初不涵養踐履而直從事於此也，但以爲知之至，然後所以治己治人者，始有以盡其道耳。若必俟知至而後可行，則事親從兄、承上接下，豈可暫緩以俟其知哉？此説如何？曰：“能得言外之意，善於學古矣。”

孔子教人因病投方，孟子而後似專主一方。曰：“後人多怪病，多隱疾，多雜疴，不如以培養元氣爲主，元氣足則百病足瘳。”

有洪某者喜刻《唐荆川文集》，請叙於王遵巖。荆川答王書有曰“居常以刻文字爲無廉恥之一節”，又曰：“屠沽細人有一碗飯喫，死後必有一篇墓誌，其達官貴人稍有名目者，死後必有一部詩文刻集，卒皆不久泯滅。然其往者雖滅，在者尚滿屋也，宜舉祖龍手段作用一番。”此説如何？曰：“有見之言。毋謂有詩文傳世而品可不修也，况詩文亦未必傳。”

隆慶間修《孝感縣志》，有以鄉紳唐一齋父入逸民者，索其遺事作傳。一齋報書云：“先大人告給衣巾養親，甘貧守分，爲一鄉之善士，與古聖賢隱於下位者不同。"《論語》之所謂逸民者，何如人哉？且傳如傳神，毫不可爽，人子以非所得加之父謂之不孝，此意如何？曰："善於孝親者也。揚親過，實則使親不安，訾議亦起。"

入德豈無捷徑？曰："生知安行，不須問路。捷者莫如學知利行，過此唯困知勉行爲入德之正路也。"

先儒謂聞見爲支離，何也？曰："博而不約可曰支離。傳曰'多識前言往行，以畜其德'，以人才言，則博雅皆國家有用之器。"

古人之心何以常謙？曰："古人進德如登山，只仰而望嶺，不俯而視壑。視壑則己高，望嶺則猶下。"

呂新吾坤謂山林處士常養一箇傲慢輕人之象，常積一股痛憤不平之氣，此是大病根。處士何爲有此？曰："聞道自無。"

應事接物一有心耶？曰："伊川曰：'説無心便不是，只當説無私心。'楊龜山曰：'六經不言無心，唯佛言之。'"

砥節礪行者可謂聞道邪？曰："馮少墟云：'世之砥節礪行、循規蹈矩而不聞道者誠有之，未有真能聞道而遂不砥節礪行、循規蹈矩者也。'執節行規矩而概以爲聞道不是，外節行規矩而別求聞道尤不是。"

孔子曰"不義而富且貴"，何謂不義？曰："即君所宜事，而得之或以術或以賄或以阿附，皆謂之不義。"

飲食之人何以人皆賤之？曰："人之貪求者，多是好食肉飲酒不能淡泊使然。爲口腹而喪本心，豈不可賤？"

學氣度在事先歟？抑在臨事歟？曰："在事先亦在臨事。金非煆煉不精，不如臨事得力。"

陳龍川云："今欲天地清明，赫日長在，只因吾眼之偶開，便以爲得不傳之絶學。三三兩兩附耳而語，有同告密。"洵然歟？曰："君子何嘗不欲人人眼開？第人自入甕，謂天日已見，不須擊破耳。且不倦如孔子，亦不能盡人而語，傳道獨注顔曾，可謂聖人告密乎？"

龍川云："積累涵養則亮於諸儒有愧焉，至於堂堂之陣，正正之旗，推倒一世之智勇，開擴萬古之心胸，如世俗所謂麤塊大臠，飽有餘而文不足者，自謂差有一日之長。”此說當與？曰：“龍川軒奇磊落，不足者學耳。君子行己匡世，孰不堂堂正正？所以窮年問學，使麤心浮氣消磨殆盡者，欲規萬全耳。龍川任氣豪放，身幾不免，所謂堂堂正正者安在哉？亦未見推倒開擴也。龍川嘗稱諸葛武侯矣，不知武侯之得力在寧静。麤塊大臠雖食則必飽，而烹飪未善，亦足傷人。”

君子之樂，常人亦知之乎？曰：“苦而後知。不苦行險不知居易之樂，不苦豪奢不知儉素之樂。不苦争訟不知含忍之樂，不苦僭妄不知安分之樂。不苦驕傲不知謙遜之樂，不苦奔競貪污不知恬適廉静之樂。”

李盱江覯云：“衣食不足而欲教以禮節，學者皆知其難。及爲國家於富者，乃反嫉惡之。任之重，求之多，富者幾何，其不黜而貧也？”真文忠得秀亦云：“安富䘏貧，王者之政也。今郡縣之官往往有嫉視富民之意，多方破壞，不盡不止，於是賒貸之路窮而貧民益困矣。”如二公言，有宋士風遂至於是耶？曰：“過此剥及貧民矣。”

無欲非克己與？曰：“己者，非禮之己也。非禮不止是欲，無欲之視聽言動而稍不恰當，即爲非禮。故必克去非禮之己，然後純乎天則而天下歸仁焉。”

何謂直？曰：“率性直也，矯性枉也。故忠告善道爲直，激切非直也。父子相隱爲直，暴發非直也。揖讓周旋爲直，簡率非直也。危行言孫爲直，激論非直也。”

昔無黨禁而以道學爲不祥，何也？曰：“謂取科第，貴英發，一墮道學，於身絶望，故以此相嘲詆耳。此非六陽盡剥，士風壞到極處時耶？”

車服必君子始榮耶？曰：“稱則榮，否則辱。使貧家婦着錦衫曳柴炊飯，榮乎？不榮乎？”

柳公綽善張正肅。柳之子仲郢常遇張於途，去蓋下馬而拜，張却之，不從。張言於柳曰：“壽郎相逢，其禮太過。”柳不應。張去，謂客曰：“張尚書欲兒子於街市騎馬衝公綽邪？”父子如此，古之道歟？

曰：“余少時禮教雖微，尚聞此風，後來勿論。柳公父子求如張尚書呼貴郎小字，亦不可得。”

人之使性者，或是秉性躁發不及持耶？曰：“擊權奸、討亂賊，雖死不悔者，使性也。慷慨激烈，爲人不平而不準於義者，使氣也。下此躁怒，則皆使勢而已。勢行不去，處亦自不躁。權力而外，父子兄弟、親戚党與、聲望貨財皆其所挾，誰爲中節之怒哉？”

衛叔寶瓘謂人有不及，可以情恕，非意相干，可以理遣。何謂也？曰：“情可原則原之，無可原者論理。寬以容人，理也。反而自責，亦理也。”

何謂實學？曰：“如留侯所學者，六韜三略也。淮陰所學者，穰苴孫武也。此皆人所常學，而求其得意忘言，莫如張韓。必如二公，始可言實。”

班固譏遷論大道則先黄老而後六經，叙游俠則退處士而進姦雄，述貨殖則崇勢利而羞貧賤。晁无咎原之，謂遷特感當時之所失，憤其身之所遭，寓之於書，有所激而爲此言，非其心之誠然也。此説如何？曰：“史者千古之是非也，士習民風可以私憤爲之耶？蘇子由譏其淺陋而不學，紫陽惜其不明於聖賢六經仁義之説，皆與孟堅同一定評也。”

叙史者謂史記當直以文章論，作史與作詩同，着分毫理學語不得。此説當與？曰：“理者修身齊家治國平天下之道也，史不足以明道，須史何爲？詩發乎情止乎禮義，故學之足以理性情，即唐人詠忠孝、美節義，與夫念舊懷賢、憂讒憫亂、行在田家諸詩，孰不是理？悖理豈足以言詩？特温潤深婉不直樸耳。”

史遷謂相如雖多虚詞濫説，然其要歸引之節儉，此與《詩》之諷諫何異？揚雄以爲靡麗之賦，勸百諷一，猶馳騁鄭衛之聲，曲終而奏雅，不已虧乎？二者之説孰是？曰：“另意收束，賦體也。使諷果本心，《封禪書》何爲而遺？且人情易淫，舉師延靡靡之樂迭奏於庭，聽者惑矣。淡漠一亂，益覺厭聞。”

或謂子産德長於才，管仲才長於德，當乎？曰：“鄭國小弱，不能大有爲。使子產相齊，豈肯圖霸？”

文帝崇尚黄老，天下饒足。武帝表彰儒術，海内凋弊。何也？曰：“饒足非關黄老，人主之恭儉使然。凋弊非關儒術，人主之窮奢極侈使然。况表章儒術，貴文詞非貴行實也。使君實以堯舜之道修其身，行仁義而内不多欲，臣實以堯舜之道佐其君，不曲學以阿世，天下寧僅饒足而已？”

春秋以後諸史何以多俗？曰：“大約重貴顯科第，而天爵良貴次之，準之於道殊覺不雅，人心導之以正猶邪，况千百年之抑揚輕重如此，而欲使讀史者反之，人人先行實後文藝，崇雅而黜俗，不亦難乎哉？”

談《易》者身無一是，孟子不談却表裏是《易》，何也？曰：“孟子如食甘旨，不言而腹飽。他人如説甘旨，却未曾食。”

任本心而動者，不拘形迹，不泥格套，不顧毁譽，非從容中道與？曰：“合惻隱、羞惡、辭讓、是非而後謂之本心。觀荆川與龍溪書，諷其以風水謀寺田，致憲司有言而不顧，可謂本心與？可是從容中道與？非本心不可任，非任本心不可爲從容中道。所任者，習心也。”

讀書爲家務所妨，奈何？曰：“此學無對，任舉一事，學皆在焉。讀書則學在讀書，治家則學在治家，有何相妨？以讀書言，讀書所以明應務之理，與治家是一串事，不可説問路與走路相妨也。”

君子時時戒懼，何防乎？曰：“防其非性也。只纖毫與堯舜周孔之心體不合，即不是性。”

有親喪久不葬者，問之則曰：“不得吉地吉期，使子孫世科甲，何以榮親？”此可謂孝與？曰：“不孝莫大乎是。如必科甲，曾閔不仕，將不得爲榮親乎？父母即不賢，未有不樂於死後深藏者。子能從父母起見，順其心而蚤葬之，是爲孝矣。苟迷於富貴，惑於葬書，使父母暴露淺土，或十年，或數十年，貪矣忍矣，可謂孝乎？禮：未葬不變服，食粥，居倚廬，念親之未有所歸也。温公《葬論》不可不讀。”

子臣弟友常理也，何以難辯？曰：“辯此亦易，但迷私欲者不求辯，自信太過者不屑辯。”

古之言仁政者必言仁心，何也？曰："不忍民生失所而後急於求守令，不忍士風大壞而後急於求師儒，又恐庶職不稱復急於求憲職。智以拔之，義以斷之，禮以持之，信以任之，皆仁中事也。"

初學唯是省察克治底工夫麼？曰："顏子去聖人一間，尚有省克在。故曰有不善未嘗不知，知之未嘗復行，但未悟用力於當然，既悟用力於所以然，及其成功，方比生知安行矣。"

好知惡，惡知美，可實指與？曰："如孔子惡王孫賈，又取他治軍旅；惡祝鮀，又取他治宗廟。孟子聖夷惠矣，復譏其隘不恭；嘗黜管晏矣，夷吾舉於士則稱之，晏子對景公則述之。大公順應，可以類推。"

詩以樂而作，抑樂以詩而作與？曰："上古之世未有樂，先有歌。聖人感之，因合八音以和其聲而宣暢之，是樂以詩而作也。及作樂以象功德，以和神人，又非爲詩而作。詩言志，雖皆可播之於樂，非爲樂而作也。後來樂府諸詩又爲樂而作。要之，樂與詩合而詩必先樂。苟無樂章，器雖備，徒有清濁高下之聲而已，不成樂。"

宋以後人才何如？曰："三楊輔國，二楊忠愍繼盛、忠烈漣擊汙，金川狗難，東林辟邪，皆不在有宋下。"

章惇豪雋，博學善文，王安石悦其才而用之。及爲相，何遂妨賢病國，踵其弊而益甚也？曰："此才何關心術？安石之自命以此，取人亦以此。蔡京父子，亦非空踈不能文字者。"

小人亦讀經史，樂爲奸邪，何也？曰："記誦爲文詞，非爲心術。其心但不可一日無權位，何知忠愛輔國？獎華士而黜真儒，喜阿諛而惡正直，小人之心自如此。"

謝安石薦元，吕聖功薦夷簡，公心卓識也。小人私其親，亦以爲言，奈何？曰："不蚤辯其人之邪正，而徒辯其言之可否，鮮不惑矣。"

山濤爲選郎，舉嵇康自代，此亦人所喜者，康獨作書拒絶，豈不可選？曰："叔夜之意非不佳，但所言七不堪二不可，峭厲侮慢，無以處巨源。大將軍昭聞而惡之，宜也。"

毅廟不許創復各處書院，恐滋紛擾，何也？曰："三代之盛，國學、鄉學而外，不聞有書院。雖世衰道微，學倡於下，亦猶黨塾授徒，非於王制有加也。創立書院，覺學宫之外另一學宫，及别以朱學、陸學，又别以姚江之學、東林之學，則書院之中復分門户，而先王之意蕩然矣。倘初年得良弼，令天下盡師孔子，讀其書，學其道，其於諸説折衷而取長，由是講之學宫，講之黨塾，處則品相成，出則事相濟，盛世之風庶幾可復。惜匡贊無人，美意未發明耳。”

君子爲政，刑罰似不可少。曰：“君子只有愛人一念，刑罰不得已而用之者也。”

卷三

賞罰固是福善禍淫，賞延於世，罰弗及嗣，亦天道與？曰：“帝德好生，善善長而惡惡短，仁者之好惡如是。”

湯武亦是勝國諸侯興師革命，謂之順天應人，唐高宋祖何以不如？曰：“五代相乘，民困久矣。二祖應時舉義亦是救民水火，但心未必純王耳。”

釋氏不遺一法，體用豈不圓滿？曰：“彼法中不遺一法，非於天地之大綱小紀一無所遺也。”

歷代爲民害者，何者爲甚？曰：“貪賄鬻爵，人君有此，臣可得而諫之。人臣有此，君從何處知之？内取諸外，大取諸小，而民困也。”

孔少府《薦禰衡表》何如？曰：“人才貴於有用。少府薦衡重在飛辯騁辭，薦謝該重在博通群藝，亦一才也，而非漢庭所少。觀孔明舉蔣琬、薦吕凱，稱姚伷與杜微諸書，方得取人正道。”

吏治以何者爲最？曰：“富民興教，其上也。次則不徇情，不貪賄，不加派，不虧行。爲民興利而除害，亦是良吏。”

薛道衡之“空梁落燕泥”，王胄之“庭草無人隨意緑”，亦自作詩耳，何皆因此見殺？曰：“煬帝忌勝己者，兩臣又必欲見長，此所謂小有才，未聞君子之大道，則足以殺其軀而已矣。”

先儒謂張浚忠有餘而才不足，昧於用人，短於用兵，亦定論與？曰：“曲將軍端固敵人所大懼者，浚忌而殺之。岳太尉論吕尚書、張宣撫諸人不可爲將，浚怒而拒之。如此可謂明於用人乎？可謂長於用兵乎？出入將相，非器識絶倫者不能。”

漢文帝學黄老，天下大治，何也？曰：“承蕩平之後，海内無事，可以清静守之。使繼桓靈，可無爲治乎？觀賈誼策天下，亦未大治。”

何謂着在一物？曰：“穿衣喫飯，美惡隨時，可也。以惡爲恥，着在衣食矣。”

學者以未來之科第驕人，雅耶？俗耶？曰：“現在不可，况未來耶？勝我者不敢驕，等我者無容驕，不及我者不可驕。强則面相辱，弱則背相詈。學者先器識而後文藝，裴守約之論王楊盧駱可鑒也。”

孔子删《詩》《書》、作《春秋》，樂亦在是與？曰：“删以致治，暢遂其仁之性。作以撥亂，暢遂其義之性。孟子所謂樂善不倦，亦見於此。”

孟子言仁義禮智，不言信，何也？曰：“根於心即信也。無信則德不實，猶五行無土也。”

車服器物□□□[1]與？曰：“文質彬彬是也。太樸則陋，好華則淫，何謂彬彬？曰文兼質也。以衆象言，則宜質者質，宜文者文。如輅乘殷輅，冕服周冕。以一物言，如羔羊素絲，未嘗不質，而非糾糾葛屨，未嘗不文，而非衣裳楚楚。”

何謂執中無權？曰：“中猶秤星也。物物輕重無常，以權按星而始得其平。苟執初稱之，一星爲主而無權進退，何能稱物？”

何謂權？曰：“虚活明確之天體也，如狷者只帶一分不取底意思，便不能衡重輕。”

入德之途有幾？曰：“學與思。由學入者不思，由思入者不學，聖人兩指其弊，兩救之也。”

張無垢謂司馬温公與王介甫清儉廉恥孝友，文章爲天下所宗仰，然其所趨則大不同，一以正進，一以術進。介甫所學者申韓而文之以六經，温公所學者周孔而亦文之以六經，故介甫之門多小人，温公之門多君子。温公一傳而得劉器之，再傳而得陳瑩中。介甫一傳而得吕惠卿，再傳而得蔡京，三傳而得章惇。此論何如？曰：“學之邪正視乎志。志

---

① “□□□”，此三字原漫漶不清。

正則學正，學正則益進於正。志邪則學邪，學邪則益進於邪。聲氣各相應，求又何足異？”

凡人語及其所不平，則氣必動，色必變，辭必厲。韓魏公不然，説到小人忘恩背義欲傾己處，辭和氣平，似道尋常事，此可强制與？曰：“量自不同。”

量何由而進？曰：“有得之本質者，如謝安石、韓稚圭是也。伊川曰：‘學進則識進，識進則量進。’”

性之體静耶？動耶？曰：“變動而常静。”

致中和在實事與？曰：“贊化育之事也。德盛而政美，職稱而化行，使無處不中和，斯之謂致。孔子無位而道周，述其一二語者，亦可以致太平，其位育更無窮也。”

人之氣何以與天地通？曰：“勿論聖人在位則海不揚波、風不拔木、雨不破塊，天清而地寧，即宋景一言而熒惑退舍，子産修德而火不復災，虎渡風反，陳荀德星聚，皆其必然者，以日者言之，七政躔度，與人何與？在上有生尅，而在下之吉凶應焉，一氣可知。”

立朝遇權貴，可落落不合乎？曰：“淳熙中張説用事，爲都承旨。一日，奏置卮酒延衆侍從。上許之，且曰：‘當置酒殽爲汝助。’獨兵部侍郎陳良祐不至。及中使以上樽膳至，説謝表附奏良祐不至，是違聖意也。隨命再賜，附奏‘臣再三速良祐，迄不肯來’。漏將止，忽報中批陳良祐除諫議大夫，坐客方盡歡，聞之憮然而罷。人臣大節，豈可少貶？”

周密謂世有一種淺陋之士，自視無堪以爲進取之地，輒自附於道學，褒衣博帶，危坐緩步，或節抄語録以資高談，或閉眉合目號爲默識，而扣擊其所學，則於古今無所聞知，考驗其所行，則於義利無所分别。此聖門之大罪人，吾道之大不幸，使小人得以藉口爲僞學之目，而君子受玉石俱焚之禍者也。不識此種宋以後有之乎？曰：“何代無之？使人盡修身，士盡講學，無此敗類矣。”

志大丈夫矣，閲蘇張范蔡諸傳，輒爲心動，何耶？曰：“志焉而未學也。登華山者豈羡坵垤？”

世外人與人語吏治相業，爲目前策耶？曰：“論理而已。世外人閒談，過去未來何所不及，豈必目前？且目前善矣，無容置詞。”

理無兩是。秦檜主和，論者非之。韓侂胄主戰，論者又非之。何也？曰：“南渡事勢，宜以戰爲主，而和以待時。使檜任將，養威以圖匡復，則和未嘗不是。偷安忘戰，得爲是乎？使胄安内攘外，兵出萬全，則戰未嘗不是。喪師辱國，得爲是乎？雖然，戰亦難言也。張浚主戰而史浩獨以爲不可，蓋知浚立功之念太熱，短於用兵而將非其人，戰則必有輿尸之辱，是以前大敗於富平，後大敗於符離。知戰之爲是，而不知其不可戰，子莫之執中也。”

誠之者由不誠以進於誠乎？曰：“入手即不可不誠。苟不誠心向道、誠心問學，則善不可得而明，明亦不可得而上身也。”

貴介子弟，豈可强他淡泊？曰：“范忠宣非文正之子歟？生平奉養無重肉，不擇滋味麤糲，每退自公，易袓褐，其教親族子弟嘗曰：‘唯儉可以助廉，唯恕可以成德。’滎陽吕公非文靖之孫、正獻之子歟？凡典五州十餘年，衣食不給。固是二公質美，亦由家教好。爲祖父者，嘗恐子孫志行壞於驕奢，故恒以儉約率之，其恩例俸賜，必散諸親知，無餘蓄者。”

術士之言可信乎？曰：“禍福莫不有根，如漢之莽卓、唐之安史、宋之王蔡，賢臣皆蚤言之。與其信術士以占吉凶，何如信君子以轉禍福？”

八股何爲盡善？曰：“代口鋪張，能如優孟學孫叔敖，言笑舉止，無一不肖，便是名篇。雖然，儺雖古禮而近於戲，不如論體稍莊，八股斷作可也。”

劉忠肅摯教子孫，每曰：“士當以器識爲先，一號爲文人，無足觀矣。”文人似亦有濟，何忠肅過抑之？曰：“無器識者，退無成德，進無成功。”

言官言何事爲識大體？曰：“言其關宗社之安危、民生之休戚、風教之得失而已。如范文正嘗論陳執中無學術，非宰相器。及執中嬖妾笞殺婢，御史劾奏，公言：‘陰陽不和，財窮民困，盜賊滋熾，獄犴充斥，執中當身任其咎。閨門之私，非所以責宰相。’劉元城知無不言，言無不盡，每以辨是非邪正爲先，進君子退小人爲急。陳忠肅排奸扶正，所指摘者往往常相薦舉，然彈擊不以細，故未嘗及人私過。”

明道既從茂叔學，何又出入老釋？曰：“周子之學主静，於太極上又添出箇無極，此所以易流於老釋也。”

何謂復性？曰：“性之體静而實，性之德容執敬别。能静能實，能容執敬别，斯之謂能復。至於神化，純乎天道矣。”

謂楚爲南蠻鴃舌，何也？曰：“以楚地多蠻，故蠻之。然在《禹貢》爲荆州，在成周爲子爵，天子巡守之方，其人物詩書原無區别，故子文、子西、叔敖其行事，皆傳聞。《楚書》稱於《大學》，楚詩載於二南、楚史，並於魯晉。滄浪孺子、楚狂接輿其歌，皆聖賢所録。《春秋》惡其僭王、蠶食諸姬，以爲攘吴楚，非也。”

何謂至性？曰：“時時以性爲主，是則順之，非則反之，第明性是緊要一着。”

宋環衛官趙逢知泰知，蔡鬮作教授，每過廳一揖而已。衆官問之，鬮云：“西班不足道。”逢聞，置之不問。論者謂太祖亦非東班儒生，斗筲之器，傲而自滿。此評是耶？曰：“不屑居下即當辭官，既不辭又差禮法，罪何能逃？即幸免，無以教諸生，誠哉其斗筲也。”

事變無窮，何能一一盡道？曰：“《易》設一象而百事可通，中道之言自如設象，虚衷之聽自如會象。”

《詩》曰“不識不知，順帝之則”，欲順帝則，可不學不識不知歟？曰：“非謂不識不知，然後可順聖心。純乎帝則，不須知識，自能順也。苟不先明帝則而學不識不知，則所順者必是人之心，非帝之則。且學問思辨與私智鑿巧不同，自然之知識，即是不識不知。”

王逸少何如人？曰：“負經濟才而静，以器識與謝安石同流，觀《與會稽王牋》，與殷浩、謝萬諸書可見。世以一藝稱之，不知逸少矣。”

子思《中庸》一書，其已至聖域而言之歟？抑揣摩之説歟？曰：“顏曾思孟，皆已親見其道，特大而未化耳，非揣摩立言者可比。”

洪永間何不行鄉舉里選之法？曰：“流弊甚於制科。糊名取士，間得人才，寒素猶能吐氣。儻教化盛，使實重於華，制科豈下選舉？是時用人，破資格賢良之舉又嘗間行，故天下稱治。”

人之歡樂非由命歟？曰：“君子之樂，歷窮通不變。小人之樂，非富貴不有。”

士必有器識而後有品行，父兄之教非不先器識後文藝，而子弟不從，奈何？曰：“喜子弟能文能得科第，每過於喜器識。責子弟不能文不能得科第，每過於責器識。偶訓及之，期望中餘意耳。”

至誠何以知天地之化育？曰：“猶聖人知聖人耳。”

何謂前知？曰：“不待禎祥妖孽而後知也。如舜見五臣即知是福，任之唯恐不速，見四凶即知是禍，驅之唯恐不遠。如正人君子嘉謨直諫，福之機也而反惡之，佞人倩女閹豎外戚，禍之機也而反好之，其惑已甚，豈可語至誠之前知哉？”

黄叔度不知何學，乃使周子居秉荀季和淑袁奉高宏戴叔鸞良諸人莫不心折，尊爲顏子？曰：“大都與顏子無伐無施、有若無、實若虛相近。諸君皆各有所滿，一值虛舟，故爽然自失，再聆微言，望洋而歎矣。然古之名士，雖才節自負，莫不虛心進德。”

三場取士，以此觀實學歟？曰：“三場所構，皆是空言，可以辨工拙而不可以辨虛實。然非此又無以取士，大都可減不可無。”

陳太邱子孫皆有德器，豈教之善歟？曰：“固是淑氣所鍾，豈不須教？仲弓謂孫長文‘此兒必興吾宗’，及長有識度，所善皆父黨，以是爲興家教。可知古之君子，家教皆是如此。”

劉子真清潔有志操，何二子並黷貨致罪，子真坐免官，豈訓不足以變之耶？曰：“子真續娶者乃貪族之女，其弟子房曾破之，不聽。故二子於母之好尚，生而習之，熏染入骨，父訓復何能移？序曰‘《麟趾》，

《關雎》之應也’，信然。”

人子居喪，哀痛感人，使不甘酒食耶？曰：“王叔治修幼時，母以社日亡。來歲隣里修社會，聞叔治哀甚初喪，爲之罷社。吴處靖坦之處默隱之遭母喪吴母童，韓康伯母隣居韓母殷，每聞二吴之哭，輒輟事流涕，謂康伯曰：‘汝若爲選官，當用此輩人。’觀此勿謂弔者必須醉飽喪家也。”

韓魏公不怒持燭然鬚之人，享客不怒觸檯碎盞之吏，何也？曰：“量寬而愛人，又知其誤，不然倉卒中何能恬静如此？”

丁謂嘗以文謁元之王禹偁，王比之韓柳。寇萊公亦曰：“丁生奇才，居然名士矣。”爲真宗朝奸相，何也？曰：“文章不可以定人品。女之有容者，未必有德。必以倩女爲賢媛，謬矣。”

書藝也，取其藝，何必論品？宋之善書者，蘇黄米蔡。董思白以蔡非倫，易以忠惠襄，曰蔡米蘇黄，似過核。曰：“此亦是非之心。黄魯直嘗言學書要胸中有道義，又廣之以聖哲之學，書乃可貴。若其靈府無程政，使筆墨不減元常鍾繇逸少王右軍，只是俗人耳。”

吴淵穎名業，字立夫爲宋潛溪名濂，字景濂師，其時去宋已遠，猶自稱有宋遺民，國初屢辟不出，何也？曰：“可以不出，稱心不出而仍不止。潛溪之出其道、正其志、潔其識，固非僅以隱逸自高也。”

權載之德輿七歲居父喪，即以孝聞，立朝何如？曰：“孝者必忠，一不忍辱親，一不忍薄君。載之平章，貞元、元和間直諒寬恕，亦不忝所生。”

江次翁，庶人中孝子耳。天子嘉之，極其寵遇。次翁以五官中郎將告歸，詔書褒美就家，禮其終身，豈孝子即人才歟？曰：“所謂人才，以其能爲天子分憂佐致太平也。孝友之人，忠君愛下，非人才而何？且寵異孝，行人皆尚德，風俗亦自醇矣。”

漢朝風教何如？曰：“猶重行實，即兩漢知名士不專起譽文辭。”

本心至約，何必博求？曰：“博非約不實，約非博不純。”

康對山海救李崆峒夢陽甘陷瑾黨，可謂高誼歟？曰：“既脱友於難，即託故辭官，心跡亦自可白。虞卿救魏齊，竟解相印，棄萬户侯，去趙歸梁，託信陵君事雖不成，心無所繫。對山少此輕快。”

王逸少謂謝安石曰：“今四郊多壘，宜人人自效，而虛談廢務，浮文妨要，恐非當今所宜。”此言切中晉人之病。安石乃曰：“秦任商鞅，二世而亡。”何也？曰：“是進一層意。苟得其人，務自不廢，要自不妨。不得其人，務非所務，要非所要。”

劉元城師司馬温公，舉進士不就選，仍歸洛從學數年。楊龜山第進士，調官不起，師事明道於潁昌。朱文公第進士，作同安主簿歸，徒步數百里從李延年學。何也？曰：“古人執事敬。仕何事，不敬可乎？三君子立朝皆得力於學。”

仲長統謂使餓狼守庖廚，饑虎牧羊豕，遂至煎天下之膏脂，斲天下之骨髓，怨毒無聊，禍亂並起，然則多怨之世，民盡作賊耶？曰：“勿論其他，民不作賊，豈可不䘏？古之人君，必重守令，所以愛民者至矣。漢二千石有顯績者，褒以璽書，增秩賜金，或爵至關内侯，公卿缺，即不次用之。故黄霸以太守入，爲太子太傅。趙廣漢以太守入，爲京兆尹。唐太宗詔舉堪爲縣令者，嘗曰：‘爲朕養民，唯在都督、刺史，朕嘗疏其名於屏風。’縣令尤爲親民，不可不擇。宋舉進士，每授佐貳官，賢而後除重縣令也。大都卿相撫按藩臬而外，如科道、守令、教職皆貴得人品，俸亦不可不重。”

《詩》宗朱説已久，何必求異？曰：“自漢毛氏立博士，迄宋閲千年，無有不宗古序者。周程羅從彦，字仲素李侗，字愿中皆相祖述。朱子一旦以己意排之，害辭害志，幾同高叟即經筵，講到變風，亦覺不雅，豈聖人删《詩》垂教之意乎？欲學《詩》，不宗古序不可。”

孔子謂興觀群怨，事父事君，達政專對，皆可於《詩》得之。後之習《詩》者衆矣，未見得益，何也？曰：“讀而未學也。不學，何由得益？”

唐代宗時楊綰上疏有云，明經則誦帖括以求僥倖，何謂也？曰：“唐取士有明經、進士兩科，置自隋煬帝，僅試策。高宗時劉思立始奏進士加雜文、明經加帖括。帖括者，只將有司常帖的括取萃會爲一書，轉相傳誦而已，如宋吕申公公著試卷，問子謂子産有君子之道四焉，所謂四者何也？答云其行己也恭云云，謹對。但記出處，不作文章。進士所試一大經，並《爾雅》、帖括皆通，而後試文、詩、賦各一篇，文、詩、賦通而後試策。凡五條三試皆通者擢爲第。明經所試一大經，並《孝經》《論語》《爾雅》、帖括皆通，而後問以一經，問十義得六者爲通，問通而後試策。凡三條三試皆通者擢爲第。楊文簡疏言古人必取行實，近世專尚文辭，其言是矣，而不知返淳樸、崇廉讓，未可於法令求之耳。”

世有忍恥蒙垢作用其間，以轉移治亂者乎？曰：“無有也。如馮道爲宰相，易四姓十主，有何作用？而王介甫、李定父稱其能屈身安人，如諸佛菩薩。此最壞人心之言，即如華張茂先之附賈賈后，身死禍延，作用安在？有作用者，莫如平勃安劉、狄公復李，而後之君子猶譏之，作用未易言也。”

着與沾滯何辨？曰：“着即沾滯也。吾儒戒異戒似，戒過不及，未嘗戒着。苟不辨理欲而惟着是懼，則必綱常名教視爲遊戲之地，曰恐遂着也。至聲色貨利又視爲僑居之所，曰未嘗着也。”

凡無求於人爵、不誇於外物者，皆可囂囂。孟子難之，何也？曰：“必尊德樂義，然後可言囂囂。苟德不足以輔君，義不足以風世，而徒言囂囂，則漁父、農人亦無奢願。飢則食，渴則飲，興至則歌，歡來則笑，豈不似囂囂？要亦小民之樂耳，與自得天壤。”

獻吉李夢陽于鱗李攀龍詩，視太白、長吉何如？曰：“前二李之清泉怪石，不如後二李之大河喬嶽。”

學不專則心何以不純？曰：“直任本心而不博學詳説以明之，則必以證父攘羊爲直，以濟涉之輿爲惠，以禮讓爲曲謹，以機變之巧爲德慧，術智駁雜可知。”

體用非二，辨體何必辨用？曰：“辨體而不明用，如只辨耳目口體，而不辨視聽言動之是非，則所認爲耳目口體者皆是頑物。”

如謂興學則人才可盛，漢以來學未嘗不興，而良士寂寥，何也？曰："所興者，非三代之所謂學也。興三代之學，則人倫明於上，小民親於下，豈獨人才衆多而已哉？"

昔上書者以敲門瓦子比制藝，何也？曰："切中當時之病，第不興學，鄉三物亦是瓦子。古者士執雉，非雉無由見君。制藝猶雉也，贄用雉，取其有文采而守介，制義可知。"

和而不流，中立而不倚，作何解？曰："和者有時流而不和，君子始終於和，不靡然復流。中立者有時倚而不中，君子始終中立，不頽然復倚。此所謂强於中和，直矯到底也。"

何謂善？曰："勿論動静語默，只是性便是善，只率性便是樂善。"

天生君子何爲？曰："爲衆人先導耳。禮讓之風壞於傲慢，樸素之風壞於驕奢，仁厚之風壞於貪吝。種種惡習，衆人何知？以君子自命而亦不免，與衆人何異？"

《中庸》言至誠，似在帝王上説。曰："貴賤分而道無二，射不中的不可言善。"

聖人與善人何辨？曰："聖人非有加於善，善之分數至聖人而完。"

王文成謂思慮亦强禁不得，只就思慮萌動處省察，物各付物，自然無紛雜之念。其説如何？曰："此實落語。齊一思慮，亦只有此法。"

似忠信，似廉潔，固是鄉愿，真者何如？曰："忠信廉潔猶基址也，有此基址，還須架屋，不然何以安身庇人？"

孔子答子張"能行五者於天下爲仁"，非言君相之事歟？曰："九經所言，何一非君相事？身有顯晦，盡性之學無顯晦。五者一也，天下之人心一也，布衣君相有何分别？雖感應之遠近，視地與位之崇卑，而要之，可近即可遠。感而不應者，行未實也。"

語録存是，豈擇其是者存之耶？曰："學莫詳於語録，論宗旨則隘矣。但偏則有弊，不得不存其是者，以無謬於入德之途也。"

朱德容名仁軌，唐時人，隱居養母誨子弟云："終身遜路，不枉百步。終身遜畔，不失一段。"其説何如？曰："其言雖小，可以破愚。總之，争競有損而無益，謙退有益而無損。”

緩步以當車，晚食以當肉，洵然歟？曰：“猶有外物之見存也。志不在膏粱文繡、高車華屋者，不緩何嘗不逸？不晚何嘗不甘？”

人好自己命聖命賢，何也？曰：“猾輩愚人耳，豈是實學？名聲未弋而指摘隨之，自誇何益？且凡人身價有定，自己擡高者不得，私好者擡高不得。”

孟子未嘗有謙辭，何也？曰：“闢揚墨告子，黜霸宗王，不任道可得乎？至於學，則曰：‘吾未能有行焉，乃所願，則學孔子。’何嘗不謙？”

晉氾騰字無忌世亂解官歸，嘗曰：“生逢亂世，貴而能貧，乃可免。”遂散家貲贍其族，灌園讀書。亂世必貧，乃可免耶？曰：“此亦見幾而作，不行險，僥倖者然。不但貴而宜貧，並當才而宜拙，禰衡嵇康陸機、雲石崇輩可鑒也。”

廉希憲爲中書平章，江南劉整以尊官來見，不命之坐。劉去，采諸生藍褸衣冠，亟延入，坐語飲食，如平生歡，何也？曰：“此亦公心，彼爲兄弟言之矣。乃有貴如劉整而名過之者，求官不得，奚啻不坐之辱？文集何爲？”

吴康齋嘗語陳白沙曰：“七情惟怒最難涵養。夜來因家僮失一鳴雞，怒而詈之，不覺動氣。怒若是其難忍耶？”曰：“識量固難，但如此小事而至於動氣，大不見學。”

經年只記得一部綱鑑，奈何？曰：“其中嘉言懿行恐白首亦學他不盡，何少視綱鑑耶？”

使酒非小德出入耶？曰：“不但小德出入，用酒合歡，非用斂怨者。人使酒罵坐，醉後狂言犯上，可爲吉祥之氣乎？千古無使酒聖賢，亦無使酒將相，縱飲量如晉人，不聞一人使酒。是時名士多凶，故皆放廢於酒，使人不忌。若使酒，則是以此避禍，反賈禍矣。苟非其時，縱飲亦非所宜，况使酒乎？”

士貧時服食喜儉素，有時復喜豪華，何也？曰：“非喜儉素，未有貨財耳。徹底淡泊，非自得者不能。”

君子於小忿不輕罵人，背亦不呼小字，豈不示弱？曰：“强莫强於自愛。我辱人，人亦辱我，何强之有？嘗見有狂疾者，自罵自撲。世之罵人撲人者，人必反之，不猶之自罵自撲乎？身名關祖父、係風俗，忿不可不懲。孔子曰忿斯難，曾子思犯而不校者，孟子謂君子三自反，皆所以講懲忿之學也。”

詞人之樂，樂在詩文，聖賢豈不樂此？曰：“作所不當作不樂，樂其所當作。作之而理不明、辭不暢不樂，樂其理明辭暢。理明辭暢矣，多一驕心不樂，樂其無所驕。凡事皆然，此之謂率性，此之謂樂善。”

驕盈之病根何在？曰：“心私見小，志卑氣浮。拔此病根，非力學不可。”

殊途既可同歸，如主節用愛人亦可造聖域耶？曰：“無用不節義也，無人不愛仁也，由此義精而仁熟，非聖域乎？”

學道之道必有要旨。曰：“明善誠身，無不善則誠矣。誠能動物而聖矣，志誠者不可不明善。”

聖門如子貢可謂聞道者與？曰：“初以夫子爲多學而識，及聞一貫之訓，默然忘言，不已深信不疑乎？其聖孔子，則曰：‘學不厭，智也。教不倦，仁也。’非得一貫之旨，不能爲此言。”

張江陵何如？曰：“專權而不鬻爵，故士風雖壞，文武間得人才，使海内無事。苟能功讓於人，恩歸於上，和平有器識，不幾前有三楊後有一張哉？”

懿好人皆有之，何鄉人之不善者反惡？曰：“不善者多，則相習而昧之矣。春秋時風氣善者少，不善者多，故鄉人好惡難得盡當。觀人者正於不當處着眼，蓋不獨圓融者惡方正，貪婪者惡廉恥，巧詐者惡樸實，争强鬬氣者惡寬柔，輕薄狎侮者惡莊重，其刻薄寡恩之徒並惡友愛婣睦。惡則不嗤其癡，必譏其矯，即是不可以見君子乎？鄉愿不然，似忠信，似廉潔，既使善者好之，同流俗合污世，又使不善者好之矣。”

君子言權，小人亦言權，事既相同，有何分别？曰：“亦自有問。

君子雖迫於勢，不得不度其尤重者行之，而本心無私，人人相諒。小人之心私矣，雖篡奪亦言禪讓，叛亂亦言征誅，究竟直道在人，何事是小人假借得的？故好名之人不能權，多欲之人難冒權。”

欲立欲達與能取譬何辨？曰：“仁者萬物一體，如人腹背手足，當寒冷時覺則齊覺，不待因此而觸彼。求仁者，己與人猶間彼此。苟能取譬，漸漸關切將去，亦可還復本體，故曰仁之方。孟子亦云‘備於我’，誠則自然而求，仁則强恕而行也。”

吾性本善，何待明？曰：“善道大而微，豈四端足以盡之？不明不可。然明善亦只是因四端而擴充之學耳，如講求仁政，而不本惻隱之心，豈得爲三王之仁哉？故學問思辨篤行，所以擴充其善量者，皆須有端。”

先儒每令學者尋孔顏樂處未及，孔顏樂不易尋，志道者何年得樂？曰：“樂有淺深大小不同，總不可無樂。入門必有知行，即當樂吾所知，樂吾所行，如樂山水者見衡嶽洞庭圖，慕而欲至其處，却相距數千里。苟長途辛苦，無一可樂，安得不中道而返？故智者一舉足，遇茂林修竹便樂，遇名園臺榭又樂，遇高山巨川又樂，由是一路瀟灑，不覺漸底衡湘，久之如故國臺池，忘其爲樂矣。”

王介甫博洽，能詩文，海内以才名者多不及，豈不是天分好？曰：“天分之優劣，視所好何如耳。介甫不好善，便是他天分劣。天分既劣，餘不足觀，必如韓、范、司馬諸公才算得天分好。有此天分，進而求之，入室無難矣。”

克伐怨欲不行，何以不可爲仁？曰：“仁之道大矣。欲爲仁而不以求仁爲主，不制私，何異欲富者不去專心謀富，但日夜防盗。盗雖退，室中無有也，豈可爲富乎？”

人能取科第如拾芥，豈非奇才？曰：“後人文辭鮮有過蘇張諸人者，孟子未嘗以才稱之，曰止日之曰妾婦。如虞廷五人、周室十人、孔門顏子、霸國之管仲、後漢之諸葛武侯，此皆以才見稱者，非曰文辭過人也。習尚非古，崇奬無當，覺文詞而外無所謂人才者，可慨矣夫。”

君子思不出其位，范文正做秀才，以天下爲己任，得非出位之思與？曰："此正是不出位。凡秀才皆有天下之責，特其委之不以爲己任耳。以秀才而謀貨財、求田問舍，是爲出位。以秀才而謀天下事，豈爲出位乎？苟非其責，試士者試之以四書五經，文又試之以論策表判，不皆教之以出位之思哉？大都位不同而事同，君相所居者宜直行其事之位也，布衣所居者宜預計其事之位也，如顔子之問爲邦，子張之問從政，孟子之井田學校，張留侯之圯上兵法，諸葛武侯之草廬鼎足，以爲出位之思不得也。以爲出位，則是樊遲之學稼學圃爲不出位，而夫子之教以上之所好，不反爲出位乎？再以出位言，如素富貴而不思匡主庇民，却思聲色勢力，素貧賤而不思居仁由義，却思文繡膏粱，在上位不思上位之道而思陵下，在下位不思下位之道而思援上，是皆出位之思矣。出與不出，不可勝言，唯體兼山之義而能得其止者，思自不出。"

孟子謂鄉隣有鬭者雖閉户可也，毋乃以沮溺待顔子乎？曰："此以權位言，非言心也。未居師相之位，欲行師相之事，是何行法？使一旦徒步覲王，直陳其詞，曰：'臣之志，急欲匡王救天下，王其以師相待臣，使臣得以禹稷之報主者報王。'可乎？不可乎？心雖有餘，不閉户不得也。"

權與中二乎？曰："在心見爲權，在事見爲中，一而已。權者，至虚極明之天則也，以此應事，自然至當恰好。若帶一分私欲，添一分意見，既失其權，又安得中？間有一二事得中者，偶然之權耳。"

師孔子者何以愈思愈遠？曰："人知去聖止介安勉，而不知先有同異之分，同則勉而漸近，異則勉而益遠，如憤樂相尋，同然之本心也。苟憤非所憤，樂非所樂，如揚雄擬《易》擬《論》，王通之續《詩》續《書》，舉足異矣，安得不愈走愈遠？"

宋以前諸儒於道何如？曰："董仲舒於道如副將，以實心參佐，不能作主帥。揚雄如叛將，賦懷舊詩。王通居然登壇，徒以私智比擬兵法，往往不合。韓愈如末將，善守營壘，未必援枹而鼓。吴許失律編伍，小德可觀。康節用兵好術數，不及孔明《出師表》。"

古之人，何以榮及其身不知爲榮而不樂，辱及其身不以爲辱而不哀？曰："古人自有榮辱，自有哀樂，豈以人之予爲榮而樂之？不知有榮者即不知有辱，又豈以人之奪爲辱而哀之哉？予奪出於堯舜孔子，斯足爲榮辱矣。"

君子處窮通得喪，何以獨蕩蕩而不戚戚？曰："窮通得喪可以大言，可以小言。小處沾滯，大處可知。一絲未忘，難言蕩蕩。其所以異於二氏之空幻者，仁智也。如用一物，非不珍重愛惜，却又成敗聽之。如受一託，非不盡心竭力，却又離合聽之。唯得時不喜，故喪時不憂。君子之憂喜，斷不在車服貨財。"

讀書極多而無得於己，何也？曰："書猶肆，善猶貨也。凡人同一入肆而志各不同。無需於貨者，每日流觀，自不肯買。有需於貨者，入必尋求選擇，得則大喜，買而歸之，並得其製造之苦心而珍重用之。故貨不在肆而在我矣，不然泛泛評題有何干涉，向人誇其所見則俗矣。"

亦知存心非讀書不可，無奈貧何，只好偷工讀書。孔子言治，先富而後教，或亦以治生爲重耶？曰："勿論存心不專在讀書，且言輕重。民無恒産，因無恒心，故以治生爲重。士無恒心，即不可以治人，故以存心爲重。究竟止有存心一事，治生亦是存心中之一事耳。何不曰‘無奈昏愚何，只好偷工治生’？"

喜怒不能中節，奈何？曰："無未發之中，安有中節之和？無事時學而復思，倉卒時審而後發，亦可漸和。"

要虚明便不虚明，要何思慮便是思慮，此説如何？曰："逆性而非率性也。未虚明者曉得要虚明，正是他虚明處，豈可反説不是？故陽明有欲爲仁義便着仁義，欲盡孝弟便着孝弟之説。古之聖人無日不思、無日不慮，特順性之自然。思所宜思，而此外不雜一思。慮所宜慮，而此外不雜一慮。故曰何思何慮。學者未至於此而求至之，正是順性而動，何思慮之有？如赤子學説學走，豈可道是有思慮非天性？必禁之使勿學乎？從此教者主自然而黜勉强，往往任情狥俗而皆以爲自然之性體，不至於無忌憚不止。嗟乎，此教之爲害久矣。"

“不知爲不知，是知也”，是夫子以真知教子路，如云不知求知又不是知，豈必知求知而後爲真知耶？曰：“如人孑然一身而不知炊飯，問之則曰‘我實不知也’，此知得是我不知，的非真知，而何然昧然不知求知，而甘心餓死，豈得爲真知生死者哉？故知不可不致。夫子之教子路，指一端以啟之耳。”

何謂篤行？曰：“不止行事。如知得善之在君子者，勿謂語默動靜無處不善，無時不善。我即一一如之，方是見得到、走得到。若僅行事求善而餘皆未善，不可謂篤，亦不可謂誠身。”

姚克一善洪武間知蘇州府，聞隱士王賓獨居陋巷，乃舍車騎詣門。賓問，應曰姚善，遂開門延語，及報謁，向府門再拜而去。克一自邀還，賓固辭。又將候韓奕，奕避入太湖。克一歎曰：“韓先生可謂名可得聞，面不可得見也。”二子得毋已甚乎？曰：“時雖可出而志不得行，遯跡湖山，未爲不是。姚公起家鄉舉，治爲列郡，最能下士，永樂初仗節而死，亦可謂賢矣。”

小學非古，可一一學之耶？曰：“書勿論真假，記勿論古今，可學則學。學問思辨，此千萬世學古法也。况小學所載不盡細節，志道者倘謂其非古而不學，人情易放，勢必樂聞無忌憚之説，狥俗縱情，爲巧言所亂矣，特大本不可不知。”

前人每棄金不取，得毋作夢幻觀耶？曰：“無如外物何者，遂幻視而排遣之，究竟難忘至誠，不然但使物物得所爲利，不爲害，此心慊矣。即於貨財，一物聚散取舍無不處置得所，故人得而利之，不然爲人利者爲人害矣。賢智偏輕，愚不肖偏重，君子不知有物而一以道義處之，至誠其贊天地乎？”

范文正公得窖金，已即不欲，何不給族黨親舊？曰：“寺中之物，應歸寺僧，但恐發之太早，則土木喧雜，書室不寧。若分其半以給貧乏，則爭端必起，所謂天下本無事，庸人自擾之耳。昔姚東泉鏌巡撫榆林，有柳樹，會農夫子瑾掘地得金甲諸物，約萬餘金。隣人訟之，鏌令僉憲姚文清鞫之。瑾云：‘其下隧道數曲，有巨室三楹，東西皆金銀堆積，中則金甲胄數十、金耳環數甕，蓋西夏故物也。’姚文清請勘實，聞於朝而發之，則百萬可具。鏌曰：‘若是則人將謂我輩先有所獲，何以自明？’乃斥訟，以金歸瑾，仍厚封其地，以絶後患。後至者議求其地，旋思其言而止。大抵智者遇物，明快少葛藤。”

學者無多可誇，無靡可鬭，無私可狥，無賄可貪，語人曰：“不可誇多鬭靡，不可狥私貪賄。”豈無奈何之轉語耶？曰：“如爾自揣力不能作賊，語人曰賊不可爲，豈亦以爲無可奈何之轉語？不足聽而有力者，不妨爲之耶？”

入德何者當戒？曰：“備載四書。四書所戒者，皆當凛凛。擇善固執，自不犯。”

善從何處擇起？曰：“四端七情，不可不辨。此處不差，然後静存動察皆不差，不然主性非性，性從何復？”

君子惡小人，小人亦惡君子，公私何辨？曰：“小人之惡君子，或惡其彈劾，或惡其相形，或惡其不阿黨。君子之惡小人，但惡其引類妨賢，足以危社稷、流毒生民而已。”

孝友之道以何者爲得中？曰：“中者，本乎天性而通之天下，則人人可行者也。父子兄弟之間如大舜、夷齊、閔子騫，不仁者鮮不以爲太過，烏知其皆中道也？”

入德固以中道爲主，然氣質之病豈能遽化？曰：“病有輕重，醫有難易。大都吾儒之病，怕薄不怕厚，怕麤不怕淺，怕俗不怕板，怕巧不怕拙，怕狹不怕寛。然醫雖有難易，而要之，無不可醫之病也。”

尚論古人以中道爲斷，何以不得古人之情？曰：“中未易言。處富者不可與論貧，處易者不可與論難，貴仕者不可與論止，習薄者不可與論厚，遭平世者不可與論亂。必以無私之心設身處地而又能權，然後可以窺中道，得古人之情矣。”

管叔以殷畔，雖不孝，未必不忠。曰：“成則不孝，敗則不忠。使非成王忠厚，微子亦恐不免。”

孔子曰：“不如鄉人之善者好之。”又曰：“其不善者惡之。”或小人於君子必妬忌而造訕毀耶？曰："亦不盡然。小人於善惡不甚分曉，往往指以爲惡而惡之者，皆是君子之善。蓋小人不仁而貪利，量狹而見小，喜闘而惡退，喜任俠而惡方正。好惡如此，故小人之指摘，無非游揚，小人之稱許，無非斥辱。"

孟子以妾婦評儀衍諸人，果定論耶？曰："對大丈夫言，故目其品曰妾婦。若論其術，豈但妾婦而已哉？三代之戮民也。合從則荼毒生靈，連衡則蠶食諸侯，比上刑而次之，此定論耳。"

傳孔孟之學者，何云遍天下千萬無一？曰："講究記誦，其志有二，非干禄則要名，幾以孔孟爲萬世名利之師矣，可謂傳其學者乎？見有學孔子者，如笑顛狂，如憐病廢，如防異端邪説。"

《易》之彖辭何義也？曰："時而静處，即止於寂寞，不作動想，故不知有身而愁苦之。時而動作，即止於應酬，不作静想，故不見有人而厭惡之。時止則止，時行則行，此孔子之所以有得於《易》也。《易》可不學乎？"

身何云不獲，人何云不見？曰："目思好色，耳思淫聲，口思厚味，體思文繡，此身之足以爲礙也。止則無是思而怡然自足，耳目口體不爲礙矣。遇貴顯則生諂媚心，遇寒微則生輕慢心，遇固陋則生驕傲心，遇一切應酬恐擾閒静，此人之足以爲礙也。止則無是心而物來順應，男女貴賤不爲礙矣。物相礙則見有，不礙則忘之。"

氣質之病與習染之病有幾？曰："大端十有四：聲色、貨利、豪華、勢力、欺詐、刻薄、驕傲、柔媚、輕浮、執拗、躁率、優柔、幽閒、喜事。此中有數病中之淺者，有數病中之深者，有數病全未中者，變而化之，其唯學乎？"

虛靈不昧之謂性，覺非性乎？曰："如覺得是大賓而敬之，即當覺得恭敬之禮宜習。覺是窮民而哀之，即當覺得温飽之政宜講。覺得是呼蹴而恥之，即當覺得辱己之事宜辨。如一覺即止，石火旋滅，可謂全其學者乎？"

致良知何以不可爲訓？曰："不知格物窮理，則良知何由而辨？其所謂致，不過致其習心私智，非致良知也，故其弊甚於主敬主静。”

純乎性者始可言率，入門可主率性乎？曰：“率性之謂道，苟志道而不主率性，所志何道？恐非縱情任意，即是襲義要名，去道不已遠乎？主率性勿論初學，其次致曲，子思言之矣。如好善性之端也，即率吾好善之性以擇善，重行性之端也，即率吾重行之性以篤行，由是日新又新，擇益精，行益當，純乎其性而率之無難矣。”

孔子之道至宋儒始闡發精詳，似師孔子者不師宋儒不可。曰：“《魯論》，《詩》《書》《易》已極發明矣，又得子思、曾子、孟子之書，發明有未盡者乎？繼之者但使勿晦耳。周元公之前，雖有董子、韓子，皆無語録，亦未入室。元公乃奮起而師孔子，爲聖門高弟。迨其後洛閩、金谿繼之，姚江、東林又繼之，各標宗旨，争相傳述，則殊矣，未見其同歸也。志道者何不直師孔子？即同一不到，庶無門户紛争之擾，其於先儒言行，擇其善者而從之可也。”

文章之會與勢利之交不同，何其窮則相親、達則遠之者比比也？曰：“是亦勢利之交耳。以八股求友者，謂其術可藉以得科第，既得又何藉焉？惟道義之交，雖爲君爲相亦所必求，故白首不渝。”

初學古人，何能盡同？曰：“道一而已，有安勉淺深而無同異。同則終同，異則終異。”

聖人有憂之，如何是樂？曰：“本乎無憂之心體，而憂所當憂，此所爲樂也。如舜禹有天下而不與，何物足以累心？無累其心，坦蕩蕩矣。心必蕩蕩，而後進德修業則憤樂相循，用人行政則憂樂順應，暢遂乎天命之性而無所違，何時不慊於心？則無累是畫中粉地也。”

主性易放，似不如主敬嚴。曰：“無不和之性，亦無不敬之性。主敬易偏於敬而不和，有秋冬無春夏，故不如主性，且主即是敬。以性爲主，則必静存動察，一嚬一笑恐不是性，非敬而何？先儒以主一解敬，主敬又主一，一心兩主矣。以惺惺解敬，主敬又要尋惺惺，惺惺時又要照管箇敬，東顧西盼，縛手縛脚，毋怪有打破敬字之説也。”

同一讀書，何以有道心人心之不同？曰：“爲誇多而讀者，人心也。

爲明善而讀者，道心也。誇多必要無書不讀，明善即四書亦可爲博，餘則俟時而已。”

鄉愿似中行，中行亦似鄉愿，其實何辨？曰：“鄉愿之學純僞，中行之學純真，唯知者辨之。流俗污世，奔競成風，孔子雖仕於春秋，孟子雖仕於戰國，實則不同不合。鄉愿亦似中行之仕，而實則同流合污。”

何謂大公順應？曰：“必毋意，必固我，惟有廓然大公之心，始能物來順應。如孝，公心也。舜遇瞽瞍即順孝心以應之，夔夔齊[①]栗。忠，公心也。禹遇堯舜即順忠心以應之，過門不入。仁，公心也。孔孟遇春秋戰國即順仁心以應之，遂民生，復民性。此其大端也，學古者不可不知。”

於古人之論斷行事，信以爲得中者，何以辨之又覺不中？曰：“必須熟悉四書、《周易》，實見得箇中，然後可以衡古人。不然見以偏者未必非中，見以爲中者未必非偏。故學者不獨疑當辨，即信亦當辨。”

謝安石見捷書不動聲色終奕局，似乎矯情鎮物。曰：“大行不加，窮居不損，雖位天地育萬物，止了得分内事。故禹平水土，湯武勘大亂，周公平武庚，皆不聞驚喜逾常。安石一代大儒，有相度，功成豈肯暴作喜狀？且晉風尚達，對奕之客必非俗吏拘儒，故聽兒輩平賊之言，亦不聞大驚作賀。但平賊事大喜而爲客言之，未爲不可。不言持喜太過，客去遂折屐齒，露喜又太過。有未發之中者，始能中節。”

俗學專主謀利，大反四書，悖聖教，爲害不可勝言矣。鄉愿之學與異端之學爲害孰甚？曰：“爲人之學皆是鄉愿，虛無之學皆是異端。鄉愿似勝異端而清談不及，異端似勝鄉愿而行事不及，一以僞亂真，一以邪亂正，其爲人心之害，一也。”

佞口亂義，巧言亂德，或皆學問中人耶？曰：“鄉愿之學僞，然必口佞言巧而後同流合污，皆以爲中和。反中之學蕩，然必口佞言巧而後

① 齊：疑“齋”之誤。

談空黜理，皆以爲神妙。後來僞者冒朱，蕩者冒陸，孔孟之書不尊於世，非此盛則彼昌。一僞一蕩，相爲消長。”

漢元帝時史高領尚書事，辟匡衡爲議曹，薦於上，以爲郎中、博士、給事中。上問以政治得失，衡對勸上以德化民，如云公卿大夫相與循禮恭讓則民不争，好仁樂施則下不暴，上義高節則民興行，寬柔和惠則衆相愛。此亦正論，何真文忠不取？曰：“以是時宏恭、石顯用事，逐堪周猛張，殺賈捐之，病根不拔，則賢公卿何由在位而倡化？稚圭之對，略不及此，如爲光禄大夫上《治性正家疏》。王鳳洲云：‘義理透徹純粹，可稱通經之儒。’不知皆塞責之大言，非救時之切論，可以爲通經，有得於經者乎？”

孟子曰：“爲其多聞也，則天子不召師，而况諸侯乎？”然則多聞豈不當重？曰：“多聞尚矣，須看他用處。若用來諂奸頌要、文過飾非，如張禹、劉歆、楊雄、柳宗元、王安石諸人，亦可爲王者師耶？且人之言行，合道爲美，悖道爲醜，在觀者善擇。如《左》《國》正史野史所載醜處亦多，記醜而博，多不如寡。”

趙仁甫復何如？曰：“非王景略可及。元主召見，曰：‘我欲取宋，卿可導之乎？’對曰：‘宋父母國也，未有引他人之兵以伐父母者。’只此較景略江左正朔之言更有義氣。雖在燕久，常有江漢之思，遂稱江漢先生。”

待文武作何分别？曰：“貴賤以其人。人而君子，與武亦可貴。人而小人，與文亦可賤。武如關壯繆、郭汾陽、曹武惠諸人，科第中有幾？文以養民，武以衛民，有先後而無貴賤。苟不擇而概輕之，流弊不可勝言。”

講朱子之學，可能盡得其傳耶？曰：“紫陽冰清玉潔，故屢用屢辭，難進而易退。苟心存勢利，巧貪飾非亦曰朱子之學，朱子冤矣。”

爲學可勿求效驗歟？曰：“學有進境，即是效驗。如由小而大，由泛而專，由博而約，由薄而厚，由生而熟，非效驗而何？但須有事而勿忘，自然漸進。纔計獲即非道心。子曰‘仁者先難而後獲’，勤勤勉勉，不雜一念，即此是天理流行，即此是獲，故曰‘可謂仁矣’。”

時文不傳古文傳，時文可不必留心耶？曰：“明試以言，盛世不廢，此吾儒分内事，何可不敬？但盛世之文實，衰世之文虚，吾亦勉爲盛世之文可也。且時文古文雖體裁不同，均是文章，實則皆有德之言，虚則皆色莊之語，豈屬古文皆可明道傳世哉？”

聖賢同是一誠，其至與不至可即一事見之耶？曰：“如同與人歌，聖人則必使反而後和，賢者倡和，亦樂於取善，或未必細心使反。衆人於善，但取其悦耳而已，而小人則有妬人矜己之心焉。”

居鄉不能化人，奈何？曰：“仁者之心，固欲人同歸於善，亦惟盡其在我而已。德盛則人自感而化，苟不闇然爲己，求無愧本心，必欲我之言行一一不同於人，又欲人知我之不同於人，甚欲强人之言行盡同於我。如此用心，將必爲的然之學，心日勞而去道日遠，未及化人，先喪己矣。”

大舜所居人皆化善，以善言教之歟？抑以善行感人歟？曰：“舜惟樂取人之善以爲善而已，人遂知其爲善而共取之。舜未嘗有以我化人之心，亦未嘗有以人化人之心。”

大舜性之何復好問好察，樂取人之善？曰：“自然好樂，此其所爲性之也。孔子之好古敏求亦然。其次必待有所感悟，而後知善當取、古當求。”

古之人以何者爲福？曰：“居吉祥之地，講中正之學，勤有用之業，結有益之交，樂則行之，憂則違之，人生之福，孰有逾於此者？此福亦人人可求而得之也。”

孔子言明善，不言明性，何也？曰：“正善於明性也。善者，以其繼之者純乎至當恰好之天則而名之也。離善言性，性遂由人説去。指善言性，便由人説不得。如釋氏不管善不善，硬以空寂言性，所以黜理賊義，以至於滅倫。妄儒亦不管善不善，只以自然言性，所以肆意任情，偏而至於亂德。明善二字，明性救弊皆在其中。”

何謂太極？曰：“合混沌文明而言之也。混沌無象而天地人物之理皆備，故曰太極。無極而太極，是混沌之前又有一層矣。子曰‘一陰一陽之謂道’，一陰不可爲道，一陽不可爲道。有混沌必有文明，有寒必有暑，有晝必有夜，有生必有死，皆是理自如此，其中相包而不離，相生而不息，分定而不過，亦無非是理，故曰道一而已矣。”

朱子謂陰陽只是一氣，陽消處便是陰，不是陽退了又别一箇陰。此説如何？曰：“有是陰陽之理，即有是陰陽之氣。未必一氣是純陰，但俟陽退而始見，亦未必陰爲定體，其進退消長惟陽爲然。六位皆虚，陰陽時乘，如六分陰以一分陽乘之，則氣爲五分陰，以一分陰之氣乘陽亦然，故曰陰陽一氣，惟合爲一氣，斯爲和氣、爲生氣。苟陰陽不合，可爲和氣、爲生氣乎？雖曰陰静陽動，静則其氣不可見，惟陽蒸之而後見。然陽不合陰，亦無可見之氣。如水陰也，火陽也，必以火氣入之而後水氣始出，然以爲水之氣不可，專以爲火之氣亦不可。”

周子謂志伊尹之志，學顔子之學，其説如何？曰：“伊尹豈無學？顔子豈無志？當其耕野而樂堯舜之道，亦自不遷怒、不貳過，三月不違仁。顔子曾問爲邦，夫子亦許其用之則行，使得志亦自恥其君不爲堯舜，一夫不得所，若撻於市。孟子曰‘禹、稷、顔回同道’，可謂尚友古人矣。”

入手何以便須率性？曰：“人之無不愛己者，性然也。惟直率其愛己之性，而因以謀愛己之道，斯無不成之己矣。若有所爲而謀，雖嘉言懿行，皆是人欲，而非天理。”

居鄉党聞人不善之言，見人不善之事，不覺大惡，得非公惡與？曰：“不智。智者得人之情，聖門中惟中行得當，至狂狷便有與人不同處，以古道責鄉人可乎？薰陶有漸，君子修身，見於世而已。”

性何謂善？曰：“不獨指四者之德以言善也，以其統天地萬物鬼神而一之。未發渾全，發以時出，無聲無臭，無過不及，此其所以爲善也。孔子聖之時，斯全乎其善矣。”

九經所載，皆備言性善耶？曰：“《尚書》古文非古，《禮記》非孔子手定其言，有偏而不中者，皆不可以爲善。學古者不可不擇。”

學者只爲善便了，何必辨性之善不善？曰："使不知人性本善，聖賢所爲皆同然之天則，人必異而諉之，僞而襲之矣。"

人之欲從何生？曰："因於性。性以時乘故善。如仁之性，感而動，則義之性即從而節之，無節即過而爲欲，變其初動之性矣。使性之不能相繼而乘者，濁氣蒙之也。濁氣多者欲多，清氣多者欲少。"

百姓何以日用而不知？曰："凡人視聽言動思慮應酬之得其正者，皆性也，却不知是性，不知故不能引而長之。不陷於習俗，即陷於嗜欲。"

與人不甚關切，奈何？曰："人與萬物苟非一體，則見井上孺子，何以怵惕惻隱？見堂下牽牛，何以戚戚心動？旋見旋滅者無他，自童稚以來，一嚬一笑無非自私自利之情，一見一聞無非自私自利之事，翦伐如此，暢遂何由？人能養得此心大公一分，自然與人關切一分。志擴充者，惟在静而思、動而習之耳。"

學必有所宗，不宗朱又不宗陸，何宗乎？曰："後世之賢，非狂則狷，欲學孔子，便當以孔子爲宗。不宗孔子而宗狂狷，俟學成狂狷然後去學孔子，何異吾郡兩生往建業，俱舍中路不問，一以引道之人在秦西走秦，一以引道之人在粤東走粤，俟造其家而後同爲建業之遊，迂曲不已甚乎？先儒語録不可不讀者，彼言都城景物甚悉，跋涉緩急、過關渡津之法甚詳，宗旨不必拘也。"

克欲有何良方？曰："見大而志高，此良方也。苟見不大、志不高，甘心陷溺而復爲長歎曰苦無良方，無異醫者開方下藥無不精好，病者棄之不飲而復轉問良方，雖或有之，其如不飲何？如要醫者開方，又要醫者代飲，難矣哉！"

先儒謂主一之謂敬，何爲一？曰："即孔子之所以訓曾子、子貢者是。苟學一矣，又别求箇一，是主二，非主一矣。雖一不易知，知不易主，有志者無難焉。"

忠恕似有工夫，何曾子謂夫子之道忠恕而已矣？曰："忠恕者誠也。在聖人則自然忠自然恕，故曰誠者。在賢人則須擇中，須强恕而行，故曰誠之者。此道有生熟而無同異，聖人復起，不易吾言矣。”

程朱陸王其門人皆盛，門人之交遊皆廣，豈有疑於師説耶？曰：“非也。其所以出門求友鼓舞後起者，不獨觀摩有益，且期闡明師説，廣其學於天下，非有疑於師説而别求宗旨也。古人唯篤信，故小大皆有成。”

昔人友遍天下，似亦輔仁第一着，豈因不失其親，此外遂可不求耶？曰：“自天子以至於庶人，莫不貴親賢友，善以成其德，友可不求耶？第求友所以輔仁，如不住足求友，未嘗住足存仁，求友何益？且恐中無所主，受害於友者亦不少。”

孔子待陽貨，惡之，復禮之，不與本心有違乎？曰：“惡之者，疾惡之本心。禮之者，遠禍之本心。遠禍所以愛己，疾惡所以愛人，皆智也，皆仁也，何違之有？”

《中庸》曰致曲，孟子曰擴充，有辨乎？曰：“四端即曲，擴充即致。如知某書該讀，即細心讀之，是謂致是非之心。如不忍人飢寒即講求養民之道，不忍人陷溺即講求教民之道，是謂致惻隱之端。皆是篤行，事到能化，方誕登於岸。”

明善何先？曰：“先須明得四端，有此四端復須篤行將去，此其大綱也。從此益明益行，益行益明，總是擴充四端的工夫。此功不息，久久自純。”

《孟子·人皆有所不忍章》言達言充，或在思不在學邪？曰：“必合學問思辯而加以省察克治，然後可無所往而非仁，無所往而非義。苟不由此達去，則學爲支離之學，功爲雜霸之功矣。”

以理爲主而客氣難除，何也？曰：“理者，大公無我之道也，以此爲主，客從何入？恐五伯以名奉王而禮樂征伐仍不自天子出，何主之有？”

見善已明而難於固執，何也？曰：“還是見善惡糢糊，以爲所好在善，而實隱然好惡。若見得善如好色，自然好之真，見得惡如惡臭，自然惡之切。所謂惡，不獨不義之富貴與亂德之巧言、賊德之鄉愿，凡不是善便是惡。”

孔子以四者爲憂，何所學之不一也？曰：“何嘗不一？修德是主意，講學、徙義、改不善是工夫。夫德大矣，學者學此德。學之而不講，則不知何者爲義，何者爲不善，眇視之履也。既講而知之矣，不能徙、不能改，石火之明也。四者缺一不可，故聖人以此爲切己之憂。”

善無極，何能盡明？曰：“只明得四端，便可終身由之不盡。”

四十五十而無聞，斯不足畏，然則君子爲善爲去聲惡去聲，其無名於世耶？曰：“學者豈無一善可名，謂其於道無聞也。學到四十五十而猶不聞道，故不足畏。如以名而已，小人儒之名盛於君子儒，聖門如顏淵、曾晳、漆雕開，孔子而外孰知之？觀哀公與季康子問弟子孰爲好學，則顏子之無名可知。鄉愿正是此道中名士。鄉舉里選之人，孔子且惡之，何畏之有？”

鄉愿，近世亦有之耶？曰：“凡志非爲己善不根心，皆是鄉愿。只鄉愿，竊善到老，不破敗學，鄉愿者幾箇耐久？”

《康王之誥》：“群公既皆聽命，相揖趨出。王釋冕，反喪服。”先儒謂吉服即位非禮，宜喪服見諸侯於喪次，且引冠禮及鄭子皮如晉葬平公事爲據，當乎？曰：“父終子未立，宗廟安危所係，雖新喪即位，禮也。即位所以繼宗祀、承大統、朝群臣諸侯，禮至重也。輟哭而行於喪次，何如輟哭而行於内朝？行於朝矣，天子群公可皆凶服乎？父親而祖尊，嗣君臨朝，行即位禮，承大統，示天下有王，輟一時之哀，從祖從吉，退而釋冕，反喪服，於禮順，於情安，於親心合，復何容辯？且以孔子手訂之書爲不足據，而以冠禮、《左傳》爲千百年準繩，亦失証矣。”

習心習見不能化，奈何？曰：“志堯舜之道者，必置身唐虞，非唐虞之書不讀，非唐虞之友不友，非唐虞之言不言，非唐虞之行不行，積而久之，夢魂俱化，何有乎習見習心？”

二許同一學古，何以有是非之别？曰：“袁石公云：‘莫把古人來比我，同牀各夢不相干。’此言殊有意味。”

藜藿緼袍之樂，必不敵膏粱文繡，奈何？曰："不必飽仁義、廣令聞，有達識者皆足以勝之。識達則知止，止則安，安則此外皆非所樂。故高明之胸次，全無俗情。"

講學而外，皆不得爲實學，皆不得爲孔子之徒耶？曰："躬修實踐，有賢於徒講者，如真孝友、真忠義、真介操、真事功，雖偏皆是實學。聞道者，宗子也，餘亦支庶，豈不當入譜系哉？久欲輯實學一譜，無全書，同志者其爲之。"

尚友古人而仍爲科名所動，奈何？曰："能與古人友者必不爲科名所動，爲科名所動者必不能友古人。交游中志同道合而後可謂之友，不然同堂而處，如對路人。"

管東溟志道嘗言，士必有遯世不見知而不悔之胸襟，然後可語深造，又必有行一不義、殺一不辜而得志弗爲之節概，然後可與立身。此非正學耶？曰："兩説皆是，而深造之學不同。復常以西來之意密證六經，以東魯之矩收攝二氏，立論似乎閎通，而學已不純不正矣。"

博學詳説，何以又反説約？曰："非博學詳説後才反説約。古之學者爲己，學是爲己博，説是爲己詳，故説聖賢之身心，即是説自己的身心，説用人行政之得失，即是説自己之得失。今之學者爲人而博，爲人而詳，皆是説利説名，非説約也。"

學者能取科第，可以下愚目之耶？曰："陶文簡望齡南宫第一，廷對第三，可謂能取科第矣，寓書於第。奭齡云：'向視迷陋，視一科第爲究竟地，正如海師妄認魚背，謂是洲岸耳。聰明人宜蚤悟，勿墮大海而後覓舟楫也。'誠哉是言。人苟聰明，固不待墮海而後覓舟，然既墮矣，即知轉移向上尋究竟地，仍不失爲聰明人。若終迷陋不知移，雖第一第三，與下愚何異？"

人各一家，不相通亦不相謀，即君子亦何能廓然大公？曰："君子之待天下，猶待一家，飢思授食，寒思授衣，皆不期然而然者，有無因乎？貧富不害其爲公。富矣，因親踈而有隆殺，正不害其爲公。如覆如載，窮達何間焉？"

尤西川謂權即是經，古人但云經足矣，何以又言權？經與權，畢竟有辯。曰："權者，神化於經而非偏守經者之所可及，故進立而言權。孔子之無可無不可，是爲權矣，是爲經矣。"

或執一經而變通之，非反經而何？曰："男女授受不親，經也。嫂溺援之以手，亦經也。取二者較之，救死爲重，不親爲輕，酌此兩經而急其所重，緩其所輕，故曰權，經何反焉？"

曾子略格物，不釋究，不知所格者何物？曰："聖經既以本末言物矣，此外更有何物？釋物之本莫詳於誠意、正心、修身三傳，釋物之末莫詳於齊家、治國、平天下三傳，故不須重釋也。且極天下之物，聖人有所不知，不知何害其爲聖人？若云無一物不格，而後可以誠正修齊治國平天下，如此格物至皓首不能，即能之，於明新何涉？此文安、文成所以有支離之辯。"

備顧問與賓客言，恐非博聞彊記不能，不能可爲君子乎？曰："經史不可不知，彊記善辭命，才之長耳。才則人或不能兼，但人人親其親、長其長而天下平。舍能爲善之才，而求不能兼之才，名與實兩失之矣。"

不仕無義，士可一日不官乎？曰："此與隱者論道耳。言道主不仕，非言身不爲官也。隱者以不仕爲正道，萌念用世皆不可。由其說，苟不逢堯舜，則公卿以下皆當棄官而隱，君臣之義不由我而廢乎？君子以仕爲正道，身雖隱未嘗忘世。由其說，未仕者遲遲不出，正是擇君而事，非不欲仕也。已仕者，以道事君，不可則止，正欲成其君爲賢君，亦非不欲仕也。有官無官，何嘗一日廢君臣之義哉？如不做官便廢義，勿論孔子有不官之時，顏子終身未官，即急於求官如蘇范輩，亦不聞成童時便有官做，且必無日不官，然後不廢君臣之義，不亂大倫，則孔光、馮道可爲不廢不亂乎？古之人未嘗不欲仕，又惡不由其道。不欲仕者廢君臣之義，不由其道者自私自利，亦廢君臣之義，故君子交惡之隱者大頭腦處錯。此篇姑就大處闢他，餘自不必說足。"

顏子何以不名隱士？曰："顏子之隱，雖潔其身而心與世通，仁爲大仁，義爲大義，五百年之名世也。沮溺之隱，徒潔其身而與世隔絶，仍同麻木，仁爲小仁，義爲小義，吾儒中之異學也。”

獨善兼善，善有異乎？曰：“善天下即以獨善善之，故曰兼善。善先於有恥，有恥莫先於士習。兼善天下者，必先使天下之士莫不有恥，而後民生可遂、民俗可美也。不然爲士者營求得官，阿附保官，枉己而不愧，種種欺上，種種剥民，喪心而不慚，如此則民生何由遂，民俗何由美也？然倡率之道在君子，苟君子之身先不有恥，而欲教天下士皆有所不爲，難矣哉！”

夫子之道，不外忠恕，何又以博文約禮教顔子？曰：“忠即禮也，過則非忠，不及則亦非忠。第忠恕之爲用，洋洋優優，詩書備之，自思而得者不穩，故思不如學。譬如游嶺南者觀荔枝，不見盡枝葉華實不返。無他，歷時雖多，總欲全見此一物耳。”

静爲體，動爲用乎？曰：“然則仁者静，有體無用，知者動，有用無體矣。仁知之動静，皆言體，而用在其中。動非用，動有動之用。静非用，静有静之用。即有勇不惑，可知物之動静皆兼以爲體者，亦兼以爲用。如門之爲體，能開能闔。用闔以禦寇仇，静之用也。用開以利出入，動之用也。且動静有以境言，有以時言，有以事言者。以事之動静言，人知動爲用而不知静亦爲用，如間詠赴飲而桓温消沮，劫至寂然而敵兵駭退，皆静之用也。静動體用原無定義，故《中庸》不言。以動静體用解《中庸》，未免蛇足。”

子曰“前言戲之耳”，美武公者亦曰“善戲謔兮”，然則戲謔亦無妨於莊敬耶？曰：“中節之情與乖節之情有辯。古人歡心所至，偶一有之，非專以戲謔爲雅道，而使人相尚也。持論詼諧始於東方朔、枚臯兩人，雖以此見幸，亦常直諫，而武帝不過以俳優畜之，數賞賜而不任以事。學漢儒者何不學廣川之賢良，爲天子所重，學長孺之骨鯁，爲天子所憚，乃舍此不學而學朔、臯之詼諧，爲天子所賤，何其不善學也。至群居終日舍戲狎無他樂事者，又不足與言朔、臯矣。”

交游中有貴顯，以帖札往來，未爲不可，而絶不與通，何也？曰：

"有兩不可。仕途中人喜諛佞，草野之言多正直，彼即下問，道亦難言，况未嘗下問，而無端以矯亢取怨，是不智矣。苟亟亟求時名，藉講學而交當世之卿大夫，游揚則有之，引薦則有之，第有從諛而無讜直，取聲援而誣聖道，是無羞惡矣。不智不可，無羞惡尤不可。"

欲友天下之善士，可不出門走數千里邪？曰："有在遠方者，有在近處者。孟子言善不言地，見有善重一鄉而爲一鄉之善士者，即友此一鄉之善士；見有善重一國而爲一國之善士者，即友此一國之善士；見有善重天下而爲天下之善士者，即友此天下之善士；更有大善已往而爲古之人者，即上友古之人。如以地之遠近言，倘與天下之善士同鄉而處，豈必更出門走數千里以求之耶？且善無盡，求益者不可苟安，故累進。言之究竟，雖由小善説到大善，亦未嘗限定先後。苟天下之善士在咫尺間，豈可待友一國之善士而後友之耶？未得天下之善士，則詩可不誦、書可不讀耶？學者泥章句，終是小家。"

飲中有聲妓，可辭主人而去耶？曰："爲我而設，宜預止之。苟爲他人，聽之可也。"

禹、稷、顔子所同者何道？曰："天地古今合一之道也，得其一，故無不同。用則行，舍則藏，出處以時而道不異。夫子以此許顔子矣，不待孟子。"

格物無傳，何也？曰："已逐傳釋之矣。經云物有本末，格物，格此物也。或曰格，至也，致知在至物，於理不順。或曰正也，須必心正而後能正物，於本文不順。蓋格，度格也，凡藏物，必各一格，取分别之義，故曰格，辯也，猶《中庸》學問思辯以擇善，義亦不淺。曾子於釋意心身家國天下諸傳皆詳，辯其善不善，使人易爲辯别。格物之意，了然無容更釋也。"

正心必先誠意，將毋逐念求誠耶？曰："無綱補目，終不成章，此蓋指好善惡惡之大意而言，猶言志也，此意一誠，自無念不誠。如修身心之無所爲善，有所爲惡，齊家好惡之公爲善，偏爲惡，治國身教爲善，徒令爲惡，平天下正德、理財、用人絜矩爲善，不絜爲惡，誠如此格之，而知至矣。所患者，好善惡惡之意有未誠耳，苟立意好善，未必如好好色，立意惡惡，未必如惡惡臭，或掩惡以欺人，或爲善以邀譽。意不誠矣，則心之出入無時者，將必日習於邪，日熟於僞，欲正何由乎？心既不正，則身何由而修，家何由而齊，國與天下何由而治且平？故曾子逐傳辯其善不善，必首辯其意之誠不誠。”

既格物矣，意復難誠，何也？曰：“古人先有明明德於天下的大志願，故下手工夫自層層着實。格出物的善來，必期實見得善，如好好色，好之不切不止。格出物的惡來，必期實見得惡，如惡惡臭，惡之不切不止。苟無此志，勿論其他，即善如一己之名節，惡如不義之富貴，尚在曖昧恍惚，見即好未必如好好色，惡未必如惡惡臭，此意之所以難誠也。”

淫祠亦鬼神，毁之得毋有譴耶？曰：“不獨狄梁公功在唐室，以宰相終，子嗣光亦賢臣。如鶴慶府位化寺稱有活佛，士女會集動萬人，争以金泥其面，且言犯之者能致雹損稼。林大用以副使至鶴慶，命焚之，卒無他驗，並毁邊方諸淫祠三百六十區。及巡按江西、四川皆是如此。正德間以刑部尚書致仕，享年七十有五，不聞何譴。彼即有靈，邪不勝正，况未必有靈。”

麻城大參董樸中年家居時，巡按湖廣者樸門人也，其秋當主監臨，欲中樸子，先以所擬經旨密封寄樸。樸覽而火之，竟不以示其子，得毋矯乎？曰：“不狥私欺公，忠也。不狥俗陷子，慈也。忠且慈，得情之正者也，烏乎矯？嘗在署中聞子多善行，乃遺之書曰：‘義所當爲者，當闇然爲之，以此取名則淺陋甚矣。’其子士毅號三泉者，歷仕亦清正可風。”

《論語》首章是何大意？曰：“爲俗學而發君子之學，謀道不謀食。是時謀食之學徧天下，皆曰此學可以得禄，勤苦中未嘗不悦。謀道之學，貧賤而已，有何悦處？此學同聲者衆，即一邑一鄉良朋畢集，樂何如乎？彼則孤高寡和，寂然獨處，有何樂處？此學君相所取，成名當世，彼則收斂埋没，何名可成？不知學以謀道，時習於語默動静、取舍出處之間，舉我之所自有者，不獨有於古人，而復有於我，不也喜悦麼？此學一倡，聲氣必廣，勿論近地，竟有來自遠方者。群天下之善士講習一堂，不也快樂麼？名莫大於君子，人不知，無名矣，能將名心斷絶，遯世無悶，不也名箇君子麼？所得如此，人何故不學？”

賢賢章何旨？曰：“此子夏從文學中揭出實學以教人也。人止知有文學，而不知有實學，故有實學者身體而力行之，事賢能敬，事親能孝，事君能忠，交友能信，可以持名教，維風俗，無愧詩書矣。人即病其記誦未博、文辭未工，吾必以學歸之。真知實踐方叫做學，不然文學有餘而躬行不足，烏足以言學哉？”

夫子稱顔子不改其樂，又以拳拳服膺稱之敬，與樂不相妨耶？曰：“顔子語默動静、用舍行藏無處不是中庸，此所以樂也。”

夫子與點何意？曰：“正聽諸子説事功熱鬧時，點忽説得冰冷，只説眼前樂事，正打動夫子與時偕止之意，故喟然一歎而稱許之。疑夫子所與在此不在彼，遂欲抹煞一切，幾落巢許窠臼，此狂者之過也。夫子兼與之，進之以時偕行，事功亦何可少也。聖門必如顔子，方是中行，故曰‘唯我與爾有是夫’。”

勉强學自然，當乎？曰：“道體自然，更不須説，但從習心習氣中飜然向學，那便從容中道？勉强學之而已。自然爲己之志，不可不篤。篤則勉强無非性體，不篤則勉强皆是人欲。且善有善之自然，不善有不善之自然，尤不可不辯。”

致知可不必格物耶？曰：“本末一物，良知一物也。入手要千辛萬苦，悟透良知，非即所謂格物耶？已在此路上，又説不宜走此路，良知安在哉？”

敬肆何辯？曰：“知主一之謂敬，即知背一之謂肆。背不獨縱情使氣、任意狥俗，苟所主者非孔孟之所謂一，兢業皆是放肆。”

卷四

何謂篤行？曰：“如孔子之學不厭，行其知矣，教不倦，行其仁矣。顏子之拳拳服膺，行其中庸矣。孟子之居仁由義，行其善矣。”

文體如《尚書》，豈非要言不煩耶？曰：“是時畫字難，故從省。孔子時言便舒暢，修辭者苟非其時，又無深意，故作斷爛殘剥狀，使人聱牙難讀，不又多費解説，且索然無味耶？但須言近指遠，鏗然有聲耳。”

顏子之拳拳服膺從何處見得？曰：“不獨不遷怒貳過，從事四勿，即如陋巷簞瓢不改其樂，與夫問爲邦，用則行，舍則藏，何一非固執中庸。處若顏子，可謂躬行君子矣。”

顏子之樂，樂中庸耶？曰：“造化之機，不樂則不生。心體本樂，樂即是中，改則失之矣。”

孔子重言樂，何也？曰：“君子之道皆從樂中發出，故生生不窮。苟無生機，則猶助長之苗、驟盈之水，未有不稿[①]且涸者也。”

明善何以誠身？曰：“不明善，則我之善於一身者，非由本心即是，亦是色莊，況未必是乎。不是非誠者，證父之直、辟兄之廉是也。是亦非誠者，五伯之假、鄉愿之似是也。一明本心而本心爲主，則真妄自省察得出，真則任之，妄則克之，身無不誠矣。”

未讀書之先有知耶？曰：“或專求於書，或頓悟而不以聞見盡吾知，二者交病也。頓悟者謂知不待讀書始有，如人未讀書便知得書該讀，非當下之知而何，然既已知之，即專心去讀，方是率知之性，止而不讀，

---

① 稿：疑“槁”之誤。

可謂知乎？如舜知邇言當察，禹知水土當平，知在事先矣。使知之而不察不平，未得爲直遂其知也。泥聞見者謂書不讀則理不明，遂終日講究而不知知已在未讀書之先，所謂騎驢覓驢，百姓日用而不知也。大抵外率性，即不可爲道。人與聖人率性不殊，殊者安勉耳。”

學者入手，何性可率？曰：“志於道，志率性之道也。全體難言，四端可率，第端不易辯，志不易專，功不易純，辯之、專之、純之，即是率四端之性矣。故曰：‘人莫不飲食也，鮮能知味也。’”

立訓者言綱不言目，可乎？曰：“專爲廣大語、爲囫圇語、爲作用語，定是藏垢匿瑕之術。”

何謂仁？曰：“仁者，核中之實、生之理也。一樹之枝葉華實，盡實於仁，故滋培而盛長之，一如其樹。人者，天地之仁也。聚覆載化育之理，盡實於人，故栽培而盛長之，一如其天。瘠則不肖，剥則不生，聖人配天，非有加於實也。”

初學何方？曰：“立志宜高，放眼宜闊，用心宜細。志高則氣不驕，眼闊則俗不陷，心細則德日宏。”

夫子既説視觀察以知人，又説不逆不億，既説先覺，又説可欺也，何解？曰：“不先用視觀察，精於覺人，而徒勞心逆億，則妨奸之法愈密，小人之術愈工，此察察之受欺不少而先覺所以爲賢也。至細人細事無關重輕者，欺或有之，要亦君子未得志行道耳。使教化大行，風俗醇美，安有欺人之人哉？”

聖人之道何以發育萬物？曰：“夫道一而已，謂爲聖人之日月星辰也，可謂爲聖人之風雨露雷也，可爲聖人之山川原隰生長收藏也，可猶漢合江，江合海。不可謂江水非漢，海水非江。水無不合，隄防間之耳。”

先覺或是詐、不信來前，自然覺得耶？曰：“是世俗之所謂神仙也。以此聽訟，不待片言可折矣，恐堯舜亦不作。怪事不逆不億但先覺，得此等人而不與之處耳，與伊尹所言先覺不同。”

行事之善惡，衆人有口，何必視其所以？曰：“聲名中人，豈有顯惡？凡狥俗之行，驚世之節，爲鄉人所好而凖之於道實背者，皆惡也，如證父之子、乞鄰之高皆謂之直，居蔡之文仲、壑鄰之白圭皆謂之智，佞口謂之才，仲子謂之廉，鄉愿謂之德，儀衍謂之大丈夫。苟以名取人而不視其所以，豈不信以爲然哉？”

有恥何以爲入德之始基？曰：“斷無無恥之堯舜周孔，斷無無恥而可以學堯舜周孔之道。故人必有所恥而不爲，然後學則可以爲聖人，不學亦不失爲善士。苟無羞惡即能高談博辯，欺世盜名，亦不過三代之罪人而已。且有作賊人，即有捉賊人。名未可盗，但恥不可不辯。惡衣惡食之恥，無恥矣。”

何謂擴充？曰：“有二義，一則直遂其端，一則不息其端。如不忍孺子入井便去救他，恥呼爾蹴爾便不肯受，所謂直遂其端也。如憫入井之孺子而救之矣，復憫凍餒之百姓而救之，恥非義之簞豆不受矣，復恥萬鍾之非義而不受，所謂不息其端也。自强不息，其庶幾乎。”

有不忍人之心者，必須講究仁政，如何直任本心，便可了當得？曰：“凖古酌今，焦心勞思，正是直任本心處。不然，鬱而不快，觀父母之爲子謀可知。苟不由心，伯者之仁政矣。”

或謂唐人詩多綺麗，唯處士阮昉詩有理趣，信然耶？曰：“此淺於言詩者也，不知少陵理趣足蔽唐人。”

吟風弄月可學乎？曰：“此心不如先賢光風霽月，而徒效其吟弄，助長之苗耳。”

本心至虚，可着一物耶？曰：“《韶》可以格天神和民物，孔子學之，三月不知肉味，可謂着一《韶》。本心爲《韶》，累耶？必學之而得，然後可以順本心之知，遂本心之仁。倘得《韶》之後，據此驕人，不謂之着，《韶》不得也。如炊飯喫飯，何可言着？爲己求飽，爲人恥惡食，斯謂之着一飯。本心爲飯，累矣。”

視才德之在人者，心有彼此，奈何？曰：“相臣之用才，猶大將之用兵。大將坐臺上，指麾器使，期其一可當百，而後功可成。未聞下臺與士卒較長短，短則喜，長則忌之耳。”

孔子之言多矣，何獨主擇善固執？曰：“聖人因人而教，焉得不多？要之，聖賢千言萬語皆言善也。善非擇不明，非固執不實，故合天道人事而言之者，在孔子莫如擇善固執，在孟子莫如居仁由義。”

性相近也，習相遠也，作何解？曰：“此非爲聖凡言，聖人何習之有？爲人之賢而致曲，愚而不致曲者言也。秉氣雖有清濁多少之分，莫不有曲，故曰相近。習於善而曲日致，習於惡而曲日亡，故曰相遠。則猶物之於人矣，此習之不可不慎也。”

非不力學，胸中不得瀟灑，何也？曰：“有將人欲全體看破，耑志於道，然後漸漸割斷，漸漸瀟灑。人欲不獨聲色勢利，凡窮通毀譽得失生死之類皆是，大都於道樂一分，於欲遠一分。”

爲人謀何謂不忠？曰：“學者講究學術，吏治科舉，刑罰賦税，荒政馬政，錢法鹽法，一切世務皆是爲人謀之事，在仁者方是實心爲人。苟非其人，雖謀得十分周匝，説得十分剴切，不過巧言佞口，工於取富貴而已，可謂忠乎？”

念及於居，省察而克治之，未爲不可，懷居何遂不足以爲士？曰：“非此之謂也。規模須高明廣大方可進德，苟口雖講仁説義，身雖依樣傍矩，而心之所懷在居，規模如此則亦庸夫俗子而已，可謂士乎？”

與鄉人處，論及是非，不得不辯，辯則不合，奈何？曰：“無關係之是非，且未嘗請教於我，何足與辯？不見有我，無人不可處矣。”

處鄉黨不知我爲君子，可乎？曰：“伊尹之處有莘，顔子之處曲阜，孔明之處南陽，知之者幾人哉？君子之道，闇然日章而已，反是即爲小人，且君子並不求君相之知，求知鄉黨陋矣。”

難於自得，何也？曰：“只須見得本心而安居之，優游自在，更有何事？不然，剿襲古人，全無生意，苦矣哉。”

何謂樂？曰：“貧人而借用富家器物，何樂之有？自得則樂矣。”

動容周旋未必安然，中禮不勉强可乎？曰：“本恭敬之心以學禮，勉强亦安，猶安於謀科第者，肄業而至於廢寢忘餐，不以爲苦。苟心未安乎恭敬，徒習節文，雖習到從容中禮處，僞而非誠，宋人之助長也。

噫，天下之不助苗長者寡矣。”

何謂君子？曰：“純乎四端，而無間者也。”

名朱學陸學而不名孔，可乎？曰：“天下萬世所師者一人而已，學亦不必名孔，况並不名孔子之學，而名朱名陸於理順乎？此門户之所以日争，聖學之所以日晦也。”

從何處勉强？曰：“勉强亦有兩層。立志之後唯勉强理會本心，及其知之明、守之固，居安而資深，勉强處無非直任本心矣。如孔子學《易》，豈不深思？却是本心宜然。”

能知其所當行而勉强行之，已是率知勇之性矣，何以又説及其成功一也？曰：“指示端倪則曰即此。是性若純乎性體必待成功，且志非爲己，則知非真知，勇非真勇，亦不可言端倪。”

何謂四端？曰：“端以全體之久暫言，非言多少也。從習心陷溺中偶然露出，故名之曰端，如望青山雲霧忽開，全體乍見而復掩也。苟能存養此端，綿綿不息，不愁不純。有志者不求本而求末，猶往南者北走，徒費辛勤。”

四端謂是偶見之全體，何也？曰：“人無二心。如孺子將入井，聖人見之惻隱，凡人見之亦惻隱，豈聖人當惻隱時，又別有箇心藏在一處不用邪？端非全體而何？純乎全體者，聖人也。”

勉强率性，何也？曰：“如往日待人傲慢，一旦此心不安，改傲慢而謙恭，率謙恭之性矣。局面變更之際，未必順適，不勉强不得也，習而熟之，安然率性矣。”

生於其鄉者，論本鄉人物，似亦無害。曰：“知賢否則可，議則不可。所見不廣，則志趣卑陋，故生於春秋者不宜見有執政，生於戰國者不宜見有儀衍，生於齊者不宜見有管晏，生於楚者不宜見有子西。見非井底，志方可立。士庶人聞人惡則信，聞人善則疑，喜談人禍，而不喜談人福，何也？曰：‘風俗之薄，人心之壞，從何處説起？’凡怪歎世情者，即皆可怪可歎之人，雖然責有所歸，轉移之人出而民自日新矣。”

達道有本乎？曰：“本乎性，五達道皆率性之道也。苟不知率性之外不可謂道，則雖終身學，終無所聞。故古之人讀書友善所以求知也，省察克治所以勉行也，能知能行，道其聞矣乎。”

大禹疏鑿，何獨忍於役夫？曰：“豈不憐憫？有大不忍之心，有不容諉之責，其於目前勞苦，不得不勉强忍去，故勉强亦性體也。”

原壤爲孔子故人，使原壤罹禍，孔子亦關心救之否？曰：“親者不失親，故者不失故，即災非无妄，孔子必不恝然。但救之亦自有道，從井之救不爲也。”

予奪之際未免心動，奈何？曰：“古者，非其人不交。苟操予奪者爲我所賤惡欲放逐之人，豈復俯首爲他榮辱，使得奔走笑涕我哉？即勢不能絶，亦唯盡其在我，予奪聽之耳。使賤惡之心不切，放逐之條不明，鮮不拜跪其門，德之怨之，而以爲情理當然也，甚矣居仁由義之難也。”

孔子誨及門之人不倦易見，至誨天下後世之心從何見得？曰：“勿論轍轘天下皆是誨人君、誨卿大夫士庶人肫肫不倦之意，凡所以删《詩》《書》、訂禮樂、贊《周易》、作《春秋》，無非爲天下後世有此憂勤詳密也。既防其異端曲學，又防其過不及，曾有一時之倦、一念之倦乎？”

舜禹有天下而不與，巢許亦能之，何獨贊其巍巍？曰：“巢許見有富貴，恐其沾染，故謝而逃之，潔己而已，未聞君子之大道也。聖人不見有富貴，故入其中而不染，唯藉是盡吾職分所當爲，使天下無不治，而富與貴不與焉。且凡有天下時平成教養、萬世仰賴之功亦不過職分内事，來則必了，了則不留，又何與焉？所以巍巍也，志道者其深思之。”

得聞大源，始信平日於瑣屑處周密，幾墮鄉愿，但中庸之道不外日用，一味抛却，恐又未能入於虚悟。曰：“君子與鄉愿所行同是中庸，分别是真僞，不在周密與不周密。昔子思嚴中庸之辯，首章曰‘率性之謂道’，明乎苟非率性，不是異端即是鄉愿，不是太過即是不及，統不可謂中庸之道。學者苟徹底見得性體，則日用應酬無往非性，無往非道，安有抛却去處？故君子見得仁體，即終食不違於富貴貧賤，不違於造次顛沛，況日用應酬乎？此所爲自得其性而時時率由之也。故曰君子中庸虛悟者，知而不行之謂。若舉源流本末而二之，還是未悟。悟不可言虛，即胸懷灑落，亦不過無事時快活，可爲自得之樂乎？”

閒中非不寧静，入境不勝憧擾，何也？曰：“人之悦理義必不敵悦富貴，閒中吟風弄月皆是虛景，必隨所入而悦不改，方是真寧静，憧擾病根當自知之。”

是非何以多惑？曰：“須有權在，方可稱物，不然不獨古今人行事莫能辯其是非，即自己動一念、行一事、作一文、賦一詩，其是非亦莫能辯。權者，本心之明也。故孔子嘗曰知者不惑。”

顏子之樂，何以難言？曰：“孟子曰：‘反身而誠，樂莫大焉。’誠豈易言哉？故君子必有終身之憂，斯有顏子不改之樂。”

古之學者，隱居而求輔世長民之道，分明是爲人謀，何以謂之爲己？曰：“所爲者非一物之己，爲萬物皆備之己也。苟獨潔其身而不爲人謀，與夫爲人謀而反身不誠，皆尚有己在，便不成己。古之學者千辛萬苦，只要完成一個無己之己。”

文之所以成章者何道？曰：“亦五行之秀氣經緯而成，作者不自知也。仁以主之，知以運之，禮以文之，義以節之，四者缺一即不順理而成章。雜不成章者謂之詖，異端之文是也。成章無信者謂之浮，華士之文是也。故文章之本在德。”

非不以本心爲主，而言行每失，何也？曰：“不是本心，仍是鄙俗之習氣、冷漠之習心，穩坐牙帳，指麾三軍耳。但得去此兩病，只管言去，只管行去，高明仁厚中稍稍過則，不難裁翦。”

文章氣節蓋過一鄉，斯亦可矣，何必遠大？曰：“此臨深爲高耳。學道莫做三家村道學，修文莫做三家村文人，作詩莫做三家村詩人。”

言行之省察合理，德可崇耶？曰：“不由本心，雖細細檢點，是亦不是。勿論言行，即敬業訪友，安有是處？”

以愛詮仁，以宜詮義，於義似淺。曰：“自愛之人，有何私欲？事事合宜，有何苟且？愛者所以遂民之生，復民之性，物物得所，天地之德也。宜者所以除天下之貪，戡天下之亂，振綱肅紀，帝王之勇也。淺淺理會，得力不小。”

行者行其事也，孔子言能行五者於天下，並恭寬信敏惠亦言行，何也？曰：“恭寬信敏惠，人心之全德也。爲仁者不徒能知能言，而能一一實踐之，是謂全德。”

學必待其人而後講耶？曰：“獨坐，講之於内。應接，講之於外。無時不講，不學者不知也。”

觀孔子衣服之制，不幾着意耶？曰：“着意者，私意也，妄念也。夏不裘，冬不葛，禮服不褻，褻服不飾，順應之道也，何着之有？如衣思錦，食思珍，恥惡衣惡食，可謂着意矣。至於寒則思衣而不求錦，飢則思食而不求珍，可謂着意乎？故子盡孝，弟盡悌，臣盡忠，友盡信，皆是率性之常道。苟盡孝弟忠信而思以得名，不謂之着意不可也。凡事皆然，可以類推。”

應事接物如行雲流水，豈可滯在一處也？曰：“有雲不行，有水不流，正是滯在一處，失常道矣。苟無雲可行，無水可流，純是煙瘴糞溷疾飛遄逝，可謂不滯一處耶？只講變動不居，周流六虚，而其所操以變動周流者，不講不知，果何物也。風俗已薄，學者又倡此説，至以骨肉天性之間都不認真，毫無痛癢，如教猱升木，如塗塗附，不又與於不仁之甚者乎？”

子路與衣狐貉者立而不恥緼袍，孔子美之，及子路終身誦，孔子又不以爲臧，非謂其着在不恥耶？曰：“道何可着？亦必盈科而後進。使有狐貉之恥者以不恥爲問，則宜進之以不恥，遽曰勿着在不恥上，則恥者不終於一恥耶？率性自不着，不求率性而但求不着，則凡日用應酬勢必不管是非，不照重輕，一概草草應付，此人欲之所以日肆，而天理之所以日微也。”

落落難合者，竟無意氣與？曰：“凡人處朋友師弟之間，無意氣人但有兩種，道義中之意氣入流俗便冷淡，流俗中之意氣入道義便冷淡。此和與同之所由分也。”

謹言慎行，夫子曾以此教子張，何遂防其爲曲謹爲鄉愿？曰：“子張之言行在干禄，故疑殆不闕，其餘不慎。夫子以爲己之言行教之，教之以闕疑闕殆，教之以慎餘，使知干禄之言不可言，干禄之行不可行，求盡其可慊之言行可也。學者不得聖人教子張之旨，而徒學其謹言慎行，雖謹之而至於口無擇言，慎之而至於身無擇行，不過是沽名買聘之言行，沽名買聘之謹慎而已，非由本心也。不由本心者，非伯者之假、鄉愿之僞，即是小人儒、告子之助長者，可不慎歟？”

世之小有才者衆矣，不聞道者亦衆矣，何遂足以殺軀？曰：“小有才非一技偏長之謂，小者不聞大道也。凡人之才，公則大，私則小，雖有周公之才之美，使驕且吝，不以大道處才，而以褊心狹量處才，自小其才矣，故曰其餘不足觀。苟能見有道，不見有才，則才之大者，不失其爲大，保天下有餘，况一身乎？若説一技偏長而不聞道，即足以殺軀，則遭殺者宜邱積矣。”

華美之服，榮常在躬。芻豢之味，甘常在口。恐道義之樂未必皆實。曰：“何嘗不實？苟樂道義，則布素之服，榮常在躬，瓜菜之味，甘常在口。苟非道義，恐華美未必榮，芻豢未必甘。學者必須知得惡聲惡色，方不顛倒榮辱甘苦矣。”

張建封貧賤時藍縷坐樹下，適裴尚書寬與之語，大悦，舉船錢帛奴僕貺之。建封入舟，處分若固有之，豈非貪心傲氣兩兼耶？曰：“此亦我大而物小也。本立志在功名，故視區區之物等諸平常，不作小家羞澀狀。苟非其人，裴尚書又豈貺之哉？若是大聖大賢，受天下不以爲泰，由此霸王不動心。”建封以節度使鎮徐十年，民安盗息，所辟僚佐，若韓愈、李藩皆名士。入朝賜燕曲江亭，命與宰相同榻而坐。及還鎮，帝賦詩送之，并賜所持鞭，曰：“卿節誼歲寒弗渝，故用此爲况。”

學以何者爲要？曰：“志要真，善要同，守要固。以有鄉愿故説真，以有異端故説同，以有半途而廢故説固。”

有貧士爲富室所漁，久忍之，而適迫於飢欲訟。夫訟亦非理，友可不以理止之耶？曰：“不得其情而善爲之計，徒以理繩之，即不是理。仁者視猶已飢，自與友有一段痛癢相關之念、委曲調停之方，方是以理處人矣。”

六藝爲小技，游戲治之可乎？曰：“事勿論大小，不爲則已，爲則皆吾分内，不可不敬，草草一習即是麤心浮氣，何言率性？孔子曰：‘吾不試，故藝。’孔子之藝何嘗不精好，非專心治之可得乎？如委吏乘田，雖爲貧而仕，亦必盡職分。苟使會計不當，牛羊不長，則其怠玩可知。即静坐讀書，皆是外馳，本心間斷矣。其不同於人者，無名心夾雜，無所流滯偏倚耳。君子無終食之間違仁，可不慎乎？”

性從何認？曰：“孟子所指四端，正是認性的訣竅，然必講究，方認得不錯。不然，獨坐静思而自以爲是者，必明昧半。”

從政之道如何？曰：“虚明公正，於理無不明然後能公而無私，公而無私然後能事皆得正，三者皆本於虚。不能忘己則百病俱生，見理必偏，存心必私，行事必不得正。所見者但取便於己而已，即似公似正處或有之，其實非公非正，此《春秋》之所以尊王而黜霸也。”

靖節義熙甲子，然耶？否耶？曰：“或書或不書，適然耳。出處之節，人品之高，不係乎此，辯者徒嘵嘵也。”

語録多不可信，何也？曰：“一部語言，與八股何異？貪婪而講廉潔，卑污而談正直，且剴切鏗鏘，或過君子。故觀語録者，須有定見，不可以人廢言，亦不可爲巧言所亂。”

淫祠可毁不可褻，何也？曰：“邪不勝正，正可以勝邪。世俗之邪，甚於仙佛，不孝不弟，不忠不信，百惡無所不有，其放縱者窮於勢，束於法耳。譬如有吏於此上之人，正其罪而革之，彼自心服，使在下之民登其堂而褻之，怒可加矣。”

至誠何以如神？曰：“禍福未來，唯鬼神前知而告之，唯至誠前知而消長之，其欲善天下之意一也。術士知禍而不能消，知福而不能長，或且蒙糊而驗之於事後，與不知者何異？妄言禍福，更足爲害。”

士志於道，道何所指？曰：“率性之謂道，一句説盡道字。大聖大賢皆此道也。既志率性之道，即當以率性爲主，一真百真，一假百假。苟求仁義禮智，而非率乎惻隱羞惡恭敬是非之端，則根源既假，安問知行？雖知行中由昧而明，由虚而實，由生而熟，有自然之次序，亦無非是性，無端者皆僞也。”

下學何以上達？曰：“所謂下者皆天也，如子臣弟友，日用飲食，無一非天。學天，自然達天。苟欲達天而學不在是，猶欲理琴者不學鼓琴，琴理可得乎？夫無聲無臭者天也，學苟不爲人而爲天，其平常而不新奇，日冷澹而無名譽，闇然之學也，孰肯斂才棄智專向此一條路走？此子貢之所難而夫子之所以進之也。”

何謂擴充？曰：“不能充者，若火乍然而乍滅之，泉乍達而乍塞之。能充者，然則不滅，達則不塞，四端循環而無間。故馴至於義精仁熟禮崇智大，非充了一端又去充一端也。”

鄉愿是古今何等樣人，可指名否？曰：“不可枚舉。凡不是真爲己求盡本心者，皆是鄉愿。故學問中鄉愿至多，狂狷絶少，即開口駡鄉愿的人亦是鄉愿，從何處指數？”

天地人曰三才，豈必與天地參而後可謂之人哉？曰：“配天配地，人之至也。凡人皆有爲人之常道，與天地不二。各盡其才亦可謂人，若並其常道而失之，是亦禽獸而已。故君子出則教人以政，處則教人以言，總是一片慈心，恐人之化而爲物也。”

夫子説中庸不可能，不幾令人委之而不學耶？曰：“此正是聖人教人學中庸的説話。子思引之，亦是此意。中庸，人之所不可不能者也。然非學不可能，可均天下國家者不可能，可辭爵禄者不可能，可蹈白刃者不可能，其故何哉？王者一偏之善，有氣質之美者可能。至於中庸，合智廉勇而歸於一中，渾然天則，隨時順應，無一不善，而不以一善驚人，故曰庸，此豈氣質之美可能哉？唯質美而好學，擇之精，守之固，然後日習日熟而中庸可能也。能得中庸，非聖人而何？”

氣質之美與不美有定分耶？曰：“無定。雖至昏者，苟能一旦悔過求自新，即是氣質之美。竟不知悔，斯爲下愚矣。”

君子之道，何以造端乎夫婦？曰：“夫婦之與知與能，乃是不思不勉之全體，從習俗氣質中露出的端倪，自然而然，至真至當。故君子欲復全體，必從此端擴充將去，日新月盛，極於裁成，輔相上下，與天地同流而全體復矣，即有不及亦不失爲賢者。苟不由此端造進，襲美沽名，終亦伯者之術、鄉愿之學而已，其與道何涉？”

朱陸之流弊何如？曰：“重内者謂我於人自有知痛知癢之知，不必知六府三事，遂置六府三事而不知求，猶人謂我自有知熱知寒之知，不必知扇知爐，遂置扇與爐而不知求，一偏之知也。重外者謂經濟乃吾分内事，不必我於人有知痛知癢之知，而但云六府三事不可不知，遂置知痛知癢之知而不問，猶人知夏宜扇，遂不必己之覺熱，而但云夏不可無扇，必求扇，知冬宜爐，遂不必己之覺寒，而但云冬不可無爐，必求爐，無本之知也。二者均於善有未明，徒然守之，而於中庸之道無當也。”

博學明善，豈必讀盡古今之書而後善可明邪？曰：“只理會得四部書便可明性，性既明，唯有勉强率性而已。書之宜讀不宜讀者，率吾是非之性擇之。爲治世之書，率吾仁民之性讀之。爲惑世之書，率吾仁民之性斥之。苟欲讀而書不可得，又率吾順時之性俟之。讀與不讀，性無歉也。堯舜時未有三代以下之書，理何嘗不明？性何嘗不盡？衛武公耄年悔過，稱睿聖，非至耄年始讀書也。孔子時亦未見周後許多書，所欲何嘗踰矩？即删定贊修，亦是不踰矩之心所欲，非待删定贊修後始有此不踰矩之心也。顔子去聖一間，豈有未盡讀之書耶？孔子言一貫，曾子唯之，子貢未對，豈曾子所讀之書多於子貢耶？後世所謂博物洽聞，大都爲名，非爲性，故博洽中不盡君子，而且多奸邪小人也，爲己者自辯之。”

天下所宜變更者何事？曰：“有二。官心不變，則民不得安。士心不變，則官不得賢。”

孟子説此一時明言不豫矣，又言“吾何爲不豫”，何也？曰：“怨天尤人，爲一己之得失而不豫，小人之憂也，此憂不可有。悲天憫人，爲天下之治亂而不豫，君子之憂也，此憂不可無。有君子之憂者，必無小人之憂。君子憂以天下，樂以天下，爲當今仰賴之人，復何所求於人而有小人之不豫哉？此名世之不豫，所以仰不愧天，俯不怍人，成其大豫也。”

人有不爲而後可以有爲，然則無不爲者必不可有爲乎？曰：“小事與大事局面不同。善造民房者，必不能造五鳳樓，况人之不揣時勢，急於試一能、見一德、成一名者？其病有四：器小，見小，才小，德小。有此四病，怎麼任得國家大事？古之不爲者，如伊尹、傅説、太公望、諸葛亮，唐如房玄齡、杜如晦、姚崇、宋璟，宋如杜衍、王曾、韓琦、范仲淹、富弼、文彦博、司馬光，明如楊士奇、楊榮、楊溥、于謙、劉大夏諸君子，皆大有爲者也，當其未遇時，豈不與鄉黨痛癢相關？却不聞他們辱己救人，不惜面目，不愛腰膝，不避寒暑，今日見某官，明日跪某府，必欲爲州里興某利，除某害，豈不能哉？不爲也。聖門中顔曾冉閔思孟而後，如周程張邵朱陸諸賢，無論後來有爲無爲，皆有所不爲。又有隱退終未嘗有爲者，或以爲無爲也，不知無爲正是他大有爲。凡任道統、扶綱常，皆是有爲，不專是事功，如黄憲、徐稺、管寧、陶潛、劉因、許謙、吴業，終其身薄富貴、忍才情，立千秋大節，爲人之所不能爲，此豈無不爲者所能爲哉？總之，凡志大志、學大學者，統無四者之病，而後可以有爲也。孔子曰‘君子不可小知而可大受，小人不可大受而可小知也’，其斯之謂與？”

世有善於講學而卒之改行易轍者，何也？曰：“原未有爲己之志，羡富貴而不能得，惡貧賤而不能去，乃故作目空一切之狀，高談闊論以欺當世之無識者，及其得一薦、受一官，安得不喜不自勝，改前態而不以爲羞？然操一葉之舟，大言不懼洶濤，知言者豈待他涉洶濤而後知其必覆哉？即大言時已知之，何也？其舟可見也。”

夫子之道，果忠恕足以盡之耶？曰：“忠難言，恕亦不易。忠者，中心也，心載五常而難於中，必心無不中之仁、無不中之義、無不中之禮與？知然後謂之中，此非博學審問慎思明辯，烏能知之？知之明矣，貴行之篤。凡處君臣父子兄弟夫婦朋友之間，值貧富貴賤、顛沛造次之時，當輔相裁成託孤寄命之任，無不如中心以應之，然後謂之恕。忠恕有擇執省察之學，故曰一貫者天道也，忠恕者人道也。”

恥於自往求售而不往，可謂行己之一恥乎？曰：“必有可售之具，如許謙、何廷矩字時振，番禺人，陳白沙門人一旦以求售爲羞，以恐懼爲辱，遂飄然而去，可謂有恥矣。苟無可售之具，亦曰‘我恥於求售而不屑往’，直謂之大言不慚，可謂有恥乎？妄言有恥而反喪其恥，可知助長之爲害矣。”

行事與古人樣式多不合，奈何？曰：“古今人各有時勢，學古者豈在樣式合？且不求本心而求樣式，於我何有？如無大舜之孺慕而學號泣，無老萊之諱老而學斑衣，名則有之，本之則無，助長而非自得也。”

學古人何者當先？曰：“莫先於器識。器本於識，以古人之器識學古人之道德，勢如破竹矣。”

桓帝時陳仲舉蕃爲尚書令，此治機也，及薦徐穉，字孺子袁閎，字夏甫韋著，字休明姜肱，字伯准李曇，字子雲五處士，帝以安車玄纁徵之，皆不至，何也？曰：“從來致治之機在君，君不可爲而臣强爲之事，未有不敗者。此五人者於其天子而知事勢必不可爲，故不出。曹節王甫濁亂朝政，固不可不誅，然帝方信任，未嘗欲誅，而臣下瞞帝謀誅之，遲則漏泄，豈有不反遭其毒者？大都天下事非徒意氣激昂者所能濟，不學無術，陳竇之謂與？”

兩漢之士風何如？曰：“多樸厚，魏晉以下不及也。由高祖最愛厚重少文之才，取士之法又甚善，兩漢公孤卿佐暨郡守縣令非出身賢良則必孝弟，雖武帝亦未嘗偏尚文詞，故士之以行實成名者率多質樸，不似後人裝飾。即如張奉訪毛義時，府檄至，舉義爲安陽令，義捧檄而色喜，亦不言其故。奉心薄之而去，及母終不應聘，奉始心服。若後世名士，見張奉在坐，必强制不喜，恐敗宿名。總之，始開風氣之人不重實行，則相沿而下裝飾之術愈工，真樸之氣愈寡矣。”

友之相約不出，卒之出處異心者何也？曰：“榮辱之情已亦不能自主，何可相約？至於逢子康萌徐平原房李子雲曇王君公遵當時所號四士者，居非一地相友善，皆終其身混迹微賤，不仕亂世，要皆各愜本心，不約而同者也。”

擇友只唯行是問，文可不問乎？曰：“文亦何可不問？但須於有行中問文耳。優行並優文者上也，優行不優文者次也，皆益友也。優文不優行者損友也，隳人志氣，誤人聰明，壞人心術，喪人名節，其言易入，故其情易投。如云文章有益科第，則有行之文章豈無益乎？求友者不可不慎。”

謂傳不立儒學，不立道學，學詩書中之立德、立功、立言者，統名之曰實學，何也？曰：“概以儒學則泛，標以道學則争，聖賢之詩書一也，同讀同講，不皆聖門弟子乎？第以之謀富貴滕口説則虚，以之立德、立功、立言則實，同學而分虚實，何泛何争？但德大而傳道統者，猶適子也。三者各得道之一體，猶支庶也。庶雖不同於適，不可謂非一父之子。外此佛老則異姓，鄉愿則冒姓，不可同譜矣。至傳道如顔曾思孟，則爲見而知，如周程朱陸，則爲聞而知，此又實學中之分别也。”

八股，售時之技也，宜論工拙，何必論真假？曰：“求真者，求無愧此帖括而已。猶之雉一也，士果文明而耿介執之，亦可無愧。苟不稱雉，未免汗顔。”

小人之毁譽，豈盡不實？曰：“實亦不足聽。小人之毁，非出於私怨，即出於妬忌。小人之譽，非出於私比，即出於私恩。萬一無私，是非亦未必當。”

小人之毁譽果不足介意耶？曰：“以是非言，則小人之一毁一榮、一譽一辱。”

裴晉公不信術數，曰：“雞猪魚蒜，逢着則喫。生老病死，時至則行。”可謂君子與？曰：“此知命之言。知有命，故求盡其在我，而命則聽之。子思曰君子居易以俟命，孟子亦曰君子行法以俟命，未有君子而不知命。”

知者不失人，亦不失言，或專爲師者言耶？曰：“聖人之言，渾而可通，即專有所指，亦可通之。爲君爲相，故陸敬輿爲德宗言之。”

當年官吏貪污，止責撫按，而不責冢宰，何也？曰：“此積弊也。進退人才者，冢宰之職。進非其人，宜責冢宰。貪酷不劾，宜責撫按。苟聽其狥私招賄而不之罪，仕路何由而清，銓部又何必設？”

欲仁仁至，豈非欲仁之欲即仁耶？曰：“此一念之善引起端緒耳。蓋言近而非遠，易而非難。一念欲之，仁即從此可居，義即從此可由，非謂欲仁欲義，即已無不居之仁、無不由之義也。如臣子非不欲忠欲孝，而毫髮未盡，可謂之忠臣孝子乎？”

或言不可有所爲而爲，又言不可無爲，何也？曰：“不可有所爲，爲好名之人下箴砭。不可無爲，爲庸碌之人下箴砭。學問中僞者固多，庸流亦不少。若是仁者，自無二者之病。”

孟子言仁義是戰國時對症之藥，今復言此，何也？曰：“戰國時人尚知仁義爲美，特自謂，不能謂君不能耳，未有父兄師友無一不背仲尼之道者。千里孤燈，何可復熄？且居仁由義而備大人之事，大學教人，原是如此。”

見賢見不賢，何思齊内省者之少也？曰：“烏知少之中又少？昔之見賢者，特不思齊耳，尚知羨之近，則群起而非笑之矣，且痛自懲戒，恐或端方厚重像他迂腐。昔之見不賢者，特不内自省耳，尚知責之近，且歆羨而追踪之恐後矣，必要像他巧於得官、善於取利而後止。竟是見不賢思齊，見賢而内自省，士習可言乎？要之，不知何者爲賢，何者爲不賢。”

非無爲善之志，無如俗情何？曰：“子曰‘我欲仁，斯仁至矣’，孟子曰‘人皆可以爲堯舜’，豈聖賢欺人語哉？人即不求聞道，亦當如諸葛韓范王曾陳瓘司馬諸人，光明磊落，人人共仰，何故以鄙夫自安？究竟得失有命，君子未嘗不富貴，鄙夫未嘗不貧賤。”

見紛華而悦，奈何？曰：“范希文做秀才時，以天下爲己任，便無此悦。舉天下一切紛華靡麗傷風敗教之物，皆其所深惡而欲裁之，以歸於中正之道者，又何足以悦之哉？孟子《説大人章》，周子‘我大而物小’，皆是克欲的良方。”

顔子何以不遠復？曰：“顔子志仁篤，見仁真，爲仁勇，故己不難克。”

張留侯可稱王佐與？曰：“留侯以智術佐漢高取天下，君非湯武，臣非伊周，但爲韓報讎。讎報而身退，不以貪戀取禍，亦謂忠於韓而哲於己者矣。故曰子房有儒者氣象。”

蕭曹陳周諸人，行事之可議者何多也？曰：“漢高未嘗以湯武自命，諸公亦未嘗以王佐自期，不過乘時逐鹿，度自己又未可作天子，乃遂挾術獻詐，擡舉沛公做箇皇帝，大家也得封侯封伯，君臣之願如此而已。論者欲執三代之君臣逐事繩之，何異以仁義責儀秦也？”

漢唐宋明之取天下，公私何如？曰：“皆私而不公，名之近正者有之，尚論者宜從得天下後節取其行事可也。”

善人有恒何辯？曰：“善人如漢文宋仁韓范司馬公有質，不及善人而爲善學之心有恒，品未定也。本質忠信，全無一些誇大欺人的意思，以之學道，故能不沽名，不好異，只朝朝暮暮低着頭依本分做將去，如此自然日異而月不同，到聖人地位不難。聖門如曾子才算有恒，子羔亦樸實，却只守定故步，不恒於學。虚誇者，即學亦不能恒，此困知勉行之所以難其人也。”

應制科義乎？曰：“象山言之白鹿洞矣，如必欲立一功、成一名，往應未爲不可。若是漆雕開，必欲聞道而後仕，自不輕往。至於志並不在功名，而在勢利，又何義不義之可言也？”

主一之謂敬，或者應一事即以此一事爲主，而心無他適耶？曰：“是主事，非主一也，且不辯事之是非而概主之，謂之不智。敬而不智，主敬者不要主智乎？不如以本心爲主，物來順應，敬之至也。”

有能一日用其力於仁，解者謂是好惡之力，何也？曰：“人所不好，而我獨欣然好之。人所不惡，而我獨赧然惡之。父兄之勸勉不從，師友之獎許不變，舉國之非笑不顧，是何等力量？”

習宜何先？曰：“心苦好憂，身苦好逸。心宜習樂，身宜習勞。”

同一讀史爲己者，何以不同？曰：“見賢思齊，見不賢而内自省，然無真知，見亦不易。”

“回也其庶乎”何解？曰：“顏子見道，故知命而安貧。賜之不知命不能安貧者，以其未見道，特億則屢中而已。”

學朱陸之病根何在？曰：“悟四端者不能充之於知行，故不實。務知行者不先究心四端，故無本。有本而能實，其庶幾乎？”

黄叔度之學何學？曰：“果有得於孔顏之道者，必誨人不倦，大揭宗旨，使人遞相傳述。叔度僅談之交游中，無大闡發，大抵本清静無爲之説，諱黄老而通之於儒者也。然氣度語言的高東漢諸名士一等，故一時尚氣節恃才華者莫不爽然自失，安得不驚是顏子？况荀季和雖盛德，非知顏子者，袁奉高名士不知聖學，郭林宗取而較其短長，俱在談論上較，故謂奉高譬諸沈鑑[①]，清而易挹，叔度汪汪，若千頃之陂，似晉人評清談語，恐叔度亦清談之祖也。”

夫子謂君子不多，何也？曰：“君子之所以爲君子，實不在多。子貢猶有多能之見者存，故夫子决言之。其未嘗不多者，以其時可能則能之，非其時即不必能，不能何損於君子？子貢説又多能，視藝爲道外之餘事矣，不知輕重緩急，或爲或不爲，都是率性，道外又有何事？故曰一貫一故時。”

學者日間亦有率性時耶？曰：“何人不有？苦不自知耳，不息性體也。如讀書求友作文賦詩，與夫思齊内省，何一非率性之事？有所爲而爲，即非率性。”

顏子曰：“舜，何人？予，何人？有爲者亦若是。”孟子曰：“憂之如何，如舜而已矣。”二賢何以不言堯？曰：“堯之德，大於爲君，不易學。舜之德，散見於五倫，皆處其極難而皆可法於天下，故不可不

① 沈鑑：疑“氿濫”之誤。

學，且學舜則堯在其中也。”

舜處朋友之道何如？曰：“同事一君者，皆朋友也。舜不以岳牧之薦而私厚，亦不以共驩之同朝而不誅，處友之道如此。”

夷齊兄弟相讓，似與衛國父子不同局面，何子貢作反比斷？曰：“使夷齊重國土，兄曰‘吾重天倫’，弟曰‘吾尊父命’，豈不有詞可執？夷齊不執而交讓，重在仁，不重在國土也。兄弟如此，況父子乎？此所以即夫子之斷兄弟而通之於斷父子也。是時即孫承祖之説有理亦不可執，況父在可言承祖乎？不仁甚矣。”

先儒言權即爲經，聖賢何不專言經而復言權？且孔子言“可與立，未可與權”，於權又難言之，何也？曰：“經則人易知，權乃經之經，更精更微，人不易知也。”

默識何解？曰：“全力在默，不在識。未識之先，默學默思，而後識人道也。既識之後，默學默誨皆本體天道也。本體無聲無臭，故孔子始終唯默。使學誨中稍着聲臭而不默，即違本體，爲厭倦矣。子思之闇得夫子之默也。”

於道但須識耳，何必默？曰：“天命本默，不默必不能識。爲人之學，怎麽理會得天理大知？如孔子志學時便見得大段如此，故先從默入，默則稽諸古，問諸人，愼諸思，體諸事，皆默也。以默之功，認默之體，猶人以南之轅造南之域也。”

未識以前之學與既識以後之學不同乎？曰：“前此之學，學大綱，求識本心也。後此之學，學條目，直任本心也。讀聖人之言，不能會意言表，讀一字泥一字，讀一句泥一句，去顔子之無所不悦似太懸絶。”

何謂條目？曰：“四端即大綱，運用處皆條目也。運用便無了時。”

讀書之得力有不同耶？曰：“以古人之言行求中道可以進德，以在我之中道斷言行可以立教。”

何謂無聲無臭？曰：“夫子之毋意、毋必、毋固、毋我。”

知與行有輕重耶？曰：“有先後，無重輕。行而不知，冥行也。知而不行，虚悟也。擇善固執，至於誠者之道也。”

聖人無所不思，無所不爲，何謂無思無爲？曰：“宜思而思，不覺有思。宜爲而爲，不覺有爲。視聽言動，莫不皆然，猶鳥之飛鳴飲啄不自知其如此，率性之道也。”

何謂仁？曰：“春生夏長秋收冬藏，純是一團生意，不及則固傷，過則亦傷。天道自然，人道勉强，故曰克己復禮爲仁。”

子絶四何解？曰：“意者私意也，我者私己也。司馬文正云：‘在我爲固，在人爲必。聖人出處語默，唯義所在，無可無不可，奚其固？成敗禍福，繫命所遭，誰得而知之，奚其必？’此解極合。”

作贓吏而逃罪，豈不可以榮親裕後耶？曰：“行險僥倖之小人，何足以榮親？禍不及身，子孫未必多福。”

民必興行而後俗可美，伊尹但言覺斯民而不言行，何也？曰：“人之甘於爲惡者，只是不覺，覺得是惡則必恥而遷善矣。即如干榮者，手不停披，口不絶吟，可謂苦矣，分明孳孳爲利，上思欺君，下思剥民耳，謂是光前裕後，乃天理人情，豈覺是惡耶？教者覺也。善教人者孔子，而後如顔曾思孟，次則有宋諸儒。”

何謂欺君？曰：“不獨居官所爲事事瞞上，即應試第一場欺君以道學之言，二三場欺君以經濟之言。父兄之於子弟，何時何事而非教之以欺邪？”

歲荒益見民風之惡，操何法以易之？曰：“古人於民，論治不歸功，論亂不歸罪，以美惡自上耳。漢以後人才但論帖括詩詞所居所由，與猾民無異，以是臨民不猶以垢膩加物，使垢者益垢、白者亦垢耶？”

論人才何以歸重孝友？曰：“天性骨肉之間，漠不關心，豈於疏遠之民物反關心耶？侈談經濟取民，射利之術耳，烏足言仁？”

何謂孝友？曰：“五經四書詳言之矣。處父子兄弟而論報施，即是不孝不友，至於養親吝惜，兄弟搆争，直狗彘不食其餘者也。”

循良吏入實學譜，公卿如蕭曹房杜，何以不入？曰：“必居官盡職，出處當義，而後可爲實學，故守令如龔黄魯恭元德秀輩可入，將帥如周亞夫關郭岳輩可入，避世如徐穉管寧陶許謙輩可入。凡使臣之不辱君命與立朝之忠直節烈，居鄉之孝友廉讓，無不可入者。所謂大臣者，以道事君，事不以道謂之廢職，廢職者不可入，必如伊傅周召，方不廢職。次如諸葛狄裴度韓范司馬諸公，其庶幾乎？隱如戴安道，以琴書伎倆交游貴顯，曰通隱，後之山人而門客者，安道啓之也。周道祖續之以讐校伎倆從州將請，亦曰通隱，後之處士而幕賓者，道祖啓之也。皆不可入。平世而隱，如嚴子陵者，天子不以故人待故人，而欲臣之榮辱予奪，其故人不仕，宜也。觀子以四教文行忠信，四科德行言語政事文學，可知聖人原未嘗耑以講學爲學，而以真修實用爲非學，擯之門牆外也。特道統之傳，專屬中行耳。”

子曰無知也，果謙詞與？曰：“直指本體以教人耳。本體原自虛明，人人皆然，《易》謂易知，孟子謂良知也。凡事同不見有，異不見無，以同然之知而衆人昧之，遂覺聖人别有一知，故聖人决言之曰無。鄙夫之問空空，如疑所當疑，聖人即其兩端叩索而盡告之，亦答所當答而已。聖人之知飲知食與衆人同，聖人之知愛知敬與衆人同，别有一知可乎？自謂有知者，大抵皆億中皆私見，非同然之知也。”

聖人之學誨何以不同？曰：“祖述憲章，上律下襲，大知之學也。進而行道，退而明道，至仁之誨也。不厭智之不息也，不倦仁之不息也。索隱行怪者不智，半途而廢，智之息也。楚狂丈人輩不仁，追往逆來，仁之息也。”

讀書所以明性，性既明，讀又何爲？曰：“或爲應務，或爲教人，皆隨時率性之事也。”

夫子言何有，言未能，非謙詞與？曰：“道體無止，止則息，以爲有，則止而息矣。聖人言何有，言未能，皆是直指道體，非故謙也。《艮》言止者，止於無止之道體也。如教子路以世情言，宜於不忮不求，故曰何用不臧。終身誦之，則爲止其止，而不能止於不止，失所止矣，故曰何足以臧。”

何謂切問？曰：“志利達者爲應試而問，志浮名者爲誇多而問，或坐中皆問，不得不泛舉塞責者，皆非切己之問也。”

驚世駭俗者何爲？曰："總欲突出詩文，使人驚而異之，以此取名，以此射利耳。即如徽之之安貧，何必學其换種和滕，驚駭富室？即如彌明之遯世，何必學其石鼎聯句，驚駭時人，况復不如耶？"

士而豪傑，非天之降才有殊耶？曰："才則無人不有，有而不用，無奮發之志耳。苟無爲善之才，有文王亦不能興，既有其才又何必待？"

身外之物宜輕，又何必惜？曰："成敗不委諸數，多無益之憂。愛惜不存諸心，有暴殄之惡。"

子以四教，人之有文而無行、有行而無文者多矣，豈有忠而不信、信而不忠者歟？曰："有吾盡吾心而不期踐言者，有必期踐言而不求根心者，然亦不必參互言之。總之，文不足者教以文，行不足者教以行，忠不足者教以忠，信不足者教以信。"

孔子之所謂矩，從何處體認？曰："合堯舜禹湯文武周孔觀之，則知聖人宜思而思、宜學而學、宜動而動、宜静而静是矩。思之所入，學之所通，動之所爲，静之所守，亦莫不有矩。雖時之所遭或帝或王，或師或相，事有不同，矩無不一。"

天下之物有萬，可指數耶？曰："物雖萬，飛潛動植四者而已。"

學者日間講讀思索，擬策作文，非天然之則耶？曰："不謀食而謀道，皆天則矣，矩可易言乎？"

定公初年孔子不仕，十年何以又官司寇？曰："昭公被逐，托足無門，至死不得返國，季孫意如之陰謀也。定公反感其立己，寵以國柄，稍有正氣者，必恥與亂賊同朝，况孔子乎？使孔子爲政，則必令定公翻然孝友，聲罪誅賊，然後大綱正而節目不難漸舉，此可行於初年乎？及意如既死，君心稍悟，正魯事可爲之時也，孔子焉得不仕？"

人之安貧者亦多，何孔子獨賢顔子？曰："必其人可以富、可以貴而陶陶然不欲富、不欲貴，然後謂之安貧。苟其人貧，謀科第不能，謀薦舉不能，作秋客幕賓不能，干謁居間亦不能，即欲不耐忍，豈可得哉？忍貧而不爲中証媒保，謂之鄉黨自好則可。安貧之名，非才德出衆者不能當。”

温故而知新，果偏屬知一邊耶？曰：“徒知而無實行，是亦聞見之知矣，何可爲人師？故必於所已知者身體而熟習之，有其德矣。又必知所未知，由立而權，周通變化，合道體之無方，夫然後有得於道，可以教人而不至於有弊，不然未可爲師也。或解故爲性體者，故是性體，新又何物耶？”

復禮爲仁，豈復禮以存仁耶？曰：“仁即太極，禮即極也。極者明也，太極者，渾含眾則之初體也。徑從初體上入畢竟茫然，悟得來用不去，此顔子所以有高堅前後之尋求而苦於失路也。唯實從天則下手，博學明辯，養諸静，習諸動，則諸極一復而太極在是矣。”

思而不學何以必殆？曰：“昔有友從静悟悟本體，悟後遂謂詩書文字皆與本體無涉，徒作障礙，乃廢經史不讀，不賦一詩，不作一文，及其任心而動，違仁處多。心既不安，禍亦旋至，非殆而何？”

志何由而堅？曰：“明善。善漸明則志漸堅，志漸堅則善益明，善益明則行益篤。”

《關雎》，哀樂得正，存之所以垂教。變風之不正者而亦存之，何也？曰：“不正者人之哀樂，詩人之美刺無不正，存詩所以正其不正也。唯《關雎》作自后妃，哀樂得正，無關詩人之美刺也。”

多聞何以言擇，多見何以言識？曰：“言之傳於世者，有善有不善，故不可不擇。善則從之，不善則舍之。事之傳於世者，有善有不善，不在擇而在識。善有小人之僞，不善亦有仁者之過，故善宜識，不善亦宜識。不識其心，則其蔽而不明者多矣。”

人既見善如不及，見不善如探湯矣，使行義必能表正百僚，進君子退小人，豈竟無道可達耶？曰：“爲善去不善者，德之有成而未大者也。志在是，學即在是，故雖不聞道而不失爲升堂之君子，行義可作六卿。成己成物者，德之大而有成者也。志在是，學亦在是，故卒於聞道而成其爲入室之君子，行義可作師傅。聖人之歎，豈盡爲及門哉？用則行，舍則藏，已面許顔子矣。觀許顔子而曾子、子思、孟子之在所與，可知禹、稷、顔子同道。謂禹、稷在伊尹、太公下，而顔子之道僅同禹、稷而不能同伊、吕，吾不信也。在臣品中前節則安社稷臣，二節則爲天民爲名世。”

昔葉台山向高知天下之壞，壞於貪污，故講學以氣節爲主，使朝廷皆有氣節，奸璫何由植黨？然則重此亦是懲貪救弊之道，後人病其不中，何也？曰：“相臣所講，不宜偏重一節。若只附會講節義者，便以爲真我輩，愛之重之，且超擢之。未附者即以爲非我輩，聽其浮沈而不之顧，烏知天下之官有廉能而未知講學者，有講學未必廉能者，苟執成見，豈足以進退人才，使人心無不服而亂無不撥、治無不反哉？且多士之廉恥非旦夕可養，必須在在興學而涵育薰陶之，然後新志可鼓，舊染可去。其道在宗伯以下，已仕者勿論講學未講學，但大節不失而才有可用者，即不次用之，以勸其餘。其道在冢宰以下，以是爲政，其庶幾乎？不然仍是私心未化，私見未忘，開黨同伐異之漸而易事難説之學未講也。”

朱陸以後之士，豈有朱陸所不及者與？曰：“朱陸之才能德業，豈可易及？但幸而生於朱陸之後，乃得參互考証而得中道焉，故言其所見未必無功於孔子，不稱快於朱陸也。”

小德出入，何以不妨？曰：“論人不得不寬，自爲不可不嚴。凡欲之小者，皆欲之全體見端也。悦人之歌妓者，即是好艷女、喜淫聲之端。悦人紈綺珍錯者，即是慕豪華、貪醉飽之端。悦人之車馬旌旗者，即是羡貴顯、樂利勢之端。此端尚在，欲如君子之坦蕩蕩，難矣。”

日用飲食莫非天命，何以與天不合？曰：“日用飲食中不獨習俗悖天、嗜欲逆天、氣質障天，即自以爲光明正大者，擅一長，爲一善，唯恐人不知。天之覆載行生，有是心乎？”

志道遂有過人之樂耶？曰：“樂有淺深，斷無不樂。苟能即吾所見之仁而居之，所見之義而由之，豈猶同小人之戚戚，仰多愧天，俯多怍人耶？不然，必仁未嘗居，義未嘗由也。”

皇甫士安嵩[①]從姑子梁柳將之郡，或勸士安餞之，曰："柳微時過我，送迎不出門，食不過鹽菜。今餞之，是重二千石而輕梁柳，非心所安。"此果本心耶？曰："何叔度亦有此言。子尚之以吏部歸省，叔度問其行時送者幾人，對曰數百，叔度曰此送吏部耳，非爲何德彥[②]也。古之有恥者，指不勝屈，如王仲子良以司徒病歸，一歲復徵，至滎陽，過友人家，友人謂其不有忠言奇謀而取大位，遂拒之不肯見。馬文淵援病，梁伯孫松以帝壻來候，獨拜牀下，不答，答諸子曰：'我乃父友，雖貴，何得失其敘？'馮祖思欲顏宏都含同百僚降禮於王丞相導，顏曰：'或是諸君事宜，鄙人老矣，不識時務。'此皆古之不以勢利薰心者，不可不思。"

志事功者，得官而喜，非情之正與？曰："爲立功而喜，猶可言也，恐是富貴心未忘耳。"

講學明理，躬行在所緩耶？曰："若只講明道理，一部講章足矣。會講者如欲往某處去，必先問路，恐路不明，舉足易錯。苟不欲往，問有何用？"

太王當商家全盛時，君非無道，何遂有翦商之志？曰："此詩人頌美之詞，言周家自太王遷岐，便有翦商之勢，如云此志始於太王，王季繼之，文王又繼之，至武王而大遂，則是無國者應謀人之國，無家者應謀人之家，後來姦雄窺伺神器者，皆不得爲名教罪人矣。説詩者不以詞害志可也。"

武王行師，夷齊叩馬而諫，或但罪之而已，抑冀其聽言而可止耶？曰："《論》《孟》未載，事之有無不可知。夷齊就養西伯久，公子朝臣豈不知？何叩馬時皆若不識也？即欲諫，不諫之於未事之日而待遂事，何其至愚也。生殺操武王，武王未曰殺而左右欲之，武王未曰釋而太公命扶而去之，置武王於何地也？如云以粟爲周粟而不食，則首陽非周之首陽，薇蕨非周之薇蕨乎？"

---

① 嵩：疑"謐"之誤。

② 德彥：疑"彥德"之誤。

學道必先器識，何也？曰：“中庸之道，非器識卑隘者所可學。如不能鋤金不顧如管幼安而學取舍之中道，不能墮甑不顧如孟敏而學悲喜之中道，不能然鬚不顧如韓稚圭而學寬猛之中道，不能物色不顧如嚴子陵而學出處之中道，吾未見其有得也。故必器識高廣，脱盡習心習氣，然後能收攝耳目心思，迸歸一路，專以率性爲主而無時不中也。”

喜怒哀樂，無人不有，何以未發即是中？曰：“中者，渾含之節也。習心之喜怒哀樂雖未發，所藏非節，偏而不中。本性之喜怒哀樂未發時所藏皆節，中而不偏。”

中節之和，何以謂之達道？曰：“喜怒哀樂不獨見於窮通得喪毁譽生死，凡一家之親愛賤惡畏敬哀矜，天下之舉措賞罰興革損益孰非？喜怒哀樂，天下所同然者，有節之情也。苟發不中節，處處乖戾，怎麽通達得去？故天下之達道，莫過於和。”

君子於家，何以有賤惡傲惰？曰：“君子以仁存心，若一味姑息，反成不仁。故用賤惡以激發不肖，用傲惰以激發庸材。”

和而不流，或者和之中又嚴正耶？曰：“未有不嚴不正而可以爲和者。和公而流私，和厚而流薄，一正一反，世人混之，聖人辯之。和者，親愛以待賢才，寬容以待衆人，有干利之小人，必深惡而痛絶之，公之至，厚之至，純乎吉祥之氣矣。流者以妬忌待賢才，以猛暴待衆人，有干利之同類，則親愛而寬容之，私之至，薄之至，純乎災害之氣矣。”

欲物來順應，於道如何？曰：“此正難言。順應者，順其理以應之也。如舜之應象，文之應紂，孔孟之應陽貨王驩，皆是順應。不然，使舜藏怒宿怨，文助紂爲虐，孔孟比附權奸，逆也甚矣。人人能之，何必君子？”

開口談經濟者，豈不是秀才以天下爲己任耶？曰：“此口談非身任也。身任者，居然宰相，實實與人關切，特未入閣行事耳。凡動一念，讀一書，求一士，無非爲天下，故常戒驕懲妬，養度養勇，所不足者，未力學向道，不能如孔顔之可行則行、可藏則藏也。學者苟不將平治天下的擔子任在身上，即日用講學而氣識如故，一物動心，一觸動氣，所談經濟，豈能行之哉？”

欲向道，恐拘束人。曰：“入聲色勢利中，陷溺而不得出，驕矜而不得忘，謟媚干求而不得泰，慍怒憂愁而不得樂，此方是真拘束。自得者何處不瀟灑？”

衛武公耄年悔過尚可爲，睿聖何以四十五十無聞便不足畏？曰：“此爲志學者儆也。後生能志於學，豈不可畏？若竟浮沈二三十年至四十五十猶無善可稱，局面已定，安望再振？人苟未學，晚年一旦憤發，道岸何不可登？”

夫子於子文許忠不許仁，中心之謂忠，既已忠矣，何猶有仁不仁之分？曰：“此一節之忠，非純乎天理之忠也。仁者事君，豈獨國爾忘家、公爾忘私而已哉？陳善閉邪，使其君爲堯舜，厚民生，正民德，理陰陽，和風雨，無事不仁，方謂仁者之忠。子文爲相，未嘗使成王退居子爵，朝周請命，亦未嘗行仁政於國中，使民得所，又未嘗秉王章修和與國，今日伐陳，明日圍宋，如此即憂勤社稷，不過子文之憂勤而非周召之憂勤，可得謂之仁乎？曰未知省詞也，所以爲教也。”

《王制》固是漢文帝命博士諸生作，如云：“析言破律、亂名改作以亂政，殺；作淫聲異服、奇技奇器以疑眾，殺；行僞而堅、言僞而辯、學非而博、順非而澤以疑眾，殺；假於鬼神、時日、卜筮以疑眾，殺。”此四誅者，不以聽此在常刑之外，豈不當守耶？曰：“亦必教之以正，示之以法，使其知而不犯可也。知而復犯，然後殺之，仁者之用刑也。”

古之亡天下者，同病否也？曰：“病雖不同，而病中之病無不同。不同者有七：暴君、强藩、女主、外戚、宦官、奸相、鄙夫也。無不同者，食色勢利，人欲之私也。此病一中，無不亡人之國者。呂武臨朝，漢唐不失，以所用尚有無病之人，民心未散，且有良醫治病，故一劑便甦。若夫純用鄙夫，病在膏肓，良醫無下手處，普天之下無不植黨欺上，貪利虐民，有上獻良方者，即共欲殺之，天子雖爲民用精覈，此句疑有誤。其病愈篤，生氣愈微，如何急救得轉？甚矣七病，唯暴君、鄙夫爲最，而二病之病皆起於物欲，有識者可不戒哉？”

周之强諸侯，亦竟亡周爲病，豈不與鄙夫同？曰：“二病皆是積漸使然。鄙夫爲甚？鄙夫徧布天下，暗傷國家元氣而使人不覺，救之者非大變更一番，化鄙夫而爲君子不可，故其救之也難。强藩雖擅征伐僭禮樂，其惡甚顯，尚畏名義，使五伯躬秉王章，實心爲國，則鎬洛之盛即可立覩，故其救之也易。惜五伯庸醫，陵夷至於戰國，積重難返，庸醫之過也。”

積鄙夫之惡，何以遂亡天下？曰：“鄙夫自讀書以來只曉得富貴利達，小民之疾苦置之不問，且益甚之，無職不曠，無事不壞，在治害治，在鄉害鄉，有一於此，亦足爲病，况一部縉紳十有八九乎？嗟乎，比黨如山，天子撼之而不能動，民怨入骨，天怒莫回，欲天下之不亡，豈可得哉？”

貧士筮仕，假若無禄，亦可從權仕乎？曰：“不可。仕以利民，而反以病民，君子不爲也。闔宅之衣食待給於我，一己之車服賓客不能無費，即不能畊耘貿易，又無俸錢，唯有凍餒以死耳。如此救民，萬無是理。如曰受賄可不然，私征可不然，盡取於市廛可無論，罔上取罪，智者不爲。既僥倖逃罪，而病民以自利，又豈仁者之所忍爲乎？如曰所貪無幾，爲民興革者方大，此即莫大之弊矣，所革何弊？此已無利於民矣，更興何利？且畏人指摘，事事掣肘，又何道可行？故無禄而仕，斷斷不可。”

廉静寡欲者可作九卿耶？曰：“廉而不學則無識，雖賄賂不行，私黨不植，其於用人論事育才必愚而少當，較之鄙夫差勝，以佐太平則未也。”

智廉勇藝，何又文之以禮樂？曰：“質不可無文，文之非禮樂不可。使無禮樂，亦僅成其爲武仲之智、公綽之廉、莊子之勇、冉求之藝而已。一以禮樂陶鎔之，則必慎而後用，虚而不争，中節而和樂，唯見其爲彬彬大雅之君子而已。”

昔成宏以前，諸生肄業學舍，廣文教之，供以廩餼。迨後一增再附，學舍無所容，並食廩者亦盡假歸。然則廣文空設，廩餼虚靡，可爲造士之良法與？曰：“余少時聞有議此者，諸生無論遠近，四仲朔日俱會文明倫堂，即以廩銀。每年季冬概給諸生人各六錢，爲四仲飲食之費。其居城郭内外者，月朔皆會。三年廣文保其學行優者貢之，曰貢士，大縣二人，小縣一人，廷對後曰進士。此説近似有理，但會文僅會八股，雖課之嚴，於士心何涉？不如《朱子集注》講學以明理，爲有益也。”

立法久之必弊，亦有不弊之法與？曰：“聖人之法何弊？弊於奉行之人耳。教養之法莫善於井田學校，取士之法莫善於鄉舉里選，久之皆不能無弊，豈人心漸壞、良法盡蠱乎？不然周初一二百年何以無弊？故孔子撥亂反治，專在人心上挽回，真是拔根塞源的大經濟。”

進退人才者冢宰也，一人之耳目有限，知何由實？曰：“天下之平全係守令，知人才之可爲守令者，莫如巡按廉使。此兩官賢則好惡必公且明，又參之以採訪，守令有不得人乎？天子命郡守當燕享，以寵異之，俸加厚，令謁上位，勿庭參，縣令品俸宜增，在京者亦然，所以重親民之官也。”

士之初仕者可即授以縣令、學師乎？曰：“俟其不賢而後去之，民已受害，士已失教矣。宜試以掾吏、簿丞，賢而後任，未爲晚也。急於得美官者，其人可知，何可養民而造士？”

克己即可復禮耶？曰：“入俗有狥欲之己，入道有過則之己，皆天理中私己也。顔子自篤志爲仁之日，已克去聲色勢利之己矣，第天資太高，幾離却視聽言動，專在高堅前後上用功，有判内外、入虚無之病。故夫子只以禮誘之。禮亦非他，只克去非禮之視聽言動，而視聽言動即無非理，純乎天則，非仁而何？茍非顔子，從習俗嗜欲中略見得仁之可爲而志之，志未必專，即專矣，克去塵污之己矣，尚有過則之己在，如何便復得禮？故禮與非禮正須講究，雖然以無欲之衷而求，天則亦易明白。”

《周禮》闕冬官，豈冬官無關大政耶？曰：“秦火後嚴挾書之律，書之真僞雜闕皆不可考，第國家理財之政莫詳於節用。漢之時上下皆富，其明驗也，冬官非人，值興造而不知諫，且因而利之，國未有不貧者。國貧則入不償出，必過取於民，公取者一，私取者十，欲民之不貧得乎？毋謂冬官無關大政也。”

鹽法亦理財之政，可弗求良法與？曰：“昔啓禎間凡奉鹺命者，親舊皆爲之喜，御史必得數千萬，運使運判亦得數萬金，法雖良，何救於弊？至於税畝，其弊尤不可言，上下相隱，誰恤之而誰挽之，此士心之所以不可不正也。”

田賦之弊大都在吏書里役，清之似亦不難，而啓禎間獨難之，何也？曰：“弊不在下而在官，奉行者不過因弊以爲弊耳。一清其源，何流不清？”

昔隆萬間撫按尚清正，何守令之貪污者亦不少？曰：“清正者無幾，即有之，我輩而外進士相稱曰我輩亦不可勝劾。苟非其人，上且貪賄於下，何能禁下之不貪？若非君相更新，區區何濟？”

爲人作傳，人之有才而不見用，豈不當爲之歎息耶？曰：“隨遇而安正道也，以此自待，即以此待人。朝廷棄其才而不用，當爲朝廷惜。人才不以義命自安，怨天尤人，又當爲人才惜。若夫志在富貴利達而不得遂，此小人之不幸，正國家之大幸，可反爲之抱不平哉？”

逃名者以科第望門人，非人情乎？曰：“望他用世則可，望他作吏以財富我子孫則惑矣。恥往見爲干禄而逃之，自待厚矣，不以此待人可謂仁乎？如志在利達，度己不能，而故文其短曰高尚，小人之尤矣。如才華利中，又喜中，忽掉臂不應，豈非以退爲進者乎？故久之不遂，又不便改弦，不得不望之門人，故舊以爲樂道安貧則非也，且無論以贓吏望人，非君子愛人以德之義。從來貪污者，其人必薄，既忍於負君，忍於剥民，又何能破薄俗厚故人子孫？恐子孫未益而心術已損，愚甚矣。”

著書立言者，何爲乎？曰：“爲勸懲者，仁義之道也。爲聲名者，自誤之道也。失是非者，誤世之道也。”

君子亦有求於親知乎？曰：“或畊田無收，或課讀無徒，或稱貨無處，此時雖乞食亦可，况親知乎？然此亦是萬不得已，爲救死計，若枉己求富，恥心喪矣。”

凡事不假安排，非與時偕行之道與？曰：“苟無聖人之德，與偕行者，不過習俗勢利、違天背義之時而已，豈能與出處取舍、語默動静之時偕行哉？如一事有一事之理，事未來而安排，誠多一累，又未必恰好，然有不可不安排者，堯之命舜曰允執厥中，孔子之對哀公曰明善，子思曰溥博淵泉，此皆不可不安排者也。苟不先事執中，四海有不困窮乎？苟不明善，則道德九經之身何由誠乎？五者之德不先溥博淵泉，則時出者何物乎？志道者舍本不學而學不安排，亦浮浮沈沈而已，不成片章。”

孔子言以思無益，孟子言心之官則思，何也？曰：“聖賢開口，大都爲讀書一輩人憂。人之從事學問而不知返而自思，故曰學問之道無他，求其放心而已矣。然則孟子之所謂思，即學問中言思，非教人閉户參想也。”

附録

彭魯岡先生墓誌

先生諱大壽，字松友，其先河南人也。缺繼先公知撫州軍事，以兄諫垣公獲罪坐落職，遂居臨川。生四子，先生其仲子也。年二十五補邑庠生，後應詔考拔貢，庚寅後遂絶意進取，獨成缺上接程朱之傳，授徒自給，屢空晏如，有昔人所難者。行載《孝感縣志》與《鄉賢録》及行狀。生於萬歷四十年壬子二月初九日子時，卒於康熙二十九年四月二十日午時，享年七十有九，葬彭家岡馬草陂。所著書有《語録存是》《大易合解》《詩經合解》《春秋合解》《魯岡通禮》《兩官録》《賢相集》《高尚集》《孝義録》《杜詩益》《古文益》《何李詩集》《魯岡藏稿》《自娱草》《實學八要》《三十箴》共一百三十四卷。元配吴氏，繼娶劉氏、許氏。子男一，女三。許氏出。子名珙，字二采，娶胡氏，早卒，無嗣。女長適匡，次曹，次林。以同姓子祖陶爲珙嗣。門人合置田二石。

孝感縣文學傳

彭大壽字松友，號魯岡，童年端謹逾成人，長則有志於伊洛之學，與同邑程鈍庵遊，搏採先儒語録，參考經傳注釋，沍寒盛暑未嘗輟。年二十補弟子員。時值寇亂，避地湖南。順治初歸里，絶意進取。有欲邀之會講者，大壽辭，曰："我輩閉户潛修，固貴同志商訂，然徒僕僕於通都大邑，互相標榜，意將何爲？"執弟子禮者無間遠近踵至，茅屋數椽至不能容。嘗輯《文公家禮》，與邱文莊所裁者斟酌時宜，取其可通行於富貴貧賤之間，曰《通禮》。巡撫慕公、郡守高公、邑令張公聞其名，冀一見，俱以老辭。卒年七十有九，無嗣。其門人爲之卜葬、建祠、置墓田。

節録《雲夢縣志·流寓》

彭大壽字松友，先世官江西撫州府，居臨川，至大壽遷楚之孝感，補邑庠生。順治初避兵湖南，歸里後授徒雲夢南鄉之金蓮陂，遂家焉，亦號蓮陂居士。生平力學精進，闇然真修，著有《大易合解》等書，共計一百三十餘卷。《魯岡或問》二十四卷精理名言，有功聖學。道光五年開雕，止得四卷，至十九年修《雲夢縣志》，廣爲采訪，始知有二十四卷之多，容俟搜輯全集鈔本，再商同志續刊問世。